Nino Filastò

Die Nacht
der schwarzen Rosen

Ein Avvocato Scalzi Roman

Aus dem Italienischen
von Barbara Neeb

Aufbau-Verlag

Titel der Originalausgabe
La notte delle rose nere

ISBN 3-351-02860-1

1. Auflage 1999
© Aufbau-Verlag GmbH, Berlin 1999
La notte delle rose nere © 1997 Nino Filastò
Die Originalausgabe ist 1997 bei Arnoldo Mondadori
in Mailand erschienen
Einbandgestaltung Torsten Lemme
Druck und Binden Clausen & Bosse, Leck
Printed in Germany

Die in diesem Buch geschilderten Ereignisse und Personen sind frei erfunden.

Ich bin allerdings davon überzeugt, daß eine weltweit bekannte Persönlichkeit, die in dem Roman erwähnt wird, deren Identität zu diesem Zeitpunkt jedoch nicht enthüllt werden sollte, nicht zufällig gestorben ist.

Ich danke den Menschen, die mir mit ihrer Geduld – und dem Überlassen einiger Unterlagen – geholfen haben: Donatella Maddalena, Lucio Catania, Eros Doni, Giannozzo Pandolfini, Carlo Pepi, Piero Carboni, Giovanni Cardellini, Silvia Brunelli.

Erster Teil

*»Dedo ist angekommen, es geht ihm ausgezeichnet.«**

Das ist nicht wahr, denn Dedo wirkt krank, er ist klapperdürr, ein wandelndes Handtuch, nahezu kahlgeschoren, als ob er Typhus gehabt hätte. Sein Anzug ist derselbe, mit dem er schon nach Paris gefahren ist, der braune Samt an den Ellenbogen und den Knien ist abgewetzt. Er hat dunkle Ringe unter den Augen. Er bewegt sich, als fühle er sich fremd in seinem Körper.

Er spricht nicht viel, von dort drüben erzählt er kaum. Die wenigen Male, wenn er den Mund aufmacht, wirkt er wie eine sprechende Marionette. Auch die Stimme klingt, als ob sie nicht zu ihm gehöre. Er gedenkt, wieder wegzufahren. Er will in die Apuanischen Alpen, um mit Marmor zu arbeiten.

Eines Tages ist er verschwunden. Das Bett in seinem Jugendzimmer ist unberührt. Der Koffer fehlt. Eugenia schickt einen Freund los, um ihn in den Cafés der Stadt zu suchen. Im Café Bardi hat man ihn zwei Abende zuvor gesehen. Er war sturzbetrunken ... auf seine ganz eigene Weise, bei der man nie so ganz weiß, ob er wirklich einen Rausch hat oder nur so tut ... Er sprach von Michelangelos Plan, den Monte Altissimo in eine Skulptur von gigantischen Ausmaßen zu verwandeln ... Die Künstler im Café Bardi behandelten ihn wie einen Übergeschnappten: Sie sagten, die Geschichte von Michelangelo und dem ganzen Berg, den er behauen wollte, sei nur eine Legende. Irgend jemand hat ihn dann gesehen, wie er den Zug nach Pietrasanta nahm ...

---

* Brief, den Amedeo Modiglianis Mutter, Eugenia Garsin Modigliani, am 3. Juli 1909 aus Livorno an ihre Schwiegertochter Vera schickte.

1

Carrubbas Ärgernis

Das klagende Gurren einer Turteltaube, so hartnäckig wie eine Alarmanlage. Es war Montag, der 10. Dezember, zwei Uhr nachmittags an der Mündung des Arno; die Allee lag wie ausgestorben, nur ein gelbes Taxi stand zwischen zwei Platanen; fast leer auch das Restaurant, das sich zwischen der Straße und dem Deich erstreckte. Der Kellner lungerte am Bartresen, zwei Gäste saßen am letzten Tisch beim Fenster, das auf das Wasser hinausging. Breite Wellen hatten den Fluß vom Meer her gegen die Stromrichtung anschwellen lassen. Ein Schlauchboot mit zwei Männern an Bord kam den Fluß zur Mündung hinunter.

Scalzi betrachtete die schneebedeckten Apuanischen Alpen.

Eros wies auf das Panorama. »Was für ein Licht ...«

»Hmm.«

»Die Berge scheinen zum Greifen nah.«

»Hm ...«

Ein weiterer Versuch, ein Gespräch in Gang zu bringen. Avvocato Scalzi hatte schweigend gegessen, die Augen auf den Teller gerichtet. Eros zuckte mit den Schultern und blies die Backen auf.

»Entschuldigung«, sagte Scalzi. »Es ist nur so ...«

»Ist schon in Ordnung, ich habe verstanden.«

»Hierherzukommen war ein Fehler von mir. Dieses Arschloch: erst verabredet er sich mit mir in einem Lokal, in dem man schlecht ißt, und dann kommt er nicht mal.«

Eros zeigte auf den Kellner im roten Jackett, der zu ihnen herüberblickte. Er hatte sich die Jacke zum Servieren des Hauptgangs angezogen. Die Langusten waren kümmerlich und leicht bitter und wohl absichtlich etwas angekokelt, um einen mindestens dreitägigen Aufenthalt im Kühlschrank zu kaschieren.

»Er wartet darauf, daß er uns die Rechnung bringen kann.«

»Soll er ruhig warten. Noch zehn Minuten, dann gehen wir. Dieses Arschloch ...«

»Wer?«

»Mein Klient. Erst läßt er mich in dieses Kaff kommen, und dann läßt er sich nicht blicken. Es ist schließlich nicht das erste Mal, daß er solche Spielchen mit mir treibt. Ich hatte ihn vor einem Jahr zum Teufel geschickt, dann pfeift er, und ich renne los wie ein Hündchen. Ein verlorener Tag. Ganz abgesehen von den Kosten ... Verfluchtes Metier.«

Scalzi setzte sich ungern hinter das Steuer eines Autos; wenn er sich an einen Ort begeben mußte, der schlecht ans öffentliche Verkehrsnetz angebunden war, ließ er sich von Eros fahren, einem befreundeten Taxifahrer. Zur Zeit herrschte Auftragsflaute; sollte diese noch länger andauern, würde er wohl auf diesen Luxus verzichten müssen.

Der Kellner trat heran. Unter dem zu engen Smokingjackett schaute ein schmuddeliges weißes Hemd hervor, der Kragen stand offen. »Wünschen Sie noch ein Dessert?«

»Kaffee und Grappa«, antwortete Eros. Er schaute zu Scalzi.

»Für mich keinen Kaffee«, sagte Scalzi.

Er hoffte, auf der Rückfahrt ein Nickerchen machen zu können.

»Also zwei Grappa und einen Kaffee«, faßte Eros zusammen.

Das Schlauchboot, das sich dem Ufer näherte, hielt auf das Fenster zu; an Bord waren zwei Männer in blauen Overalls, einer am Steuerruder, der andere balancierte

11

stehend mit ausgebreiteten Armen. Das Boot stieß mit dem Bug gegen den Deich. Der stehende Mann machte einen Satz und landete sportlich abfedernd auf den Beinen. Er tat ein paar Schritte und stand nun unter dem Fenster. Das Gesicht an die Scheibe gepreßt, musterte er Scalzi. Dann kam er um die Ecke des Gebäudes. Er erreichte den Tisch kurz nach dem Kellner, der gerade die Rechnung überreichen wollte. Er nahm sie ihm aus der Hand.

»Das erledige ich«, sagte er.

Er warf einen Blick auf die Summe und reichte dem Kellner einen Hundertausend-Lire-Schein.

»Der Rest ist für Sie.«

Kein sonderlich üppiges Trinkgeld. Die Grillplatte mit den armseligen Langusten hatte die Rechnung in die Höhe getrieben. Der Mann verzog das Gesicht.

»Ganz schön happig. Sie sind der Anwalt?«

»Und wer sind Sie?«

»Der Commendatore erwartet Sie gleich hier in der Nähe. Allerdings nur Sie allein.«

»Commendatore?« fragte Scalzi. »Commendatore wer?«

»Der Commendatore Carrubba: er erwartet Sie gleich in der Nähe. Wir fahren mit dem Schlauchboot hin. Allerdings nur Sie allein. Und wer wäre der Herr hier?«

»Was geht Sie das an?« brummelte Scalzi halblaut vor sich hin. »Ein Scheißdreck von einem Commendatore ... Eros, wartest du bitte hier? Ich werde es kurz machen.«

»Ich warte im Wagen auf dich«, sagte Eros.

Das Schlauchboot wendete in weitem Bogen und kehrte zum Ufer zurück. Der Mann am Ruder fuhr dicht an die Ufermauer heran und stützte sich mit einer Hand am Beton des Deiches ab. Dann verlor er den Halt, seine Hand rutschte ab, und das Boot schaukelte auf den Wellen, die mit steigender Flut immer höher wurden. Scalzi zögerte zunächst, den Sprung dort hinab zu wagen. Der Mann, der ins Restaurant gekommen war, machte Anstalten, ihn unter den Achseln zu packen. Mit einer brüsken Bewegung schüttelte Scalzi seine Hand ab; er ließ sich ins Boot fallen, fuchtelte dabei wild mit den Armen, um an den Bordwänden Halt zu finden. Das Schlauchboot kam ins Wanken. Der Mann am Steuer streckte seine Arme aus, um es wieder ins Gleichgewicht zu bringen. Der andere landete mit einem weichen Satz. Er lachte kurz auf, als er Scalzis Körpermassen wie einen nassen Sack auf dem Boden des Bootes liegen sah. Er selbst war ein schlanker, gelenkiger junger Mann. Scalzi schleuderte ihm einen wütenden Blick zu.

Sie steuerten in die der Mündung entgegengesetzte Richtung. Dann verließen sie den Fluß und fuhren etwa einen halben Kilometer einen mit Schilfrohr zugewachsenen Kanal hinauf; die Halme bogen sich zur Seite, als das Boot vorüberfuhr. Sie gelangten an den Rand einer Lichtung, die von Strandkiefern- und Tamariskendickicht umgeben war. Mittendrin stand, im Morast auf einem Anhänger aufgebockt, ein funkelnagelneues Kabinenboot von etwa fünfzehn Metern Länge.

»Ich warte hier draußen auf Sie«, sagte der sportliche junge Kerl. »Wenn Sie fertig sind, rufen Sie mich. Der Commendatore ist dort drinnen.« Er zeigte auf eine Leiter, die an Deck führte.

»Ein Scheiß von einem Commendatore«, sagte Scalzi, diesmal mit voller Stimme, um auch wirklich gehört zu werden.

Der Name des Bootes, ELISA REPUBLICA PANAMENSE, schimmerte in vernickelten Buchstaben in der Sonne.

Auf halber Höhe der Leiter schielte Scalzi durch ein Bullauge und sah Carrubba im Halbdunkel einer Kabine, die mit kackgelben Ledersofas möbliert war. An Deck dann drang die Stimme des »Commendatore« zu ihm: »Komm rein, Corrado. Ich bin hier unten.«

Er stieg die Innentreppe hinunter. Carrubba saß an einem Tisch mit glänzender Messingeinfassung, grünliches

Licht, das durch das Bullauge verfärbt hereinfiel, beleuchtete seine verquollenen Wangen und falschen Zähne. Hinter der Theke einer kleinen Bar hingen Sektkelche und Champagnerflaschen der Marke Cristal in passenden Ringhaltern. Das einzige hier drinnen, das schon einmal das offene Meer gesehen hatte, war das Segelschiff auf einem gerahmten Foto an der Wand; alles andere roch noch frisch nach Lack und schien geradewegs von der letzten Nautikmesse eingetroffen zu sein.

»Mach es dir bequem.« Carrubba zeigte auf das Sofa auf der anderen Seite des Tisches. »Wie lange ist es her, daß wir uns das letzte Mal gesehen haben?«

»So ungefähr ein Jahr.« Scalzi musterte einen seiner schlammverdreckten Schuhe. »Hätten wir uns nicht an einem bequemeren Ort treffen können?«

Während der Überfahrt durch die Mündungswogen, als er seekrank zu werden meinte, hatte er sich vorgestellt, wie er ihm Vorwürfe machen würde wegen der hundert Kilometer Fahrt an einen naßkalten Ort, wegen der mehr als einstündigen Wartezeit, des nicht einmal mittelmäßig zu nennenden Essens, ganz zu schweigen von Eros, der wer weiß wie lange auf ihn zu warten hatte ...

Doch Carrubba verbreitete eine Aura des Friedens. Sein seliges breites Medusenantlitz mit den von Weichheit verwässerten Augen besänftigte jeglichen Groll. So schaffte er es immer wieder, alle hinters Licht zu führen.

»Seit wann bist du denn Commendatore?«

Carrubba machte eine vage Handbewegung, rutschte mit dem Hintern hin und her, um es sich bequemer zu machen, wobei das Leder des Sofas knarzte. Es schien fast so, als sei das Boot der Keratinpanzer eines Alien-Monsters, der um ihn herum gewachsen war.

»Du weißt doch, wie das ist: Die Jungs mögen mich und nennen mich eben so.«

In seinem Gesicht stand das Lächeln einer verfetteten

14

Mona Lisa, voller zweideutiger Angebote. In den Augen allerdings, die gelb waren vom Suff, leuchtete die gleiche Angst auf wie seinerzeit, als er fürchtete, in den Knast zu wandern. Und diesmal loderte das Feuer der Angst noch intensiver: nackte Panik, wie es schien.

Schweigend musterten sie sich. Schließlich platzte Scalzi heraus. »Deine Luxusyacht, auch wenn sie auf dem Trockenen liegt, habe ich nun genügend bewundert. Ich habe eigens eine Kanzlei, um dort Leute zu empfangen, die in Schwierigkeiten stecken. Da ich aber jetzt schon einmal hier bin: Was ist dein Problem?«

»Möchtest du was trinken? Ein Glas Champagner ...«

»Nein. Laß die blöde Katze endlich aus dem Sack, dann sind wir schneller fertig.«

»Es handelt sich nicht um eine blöde Katze. Nicht wirklich. Eher um ein Ärgernis ...«

»Und du bist der Typ, der sich wegen irgendeines Ärgernisses in einen Sumpf verkriecht?«

»Es ist nicht so, wie du denkst. Also, ich meine keine Gefahr, hinter Schloß und Riegel zu wandern. Irgendsoein Individuum ...«

»Was heißt das?«

»Der Kerl macht mir einen Haufen Ärger. Völlig ohne Grund. Ich habe ihm nichts getan ...«

Er sprach mit entnervender Langsamkeit, Pausen lagen zwischen den einzelnen Satzteilen und isolierten sie voneinander. Er suchte nach seinen Worten wie nach Gegenständen in einem dunklen Raum, in dem jemand schlief. Und diesen Menschen durfte er auf keinen Fall wecken. Schließlich sollte der nicht mitbekommen, was er vorhatte.

»Bist du sicher, daß du ihm nichts getan hast? Nicht irgendein Beschiß?«

Carrubba zog ein beleidigtes Gesicht: »Ich? Einen Beschiß? Ich kenne ihn ja fast gar nicht! Ich habe ihn nur ein paarmal gesehen, ja und nein, flüchtig sozusagen ...«

Zu Beginn eines Gesprächs mit Carrubba mußte man sich immer mächtig ins Zeug legen, bis man ihn davon überzeugt hatte, die Karten auf den Tisch zu legen. Aber Scalzi würde ihm diese Genugtuung nicht gönnen und sich mit einem Haufen Fragen abmühen, um ihm die lästige Angelegenheit, die ihn quälte, Stück für Stück aus der Nase zu ziehen. Er sollte sich nur schön selber auskotzen.

Schweigen. Scalzi zündete sich eine Zigarette an. Durch das Bullauge betrachtete Carrubba mit melancholischem Gesichtsausdruck eine Möwe mit von Teer verdrecktem Gefieder, die, auf einem Pfahl hockend, seinen Blick schräg erwiderte. Das Licht des klaren Dezembertages, das bis vor kurzem noch sehr intensiv war, begann zu verlöschen. Vom Fluß stieg Feuchtigkeit auf. Bald würde Eros gezwungen sein, den Motor anzulassen, um die Heizung einzuschalten.

»Ein Typ macht dir Ärger. Das kommt in deinem Leben doch öfter vor ...«

Carrubba nahm einen vorwurfsvollen Gesichtsausdruck an, so als steckte Scalzi mit dem Störenfried irgendwie unter einer Decke.

»Du mußt ihn dazu bringen, daß er mich in Ruhe läßt. Ich weiß ja auch nicht. Du bist doch der Anwalt ...«

»Und was für Ärger macht er dir, dieser Typ? Jetzt sprich schon, verdammt noch mal!«

»Er bedroht mich.«

»Das heißt?«

»Er sagt, daß ich sterben werde. Daß ich gezeichnet sei.«

»Und wie sagt er dir das?«

»Er ruft mich an. Er schreibt mir. Er faxt mir ständig so einen Scheiß, daß mir bloß noch wenige Stunden bleiben, und so weiter ...«

»Warum?«

»Warum ... was?«

»Der Grund! Der Grund für diese Drohungen! Was ist es?«

»Ich weiß es nicht.«

»Wie, du weißt es nicht? Erpreßt er dich?«

»Nein. Jetzt ganz im Ernst: ich weiß wirklich nicht, was der Kerl von mir will ...«

Schweigen. Die Möwe stieß einen Schrei aus und flog flügelschlagend davon.

Auch Carrubba bewegte sich nun, sehr langsam. Er lehnte sich zur Seite und zog bedächtig einen Fuß unter dem Tisch hervor, den linken, der eingegipst war und in einem schwarzen Pantoffel steckte. Er legte den Kopf schief, um seinen Klumpfuß zu betrachten, und sah noch wehmütiger drein: »Siehst du?«

»Seh ich was?«

»Den Fuß. Bruch der Mittelfußknochen. Er muß für mindestens einen Monat im Gips bleiben.«

»Das tut mir leid. Hat besagter Jemand etwas damit zu tun?«

Carrubba wackelte mit dem Kopf. »Und genauso der Mercedes. Ich bin noch nicht mal zehntausend Kilometer damit gefahren. Erledigt, praktisch reif für den Schrottplatz.«

»Hat dieser Typ dich gerammt?«

»Nein. Ich habe Bekanntschaft mit einem Baum gemacht.«

»Also ist es nicht seine Schuld ...«

»Aber ja doch.«

»Du hast gerade gesagt, daß du gegen einen Baum geknallt bist ...«

»In gewissem Sinne schon ...«

»Werd ein bißchen deutlicher.«

»Wenn du mich nicht ausreden läßt ...«

Scalzi suchte einen Aschenbecher, aber da war keiner, Carrubba rauchte nicht. Die Zigarettenkippe verbrannte ihm schon die Finger. Er drückte den Stummel auf dem Tisch aus und wischte ihn mit dem Handrücken weg.

»Ich denke, er hat recht«, meinte er.

»Wer?«

»Der Kerl, der sagt, daß du nur noch wenige Stunden zu leben hast. Irgend jemand wird dich früher oder später umbringen.«

»Wer?«

»Ich zum Beispiel. Ich könnte dich erwürgen.«

Carrubba lachte, zufrieden darüber, daß er Scalzi auf die Palme getrieben hatte. Er gluckste noch weiter vor sich hin, während er sich einen Stock mit Silberknauf griff, aufstand, einen Schrank öffnete, einen Aschenbecher hervorholte und diesen auf den Tisch stellte.

Scalzi fand sich damit ab, das übliche Geduldsspiel zu spielen.

»Gehen wir der Reihe nach vor. Fang mit dem Unfall an. Erzähl mir, was passiert ist.«

»Nichts Besonderes ... Ich kam gerade aus einer Nachtbar: Der Wolfsbau ... Der Molchsbau ... Irgendein Tier auf jeden Fall ... Du weißt schon, der auf dem Viale dei Tigli, wo immer die Nigerianerinnen stehen, in der Nähe von Viareggio ... Ich biege also in die Allee ein, kann gerade mal ein wenig beschleunigen, und mit einemmal steht er da. Ich schaue in den Rückspiegel, um zu sehen, was er vorhat, und dann ... nichts: ein Blitz, und ich finde mich im Krankenhaus wieder.«

»Hat er dich gezwungen, auszuweichen?«

»Wer?«

»Dieses berühmte Individuum, der Typ, der dich bedroht. Stand er mitten auf der Straße?«

»Ach, woher denn. Er stand an der Seite, unter den Bäumen, und sprach mit einer Nigerianerin. Er verhandelte wohl über den Preis, denke ich. Tatsache ist, daß ich, um ihn im Rückspiegel zu sehen ...«

»Es soll also seine Schuld sein, daß du dir den Fuß gebrochen hast?«

»In gewisser Weise ...«

»Hör mal, Carrubba«, sagte Scalzi mit zusammengebissenen Zähnen, »du willst mich nicht zufällig auf den Arm nehmen?«

»Ich? Wieso? Aber nein.«

»Aber ja doch! Ich ruf mal schnell den Scalzi an, hast du dir gedacht, ich laß ihn an einen Ort kommen, wo einen die Arthritis nur so anspringt, und erzähl ihm einen Haufen blödes Zeug, das muntert mich ein wenig auf.« Scalzi hob die Stimme an. »Schließlich hat er ja nichts zu tun. Der hat ja Zeit zu verschenken.«

»Warum mußt du nur immer so gereizt sein?« Carrubba betrachtete wieder betrübt seinen Fuß. »Du bekommst immer gleich alles in den falschen Hals. Entspann dich. Es geht ja nicht nur um den Unfall. Da sind auch noch andere Dinge.«

»Legen wir also den Unfall ad acta. Erzähl mir von den Drohungen. Kostenlose Drohungen, hast du gesagt, keine Erpressung. Zu welchem Zweck also dann?«

»Das ist etwas kompliziert ...«

»Also, gleich bin ich weg.«

Carrubba holte tief Luft und dehnte dabei jeden Teil seines Körpers. Pfeifend atmete er wieder aus.

»Vor einem knappen Monat stand ich in Verhandlungen, um von einer bestimmten Person gewisse Objekte zu kaufen.«

»Ist das die Person, die dich bedroht?«

»Nein. Der Verkäufer ist jemand anderes.«

»Um was handelte es sich dabei?«

»Wobei?«

»Bei diesen Objekten!«

»Um Statuen.«

»Du wolltest Statuen kaufen?«

»Aber am Ende stellte sich heraus, daß sie viel mehr wert sind als der vereinbarte Preis. Es sieht so aus, als stammen sie von einem berühmten Künstler ...«

19

»Von wem?«

»Von einem gewissen ...«

Carrubba schloß die Augen. Er schien eingeschlafen zu sein. Das war nicht auszuschließen. Er litt am Pickwicksyndrom.

»Einem gewissen ...«

»Ja? ...« fragte Carrubba und hob ein wenig die Augenlider.

»Der berühmte Künstler, wer soll das sein?« schrie Scalzi.

»Ein gewisser Modigliani«, hauchte Carrubba wie im Traum. »Die Skulpturen hat mir ein Schrotthändler aus Livorno verkauft.«

»Alles klar«, sagte Scalzi, »der Schrotthändler verkauft Kunstschrott, das paßt. Wo will er denn diese *authentischen* Skulpturen von Modigliani gefunden haben, im Kofferraum einer Schrottkarre?«

»Er hat drei.«

»Drei was?«

»Skulpturen von diesem Modigliani. Der Schrotthändler hat drei davon.«

»Don Lollò Zifara«, sagte Scalzi. »Du weißt, wer das ist?«

Sie hatten die Flußmündung hinter sich gelassen, als es schon dunkel war, und nun fuhr Eros, über das Lenkrad gebeugt, etwas steif von der Kälte nach drei Stunden Wartezeit.

Er kratzte sich den Bart und ordnete die Anspielung ein.

»Der Held aus dem *Krug* von Pirandello, der, der wegen jeder Kleinigkeit zum Anwalt rennt.«

Unter der Krempe seiner Fischermütze strahlten seine Augen vor Zufriedenheit. Eros war Schauspieler bei Kantor gewesen; er war mit der Theatertruppe des polnischen Regisseurs in der ganzen Welt herumgereist. Seit dem Tod des Meisters fuhr er Taxi. Er kannte sich in der Theaterwelt aus.

»Sehr gut«, sagte Scalzi, »Carrubba hat verstanden, daß das Gesetz ein Instrument in den Händen desjenigen ist, der es am besten beherrscht. Scharfsichtiger als viele Anwälte. Er strahlt ein hypnotisches Flair aus, bei jeder Auseinandersetzung schafft er es, daß sich die Gemüter bis zur Lauheit abkühlen. Ich habe niemals erlebt, daß er je die Stimme erhoben hätte. Er versteckt sich hinter der Maske eines dicken, gutmütigen Hundes, der sich nicht wehrt, auch wenn er einen Fußtritt abbekommt; aber wenn sich die Gelegenheit bietet, beißt er zu, und zwar gewaltig.«

»Kennst du ihn schon lange?«

»Seit über zwanzig Jahren. Er war zunächst im Baugeschäft, nun scheint er sich mit Überseespeditionen zu beschäftigen, er vermietet Schiffe. Als er zum erstenmal in meiner Kanzlei aufkreuzte, hatte er den Auftrag übernommen, einen Wohnkomplex für gut hundert Milliarden Lire hochzuziehen. Eine Arbeit, für die seine »Mannschaft«, wie er sie nannte, nicht im mindesten geeignet war, denn die bestand nur aus einem Dutzend Burschen aus Campania, die reichlich nach Camorra rochen, ein paar Baggern, einem Kran und einer schiefen Fertigbaracke, die als Schlafsaal und Büro diente. Die Erstfirma, die den Auftrag an ihn weitergegeben hatte, rechnete damit, daß sich seine kleine Firma in dem Bemühen, die Übergabefristen einzuhalten, zu hoch verschulden und dann Bankrott gehen würde. Vom Konkursverwalter hätten sie dann die teuersten Arbeiten zu einem Drittel des Wertes kaufen können. Carrubba allerdings ist einer, der nicht auf den Kopf gefallen ist. Das Grundstück, auf dem er das Fundament hätte legen sollen, war einst die Mülldeponie einer Chemiefabrik. Die Säurerückstände, die sich im Erdreich angesammelt hatten, zerfraßen den Stahlbeton. Den eigentlichen Bau begann er erst gar nicht. Eine Weile lang ließ er sich sogenannte Erschließungsarbeiten bezahlen, während seine zwölf Apostel das Gelände rund um das zukünftige

Gebäude einebneten. In ihren freien Stunden, und das waren nicht wenige, schleppten sie die Prostituierten der Umgebung ab, wenn die Sonne schien, veranstalteten sie Hinterhoffußballturniere, und bei Regen gab es verschärfte Skatmeisterschaften in ihrer Baracke. Die Backsteinmagnaten bezahlten fast eine Milliarde für eine Art Bocciafeld, dazu unzählige aufgebuddelte und wieder zugeschüttete Löcher. Als sie schließlich mitbekamen, was los war, zeigten sie Carrubba wegen Betruges an und ließen die Baustelle sperren. Das war der Zeitpunkt, als er zu mir kam. Wir spielten unsere Trumpfkarte von den Säuren aus, die das für das Fundament vorgesehene Gelände durchsetzt hätten, und kamen damit durch. Die Sperrung der Baustelle wurde aufgehoben, und die Erstfirma mußte sogar Entschädigung zahlen. Seit damals hat er verschiedene Dinger dieser Art gedreht, auch größere, und ein paarmal ist er dafür sogar im Knast gelandet. Er schafft es allerdings stets, am Ende mit fast sauberer Weste davonzukommen, weil er mit Leuten Geschäfte macht, die ihn betrügen wollen, und er sich praktisch nur revanchiert, wenn er sie seinerseits übers Ohr haut. Jetzt hat er sich der Reederei verschrieben. Ich denke, den Bausektor hat er abgegrast.«

Der Ex-Schauspieler schlug einen kritischen Ton an: »Hast du ihn häufig verteidigt?«

»Strafrecht ist nun einmal mein Beruf«, erwiderte Scalzi ein wenig gereizt. »Carrubba ist ein guter Kunde meiner Kanzlei. Im Sinne des Timings. Er taucht immer in Krisenzeiten auf. Wie seinerzeit mit dem Bocciafeld. Das war 1981. Damals reiste ich landauf, landab, um linke Terroristen zu verteidigen. Ich habe in dieser Zeit alle Gefängnisse Italiens kennengelernt. Und alles für einen Apfel und ein Ei, wie du dir vielleicht vorstellen kannst. Carrubbas Erscheinen war wie eine Sauerstoffdusche. Und so hätte es auch heute sein sollen. Es ist ja nicht so, daß es keine Arbeit gäbe, eher genug, noch dazu einträgliche. Aber die Leute, die in Schmiergeldaffären verwickelt sind, kommen nicht zu mir. Für einen gewissen Personenkreis habe ich nun mal eine nicht gerade vertrauenerweckende Vergangenheit. Und heutzutage kümmern sich die Gerichte ja um nichts anderes mehr – nur Drogenhandel und Schmiergelder.

Diesmal allerdings habe ich das Mandat abgelehnt ... Denn dieses Mal versucht sich Carrubba an einem ziemlich dicken Ding. Noch steckt er in den Anfängen – aber ich würde ebenfalls Kopf und Kragen dabei riskieren.«

Scalzi zündete sich eine Zigarette an. Diskret öffnete Eros einen Spaltbreit das Fenster.

»Entschuldigung«, sagte Scalzi, »ich hatte vergessen, daß du damit aufgehört hast.«

»Bei all dem Smog, den wir schlucken müssen«, seufzte Eros, »schaden deine Zigaretten nun auch nichts mehr. Wenn irgend jemand ihn bedroht, wieso könnte das dann für dich riskant werden?«

»Der Typ, der ihn bedroht, hat damit gar nichts zu tun.«

»Du hast gesagt, daß Carrubba Schiß hat.«

»Er hat sein Haus und das Büro verlassen. Seit einer Woche lebt er auf diesem Boot. Er bezahlt ein paar Bodyguards. Aber nicht, weil er sich vor dieser Person fürchtet. Und dann die Geschichte mit dem gebrochenen Fuß: eine Nebelkerze, damit ich ja nicht versuche, herauszufinden, was ihm wirklich Angst einjagt. Der Kerl, der ihn bedroht – er heißt Sarcì –, der ist, soweit ich verstanden habe, ein Spinner. Carrubba hat mir einen seiner Briefe gezeigt. Es ist zu bezweifeln, ob es sich wirklich um Drohungen handelt. Das Blatt war voller Hieroglyphen und esoterischem Blödsinn.«

»Vor wem hat er also Angst?«

»Ich weiß es nicht. Bis heute habe ich ihn noch nie so reserviert gesehen. Immerhin habe ich kapiert, daß der Hund woanders begraben liegt. Carrubba hat Kontakt mit einem amerikanischen Museum aufgenommen und dem für einige Milliarden gewisse Skulpturen aus dem Besitz eines Livorneser Schrotthändlers angeboten, die seinen Angaben zufolge authentisch sein sollen. Niemand, der noch bei klarem Verstand ist, würde allen Ernstes annehmen, daß es in Livorno tatsächlich irgendein echtes Werk von Modigliani gibt, nach dem Schwindel mit den Köpfen, die sie damals aus dem Fosso Reale gefischt haben. Dennoch hat er versucht, mich zu überzeugen. Er hat mir erzählt, daß ein Experte des Museums sie begutachtet habe und daß der von ihrer Echtheit überzeugt sei. Dann scheint dieser Experte, so habe ich ihm gesagt, von Kunst soviel zu verstehen wie ich von Kernphysik; ich habe ihm deutlich gemacht, daß die Amerikaner ziemlich empfindlich werden können, wenn jemand versucht, sie hereinzulegen, und daß auch die italienischen Richter äußerst streng mit Kunstfälschern umspringen, die versuchen, Ausländer übers Ohr zu hauen, denn damit schädigen sie den Tourismus. Ich bin stinksauer geworden: schließlich wendet man sich nicht an einen Profi, um sich über die beste Art und Weise beraten zu lassen, wie man einen Betrug begeht. Mit mir nicht. Da war er beleidigt. Und wir haben uns gestritten.«

Seitlich vom Wagen tauchten die Lichter des Airports von Florenz auf. Ein Flugzeug, glitzernd wie ein Weihnachtsbaum, senkte sich langsam herab und schien die Fahrzeuge fast zu berühren, die von der Autobahn herunterfuhren.

»Also ein Ausflug für nichts und wieder nichts«, sagte Eros.

»Genau.«

»Zum Glück war es ein schöner Tag.«

»Dafür haben wir ziemlich schlecht gegessen ...«

Eros schlug einen freundlichen Ton an, um ihn etwas zu beschwichtigen: »Die Spaghetti mit Meeresfrüchten waren doch ganz in Ordnung ...«

»Ich hatte Reis. Der war zerkocht.«

2

Die Augen von »Onkel Totò«

Im Gerichtsbunker von Santa Verdiana lief der Prozeß zu dem Mafiaanschlag in der Via dei Georgofili, und ein Zeuge machte seine Aussage. Er erzählte, daß der Junge, dessen Eltern Scalzi als Nebenkläger vertrat, inmitten der Flammen am Fenster des zweiten Stockwerks eines Hauses vor der Torre dei Pulci erschienen war. Anscheinend hatte er den Sprung wagen wollen, doch dann hatte ihn die Feuersbrunst wieder ins Innere gesogen. Der Junge war umgekommen, bei lebendigem Leib verbrannt.

Scalzi gelang es nicht, die Augen offenzuhalten. Das Licht blendete ihn, es kam direkt von vorn, aus einem Scheinwerfer, der den Bereich für die Aufnahmen der Fernsehkamera ausleuchtete. Dabei gab es eigentlich nichts Interessantes festzuhalten. Der Saal war halb leer. Nach der ersten Anhörung, als der »Käfig« hinter der Panzerglasscheibe noch komplett gefüllt und der Saal voller Anwälte und Journalisten war, zog sich der Prozeß um den Anschlag in der Via dei Georgofili nun mühsam dahin wie ein Routinefall. Sogar die angeklagten Mafiosi, die noch in Dutzenden anderer Prozesse vor Gericht standen, sahen zu, daß sie diesem hier fernbleiben konnten.

Scalzi wandte sich von dem Zeugen ab, um den Käfig zu betrachten. Nur zwei Abteile waren belegt.

Ein gewisser Pizzuto lag auf einer Tragbahre, eingewickelt in eine braune Decke und mit dem Rücken den Richtern zugewandt. Unter der Decke lugte ein wirrer weißer Haarschopf hervor. Sein Anwalt behauptete, er befinde sich bereits in einem fortgeschrittenen Stadium von

25

Altersschwachsinn. Pizzuto bewegte keinen Muskel, zumindest nicht vor Gericht. Zwei leere Abteile weiter saß unbeweglich, die Ellenbogen auf die Knie gestützt, das Oberhaupt der *Cupola* des Corleoneser Clans,»Onkel Totò«, der angeklagt war, Auftraggeber des Anschlages gewesen zu sein. Er wirkte abwesend, allenfalls ein wenig gelangweilt.

Scalzi hatte sich einen Tisch neben dem Käfig gewählt, um Totò aus der Nähe beobachten zu können. Er hoffte irgendein faßbares Zeichen dafür ausmachen zu können, daß dieser Totò fähig gewesen war, und mitunter mit seinen bloßen Händen, so viele Menschen in seiner vierzigjährigen Karriere umzubringen, wie man ihm nachsagte. Das Foto, das in allen Zeitungen abgedruckt worden war, als »Onkel Totò« noch die meistgesuchte flüchtige Person des Landes war, war eine Porträtaufnahme fürs Familienalbum von einem hübschen, ernsten jungen Mann mit schmalem Gesicht, schwarzem Schnurrbart und eindringlichen Augen. Auch jetzt schien er sich auf dem Podest des Käfigs, das dem Publikum am nächsten lag, in Pose gesetzt zu haben. Der Scheinwerfer einer Fernsehkamera strahlte ihn voll an. Er sah aus wie einer jener alten Männer, die sich auf einem Mäuerchen an der Dorfstraße sonnen. Müde schien er. Er fixierte jemanden hinten im Saal, mit unbeweglichen Augen wie ein Toter, in denen keine Furcht vor dem Abgrund stand und die wie von einem dunklen Licht erleuchtet waren.

Scalzi drehte sich um. Olimpia wechselte mit dem »Onkel« einen Blick und nahm am hintersten Tisch Platz: sie zog es vor, immer einen gewissen Abstand zur Richterbank zu wahren. Vor ein paar Jahren war sie Mitarbeiterin in seiner Anwaltskanzlei geworden, nachdem die FATES, die Fabrik für elektrische Transformatoren, in der sie Chefsekretärin gewesen war, aufgrund der Wirtschaftskrise ihre Tore hatte schließen müssen. Die neue Arbeit gefiel ihr, doch bei Gerichtsverhandlungen fühlte sie sich immer etwas unwohl. Scalzi ging zu ihr.

»Kauf dir endlich ein Handy«, flüsterte Olimpia, »dann wäre ich nicht gezwungen, dir bis zu einem so scheußlichen Ort wie dem hier hinterherzurennen ...«

»Es gehört nun einmal zu meiner Arbeit, an scheußlichen Orten zu verkehren«, meinte Scalzi.

»Aber nicht zu meiner.«

»Gehst du denn nicht gern zu Gerichtsverhandlungen?« Das sagte er, um sie aufzuziehen, schließlich wußte er es ganz genau.

»Was für einen Job macht ihr denn hier? Ihr schickt Menschen in den Knast. Menschen hinter Mauern einzusperren ist pervers.«

»Auch bei *diesen* Menschen?«

Olimpia betrachtete erneut den »Onkel« und wiegte unentschlossen den Kopf.

»In deinem Büro sitzt eine neue Klientin. Sie wartet schon seit einer Stunde.«

»Hatte sie einen Termin?«

»Sie ist einfach so gekommen. Du solltest mit ihr sprechen. Ein interessanter Fall.«

»Das heißt?«

»Sie ist davon überzeugt, daß man ihren Verlobten ermordet hat, obwohl die Carabinieri sicher sind, daß es ein Unfall war. Sie ist Amerikanerin. Auch der Verlobte war Amerikaner.«

Der Zeuge beschrieb gerade, wie schwierig es war, im Dunkeln das Treppenhaus zu finden und sich so in Sicherheit zu bringen. Er war Gast in einem Hotel des Viertels gewesen, er schilderte die Panik und wie die Leute halbnackt durch die Gänge geirrt seien. Der Strom war ausgefallen, ehe das Dröhnen der Explosion zu hören war.

»Pst«, machte Scalzi, »das interessiert mich.«

»Was?«

»Das, was der Zeuge sagt: Der Stromausfall war vor, nicht nach der Explosion.«

»Der Schall«, warf Olimpia flüsternd ein, »der Schall braucht immer eine kleine Zeit …«

»Das Hotel ist fünfzig Meter vom Bombenkrater entfernt. Die Verzögerung wäre kaum wahrnehmbar gewesen.«

»Und warum interessiert dich das so?«

»Ein Störfall ausgerechnet in dieser Gegend verändert das Bild. Die Mafiosi müssen in der Stadt Komplizen gehabt haben.«

Der Zeuge hatte seine Aussage beendet.

»Der Nächste bitte«, sagte der Vorsitzende.

»Die Amerikanerin wollte noch eine halbe Stunde warten«, beharrte Olimpia, »dann geht sie.«

Der neue Zeuge war ein Feuerwehrmann. Er sprach die Eidesformel, daß er nur die Wahrheit und nichts als die Wahrheit sagen würde.

»Der Feuerwehrmann ist wichtig«, hielt Scalzi dagegen.

Falsch: der Feuerwehrmann interessierte ihn überhaupt nicht. Vielmehr gönnte er sich gerade einen ruhigen Nachmittag in einem halbleeren Gerichtssaal. Er wollte in Ruhe seine Überlegungen zum kollektiven Wahnsinn der Mafiosi zum Abschluß bringen. Ausgehend von den Augen »Onkel Totòs« hatten seine Gedanken den Weg zur Selbstkritik gefunden. Ihm war die abwegige Idee gekommen, wenn schon den Kriminellen die Anlage zum Verbrechen auf der Stirn geschrieben stünde, wie aufdringlich müßten dann erst gewisse lombrosianische Platitüden bei ihm und seinen Berufskollegen aufleuchten. Nein er hatte keine Lust, sich der von Telefongeklingel erfüllten Atmosphäre seines Büros auszusetzen. Er hatte vorgehabt, die Stunden verstreichen zu lassen und mit halbem Ohr den Zeugenaussagen zu lauschen, bis es dann Zeit war, den Arbeitstag zu beschließen.

»Du kannst es dir nicht leisten, auf einen neuen Fall zu verzichten. Wir sind blank ...«

Scalzi zuckte mit den Schultern. »Es wird eine von den üblichen Verrückten sein, die kommt auch morgen noch einmal.«

»Nein«, sagte Olimpia«, »sie ist eine ernsthafte und ausgeglichene Person. Und ziemlich betucht, wie es aussieht.«

Scalzi seufzte und zog sich die Robe aus. Er blieb kurz am Tisch des Verteidigers eines weiteren Nebenklägers stehen, der sich eifrig Notizen machte. »Ich gehe ins Büro zurück, Danilo. Kannst du bitte für mich übernehmen?«

Der Kollege nickte, ohne den Stift vom Blatt zu nehmen.

Sie durchquerten die Markthalle von Sant'Ambrogio. Die Kanzlei lag nur wenige hundert Meter entfernt.

»Es ist nur so eine Idee«, sagte Olimpia, »aber hier könnte ein Zusammenhang zu dem bestehen, was dir Carrubba erzählt hat.«

Die Festtage standen vor der Tür. Die Obstverkäufer hatten an ihren Auslagen bunte Lichter angebracht. Der Duft von Orangen ließ schon an Weihnachten denken.

Erstaunt wandte sich Scalzi ihr zu. »Was für ein Zusammenhang?«

»Da haben wir zum Beispiel den Ort des sogenannten Unfalls, der zufällig Livorno ist; dann wäre da noch der Beruf des Verlobten der Amerikanerin: er unterrichtete Kunstgeschichte an der Columbia University von New York. Und Amerikaner war schließlich auch der Experte, von dem dir Carrubba erzählt hat ...«

»Kannst du dir diesen Experten von Carrubba vorstellen? Es gibt nichts, was auf eine zuverlässige Verbindung schließen läßt. Und überhaupt, woher weißt du all diese Dinge?«

»Sie hat sie mir erzählt, Carol Ellroy, so heißt sie. Sie spricht ausgezeichnet Italienisch. Der Verlobte hieß Wayne

James. Sie hat mir erzählt, daß er eins neunzig groß war. Der klassische sportliche Typ wie aus der Serie *Beautiful*, auch wenn er schon ein wenig angejahrt gewesen sein muß. Champion im College-Footballteam. Carol hat ihn am MIT von Boston kennengelernt, dieser berühmten Schule in Massachusetts. Sie besuchten sie beide. Sie waren sich sehr zugetan. Einmal hat sie sogar angefangen zu weinen. Weil sie ihn nach Italien begleiten wollte, hat sie eine angesehene Stelle in New York aufgegeben, wo sie Literaturagentin war. Sie ist eine *wasp* und stammt aus Virginia. In Italien, wo nur wenige Leute Bücher kaufen und es daher auf ihrem Gebiet nicht allzuviel zu tun gibt, beschäftigt sie sich zum Zeitvertreib mit Gastronomie. Sie besucht einen Kurs in toskanischer Küche, den dein Freund Fabio veranstaltet. Er war es auch, der sie zu dir geschickt hat. Man hat den Verlobten vorgestern ertrunken aufgefunden. Er soll von der Mole in das Hafenbecken von Livorno gefallen sein, nach Meinung der Carabinieri betrunken. Sie ziehen wahlweise aber auch einen Selbstmord in Betracht. Doch Carol glaubt weder an Unfall noch an Selbstmord.«

»Ich kann nichts für die amerikanische Signora tun. Mein Beruf ist Anwalt, nicht Ermittler.«

»Ihr würde es schon genügen, wenn du die Ergebnisse der offiziellen Untersuchung zusammentragen könntest. Wenn du dann noch irgendein neues Indiz finden könntest, das die Hypothese eines Mordes entweder stützen oder ausschließen würde, dann wäre das das Höchste ... Dann würde sie sich selbst weiter darum kümmern und einen Privatdetektiv aus ihrem Land einschalten.«

»Und mir genügt es schon, mit dir gesprochen zu haben«, sagte Scalzi. »Was soll ich denn überhaupt noch in der Kanzlei?«

»Dir die Anzahlung geben lassen.«

3
Carols Verlobter

Olimpia schrieb mit. Scalzi erklärte, daß die italienischen Rechtsanwälte ganz groß darin seien, Vorgekochtes zu konsumieren: Sie kämen erst später hinzu, die Anwälte Italicas, wenn die Untersuchungen bereits angestellt wären und erste Theorien sich bestätigt hätten. Und er sei da durchaus keine Ausnahme. Ganz sicher könnte er Gefallen daran finden, den Schritt über die Rampe zu wagen und in den Film einzusteigen, sich selbst in den Sattel zu schwingen und für die Ermittlungen die Lande zu durchstreifen und nicht in seinem Sessel auf die Zuschauerrolle beschränkt zu bleiben. Auf dem Papier stünden ihm nach der neuen Prozeßordnung tatsächlich einige bescheidene Möglichkeiten zur Verfügung. Allerdings habe er nicht die Mittel, sie in die Tat umzusetzen. Nicht finanzielle Mittel, sondern das nötige Instrumentarium. Hier sei das nun einmal nicht wie in Amerika, wo an fast jeder Straßenecke ein *private eye* herumstünde. Hier seien die wenigen ehrenhaften und seriösen Privatdetektive vornehmlich damit beschäftigt, das Gärtlein der ehelichen und außerehelichen Ermittlungen umzugraben, und die besser ausgestatteten Büros stünden Unternehmen in Fällen von unlauterem Wettbewerb, Markenfälschung und Industriespionage zur Seite.

»Alles klar«, sagte die Signora.

»Für den Augenblick nehme ich daher noch kein Mandat an. Ich behalte mir vor, dies eventuell nach unserem Gespräch zu tun. Es tut mir leid, daß Ihr Verlobter umgekommen ist. Aus welchem Grund soll es denn kein Unfall gewesen sein?«

Carol stand an der undankbaren Schwelle der Fünfziger. Der etwas verblühte Körper und die kleinen Fältchen rund um den Mund verrieten ihr Alter. Ihre klaren Augen dagegen, aus denen keinerlei Langeweile sprach, ließen sie jünger erscheinen, Augen einer vielgereisten Frau, die daran gewöhnt war, öfter einmal die Tapeten zu wechseln. Sie war hochgewachsen, die Haare platinblond. Um die Lider war blauer Kajal verschmiert, eine Folge der Tränen, die während der Unterhaltung mit Olimpia geflossen waren. Sie bewegte sich unbehaglich auf ihrem Sessel, einem Nachtstuhl aus dem achtzehnten Jahrhundert. Wenn sie gewußt hätte, zu welchem Zweck dieses Möbel in der Vergangenheit gedient hatte, wäre ihr bestimmt noch unbehaglicher zumute gewesen. Der Sitz war erst vor kurzem neu gepolstert und mit grünem Stoff bespannt worden; darunter befand sich noch das Loch zu dem Hohlraum, in den einst das Nachtgeschirr gestellt wurde.

Fest packte sie die Armlehnen und erhob sich ein wenig; der kurze Rock gab den Blick auf die langen Beine bis hinauf zu den Schenkeln frei.

»Er war ein guter Schwimmer und trank niemals übermäßig. Und allein der Gedanke an Selbstmord ist absurd: Ihm fehlte es an nichts – weder an Geld noch an Intelligenz, noch an Bildung. Er hatte eine eiserne Gesundheit und war nicht depressiv.«

»Kannten Sie ihn schon lange?«

»Seit über zwanzig Jahren. Seit zehn Jahren waren wir zusammen.«

»Wann haben Sie ihn zum letzten Mal gesehen?«

»Vor einem Monat. An einem Sonntag, als er nach Uzzano zurückkam.«

»Lebten Sie nicht zusammen?«

»Doch. Im Chianti, in einem Bauernhaus in der Nähe der Ortschaft Uzzano. Aber vor fünf Monaten ist er nach Livorno gezogen.«

»Warum? Hatten Sie sich gestritten?«

»In all den zehn Jahren habe ich nie mit Wayne gestritten. Er war ein sehr sanftmütiger Mensch.«

»Aus welchem Grund haben Sie sich dann getrennt?«

»Wir haben uns nicht getrennt. Er wohnte nur vorübergehend in Livorno, im Hotel D'Annunzio.«

»Sie werden ihn dort besucht haben, nehme ich an.«

»Nein.«

»Warum nicht?«

Carol schaute Olimpia an, wie um sie um Rat zu bitten, ob sie wohl auf diese Frage eingehen müsse, der Avvocato stellte reichlich taktlose Fragen. Olimpia hob den Stift vom Notizheft in Erwartung einer Antwort.

»Ich meine«, insistierte Scalzi, »gab es einen Grund dafür, warum Sie in den gesamten fünf Monaten Ihren Verlobten kein einziges Mal in Livorno besucht haben?«

»Er wollte es so. Wir telefonierten fast jeden Tag miteinander. Ich begriff, daß es ihm nicht recht gewesen wäre, wenn ich zu ihm gefahren wäre. Und so ... bin ich eben nicht hingefahren, das ist alles.« Beim letzten Satz reckte Carol das Kinn vor und hob die Augenbrauen. Scalzi verstand die Andeutung sehr wohl: Ich bin schließlich keine lästig-anhängliche italienische Ehefrau.

»Sie werden sich doch aber Gedanken darüber gemacht haben, warum er in Livorno lieber allein bleiben wollte. Sagen Sie jetzt nicht nein, Signora, denn das nehme ich Ihnen nicht ab.«

»Ich habe mir Gedanken gemacht, ja. Vor allem nach seinem Tod.«

»Und zu welchem Schluß sind Sie gekommen?«

»Es hatte wohl mit Waynes Arbeit zu tun. Er wollte mich nicht mit hineinziehen. Er hatte das Gefühl, in Gefahr zu sein. Das ist einer der Gründe, weshalb ich mir sicher bin, daß es kein Unfall war.«

»Worin bestand diese Arbeit?«

33

»Ich glaube nicht, daß ich Ihnen das sagen kann.« Erneut das erhobene Kinn und der hochmütige Tonfall. »Es tut mir leid, das ist ein vertrauliches Angelegenheit.«

Bis zu diesem Zeitpunkt hatte sie keinen einzigen sprachlichen Fehler gemacht. Der Versprecher hing wahrscheinlich mit der Erregung zusammen, die das Thema in ihr auslöste.

»Alles, was Sie hier in diesem Büro sagen, bleibt zwischen Ihnen und mir, bis ins Grab.« Das klang ziemlich emphatisch, wie in einem Fernsehdrama. »Auch Olimpia wird Verschwiegenheit wahren, vorausgesetzt, Sie wünschen, daß sie weiter bei uns bleibt. Ich kann sie auch bitten, uns allein zu lassen.«

Carol ließ drei Finger zu Olimpia kreisen, die sich bereits erhoben und das Notizheft auf dem Schreibtisch abgelegt hatte. »Olimpia kann bleiben. Ich habe Wayne versprochen, das Geheimnis zu wahren. Er hat mich gebeten, niemandem zu erzählen, womit er sich in Livorno beschäftigte. Es ist nicht allein mein Geheimnis. Und es war nicht nur Waynes Geheimnis, fürchte ich. Da sind größere Interessen im Spiel.«

»Dann ist unser Gespräch hiermit beendet«, sagte Scalzi. »Das Gebiet liegt außerhalb meines Tätigkeitsfeldes, und ich kann mich auch nicht um einen Fall kümmern, ohne Einzelheiten zu kennen. Es tut mir leid.«

»Sei doch nicht so impulsiv«, sagte Olimpia. Sie legte eine Hand auf die Lehne des Nachtstuhls und wandte sich an die Amerikanerin:

»Carol, du hast Wayne zwar versprochen, nicht darüber zu reden. Aber du weißt ja nicht einmal, wer die anderen Leute sind, deren Interessen von der Angelegenheit betroffen sein könnten.«

»Das ist teilweise richtig ...«, gab Carol zu.

»Wayne ist tot. Was du ihm zu seinen Lebzeiten versprochen hast, zählt nicht mehr viel, meinst du nicht auch?«

34

»Also gut: Mein Verlobter war auf der Suche nach Kunstwerken, um sie im Auftrag einer Stiftung zu erwerben. Diese Stiftung hat in den Staaten ein privates Museum. Der Name tut nichts zur Sache.« Carol beäugte Scalzi mißtrauisch: »Reicht das?«

Scalzi nickte. »Was das Tätigkeitsfeld des Signor James betrifft, schon … Aber ich muß noch wissen, weshalb er sich in Livorno aufhielt.«

»Was wissen Sie über die Skulpturen, die Modigliani 1909 in Livorno geschaffen haben soll?«

Scalzi nahm seine Brille ab und rieb sich die Augen. »Eine war von ein paar jugendlichen Witzbolden mit einer Black & Decker aus dem Stein gehauen worden. Es handelte sich um grobe Fälschungen, das ist alles, was ich weiß.«

»Ich meine nicht die, die aus dem Wasser des Festungsgrabens gefischt wurden, ich spreche von den echten Skulpturen, die wirklich von Modigliani gemacht worden sind. Wayne hatte sie gefunden.«

Scalzi tauschte einen Blick mit Olimpia, die ihren Stift auf das Notizheft niederlegte und sich andeutungsweise die Nägel am Kragen ihrer Kostümjacke polierte.

Olimpia riß das Fenster auf, um den Rauch hinauszulassen. Die schwarzen Äste der graugrünen Steineiche hoben sich hart ab vor dem leuchtenden Gelb der gegenüberliegenden Hauswand und vor dem weißen Himmel darüber: Himmel, der Schnee ankündigte. Der Geruch der frischen Luft verdrängte das Parfüm der Amerikanerin. Das Gegenlicht milderte Olimpias triumphierendes Grinsen.

»Wie war das nun mit der nicht vorhandenen zuverlässigen Verbindung, hey, Avvocato?«

Scalzi legte den Scheck in seine Brieftasche, den Carol ausgestellt hatte, bevor sie ging: äußerst großzügig, zuviel sogar für das, was er zu tun gedachte.

»Hm ... Möglicherweise gibt es einen Zusammenhang ...«

»Was heißt möglicherweise! Es gibt eine Verbindung zu dem, was dir Carrubba erzählt hat, und es gibt ein hübsches Verbrechen. Kein Unfall und kein Selbstmord: Wayne wurde ermordet.«

»Eine reine Vermutung.«

»Wenn du hier jetzt anfängst zu räsonieren, dann verlierst du deinen Vorsprung ...«

»Welchen Vorsprung?«

»Den vor den Carabinieri, die nicht über deine Informationen verfügen, nämlich daß Carrubbas Experte und dieser James identisch sind und daß alle beide Angst hatten – der Amerikaner wie Carrubba. Das mit der Angst ist äußerst wichtig. Angst vor wem? Dein alter Schlaumeier hat dir verraten, vor wem ... Ich wage es, dir einen Rat zu geben: Ruf Carrubba an. Sag ihm, daß du seinen Auftrag annimmst; ein doppeltes Honorar hat noch nie geschadet ... Erstatte die Anzeige, um die er dich gebeten hat. Dann kannst du Däumchen drehen und abwarten, daß die Staatsanwaltschaft die Ermittlungen aufnimmt. Die werden schließlich dafür bezahlt, oder nicht? Wollen wir wetten, daß der Typ, der Carrubba bedroht, in den Mord an James verwickelt ist?«

»Nein.«

»Und warum nicht?«

»Mit Carrubba bin ich fertig. Ich ertrage Carrubba einfach nicht mehr. Er behandelt seinen Anwalt wie ein Stück Dreck. Ganz abgesehen davon, wäre kein Staatsanwalt bereit, eine derartige Hypothese zur Kenntnis zu nehmen. Der Experte von Carrubba und Wayne James sind identisch, okay. Und beide hatten Angst. Aber können wir das mit Sicherheit wissen? Bei Carrubba besteht kein Zweifel, er versteckt sich, das ist eine Tatsache. Aber Wayne? Es ist noch lange nicht gesagt, daß er Carol nur deswegen davon abgehalten hat, ihn in Livorno zu besuchen, weil er es für gefährlich hielt. Er kann gelogen haben, als er ihr weismachte, vor etwas Angst zu haben.«

»Warum sollte er gelogen haben?«

»Ein Verhältnis, beispielsweise, ein Techtelmechtel in Livorno ...«

»Die üblichen Vorurteile: *Cherchez la femme* ... Der Mann, der Jäger, etcetera pp. Sie haben sich geliebt, hast du nicht zugehört? Und außerdem war er ein braver Kerl, der sich ausschließlich seinem Studium der Kunst und dem Jogging auf den Feldwegen des Chianti widmete.«

Scalzi lächelte. »Das mit dem Jogging auf den Feldwegen erfindest du jetzt ...«

»Ich erfinde es nicht, ich stelle es mir vor. Das ist was anderes.«

»Auch alles übrige, das Verbrechen eingeschlossen, stellst du dir vor. Du verläßt dich zu sehr auf eine Peircianische Abduktion.«

Eine gute englische Aussprache war noch nie Scalzis Stärke gewesen.

»Über Katzen weiß ich alles. Aber von einer ›persianischen Abduktion‹ habe ich noch nie etwas gehört.« Olimpia prustete: »Los, laß mich an deiner Weisheit teilhaben.«

»Nicht persianisch. *Peircianisch*, nach dem amerikanischen pragmatischen Philosophen Charles Peirce. Es ist eine Vorgehensweise, bei der man zu einer logischen Hypothese ohne objektive Fakten gelangt, allein durch Vorstellungskraft und Intuition.«

»Und was ist schlecht daran?«

»Gar nichts. Nur daß man dann hinterher auch die Fakten finden muß. Wenn ich nun ernsthaft eine Anzeige erstatten will, muß ich aber vorher welche haben. Staatsanwälte arbeiten nur dann abduktiv, wenn sie von sich aus tätig werden. Wenn ihnen ein Rechtsanwalt die Marschrichtung vorgibt, werden sie päpstlicher als der Papst. Sie wollen den unschlagbaren Beweis. Etwas, was nur wahr-

37

scheinlich ist, betrachten sie quasi als falsch. Eine Hypothese ohne objektive Fakten ziehen sie nicht einmal in Betracht.«

Sie verließen die Kanzlei, als es schon dunkel war, und steuerten auf Olimpias Auto zu, um zu ihr nach Hause zu fahren. Sie diskutierten weiter. Das Wetter verschlechterte sich. Eine graublaue Wolke, die über der Piazza Santa Croce hing, ließ das Weiß der Basilika aufleuchten.

4
Hotel »D'Annunzio«

Spätabends kamen sie in Livorno an.

Bahnhöfe und Züge machten Olimpia immer etwas nervös. Als junges Mädchen hatte sie einmal versucht, aus dem Internat davonzulaufen, und auch eine Mitschülerin zur Flucht überredet. Am Bahnhof der kleinen Ortschaft des Apennin hatte man sie beide wieder eingesammelt, nachdem sie den letzten Zug in die Stadt verpaßt hatten. Jeden Augenblick war sie zur Tür von Scalzis Büro gerannt: »Du wirst sehen, wir verpassen den Zug ...«

Als sie dann beim Einparken in der Tiefgarage von Santa Maria Novella ihren Fiat hektisch herummanövrierte, hatte sie den Kotflügel eines anderen Wagens gestreift und eine kaum wahrnehmbare Beule verursacht. Der Parkhauswächter, ein pingeliger und unangenehmer Typ, hatte die Vorlage von Führerschein und Versicherungspolice verlangt, als ob er einen Unfall mit Todesfolge aufzunehmen hätte. Scalzi wollte die Sache kurz machen, doch Olimpia pochte auf ihr vermeintliches Recht und fing an zu diskutieren: die Schuld läge allein bei dem unbekannten Eigentümer des beschädigten Autos, der dieses schief eingeparkt habe. Und so verpaßten sie den Zug tatsächlich.

Viel später als geplant waren sie in einen halb leeren Regionalzug gestiegen, der sich mit Fahrradtempo fortbewegte und an Orten mit nie gehörten Namen hielt.

Als sie in Livorno ankamen, war der Bahnhofsvorplatz leer; es regnete. Der Taxifahrer chauffierte sie unter dröhnender Rockmusikbeschallung aus dem Kassettendeck zum Hotel »D'Annunzio«. Sie fuhren durch die ausgestorbene

Stadt. Auf der Strandpromenade kam der Regen in Strömen herunter und prasselte mit Gewalt gegen die Windschutzscheibe. Als die Musik mit dem entschwindenden Taxi verklang, überschüttete sie eine regengesättigte Windbö mit dem Lärm der Brandung. Jenseits der Straße schlug das Meer gegen das Pfahlwerk der Bagni Pancaldi.

Das Hotel wirkte verlassen; das Foyer war nur schummrig beleuchtet, die Rezeption nicht besetzt. In diesem Hotel, dem ältesten der Stadt, hatte Wayne James in den fünf Monaten vor seinem Tod gewohnt. Scalzi hämmerte lange auf die altertümliche Tischglocke ein.

Dann erschien der Nachtportier, noch an den vergoldeten Knöpfen seiner Uniform herumfummelnd, die Haare ungeordnet, die Augen schlafverklebt.

Er hielt sie für ein Pärchen, das ein Nümmerchen schieben wollte. Er kritzelte Scalzis Namen in das Register, zeigte in Richtung Aufzug, und noch während er sich wieder in das angrenzende Zimmer zurückzog, begann er schon, sich die Jacke aufzuknöpfen.

Ihr Zimmer lag im obersten Stockwerk. Als der Aufzug mit einem Satz anfuhr, schrak Olimpia zusammen. Auf ihren Schultern glitzerten Regentropfen, ihr Parfüm, das auf der feuchten Haut stärker duftete, ließ Scalzi auf die dummen Gedanken kommen, die ihnen der Portier unterstellt hatte.

Sie durchquerten einen im Halbdunkel liegenden Salon, der mit düsteren Möbeln vollgestellt war. Auf einem Bild an der Wand im Hintergrund hielt ein Mädchen in langem Kleid in ihrem Schoß einen Strauß dunkelblauer Blumen.

Scalzi hatte es eilig, die Zimmertür zu öffnen, doch das alte Schloß sperrte sich zunächst gegen den Schlüssel, den ein schwerer Messingknauf nach unten zog.

Er zog sich im Badezimmer aus, aber während er sich die Zähne putzte, hörte er Olimpias Stimme: »Willst du etwa schon ins Bett gehen?«

»Was sollten wir wohl sonst tun?«

»Als wir angekommen sind, war niemand in der Hotelhalle ...«

»Und weiter?«

»Der Portier ist schon wieder schlafen gegangen. Warum gehen wir nicht runter und schauen uns das Register an?«

»Welches Register?« fragte Scalzi, der aus dem Bad kam.

Olimpia war noch angezogen. »Das gehört doch mit dazu, wenn man eine Ermittlung durchführt, oder? Man schaut sich das Register des Hotels an, in dem das Opfer übernachtet hat. Wayne ist am 20. Dezember gestorben. Ich steh' auch Schmiere und paß auf, daß niemand kommt.«

Olimpia befand sich ganz offensichtlich in ihrem eigenen Film. Die Ankunft im Regen, das alte, dämmrige Hotel, die staubigen Vorhänge, die dunklen Möbel, das präraffaelitische Mädchen auf dem Bild ... Die perfekte Atmosphäre eines englischen Krimis.

»Ich stelle keine Ermittlungen an, und wir sind auch nicht in einem Thriller«, brummte Scalzi.

Sie machte eine ausladende Handbewegung. »Dann erklär mir mal, warum wir im einzigen Hotel von Livorno abgestiegen sind, in dem es spukt. Wayne hat hier gewohnt, oder nicht? Du hoffst, etwas zu entdecken, nehme ich mal an. Im Register könntest du herausfinden ... ob irgend jemand hier übernachtet hat. Der merkwürdige Kerl, der Carrubba bedroht ... Wie hieß er noch?«

»Ich bitte dich.«

»Wie hieß er?«

»Sarcì. Aber meinst du wirklich ...«

»Richtig, Sarcì. Er könnte zum Beispiel in den Tagen vor James' Tod hiergewesen sein. Das wäre ein Indiz ...«

»Vorausgesetzt, dieser Sarcì hat etwas mit dem Tod von Carols Verlobten zu tun, hätte er dann wohl im selben Hotel übernachtet, ehe er ihn von der Mole stieß? Zieh dich aus und komm ins Bett, bitte.«

41

»Was kostet es dich denn, entschuldige mal? Nur einen winzigen Augenblick. Der Portier schläft ...«

Scalzi hatte seinen Mantel über den Pyjama gezogen. Der Aufzug machte beim Abwärtsfahren einen Höllenlärm. In der Halle begegneten sie niemandem.

Das Register lag nicht auf dem Tresen der Rezeption, wie Olimpia sich das vorgestellt hatte, aber durch die Glastür eines kleinen Büros konnte man es auf dem Tisch erkennen. Scalzi brummelte etwas davon, daß es jetzt wohl an der Zeit wäre, das Ganze sein zu lassen. Olimpia öffnete schnell und selbstverständlich, als ob es das Natürlichste von der Welt wäre, die Tür, schnappte sich das Register und legte es auf die Theke.

»Bitte sehr«, sagte sie, »hier gehört es hin. Du schaust es durch, und ich passe auf.«

Sie stellte sich neben die Tür, hinter der der Nachtportier verschwunden war.

Im grünlichen Licht der Tischlampe blätterte Scalzi die Seiten durch. Dann schloß er das Register wieder.

»Und?« fragte Olimpia, als der Aufzug ächzend nach oben fuhr.

Scalzi schüttelte den Kopf: »Wenn ich es nicht mit eigenen Augen gesehen hätte, würde ich es nicht glauben. Am 19. Dezember hat Tiberio Sarcì, geboren 1936 in Livorno, wohnhaft in Montenero, hier übernachtet. Morgen rufe ich Carrubba an.«

Olimpia streckte ihm die Zunge heraus: »Peircianische Abduktion ... bei aller Bescheidenheit.«

5
Carrubbas Unfälle

Scalzi, der schon früh am Morgen aufgestanden war, ging zum Kiosk an der Uferpromenade. Als er ins Zimmer zurückkehrte, blätterte er die Tageszeitung von Livorno durch. Der *Tirreno* veröffentlichte mit Verspätung die Nachricht vom Auffinden der Leiche Wayne James'. Der Artikel neigte zu der Selbstmordtheorie.

Er griff sich das Telefon. Drei Versuche mit den Nummern ebensovieler Handys: Carrubba schien vom Antlitz der Erde verschwunden zu sein. Die Stimme des Anrufbeantworters bedauerte zutiefst die Abwesenheit des »Commendatore«. Also war es gelogen, daß der Ehrentitel nur so eine Idee der »Jungs« war. Beim vierten Versuch, diesmal war es die Nummer eines Auskunftsbüros für Schiffahrtsfragen, sagte eine Sekretärin aus Fleisch und Blut, der »Commendatore« sei verreist, und man wisse nicht, wann er wieder zurückkäme. Scalzi gab ihr die Nummer des Hotels und rang ihr das Versprechen ab, gegebenenfalls zurückzurufen.

Er öffnete die salzverkrusteten Fensterläden, Olimpia schlief immer noch. Der Regen hatte die ganze Nacht über angedauert. Jetzt allerdings funkelte die Sonne. Vorhin, als er in seine Zeitung vertieft war, hatte er das gar nicht bemerkt. Tief atmete er die Meeresluft ein.

Fast augenblicklich klingelte das Telefon.

»Ein Herr möchte den Avvocato Scalzi sprechen«, sagte der Portier.

»Corrado, bist du es?« Carrubbas Stimme klang vorsichtig.

Er sagte, daß auch er versucht habe, ihn zu erreichen; durch einen Anruf in seiner Kanzlei habe er schließlich erfahren, daß Scalzi nach Livorno gefahren sei. Er sprach fast mit normaler Geschwindigkeit, was auf ein Höchstmaß an Erregung schließen ließ.

»Ich muß dich sofort sehen, hast du verstanden?«

»Und ich dich«, erwiderte Scalzi. »Was für ein Zufall.«

Es war nicht einfach, Carrubba davon zu überzeugen, ins »D'Annunzio« zu kommen. Er hätte es vorgezogen, Scalzi beim Neuen Dock zu treffen, wo sein Luxusboot mittlerweile im Wasser dümpelte. Schließlich ließ er sich überreden. Er würde vorbeikommen und ihn abholen. »Aber sei abmarschbereit in der Halle. Ich halte nur so lange, bis du ins Auto gestiegen bist, und dann fahren wir an einen Ort, der mir besser paßt.«

Gegé, Carrubbas Chauffeur, ein runzliges, merkwürdig verwachsenes Männlein, steuerte einen gepanzerten und mit schußsicheren Scheiben versehenen Alfa Romeo 2000. Durch die Drehtür des Hotels hatte Scalzi den Wagen ankommen sehen, gefolgt von einem weiteren, dem zwei Bodyguards entstiegen; es waren dieselben Kerle wie beim Schlauchboot, die sich auch gleich daran machten, mit wildentschlossenem Gesicht die Umgebung abzusichern. Als Gegé in der Hotelhalle auftauchte, gab er mit einem Pfiff und einem Augenzwinkern Zeichen nach draußen. Der kleine Mann schien glücklich darüber, Scalzi wiederzusehen; er hielt ihn für den Schutzgott seines Chefs.

Scalzi und Olimpia stiegen in den Alfa 2000, die Bodyguards in ihr Auto, und der kurze Troß gliederte sich in den Verkehr auf der Uferpromenade ein.

Carrubba rührte sich nicht; er lag fast quer über dem Beifahrersitz, so daß man seinen Kopf durch das Fenster nicht sehen konnte. Er schaute auf seine über dem Bauch verschränkten Hände und schnaubte einen mürrischen Gruß.

Olimpia berührte ihn an der Schulter. »Du schaust aus wie eine fette Maus, die ins Öl gefallen ist. Wie kommt es, daß du so schwitzt? Los, weck deine Lebensgeister, die Kavallerie ist da. Übrigens, hast du gewußt, daß ich Perserin bin? Perserin und abduktiv, du bist also in guten Händen.«

Ihr Tonfall war mütterlich, trotz allen Spotts. Olimpia kannte ihn schon eine ganze Weile, der Himmel wußte, weshalb sie Sympathie für ihn empfand.

»Er hat halt ein klitzekleines bisserl die Hosen voll.« Gegé grinste.

Abgesehen von Olimpias rätselhafter Zuneigung war Scalzi völlig schleierhaft, weshalb Carrubba es seinem Chauffeur durchgehen ließ, daß dieser ihn bei jeder sich bietenden Gelegenheit aufzog. Damals, als er noch häufiger mit ihnen zu tun hatte, waren sie oft mit dem Auto unterwegs gewesen, begleitet von der nörgelnden Stimme Gegés, der in breitem Neapolitanisch seine Kommentare zu den Schwächen seines Chefs abgab. Ein Verhältnis wie zwischen dem König und seinem Hofnarren, hatte Scalzi damals gedacht.

Aber heute war die Lage ernst, denn Carrubba ließ, zwischen den Zähnen hervorgepreßt und äußerst scharf, seine Stimme vernehmen: »Collasse! Fahr dieses Scheißauto und halt den Mund!«

Zu Zeiten des Bauunternehmens mit den zwölf Camorra-Jüngern hatte Carrubba ein Schwimmbecken von olympischen Ausmaßen in der Gartenanlage eines Fünf-Sterne-Hotels in einem renommierten Thermalbad gebaut. Bei der Abnahme waren jedoch einige Unregelmäßigkeiten aufgetreten. So löste sich zum Beispiel der kunststoffbeschichtete Anstrich des Beckenbodens in großen blauen Placken ab, die wie Seerosen in einem Gemälde eines deutschen Expressionisten zur Oberfläche schwebten. Der Hotelbetreiber weigerte sich daraufhin, zu zahlen. Carrubba berief sich – die juristische Anregung dafür kam von Scalzi – auf das Einbehaltungsrecht, das normalerweise von Kfz-Mechanikern angewendet wird, und so behielt er die Verfügung über das Bauwerk und ließ die Baustelle weiter offen.

Die Feriensaison begann mit einer fast sommerlichen Wärme. Die ersten Gäste hatten ständig zwei oder drei Camorrabrüder vor Augen, die sich auf dem Rasen rund um den Pool in Liegestühlen flegelten, toskanische Zigarren rauchten und böse Bemerkungen über die Krampfadern der betagten weiblichen Hotelgäste machten. Gegé wuselte überall herum und präsentierte sich dabei in seiner ganzen nackten Pracht, die nur von einem Paar winziger kalkverkrusteter Shorts verhüllt wurde. Angezogen wirkte er ja fast noch passabel, wenn man von seinen auseinanderstrebenden, an einen Außerirdischen gemahnenden Augen einmal absah. Nackt jedoch, wurde der Eindruck eines eben seiner fliegenden Untertasse entstiegenen Aliens verstärkt durch die disproportionierten Beine, die ohne nennenswerten Übergang direkt seiner verwachsenen Hühnerbrust zu entspringen schienen. Um nun Bautätigkeit vorzugeben, balancierte Gegé beflissen den Beckenrand entlang, taub für die Warnungen, die Vorwürfe und unempfindlich sogar gegen Handgreiflichkeiten der Hotelbediensteten, wobei er einen ellenlangen Balken auf seinen kümmerlichen Schultern transportierte. Nachdem der Hotelbesitzer eine Woche lang dieses juristisch nicht anfechtbare Spielchen mitgemacht hatte, kapitulierte er. Unter dem Rechnungsposten einer akuten Bauplanänderung bezahlte er sogar noch die von Gegé und den anderen verplemperte Zeit, was zwar nur eine Kleinigkeit im Vergleich zu den Gesamtkosten war, aber es war das Prinzip, das zählte. Und seitdem trug Gegé den Spitzname Collasse – »der mit dem Balken«.

Carrubbas graues, schlaffes Aussehen nötigte Schweigen ab. Es war das Gesicht seiner schlechteren Tage, wenn der Lack der Jovialität abgeblättert war und darunter alle Anzeichen einer depressiven Erkrankung zum Vorschein kamen. Dann konnte man darin lesen, daß alles, was er tat, die Tricks und die Gaunereien, von seiner Angst gelenkt waren, arm zu sterben. Carrubba stammte aus einer Familie von Schwefelgrubenarbeitern in Sizilien.

Jene Gegend um Livorno wirkte wie das unbebaute Gelände um einen sozialen Wohnungsbau, vollgemüllt, wie es war. Bis zum Meeresufer hinunter war das ebene Terrain zugestellt mit Ansammlungen rostiger Container. Hoch ragten die Schlote der Raffinerien, umgeben von gelben Mauern. Alles nur Erdenkliche hatte sich hier in den letzten dreißig Jahren aufgestapelt; und nachts illuminierten die Flammen der Raffinerien das Durcheinander und verwandelten es in eine Raumbasis. Hier und da hatten Ruinen aus der großherzoglichen Epoche überdauert.

Das etwas abseits gelegene Büro der SEETRANSPORTE TANO CARRUBBA war ein gedrungener Wachturm aus dem 16. Jahrhundert, der von der Straße her nicht zu sehen war.

Um zu ihm zu gelangen, mußten sie zwischen den vielfarbigen Containertürmen einen der Meeresbrise ausgesetzten Platz überqueren. Aber auch drinnen war der Gestank aus Salzwasser und Diesel kaum weniger spürbar.

Der alte Turm, immer noch gekrönt durch die im Südwestwind verwitterten Zinnen, war zu einer leeren Hülle degradiert. In sein Inneres eingepaßt und an den steinernen Wänden fixiert war eine Art leuchtendgelb gestrichener Metallzylinder. Der Einbau reichte über zwei Stockwerke, die durch eine Wendeltreppe miteinander verbunden waren; das Ganze machte den Eindruck des Maschinenraums eines Schiffes. Auf den eingeschalteten Monitoren einer Reihe von Computern schwammen grüne Tropenfischchen.

Carrubba ließ sich hinter einem Schreibtisch nieder, auf dem ein Computer, größer als alle anderen, thronte. In seinem Rücken befand sich das Foto eines Öltankers, und vor seinen Augen stand ein Silbertablett voller Flaschen und Gläser. Eines davon füllte er, nur für sich allein; er schlürfte langsam und betrachtete die Fische, die auf dem Monitor gefangen waren.

»Dieser Amerikaner, der sich umgebracht hat ...«, begann Scalzi.

»Er hat sich nicht umgebracht.« Carrubbas Stimme schien geradewegs aus dem Jenseits zu kommen.

»In der Zeitung stand es so.«

»Und Sie, Avvocato, schenken Sie den Zeitungen Glauben?«

Es war eine abgeschmackte Angewohnheit von Carrubba, ihn, obwohl sie sich jetzt schon seit fünfzehn Jahren kannten, immer dann zu siezen, wenn er die Distanz zwischen ihnen betonen und ihm, Scalzi, zu verstehen geben wollte, daß er sauer auf ihn war.

»Deiner Meinung nach hat man ihn also ermordet?«

Carrubba hob seinen Gipsfuß, legte ihn auf einen Schemel und lächelte bitter.

»Hast du einen Grund für die Annahme, daß er umgebracht wurde?« hakte Scalzi nach.

Carrubba nahm wieder einen Schluck, preßte die Lippen aufeinander, wie um die Bitterkeit des Getränks zu betonen. Er wandte den Blick von den Fischen ab und betrachtete die Balken des Turms. »Ich möchte nur eines wissen: Was macht der ach so integere Rechtsanwalt Scalzi im Büro eines Betrügers? Das ist alles, was ich wissen möchte.«

»Du wolltest mich doch sprechen, oder nicht?«

»Ich? Sie haben doch nach mir gefragt.«

»Du hast in meiner Kanzlei nach mir verlangt ... Nachdem ich im *Tirreno* gelesen habe, glaube ich ...«

Carrubba setzte das Glas so abrupt ab, daß es überschwappte. »Ich bin sicher, du bist nicht nach Livorno gekommen, um mit mir zu sprechen. Das war nicht der Grund, weshalb du dich herbemüht hast ...«

»Na und?« mischte sich Olimpia ein. »Wo liegt da der Unterschied? Jetzt ist er hier, oder etwa nicht?«

Carrubba erhob seinen dicken Wurstfinger. »Als ich den Herrn Anwalt gebeten habe, gegen einen gewissen Kerl Strafanzeige zu stellen, wollte er nichts davon wissen. Er hat mich einen Betrüger genannt, der Herr Anwalt. Er hat sich in den Kopf gesetzt, daß ich einen Beschiß durchziehen wollte. Er hat mich sitzen gelassen. Er ist einfach gegangen.«

»Das lag an der Abduktion«, sagte Olimpia.

»Das lag an was?« knurrte Carrubba.

Scalzi atmete tief durch. »Na, also gut«, sagte er, »ich gebe zu, daß ich einen voreiligen Schluß gezogen habe. Ich entschuldige mich. Bist du jetzt zufrieden? Olimpia hat recht: Jetzt, wo wir einmal hier sind und wo wir gesehen haben, daß dir die sokratische Mäeutik gefällt, könntest du vielleicht ein paar Fragen beantworten?«

Carrubba riß die Augen auf: »Was, bitteschön, was soll mir gefallen?«

»Um Gottes willen«, sagte Scalzi, »lassen wir das doch ...«

»Ausgezeichnet, Corrado, laß das«, pflichtete Olimpia ihm bei.

Carrubba legte auch den anderen Fuß auf den Schemel, stellte die Lehne seines Sessels zurück, verschränkte die Hände über dem Bauch und schloß die Augen. »Stell mir deine Fragen.«

»Wayne James ist der Experte, von dem du mir erzählt hast?«

»Jawohl.«

»Sag mir, weshalb du überzeugt bist, daß er ermordet wurde.«

»Er erhielt ebenfalls Drohungen. Wie ich.«

»Von wem?«

»Von wem, von wem? Von demselben Typen! Diesem verfluchten Sarcì! Er ließ ihm keine Ruhe! Er rief an, er
schrieb auch an ihn! Er beschattete ihn, er klebte ihm an
den Fersen. Genau, wie er es mit mir gemacht hat!«

»Ich habe dich bereits gebeten, bei allem, was dich betrifft, nicht wieder den Geheimnisvollen zu spielen. Gib
diesmal bitte eine ordentliche Antwort. Warum bedrohte
Sarcì James?«

»Vielleicht, weil auch er an den Skulpturen von Modigliani interessiert war. Würdest du vielleicht einsehen, daß
ich nichts Genaues weiß? Ich bin nicht derjenige, der den
Geheimnisvollen spielt, Sarcì ist der Heimlichtuer! Verstehe einer einen solchen Typen! Schau, Scalzi, ich wün-
sche dir, daß du es nicht mit ihm zu tun bekommst. Doch
ich weiß, das ist unmöglich. Da du jetzt ebenfalls an der Sache dran bist, wird er früher oder später auch dir in die
Quere kommen, wenn es uns nicht gelingt, ihn hinter Gitter zu schicken! Dort gehört er hin! Hinter Gitter! Oder auf
den Friedhof, was noch wesentlich besser wäre!«

»Sarcì bedroht dich und James, weil ihr euch mit diesen
Skulpturen beschäftigt. Gehen wir einmal davon aus, daß
das eine feststehende Tatsache ist. Bitte, hilf meinem Gedächtnis auf die Sprünge: was für Beziehungen pflegte er
zu dir, Treffen, Gespräche, alles, an das du dich erinnerst.«

Carrubba öffnete eine Schublade des Schreibtisches, zog
ein winziges Elfenbeinhändchen an einem Stöckchen hervor, schob es unter seinen Gips und begann sich zu kratzen. Er entspannte sich und legte den Kopf auf die Rückenlehne. Schloß die Augen. Schweigen.

»Also?«

Carrubba zog ein wehleidiges Gesicht. »Du glaubst mir ja
sowieso nicht. Ich weiß, daß du sagen wirst, daß man gewisse Dinge nicht in eine Anzeige schreiben kann.«

»Was für Dinge?«

Carrubba nahm sein Kratzen wieder auf. »Als ich dir zum Beispiel erzählte, daß an meinem gebrochenen Fuß er schuld ist, hast du mir nicht geglaubt. Du hast dich sogar schrecklich aufgeregt.«

»Du bist gegen einen Baum gefahren ...«

»Aber er war dort. Das habe ich dir doch gesagt, nicht wahr? Und der Brief, den ich am Tag zuvor bekommen hatte? Den habe ich dir auch gezeigt.«

Scalzi trocknete sich den Schweiß von der Stirn. In dem Büro kam man um vor Hitze. Die Metallwände strahlten die Wärme der Heizkörper zurück.

»Versuch doch einmal, dich klar auszudrücken.«

Carrubba öffnete eine andere Schublade und holte ein Bündel Blätter hervor, die mit einer Kordel verschnürt waren. Er versuchte, den Knoten zu lösen. Dabei riß er sich einen Nagel ein. Er steckte den Finger in den Mund: »Da hast du es! Ich wußte es! Jetzt habe ich mir einen Nagel abgebrochen!«

Olimpia löste den Knoten mit flinken Fingern. Sie fächerte den Packen über den Schreibtisch und riß die Augen auf: »All diese Briefe hat er dir geschrieben, dieser Sarcì?«

»Briefe und Faxe. Alle von ihm, ja.«

»Aber das sind ja mindestens hundert Stück!«

»In etwas über einem Monat, ja. Auch mal drei oder vier an einem Tag. Das erste war ein Fax, datiert von Ende Oktober.« Carrubba saugte weiter an seinem Finger. »Olimpia, sei so gut und such es heraus.«

Olimpia blätterte. Sie zog ein Blatt Thermopapier hervor. »Das hier?«

Carrubba nahm es mit der linken Hand, hielt es sich vor die Augen und reichte es dann an Scalzi weiter. »Genau, das ist es. Lies die Stelle, wo er was davon erzählt, daß der Fluch von El auf mir lastet. Keine Ahnung, wer dieser El ist, er erwähnt ihn sehr oft. Das ist am 28. Oktober eingegangen, nicht? Also, am neunundzwanzigsten war ich in diesem Restaurant am Arno, das du kennst. Da, wo wir uns verabredet hatten. Man ißt nicht besonders gut dort ...«

»Das habe ich bemerkt«, entgegnete Scalzi.

»Aber es war Pilzsaison. Mit frischen Pilzen kann man nirgendwo etwas falsch machen. Wie auch immer: Ich bestelle also einen Salat aus rohen Eierschwämmchen ... mit Rucola. Dieses Rucolazeug hat mir ja noch nie geschmeckt, es ist so räudig. Ich muß mir das merken, von jetzt an, wenn ich im Restaurant etwas bestelle, sollte ich immer dazusagen: Aber bitte ohne Rucola. Ich muß das Grünzeug nur ansehen, und schon bricht mir der kalte Schweiß aus. Es ist ein Jammer, weil sie es überall dazugeben. Wie auch immer: Man bringt mir also diesen Salat aus Eierschwämmchen mit Rucola. Ich stecke mir die erste Gabel davon in den Mund. Ich kaue. Ich merke, daß zwischen den Zähnen etwas knirscht. Ich halte inne, spucke aus. Ich beginne mir Glasstücke aus dem Mund zu holen. Die Glassplitter hören gar nicht mehr auf. Scalzi, ein ganzer Haufen scharfer, spitzer Splitter. Einer ist mir sogar im Gaumen steckengeblieben. Ich fange an, Blut zu spucken ... Wie auch immer: ich mußte mich einer Magenspiegelung unterziehen. Man rammt dir einen Schlauch in den Hals, kannst du dir das vorstellen? Vorne dran eine Minivideokamera ... Äußerst unangenehm. Glücklicherweise hatte ich den Bissen nicht runtergeschluckt, ich hatte mich rechtzeitig zurückgehalten. Der Gastrologe hat mir gesagt, wenn ich zufälligerweise einen von diesen Splittern hinuntergeschluckt hätte, dann hätte ich mich operieren lassen müssen.«

Carrubba bekam einen Hustenanfall, als würde er die Miniaturvideokamera noch immer in der Speiseröhre spüren. Scalzi blätterte angestrengt in den Briefen, biß sich innen in die Wangen und vermied es, Olimpia anzusehen, um nicht in Lachen auszubrechen.

»Eine Woche geht ins Land«, fuhr Carrubba fort. »Ich hatte das Kabinenboot gekauft. Du hast es ja gesehen, ein schönes Stück. Ich ziehe mich dorthin zurück, damit mir all diese Telefonanrufe, Briefe und Faxe von Sarcì nicht mehr auf die Eier gehen können. Aber eines Tages muß ich doch einmal ins Büro und finde dort so ein Paket vor, das in der Zwischenzeit angekommen ist. Dieser El soll immer noch auf mich sauer sein. Und auch noch anderes Volk mit merkwürdigen Namen: Hier, lies selbst, sie sind alle da versammelt ... Ein gewisser Dagan, ein gewisser Istar ... Und alle würden sie mich im Auge behalten und sich darauf vorbereiten, mir übelst mitzuspielen. Naja, wie auch immer: Mir geht alles fürchterlich auf den Wecker, ist ja normal, wenn man nicht arbeiten kann, das geht jetzt schon über einen Monat so, daß ich zu fast nichts mehr komme ... Dann kam er auch noch persönlich vorbei. Es war das erste Mal, daß ich ihn zu Gesicht bekam. Das nächste Mal habe ich ihn dann in jener Nacht mit dem Fuß wiedergesehen.

Er pflanzt sich vor mir auf und schaut mich an. Er saß genau da, wo du jetzt bist, Scalzi. Ein ellenlanger Kerl, mit einem schiefen Gesicht. Er schaut mich an, lächelt, aber auf diese angesäuerte Art und Weise. Er sagt mir, daß ich die Skulpturen von diesem Modigliani in Ruhe lassen solle, daß ich das Gegenteil von irgend so einem König sei, den Namen weiß ich nicht mehr, jedenfalls würde ich Gold in Scheiße verwandeln. Wie auch immer, er erzählt mir noch einen ganzen Haufen von solchem Mist und noch vieles andere, an das ich mich nicht mehr erinnere. Ich lasse ihn von den Jungs hinauswerfen und schließe mich wieder in meinem Boot ein. Wie auch immer. Es vergeht ein Tag, nur ein einziger Tag. Ich bekomme eine Verdauungsstörung. Die Nacht ist ein einziges Hin und Her von und zum Klo, um es mal vorsichtig zu umschreiben. Ich habe ein schönes Bad einbauen lassen in das Boot, mit Whirlpool und so. Allerdings ist der Raum ein bißchen klein.

Über der Toilettenschüssel ist ein metallenes Erste-Hilfe-Schränkchen angebracht, ziemlich schwer, es ist so ein Sicherheitsdings, fast ein Safe. Ich bin gerade wieder im Bett, da höre ich einen Mordskrach. Brututum! Ich denke schon, uns hat ein Baum beim Umstürzen gestreift. Ich gehe also an Deck: alles ruhig, eine stille Nacht, es weht nicht einmal ein Lüftchen. Ich schaue mich überall um, alles ist an seinem Platz. Da komme ich auf die Idee, noch einmal im Bad nachzusehen. Der Hängeschrank war genau aufs Klo gefallen: Der Stahlriegel, der den Deckel hält, glatt in zwei Teile gebrochen. Verstehst du? Genau dort, wo ich nicht einmal eine Minute zuvor noch meinen Kopf hatte. Wenn das nun auf dem Meer passiert wäre, bei Wellengang! Doch das Kabinenboot war an Land, fest verankert wie ein Felsblock! Den Unfall mit dem Fuß habe ich dir ja erzählt ...

Scalzi, hör auf das, was ich dir sage: Angenommen, die Carabinieri oder die Zeitung haben recht. Angenommen, daß bei den Ermittlungen oder bei der Autopsie was weiß ich herauskommt, und sei es so sicher wie das Amen in der Kirche: daß der Amerikaner eine Sinnkrise hatte, daß er sich selbst von der Mole gestürzt hat oder daß er betrunken war, ins Meer gefallen und daraufhin ertrunken ist. Ich gebe einen Scheißdreck drauf! Ich weiß nun einmal, wie die Dinge liegen! Auf jeden Fall hat der ihn umgebracht! Verstehst du, was ich sagen will?«

6
Aufgeschürfte Hände

Scalzi schritt über die Piazza Grande, während die Glocken des Doms zu Mittag läuteten. Olimpia erwartete ihn an einem Tischchen einer Bar unter den Arkaden. Die Luft war so mild, daß man einige Tische nach draußen gestellt hatte. Olimpia schob ihren Löffel in das farbenfrohe Eis, das von einem japanischen Sonnenschirm in Miniaturausgabe geziert war.

»Wie ist es gelaufen?«

Scalzi seufzte und setzte sich an ihre Seite. »Nichts zu machen. Die Carabinieri wollen nichts davon wissen, Ermittlungen aufzunehmen. Ihrer Meinung nach ist es ein Unfall. Er soll getrunken haben und ausgerutscht sein. Der Richter hat eine Autopsie angeordnet, doch die Ergebnisse sind Verschlußsache. Sie sagen allerdings, etwas Interessantes habe sich dabei nicht herausgestellt: er sei von der Mole gefallen und ertrunken, Punkt und Schluß. Der Selbstmord ist die These der Zeitung, woran der Chef der Carabinieri-Dienststelle allerdings nicht glaubt. Für mich ist der Fall abgeschlossen.«

»Die Anzeige, um die dich Carrubba gebeten hat, erstattest du also nicht?«

»Nein. Carrubba ist ein Arschloch. Er möchte, daß ich Sarcì wegen seiner Verwünschungen anzeige. Allerdings will er nicht, daß ich dabei Drohungen erwähne, die mit einer gewissen Angelegenheit in Verbindung stehen, kurz, er verbietet mir, in irgendeiner Weise auf die Skulpturen von Modigliani einzugehen. Und was soll ich dann schreiben? Daß dieser Sarcì den bösen Blick hat? Daß er ein

55

Hexer ist? Aber wo sind wir denn? Schließlich bin ich Anwalt ...«

Olimpia steckte sich einen Löffel Eis in den Mund, ver-
schluckte sich und bekam einen Hustenkrampf: »Ach!
Haha! Ach! ... Oje! Ach ...«

»Was hast du denn?«

»Mir ist gerade wieder in den Sinn gekommen ... Haha!
Oje, Oje ... Hahaha! ... Carrubba auf dem Klo ... Das Bad
im Boot mit Whirlpool ... Ha! Ha! ...«

»Die Signorina ist ja eine richtige Frohnatur ...«

Ein kleiner Mann, die spärlichen Haare seitlich über die
höchste Erhebung des Schädels gelegt, eine Fliege unter
einer Lederjacke, stand vor ihnen und warf einen Schatten.

Scalzi glaubte das Gesicht zu kennen. »Meinen Sie mich?«

»Erinnern Sie sich nicht, Avvocato? Wir sind uns eben in
der Kaserne begegnet. Gestatten Sie? Parrino.«

Scalzi erkannte ihn wieder, er war für eine Minute im
Büro der Carabinieri aufgetaucht. »Aber ja doch«, sagte er.

Der Mann griff sich einen Stuhl. »Gestatten Sie?«

»Möchten Sie etwas?« fragte Scalzi.

»Sehr freundlich. Einen Kaffee, bitte.«

Scalzi gab dem Kellner ein Zeichen.

Der Kaffee kam; der Mann schlürfte ihn und neigte dabei den Kopf, um in die Tasse pusten zu können. Genau
auf dem Scheitel hatte er eine rundliche Beule, die von den
gelben Haaren umrahmt wurde. Er war jung, höchstens
dreißig. Er hob wieder den Kopf. »Und die Signorina?«

»Ach, Entschuldigung«, meinte Scalzi. »Olimpia Landolfi, meine Lebensgefährtin ... Und Mitarbeiterin.«

»Angenehm.« Parrino streckte die Hand aus. »Also auch
Mitarbeiterin, ja? Dann können wir ja reden, auch in
Gegenwart der Signorina ... Obwohl es ein wenig vertrau-
lich ist ...«

Olimpia schüttelte ihm die Hand. »Sehr erfreut. Wenn
du meinst, Corrado, dann kann ich ja gehen.«

»Nein«, sagte Scalzi, »bleib ruhig. Signor Parrino, Sie sind mir von der Kaserne bis hierher gefolgt, oder irre ich mich?«

»Sie irren sich nicht. Ich möchte ein paar Worte mit Ihnen reden. Ich diene der Armee im Rang eines Oberleutnants und gehöre zur Kerntruppe, die sich dem Schutz unserer Kunstschätze verschrieben hat. Ich kannte Dottor James. Ich habe mir die Leiche angesehen. Nur eine flüchtige, oberflächliche Untersuchung. Eigentlich gehört sowas nicht zu meinem Ermittlungsbereich, ich bin wegen anderer Dinge in Livorno. Allerdings ...«

»Allerdings?« ... Scalzis Tonfall schützte Gleichmütigkeit vor.

»Ohne es zu wollen, habe ich einen Teil Ihrer Unterhaltung mit dem Dienstleiter mitbekommen. Ich war überrascht, Avvocato. Und deshalb bin ich Ihnen gefolgt. Sie werden das doch sicher entschuldigen?«

»Überrascht weswegen?«

»Ich teile Ihre Verdachtsmomente. Nicht aus den Gründen, die Sie angedeutet haben. Ich glaube nicht, daß Einschätzungen in bezug auf den Charakter des Verstorbenen von Belang sind. Ein Mensch kann noch so ausgeglichen sein, und plötzlich wird er mit einer Krisensituation konfrontiert. Er kann äußerst gesittet sein, und auf einmal trinkt er übermäßig: vielleicht nur an einem bestimmten Abend, um gegen die Einsamkeit anzukämpfen ... *Natura facit saltus*, sage ich. Die Natur macht Sprünge. Aber hier gibt es einen ernsthaften Anlaß. Einen objektiven Grund.«

»Und der wäre?«

»Wie ich schon sagte, habe ich die Leiche gesehen. Zufällig war ich mit auf der Mole, als sie ihn herausgefischt haben.«

»Zufällig?«

Parrino fixierte Scalzi mit einem verständnisinnigen Blick. »Sagen wir angelegentlich, ja? Daß er ertrunken ist, steht außer Frage. Der Gerichtsmediziner hat mir eine vertrauliche Information zukommen lassen: In den Lungen befand sich Salzwasser, also ist Dottor James im Meer ertrunken. Allerdings ...«

Er rührte im Täßchen und kratzte den Zuckersatz vom Boden. Leckte den Löffel ab. Scalzi betrachtete geduldig die gelben Häuser, die grünen Fensterläden, den nach dem nächtlichen Regen nun wieder spiegelblanken Himmel.

»Allerdings?«

»Ich weiß nicht, ob ich Ihnen das sagen sollte. Sie müssen mir eines versprechen: keine Zeitungen, einverstanden?«

»Einverstanden«, sagte Scalzi.

»Diskretion auch seitens der Signorina Landolfini?«

Olimpia nickte und legte sich bedeutsam die Hand aufs Herz.

Parrino senkte die Stimme zu einem kaum wahrnehmbaren Flüstern: »Ich habe die Hände der Leiche gesehen. Die Handflächen waren aufgerissen. Also, die Haut war an einigen Stellen abgeschürft.«

»Nun«, meinte Scalzi, »wenn dies das objektive Faktum ist, dann will das meiner Meinung nach nicht allzuviel sagen. Da ist es naheliegender, den Selbstmord einer an sich glücklichen Person auszuschließen oder den Unfall eines sportlichen Menschen, der gewöhnlich nicht dazu neigt, sich zu betrinken. Nach dem Sturz ins Wasser könnte er versucht haben, an der Mauer der Mole Halt zu finden ...«

»Das habe ich im ersten Moment auch gedacht. Doch die Verletzungen sind lokal begrenzt und linear, ziemlich glatte Schnitte. Genau in der Mitte der Handfläche und an der Innenseite der Finger, als ob diese mit Gewalt von einem scharfkantigen Haltegriff fortgerissen worden wären, verstehen Sie? Die Verletzungen können nicht von der unregelmäßigen, rauhen Oberfläche des Felsgesteins herrühren.«

»Recht merkwürdig ...«, sagte Scalzi.

»Äußerst merkwürdig, und eine Interpretation ist schwierig. Wie man es auch betrachtet, diese Tatsache paßt weder zu der Selbstmordtheorie, die im übrigen völlig absurd ist – ein Schwimmer, der sich umbringt, indem er ins Meer springt –, noch zu der des Unfalls aufgrund von Trunkenheit.«

»Ich gehe davon aus, daß Sie darüber mit Ihren Kollegen gesprochen haben ...«

»Die haben viel zu viele harte Nüsse zu knacken, die Herren Kollegen. Livorno ist die Stadt der unaufgeklärten Verbrechen. Vier allein in den letzten zwei Jahren. Man hat wenig Lust, sich auf ein neues Rätsel einzulassen. Und dann erscheint es mir auch noch etwas verfrüht. Zunächst müßte man das Motiv ergründen. Das ist im übrigen der Grund, weshalb ich mit Ihnen rede, Avvocato. Wissen Sie, womit sich Wayne James beschäftigt hatte?«

»Mit den Modigliani-Skulpturen ...«

»Vielleicht wissen Sie es ja nicht, aber James suchte nicht nur Beweise für die Echtheit der Skulpturen, die er gefunden hatte, sondern hatte auch unveröffentlichte Informationen über die gefälschten Modigliani-Köpfe gesammelt, die 1984 aus den Fossi geborgen worden waren ...«

»Das berühmt-berüchtigte Spektakel ...«, sagte Scalzi.

»Spektakel? So haben es die Zeitungen genannt. Der Streich von ein paar Jungen, die etwas Verrücktes anstellen wollten, hat als Ablenkungsmanöver ganz gut geklappt. Er bot sich ja regelrecht an. Doch der Studentenulk kam erst später. Zunächst war das Ganze etwas wesentlich Ernsteres, nämlich ein kolossaler Kunstbetrug. Und ohne diesen verrückten, unvorhersehbaren Einfall, mit einer Black & Decker einen Modigliani-Kopf aus dem Stein zu hauen – wer weiß, wie viele falsche Modiglianis noch aus dem Fosso Reale aufgetaucht wären ...! Und genau darüber hatte Dottor Wayne Informationen gesammelt. Die von ihm zusammengetragenen Aufzeichnungen und Dokumente wurden Ihrer Klientin, Signora Carol Ellroy, zusammen mit den persönlichen Habseligkeiten des Verstorbenen ausgehändigt. Ich würde die Signora gern aufsuchen, um diese Papiere mit ihrer Erlaubnis einzusehen. Sie, Avvocato, könnten solch ein Treffen für mich wesentlich leichter arrangieren. Viele Leute sind mißtrauisch gegenüber den Ordnungskräften. Eine Hand wäscht die andere. Ich wiederum könnte dafür sorgen, daß Sie von meinen Ermittlungen erfahren. Innerhalb bestimmter Grenzen.«

»Sie werden entschuldigen, Signor Parrino: Es stimmt zwar, daß wir uns in der Kaserne der Carabinieri begegnet sind, aber Sie könnten auch irgendein Besucher gewesen sein ...«

Parrino nickte, wühlte in seiner Tasche und zog die Marke mit der silbernen Flamme hervor: »Ich erkenne den Profi.«

7

Der Anwalt des Schrotthändlers

Scalzi wollte nach Florenz zurückkehren, doch dann hatte er sich von Olimpia überzeugen lassen. Ihrer Meinung nach konnten sie nicht mit völlig leeren Händen nach Hause kommen. Schließlich wollte ein Honorar gerechtfertigt sein.

Seit einer Stunde durchkämmten sie ein Labyrinth aus unbefestigten Straßen, die zwischen Pinien und verlassenen Landhäusern endeten. Die Straße, in der die Deponie von Granelli, dem Schrotthändler und Eigentümer der Skulpturen, liegen sollte, hatte keinen Namen. Carrubbas Angaben waren etwas vage gewesen.

Der Taxifahrer hatte ein ungesundes Aussehen. In seinem stämmigen Nacken sprossen rote Haarbüschelchen, von denen Schweißtropfen perlten. Er meinte, es läge ein Erdbeben in der Luft, eine solche Hitze gegen Ende Dezember sei einfach nicht normal. Dabei schlug er einen prophetischen Tonfall an.

Gerippe von Automobilen inmitten von Unkraut; hinter einem Turm aus zusammengepreßten bunten Karosserien lugte ein vom Rost rötlich gefärbter Blechschuppen hervor, von dem ein rhythmisches Schlagen herüberdrang.

Spinnenartige Ausleger einer Aalreuse ragten aus dem Wasser, das den allmählich sich verfinsternden Himmel spiegelte. Der Taxifahrer stoppte den Wagen zwischen Schilfrohrbüscheln am Rande eines Kanals. Er weigerte sich weiterzufahren, weil er fürchtete, steckenzubleiben; wenn sie den Rest zu Fuß gehen wollten, würde er auf sie warten. Er stieg ebenfalls aus, zündete sich, auf das Auto gestützt, eine Zigarette an und verfolgte seine Fahrgäste mit mißtrauischem Blick. Was könnte solch ein Pärchen, das so gar nicht zueinander paßte, er wesentlich älter als sie, an einem so abgelegenen Ort zwischen dem Müll eines Schrotthändlers zu suchen haben? Schmuggelware? Drogen?

Der Schrotthändler Granelli hieb mit schweren Hammerschlägen auf das Wrack eines amerikanischen Militärlasters ein. Hinter dem Karosserieaufbau glitzerten die Maschen des Zaunes und die Stacheldrahtrollen, die um die Basis von Camp Derby gezogen waren.

Granelli hörte nicht auf zu hämmern. »Sprechen Sie mit meinem Anwalt ...« Wumm! »Ich mußte mir einen nehmen wegen dem Ärger ...« Wumm! »Mit diesem Sarcì und diesem Gauner, der Sie zu mir geschickt hat ... Ich weiß gar nichts!« Wumm!

Die Motorhaube flog in die Höhe und rollte scheppernd zur Seite. Granelli hob sie mit beiden Händen auf, betrachtete den weißen Stern, der dort in der Mitte aufgemalt war, ließ die muskulösen Arme spielen, und mit dem Ansatz eines Kugelstoßers warf er sie vor die Klauen eines metallenen Monsters, das bis zur Decke des Schuppens reichte. Die Naben eines Lastzuges stellten seine Beine dar, Kleinwagenfelgen dienten als Augen, eine Nockenwelle war der wirbelgespickte Hals; aus einem Wust von aneinandergeschweißten Schalldämpfern schlängelten sich die Tentakel von Auspuffrohren. Beeindruckend, das Ganze, vor allem wegen der Ströme von blutrotem Lack.

Carrubba hatte Scalzi vorgewarnt: »Er ist davon überzeugt, ein großer Künstler zu sein. Er stellt *Metallcollagen* her, an Rohmaterial fehlt es ihm ja nicht. Tonnenschwere Aufbauten. Ich möchte mal wissen, wer ihm die abkaufen soll ...«

Granelli schob die Karre mit dem Schweißgerät neben die Konstruktion. Er zog die Schutzmaske vor. Seine Stimme hallte wie hinter einem Megaphon hervor:

»Sagen Sie diesem Verbrecher von Carrubba, daß er mir nicht mehr auf den Wecker gehen soll. Seine Geschäfte interessieren mich nicht. Ich blicke da sowieso nicht durch. Und wenn Sie Informationen haben wollen, dann sprechen Sie mit meinem Anwalt. Soll der ruhig mal was tun. Punkt und Schluß. Und jetzt belästigen Sie mich nicht weiter – ich habe zu arbeiten.«

Granelli kehrte ihnen den Rücken zu und ließ die Sauerstoffflamme aufblitzen.

»Wer ist denn Ihr Anwalt?« fragte Olimpia.

Eine Wolke glitzernder Funken explodierte. Das Geprassel übertönte die Antwort.

»Wie heißt Ihr Anwalt?« schrie Olimpia.

Granelli stellte die Flamme für einen Moment ab. »Amerigo Guerracci.«

»Was für außergewöhnliche Zufälle ...«, meinte Olimpia, während das Taxi an einer gelben Mauer im Hafengebiet entlangfuhr. »Carrubba setzt dich auf eine Fährte, ehe Carol dir den Fall anvertraut ... Der Anwalt des Schrotthändlers ist dein Freund ...«

Scalzi ließ das Taxi an einer Telefonzelle anhalten. Beim Aussteigen sagte er:

»Zufälle ja, aber keine außergewöhnlichen. Guerracci zieht heikle Angelegenheiten nun einmal an wie ein Magnet.«

Das Büro, bis vor kurzem noch mit Leben erfüllt durch die Sekretärin und eine junge, hübsche Praktikantin, die nicht den Eindruck erweckte, als wollte sie ihr Leben über Gesetzbüchern ruinieren, hatte sich geleert. Die Sekretärin hatte beim Hinausgehen die Hauptbeleuchtung ausgeschaltet. Die Dämmerung erhellte nur noch die Schreibtischlampe und eine gelbliche Straßenlaterne, deren Licht durch das große, bogenförmige Fenster fiel, das den Blick auf einen Säulengang freigab.

Olimpia hatte erwartet, Guerraccis Freundin zu sehen, die sie während des Prozesses gegen Idris Fami kennengelernt hatte. Aber von der Bruschini keine Spur. Olimpia hatte nicht weiter nachgefragt, auch wenn sie vor Neugier fast umkam; die wenigen Male, wenn sie darauf anspielte, hatte Guerracci das Thema gewechselt.

»Ich kann meine Karten nicht vor einem potentiellen Gegner aufdecken, versuch doch, das zu verstehen, Freundschaft zählt hier nicht«, meinte der Avvocato Guerracci.

Scalzi hatte ihm die Vermutungen des Polizeileutnants Parrino mitgeteilt, aber als er den Namen Carrubba erwähnte, wurde die Atmosphäre etwas eisig.

»Carrubba ist nicht mein Klient«, hielt Scalzi dagegen. »Ich vertrete die Signora Ellroy, und ich habe versucht, die Carabinieri zu überreden, in einem möglichen Mordfall zu ermitteln, doch das war ein Schlag ins Wasser. Wenn ich ein Motiv nennen könnte, vielleicht hätte ich dann mehr Erfolg. Deswegen bin ich hier. Carrubba interessiert mich überhaupt nicht. Ich habe sein Mandat zum zweitenmal abgelehnt. Er möchte, daß ich einen gewissen Sarcì anzeige, doch erzählt er mir nur lächerliche Geschichten: kein Staatsanwalt würde sich damit befassen. Dieser Sarcì ist ein undurchsichtiger Zeitgenosse; erzähl mir wenigstens ein bißchen was über ihn.«

Guerracci hielt sich bedeckt, beschrieb die Person in allgemeinen Zügen und vermied es, über den konkreten Fall zu sprechen.

Keiner wisse genau, welchen Beruf Sarcì ausübe. Er sei ein Anhänger von fernöstlichen Religionen, von Zeit zu Zeit würde er von der Bildfläche verschwinden, um sich in einen Ashram in Benares zurückzuziehen, zumindest besagten das die Gerüchte, aber keiner wüßte letztendlich genau, wohin er wirklich ging. Er gelte als Ufologe. Wenn er in Livorno sei, dann liefe er einem unentwegt vor die Füße, er besuche Gedenkfeiern, Konferenzen, Hochzeiten, sogar

Begräbnisse, aber stets wie der ungebetene Schnorrer, den niemand eingeladen hat. In Wirklichkeit sei er ein hochbegabter Erpresser. Er verkehre in allen möglichen Kreisen, auch im Rotlichtmilieu, in geheimen Spielhöllen, üblen Nachtclubs. Und er habe große Ohren. Informationen könne er besser zusammentragen als jeder altgediente Bulle. Und er wisse sie zu nutzen, und das mit großem Geschick, soweit man hörte. Jedenfalls war bekannt, daß er für seinen Lebensunterhalt nicht zu arbeiten brauchte und daß er in Livorno von allen gehaßt wurde.

Scalzi hatte den Eindruck, daß Guerracci absichtlich ins Schwafeln kam, um vom Thema abzulenken, und er begann allmählich die Geduld zu verlieren. »Nun sag mir doch schon, weshalb ihm die Skulpturen so am Herzen liegen.«

Guerracci zuckte mit den Schultern. »Pah! Bislang wußte niemand etwas davon, daß er sich für Kunst interessiert. Eines schönen Tages taucht er in Granellis Schuppen auf ... Weshalb? Um ein Ersatzteil zu suchen, was weiß ich? ... Oder er schaut einfach vorbei, um herumzuschnüffeln, wie es auch sonst seine Gewohnheit ist. Bei all der Zeit, die er zu verschenken hat ... Das wenige, das ich weiß, hat mir Granelli erzählt. Aber mein Klient ist genau wie deiner ... ich kann ihn dir nur ans Herz legen. Jedes Wort muß man ihm mit der Kneifzange aus der Nase ziehen. Also, Sarcìs Blick fällt auf die drei Skulpturen ... So, das ist schon alles.«

Wenn Sarcì aber so großes Interesse an ihnen zeige, meinte Scalzi, dann müsse er deren Wert wohl kennen. Ob er denn wisse, daß sie von Modigliani seien? Und wie er davon erfahren habe?

Just in jenen Tagen, erklärte Guerracci, geisterte durch alle Blätter – nicht nur in Livorno, auch in der überregionalen Presse und sogar im Fernsehen – die Legende von den Köpfen, die Modigliani 1909 gehauen haben soll und die er dann wenig später im Fosso Reale versenkte, nachdem sie von seinen Malerfreunden aus dem Café Bardi niedergemacht worden waren ... Wenn dieses Gerücht nicht im Umlauf gewesen wäre, hätte Sarcì die drei Steine vielleicht nicht einmal wahrgenommen, die staubbedeckt auf einem Dachboden lagen. Von diesem Tag an habe sich Sarcì zum Entdecker der authentischen Skulpturen erklärt. Das sei aber nicht wahr, denn Granelli habe stets gewußt, daß sie von Modigliani seien, nur habe er dem nicht allzuviel Beachtung geschenkt. So sei er nun einmal: nur fünf Klassen Volksschule, aber felsenfest davon überzeugt, Avantgarde-Künstler zu sein, und voller Verachtung für alles, was nichts mit dem Zusammenschweißen von nutzlosem Blech zu tun hat.

Guerracci nahm einen nachdenklichen Ausdruck an. »Vielleicht ist es nicht einmal das, ich meine, weshalb Granelli der Wert der Skulpturen so wenig interessiert. Er ist vielmehr arm aus Überzeugung; Menschen wie er denken an die Möglichkeit, eventuell reich zu werden, nur im Zusammenhang mit einem Lottogewinn, also auf gottvertrauende passive Weise. Es ist schwer, ihm begreiflich zu machen, daß er mit diesen Skulpturen einen enormen Batzen Geld verdienen könnte, wenn er sich nur ein wenig anstrengen und nicht nur mit den Händen im Schoß den Lauf des Glücksrades abwarten würde. Er lebt wie ein Eremit, schläft in seiner Baracke, in die Stadt setzt er ganz selten einen Fuß. Was er zum Leben braucht, erhandelt er sich aus Geschäften mit den amerikanischen Soldaten der Basis von Camp Derby, die Deponie ist nur eine Tarnung für Geschäfte, die besser nicht bei Tageslicht über die Bühne gehen. In Livorno ist die Nachkriegszeit nie zu Ende gegangen ...«

Zum Abendessen gingen sie in die nächste Trattoria, neben der Synagoge.

Sobald sie am Tisch saßen, konnte sich Olimpia nicht mehr zurückhalten. »Und was macht die Bruschini?«

Guerracci tat, als habe er es nicht gehört, und wartete darauf, daß der Kellner die Bestellungen servieren würde. Dann tat er einen tiefen Seufzer. »Wenn du es wirklich wissen willst, die Bruschini, also Renata, die gibt es nicht mehr. Aus. Fertig. Ich habe sie verlassen, oder sie hat mich verlassen ... Such dir aus, was dir besser paßt.«

Schlechtgelaunt begann er zu essen, wobei er langsam kaute und dabei in den Teller starrte, als ob der Fisch voller Gräten wäre.

In der Synagoge wurde gerade ein Gottesdienst abgehalten, von Zeit zu Zeit trug ein Windstoß etwas Musik herüber. Scalzi fühlte sich bedrückt durch die alptraumhafte Konstruktion, die bedrohlich wirkte wie ein Bunker. Die erleuchteten Fenster mit ihren blauen, pyramidenförmigen Scheiben sahen aus wie riesige Schlafwagenlaternen.

Der Freund wirkte ein wenig erloschen, die Augen hatten nicht mehr diesen fiebrigen Glanz, der ihm seinerzeit ständig das Aussehen eines Trinkers verliehen hatte. Scalzi überlegte, daß er wohl zu Tode gelangweilt war in dieser verschlafenen Provinzstadt und in seinem Beruf, der sich nur von kleinen Zänkereien nährte. Nahm man dann noch das Fortgehen der Bruschini hinzu, so dachte Scalzi, waren das eben die Sachen, die einen alt werden ließen. Er nutzte das Geknatter eines Mopeds, das über den um diese Zeit schon stillen Platz fuhr, um Olimpia zuzuflüstern: »Bist du nun zufrieden?« Dann machte er einen Versuch, das Gespräch wieder in Gang zu bringen: »Kannte Granelli Wayne James?«

Guerracci goß sich ein Glas Wein ein. Er trank mit jener Langsamkeit, die es braucht, um eine nicht unbedingt passende Antwort akzeptabler zu machen. »Der Amerikaner hatte eine sehr ernstzunehmende Studie durchgeführt. Seinen Nachforschungen zufolge hatte Modigliani im Sommer 1909 fünf Köpfe gemeißelt, nicht nur drei. Zwei sollen nach dem Krieg verlorengegangen sein, wahrscheinlich sind sie mit den Trümmern des Bombardements von 1943 im Meer versenkt worden. James war auf der Suche nach ihnen ...« Er unterbrach sich, als würde ihm bewußt, daß er schon zuviel gesagt hatte. »Er hat sich viel Mühe gemacht, der Amerikaner. Aber für meine Begriffe hat er dabei zuviel Staub aufgewirbelt – und jemandem auf die Füße getreten.«

»Granelli?«

»Granelli konnte es doch nur recht sein, daß ein international akkreditierter Wissenschaftler die Echtheit seiner Skulpturen bestätigte.«

»Also dann Sarcì.«

»Und nicht nur ihm. Ich möchte dich ja nicht entmutigen, doch die Angelegenheit um die Köpfe von Modigliani ist ziemlich kompliziert. Und auch riskant. Ich weiß nicht, ob es gut für dich ist, deine Nase da mehr als nötig hineinzustecken.«

»Wenn ich nur wüßte, was nötig ist und was nicht. Was ist mit Sarcì, wirkt er auf dich wie ein Mörder?«

»Wer kann das schon wissen? Jeder ist in der Lage zu töten, wenn es einen Anlaß dafür gibt und sich die Gelegenheit dazu bietet. Doch Sarcì sehe ich eher als Opfer denn als Mörder. Wenn irgend jemand ihn getötet hätte, dann hätte mich das nicht verwundert. Er ist einer von jenen Menschen, die den Haß regelrecht anziehen. Genau das Gegenteil von James, der freundlich und sanftmütig war, ganz der Typ naiver und begeisterter Wissenschaftler. Sarcì dagegen ... Du schaust ihn an, du hörst ihn reden, und dir juckt es in den Fingern. Jemand – wie soll ich sagen – einfach abstoßend ... Und es gibt auch jemanden, der ihn liebend gern aus dem Weg räumen würde. Du weißt schon, wen ich meine.«

»Carrubba?«

Guerracci nickte. »Carrubba ist eine Sirene. Er kann die anderen Trottel einlullen, wie er will. Aber mich nicht. Ich habe begriffen, daß er zu allem fähig ist.«

Scalzi legte die Gabel weg und schob den Teller zur Seite. »Ich verstehe den Zusammenhang nicht. Die Skulpturen aus dem Fischzug von 1984 waren gefälscht, das ist allgemein bekannt. Dagegen sollen diejenigen, mit denen sich James beschäftigte, echt gewesen sein. Ich weiß zwar nicht, weshalb sie wirklich von Modigliani gewesen sein sollen, aber gehen wir einfach mal davon aus. Carrubba steht in Verhandlungen darüber, sie zu kaufen ...«

Guerracci zog eine Grimasse. »Merkst du, daß ich gut daran tue, mich bedeckt zu halten? Carrubba hat dir nicht die Wahrheit gesagt. Carrubba wollte die Skulpturen gar nicht kaufen. Das Angebot, das er Granelli gemacht hat, war ein anderes. Carrubba ist der Mittelsmann von sehr finsteren Leuten ...«

»Was für eine Art von Angebot?«

»Laß dir das doch von deinem Klienten sagen ...«

»Jetzt hör endlich auf damit. Er ist nicht mein Klient, nicht in diesem Fall! Vergiß Carrubba. Er hat das Geschäft gerochen und wird versucht haben, Granelli übers Ohr zu hauen; ich weiß zwar nicht wie, aber ich kann es mir gut vorstellen, ich kenne seinen Stil. Aber dieser Sarcì? Weshalb regt er sich so auf? Was will er? Ich habe zwar keinerlei Beweis, aber gegenwärtig bin ich davon überzeugt, daß der Tod des Amerikaners kein Unfall war. Was für ein Mandat hat dir Granelli erteilt? Kannst du mir das sagen?«

Guerracci zuckte ärgerlich berührt die Achseln. »Ich helfe Granelli dabei, sich aus den Fängen von Carrubba und seiner üblen Kumpane zu befreien. Ich habe auch die Absicht, ihm dabei zu helfen, die Echtheit der Skulpturen zu beweisen und sie zu einem angemessenen Preis zu verkaufen, vielleicht an ein Museum. Eine Aufgabe, die jetzt nach James' Tod noch schwieriger geworden ist. Mehr weiß ich nicht, und ich beschäftige mich mit nichts anderem. Ich möchte keinen Ärger. Ich habe nicht die Absicht, in ein Wespennest zu stechen. Aus dem Alter bin ich raus.«

8

Taucherschule

Es war Samstag und der Tag vor Heiligabend. Von der Veranda der Bar blickte man auf der einen Seite auf die Via Aurelia und auf der anderen auf die Felsenklippen des Romito.

Sie hatten am Morgen das Museum der Villa Marbelli besichtigt, nachdem sie sich entschlossen hatten, auch die kommenden Feiertage in Livorno zu verbringen. In einer Stadt am Meer und mit einem Wetter, das allen Vorhersagen nach heiter bleiben sollte, war Weihnachten weniger deprimierend; Olimpias Argumente hatten Scalzi überzeugt. Mit einem Mietwagen – sie am Steuer – waren sie nach Castiglioncello gefahren, wo sie zu Mittag aßen. Auf dem Rückweg in die Stadt hatten sie in der kleinen, auf der Klippe gelegenen Bar haltgemacht. Wolkenfetzen drängten zur Erde; Wellen brachen sich am Felsenriff; der Südwestwind nahm von den Wogen Meerwassertropfen auf, die an die Scheiben klatschten und dort Salzfurchen hinterließen.

Scalzi setzte die Tasse ab und brummelte einen Kommentar zu den »schwarzen Richtern«, die gestern im Fernsehen zu sehen gewesen waren. In Hotelzimmern ließ er sich gern von einem Fernseher am Fußende des Bettes einlullen. Letzte Nacht war er über einer Folge, in der der übliche rabiate, aber menschliche Polizist auf Verbrecherjagd ging, gerade leicht eingedöst, als die Spätnachrichten finstere Richter eines afrikanischen Landes zeigten, die ein Dutzend Angehörige einer ethnischen Minderheit zum Tode verurteilten. Der gesamte Prozeß hatte einschließlich

Urteilsverkündung nur vier Stunden gedauert. Eine anwaltliche Verteidigung hatte man sich aus Zeitgründen gespart, die Roben allerdings waren penibel in Falten gelegt und die Beffchen nach französischer Mode gestärkt. Die Richter, somit gänzlich schwarz von Kopf bis Fuß, mit Ausnahme des schneeweißen Rechtecks unterhalb des Kinns, ließen ein Bündel Akten von Hand zu Hand gehen.

Scalzi fand, die Szene war signifikant. Die sogenannte Rechtsstaatlichkeit nahm immer kürzere Wege, nicht nur in Afrika. Olimpia vermutete, daß es, abgesehen von den Rückschritten der Justiz, noch etwas Aktuelleres gab, was an ihm nagte. »Guerracci hat dich enttäuscht, gib es zu.«

»Er hat mich nicht enttäuscht«, stellte Scalzi klar, »er hat mich mißtrauisch gemacht. So behandelt man keinen Freund ...«

»Wie meinst du das?«

»Ausweichend, als ob er mich wirklich als einen Gegner ansehen würde. Dabei kennt er mich doch seit Jahren, wir haben bei vielen Gelegenheiten zusammengearbeitet. Er weiß ganz genau, wenn ich gegen ihn antreten würde, wäre ich nicht zu ihm gegangen, und keinesfalls hätte ich versucht, ihm Informationen zu entlocken. Der mögliche Interessenkonflikt war nur eine Ausrede, um sich bedeckt zu halten. Er wirkte eingeschüchtert auf mich ... Wie Carrubba ...«

»Wenn man vom Teufel spricht ...« Olimpia wies auf den Bartresen.

Hinter der Zwischenwand, die die Theke von dem kleinen Gastraum trennte, tranken Guerracci und Granelli inmitten anderer Gäste ihren Kaffee. Guerracci trug einen Trenchcoat und einen Schlapphut, den er bis zu den schwarzen Augen herabgezogen hatte, der zweite war in einen Anorak gemummt, der sein Kreuz noch breiter erscheinen ließ. Sie hatten sie nicht bemerkt.

Scalzi erhob sich und wollte sie heranwinken, doch

Olimpia zog ihn am Ärmel und zwang ihn, sich wieder zu setzen.

»Warte, laß sehen, was sie machen. Amerigo schaut aus wie ein Geheimagent ...«

Die beiden traten aus dem Lokal und gingen weiter in die Via Aurelia. Auch Scalzi und Olimpia verließen das Café, nachdem sie eilig an der Kasse gezahlt hatten.

Eine Windbö fuhr in Olimpias Haare. Guerracci und Granelli waren schon weit entfernt, sie liefen am Rand der Straße. Neben einem dreckverkrusteten Lieferwagen blieben sie stehen. Guerracci hielt den anderen zurück, als dieser einsteigen wollte. Er gestikulierte heftig beim Sprechen.

Olimpia stieg eilig in den gemieteten Fiat. Scalzi schnaubte, als er sich auf den Beifahrersitz setzte. »Na, amüsieren wir uns gut bei unseren Ermittlungen à la Marlowe?«

»Folgen wir ihnen«, sagte Olimpia. »Schauen wir mal, wo sie hinwollen.«

Der Lieferwagen fuhr mit hoher Geschwindigkeit in die erste Kurve, ohne abzubremsen. Olimpia tat es ihm gleich und ließ die Reifen kreischen.

»Heh!« rief Scalzi. »Paß auf: Das hier ist die Straße aus Sorpasso.«

»Ich habe nicht die Absicht, zu überholen ...«

»Ich sprach vom Film. Er endet mit einem Sturz auf das Felsenriff von Calafuria!«

Sie verloren den Kontakt. Als sie über eine Brücke kamen, bemerkte Scalzi den Lieferwagen unter ihnen, er stand am Rand einer unbefestigten Straße.

Olimpia hielt an. Sie stiegen aus und näherten sich dem Geländer. Guerracci und Granelli folgten einem Weg durch die Felsen. Sie erreichten eine Baracke am Rande einer Bucht. Im Wind schaukelte ein Schild: TAUCHER-SCHULE.

Granelli rüttelte an der verschlossenen Tür. Er warf sich mit einer Schulter dagegen. Im Tosen der Brandung, die den Kies zum Knirschen brachte, hörte man eine Kette klirren. Granelli trat zurück und hielt sich die Schulter; er hatte sich weh getan. Er fluchte. Guerracci versuchte, durch ein Fenster etwas zu erkennen, indem er sein Gesicht an die Scheibe preßte und es mit den Händen abschirmte. Er bewegte sich hin und her, um die Sicht ins Innere zu erweitern. Etwas abseits massierte sich Granelli die Schulter. Guerracci trat zu ihm, redete auf ihn ein und deutete dabei auf die Baracke; anscheinend wollte er ihn überreden, sich noch einmal am Aufbrechen der Tür zu versuchen. Granelli kehrte ihm den Rücken und ging den Weg zurück.

Olimpia packte Scalzi bei einem Mantelzipfel und zog ihn nach hinten. Sie gingen zurück zum Wagen und stiegen ein. Auf diesem Abschnitt der alten Via Aurelia verkehrten nur wenige Autos.

Der Lieferwagen bog hinter ihnen aus der Seitenstraße und nahm die entgegengesetzte Richtung, nach Romito. Olimpia startete und wandte sich um, um zum Wendemanöver anzusetzen.

Scalzi streckte eine Hand vor und schaltete den Motor ab. »Ich möchte mir die Baracke ansehen.«

Er stieg aus und erreichte die unbefestigte Straße, aus der der Lieferwagen gekommen war.

Während sie das Auto abschloß, rief Olimpia ihm hinterher:

»Warte auf mich, Boß!«

Am Strand wehte ein steifer Libeccio, aufgeladen mit Feuchtigkeit. Große Felsenriffe schützten die Bucht, die Wellen schlugen dort mit schäumenden Kronen, aber bereits gebrochen auf. Mitten in der See schaukelte ein Ponton.

Zwei robuste Vorhängeschlösser an den Enden einer dicken Kette versperrten die Tür der Baracke. Das Fenster war vergittert. Scalzi trat näher heran. Durch das vom Meerwasser getrübte Glas konnte er zunächst nichts erkennen.

Dann sah er, daß an einem Kleiderhaken dunkle Taucheranzüge hingen; an den Wänden standen Gasflaschen, ein elektrischer Kompressor, rechteckige Plastikwannen mit Flossen, Masken und Mundstücken. Die Mitte des Raumes wurde fast vollständig von einem auf der Seite liegenden Motorboot eingenommen.

Das Heck des Motorbootes reichte bis ans Fenster. Auf einer Seite befand sich eine metallene Leiter. Scalzi beschattete sich die Augen mit der Hand. Eine von den Stufen der Leiter war leicht verbogen.

»Schau ...«, sagte Scalzi und trat zur Seite. Olimpia kam heran und stellte sich auf Zehenspitzen.

Die Brandung hatte die Schritte übertönt. Der Mann trug seinen schwarzen, breitkrempigen Hut bis zu den Augenbrauen herabgezogen; ein weißer Seidenschal, der ihm fast bis zu den Füßen reichte, umflatterte seinen Körper. Er schien schon seit einer geraumen Weile dort zu stehen; er rauchte, und die Asche der Zigarette war auf den Kamelhaarmantel herabgefallen. So groß und mager, mit schiefem Kiefer, sah er fast aus wie Totò, wenn dieser in die Rolle des Edelmanns schlüpfte.

Er warf die Kippe weg, hustete. Er wandte sich dem Meer zu, erreichte die Wasserlinie, eine Welle bespritzte seine Schuhe. Er bückte sich und hob einen Kiesel auf. Mit einer fließenden Bewegung drehte er sich unvermittelt um, riß den Ellenbogen hoch und schleuderte den Stein gegen die Baracke. Er schlug einen Schritt von Olimpia entfernt gegen die Blechwand.

»He!« schrie Scalzi.

Grinsend schüttelte der Mann den Kopf. Er bückte sich, nahm einen weiteren Stein auf und warf ihn. Er traf die Barackenwand an fast genau derselben Stelle.

Scalzi lief auf ihn zu, etwas unbeholfen, da seine Schuhe in den Kies einsanken. Er hatte große Lust, selbst nach einem Kiesel zu greifen, doch er kam sich lächerlich vor.

Der Mann wich zurück, eine Welle überrollte seine Füße bis zu den Knöcheln. Er hüpfte einen Satz nach vorn, bückte sich erneut, las einen etwas größeren Stein auf, wog ihn in der Hand, hielt auf halbem Weg inne, öffnete die Faust und zeigte ihn her.

Scalzi stoppte. »Sind Sie verrückt?«

Sie standen einander gegenüber; der Mann sah ihn schräg an, als ob ihn das Licht blenden würde. Er grinste und entblößte lange, krumme Zähne, dann streckte er den Arm aus und ließ den Kiesel Scalzi auf die Füße fallen. Er nuschelte die Worte hervor, indem er den Kiefer waagerecht bewegte: »Ein Stein ... Ein Muster ohne Wert ...«

Olimpia war schon auf dem Weg durch die Felsen.

»Corrado«, rief sie, »gehen wir!«

Scalzi holte sie ein, dabei drehte er sich immer wieder um, um den Mann im Auge zu behalten, der weiter die Zähne bleckte, die Lider halbgeschlossen wie ein Albino.

Von der Brücke aus sahen sie ihn immer noch an der Stelle, an der sie ihn verlassen hatten, wie er sich hurtig bückte, ein paar Kiesel aufsammelte, sich schwungvoll und mit wehendem Schal um die eigene Achse drehte und auf die Baracke zielte. Als sie schon wieder im Auto saßen, hörten sie noch immer die Schläge auf dem Blech. Plong! Plong!

Im Hotel erreichte sie ein Anruf von Guerraccis Mutter, die sie für den ersten Weihnachtsfeiertag zum Mittagessen einlud.

9
Weihnachtsessen

Die Tür wurde von einem kaum zwanzigjährigen Mädchen geöffnet, das ein rundliches Gesicht, blaue Augen und rote Haare hatte. Sie trug wildlederne Camperos-Stiefel unter einem ziegelroten indischen Kleid und einem ausgeleierten, hellblauen Pullover, der ihr bis zu den Knien ging. Sie sagte, daß ihr Onkel in der Stadt sei, aber demnächst kommen müßte. Die Tante würde gleich zu ihnen stoßen, sie möchten es sich doch einstweilen bequem machen.

Seit den Tagen des Prozesses um Idris Fami hatte sich im Salon der Familie Guerracci nichts verändert. Seit jenem Abend vor vier Jahren, an dem Olimpias Esoteriker-Freundin in medialer Vereinigung mit Amerigos Mutter das Abenteuer in Ägypten vorhergesagt hatte, war nicht die kleinste Kleinigkeit umgestellt worden, und derselbe Hauch von Lavendel lag in der Luft. Durch die Fenster mit den aufgezogenen Vorhängen warfen die Eukalyptusbäume im Garten ihren Schatten auf den Teppich.

Das Mädchen rollte sich auf einem Sessel in perfekter Yogastellung ein. Scalzi und Olimpia nahmen auf dem Sofa Platz. Hinter den Pinien von Tombolo ratterte ein Zug vorbei und ließ die Glasglocke vibrieren, die schützend über eine neapolitanische Krippe gestülpt war. Durch die offene Schiebetür zum Speisezimmer konnte man die mit Trockenblumen und Tannenzweigen geschmückte Mittagstafel sehen.

Das Mädchen zog ihre Beine unter den hellblauen Pulli und verschränkte die Hände unter dem Kinn. »Ruhe bitte!«

Dabei hatte gar niemand gesprochen. Sie verharrte horchend, den Kopf zur Seite geneigt. Die Stille wurde von einem Zwitschern unterbrochen.

»Hört ihr? Das ist ein Rotkehlchen: ist das normal zu dieser Jahreszeit? Kommen die nicht erst im Frühling zurück?«

Olimpia musterte sie von unten bis oben, und zündete sich eine Marlboro an. »Das Rotkehlchen ist nur gelegentlich ein Zugvogel. Man kann es das ganze Jahr über hören. Das hier allerdings ist eine Kohlmeise.«

»Eine Meise? Ach was! Hör doch, wie es klingt: *tick, tick* ... Und *tzip*. ›Wie Gold‹, sagt Pascoli.«

»Pascoli hin oder her«, sagte Olimpia, »das hier ist der Ruf der Kohlmeise: *tzink, tzink.* Ganz abgesehen davon, daß Meisen auch schon mal andere Vögel imitieren, Rotkehlchen eingeschlossen.«

Das Mädchen riß die Augen auf. »Das wußte ich ja gar nicht. Die Meisen machen wirklich andere Vögel nach?«

Olimpia stieß den Rauch aus. »Würde ich bei einem so wichtigen Thema lügen?«

Das Mädchen blickte sie schräg an, wickelte sich aus ihrem Pullover und sprang mit einem Ruck auf die Füße. »Ich schau mal, ob die Tante fertig ist.«

Sie trippelte in ihren zu großen Camperos-Stiefeln eilends davon.

Scalzi stieß Olimpia mit dem Ellenbogen in die Seite. »Ich wußte ja gar nicht, daß du eine Expertin in Vogelkunde bist.«

Olimpia betrachtete den Eukalyptus vorm Fenster.

»Vielleicht ist es ja doch ein Rotkehlchen. Aber dieses Mädchen ... Wir sind noch keine Minute hier, und schon kommt sie einem mit einem Zitat von Pascoli. Mir gefiel die Bruschini besser. Ein bißchen engstirnig und anti quiert, aber spontaner.«

»Sie ist seine Nichte«, sagte Scalzi mit Nachdruck.

»Eine Nichte? Hm! Rothaarig wie die Bruschini, ähnlich jung, sogar noch jünger ...«

»Jetzt werd aber nicht gehässig«, sagte Scalzi.

Nun klapperten die Stiefel an der Decke über ihnen, von der ein wenig Staub herabrieselte, den das Licht vom Fenster in goldenes Puder verwandelte.

»Wollen wir wetten, daß Amerigo nicht kommt?« meinte Scalzi weiter. »Andererseits hat uns ja auch seine Mutter eingeladen und nicht er. Es ist typisch für Guerracci, sich zu verdrücken, wenn ihm etwas peinlich ist. Ich hätte es vorgezogen, wenn er sich nicht mit diesem Fall befaßt hätte.«

Signora Guerracci bat sie, die Ungehörigkeit ihres Sohnes zu entschuldigen: Man könne nicht auf ihn warten, sonst würde die Suppe wieder ausflocken. Sie wies die Schöpferin des Mahls an, nun aufzutragen; diese war eine schnurrbärtige, große Frau mit von Besenreisern geröteten Wangen, die eigens aus Montecarlo in der Provinz Pisa gekommen war. Man würde Wein aus ihrem Weinberg trinken.

Guerracci traf erst ein, als sie schon mitten im Essen waren; der frostige Gruß an die beiden Gäste gab eindeutig zu erkennen, daß es sich um eine Einladung seiner Mutter handelte und daß er nicht gerade erfreut darüber war.

Ein typisch toskanisches Festmahl. Brühe vom Kapaun, als Antipasto *crostini* mit Wildpastete und Aufschnitt, dazu gedünsteter Kapaun; grüne Lasagne aus dem Backofen, für die die Soße die ganze Nacht über geköchelt hatte – die Frau aus Montecarlo betonte er ausdrücklich. Es folgte die Prozession der Braten: Ente, Taube, Kaninchen. Daran schloß sich ein Gang aus fritiertem Fleisch derselben Tiere an, außerdem noch Aal, in knusprigem goldgelbem Teig ausgebacken. Als einziges Zugeständnis an die weihnachtlichen Gebräuche aus Übersee ein mit Kastanien gefüllter Truthahn. Schließlich kamen die Käse und ein riesiger *Monte Bianco* –, mit Kastaniencreme gefüllte Meringe –, dem man zusprechen müsse, »um gesegnet zu werden«, wie sich die Dame ausdrückte. Den Panettone könne man ruhig den Mailändern überlassen, die daran gewöhnt seien, ihre Koronararterien mit soviel Butter zu belasten.

Um Scalzis Schädel zog sich ein eiserner Ring zusammen. Während des Essens hatte Signora Guerracci, wohl ahnend, daß zwischen ihrem Sohn und den Gästen etwas nicht stimmte, versucht, ein neutrales Gespräch über die Speisen und die toskanische Tradition ihrer Zubereitung in Gang zu bringen. Doch dann wurde sie sich bewußt, daß die Unterhaltung die Gerichte nicht unbedingt leichter verdaulich machte oder daß ihre Versuche, die Atmosphäre aufzulockern, vergebens waren, und so schwieg sie schwermütig und überließ das Feld ihrer Nichte Antonella. Sie war das verwaiste Kind eines Bruders und damit Amerigos Cousine; »Onkel« nannte sie ihn nur wegen des Altersunterschiedes.

Das Mädchen hatte sie mit der Beschreibung ihrer Initiation in den Buddhismus unterhalten, die während einer Reise durch Nepal im letzten Sommer stattgefunden hatte – wobei sie ihre Erzählung alle nasenlang mit Zitaten von Tagore, Govinda, Hermann Hesse schmückte. Währenddessen aß sie, was das Zeug hielt. Sie redete und kaute ununterbrochen, nur einmal machte sie eine kleine Pause, als sie mit der Filigranarbeit beschäftigt war, die gebratene Taube mit einem scharfen, in Kathmandu erworbenen Dolch zu entbeinen, den sie aus einer Tasche unter dem blauen Pulli hervorgezaubert hatte: das Silberbesteck hatte sie als nicht gut genug dafür befunden. Unvermittelt stand sie vom Tisch auf, nachdem sie zuvor noch eine Riesenportion von dem Monte Bianco verdrückt hatte und anschließen begreifen mußte, daß nichts mehr zu erwarten war; nun wäre es Zeit, so sagte sie, für die Meditation. Doch wenn man so die Röte auf ihren Wangen und die auf Halbmast hängenden Lider betrachtete, außerdem die bequemer gemachte Kleidung (den Gürtel des Kleides hatte sie mit einer raschen Bewegung abgelegt, als würde sie eine

79

Peitsche schwingen), war ihre Absicht wohl eine andere. Scalzi fühlte Neid in sich aufsteigen, als er sich vorstellte, wie sie in einem Zimmer im oberen Stockwerk, kaum, daß sie das Bett berührt hatte, sanft einschlummerte, in der Stille dieses Landhauses, dessen Ruhe nur selten vom Rattern des kleinen Personenzuges gestört wurde.

Amerigos Mutter sank erschöpft in einen Sessel. Eine Weile bemühte sie sich noch, die Augen offenzuhalten, doch bald gesellte sich zu dem Geschirrgeklapper der Köchin aus Montecarlo das diskrete Schnarchen der wohlerzogenen alten Dame.

Guerracci ließ eine Flasche Whisky herumgehen. Olimpia lehnte ab, Scalzi dagegen nahm das Angebot gern an in der absurden Hoffnung, daß ein Gläschen ihm helfen würde, wieder einen klaren Kopf zu bekommen. Statt dessen trug es nur dazu bei, seine schlechte Laune zu verstärken. Knurrig fragte er: »Amerigo, seit wann interessierst du dich eigentlich fürs Tauchen?«

Auch Guerracci war nicht nach einem weihnachtlichen Halleluja zumute, hingeflegelt hing er auf seinem Stuhl, die Beine unter den Tisch gestreckt, der Blick erloschen, mit Mühe hielt er die toskanische Zigarre am Glühen. Er bediente sich erneut aus der Flasche. »Normalerweise mag ich kein Wasser, weder von oben noch von unten ...«

»Olimpia«, sagte Scalzi, »sag ihm doch bitte, wo wir ihn gestern nach dem Mittagessen gesehen haben.«

»Das ist nun wirklich nicht der geeignete Moment.« Olimpia machte eine verstohlene Geste, um ihm zu bedeuten, die Angelegenheit fallenzulassen. »Verschiebt die ernsten Gespräche doch auf später. Ihr seid reichlich beschwipst und fangt dann bloß an zu streiten.«

Doch Scalzi hatte sich bereits in den Angriff verrannt. »Du willst derjenige sein, der sich aus Scherereien heraushält. Und doch gehst du herum und versuchst, Türen von Baracken aufzubrechen ...«

Guerracci riß den Mund auf. »Du willst mir doch nicht sagen ... Du bist mir gefolgt! Du hast mir hinterherspioniert!«

Scalzi nahm einen Schluck. »Ich hätte gern mit dir zusammengearbeitet. Du beschäftigst dich schon seit längerem mit dem Fall ... Ich habe gesagt: ›Sieh mal, welch glückliche Fügung!‹ Das waren doch meine Worte, nicht, Olimpia?«

Guerracci nestelte an seinem Halstuch und lockerte es mit einer gereizten Bewegung. »Das ist nun wirklich was Neues. Avvocato Scalzi spielt den Privatdetektiv ... Aber vielleicht hast du ja auch jemanden angeheuert, um mir zu folgen. Diese amerikanische Imperialistin muß dir ein gewaltiges Spesenkonto eingeräumt haben. Oder wirst du von Carrubba bezahlt?«

Scalzi schwankte leicht, als er sich aufrichtete »Vielen Dank für das Essen. Oder besser, richte deiner Mutter unseren Dank aus. Es ist nicht nötig, daß du sie weckst. Frohes Fest. Laß uns gehen, Olimpia.«

Olimpia ging die paar Schritte vom Speisezimmer in den Salon und ließ sich auf einem Sessel neben der Signora Guerracci nieder. Sie verschränkte die Hände über dem Bauch. »Wenn ihr mit Streiten fertig seid, weckt mich bitte.«

»Setz dich wieder hin, Corrado«, sagte Guerracci ernst. »Du schuldest mir eine Erklärung.«

Scalzi setzte sich wieder, mehr aufgrund eines plötzlichen Schwindelgefühls als der Einladung.

»Ich schulde dir eine Erklärung? Ich komme zu dir mit den besten Absichten. Ich lege dir die wenigen Fakten dar, die ich zusammengetragen habe, einschließlich der äußerst vertraulichen Informationen des Polizeileutnants Parrino. Ich hatte eigentlich vor, dich an dem Mandat zu beteiligen, wenn du es genau wissen willst. Von einem Freund hätte ich mir zumindest Klartext erwartet: Die Situation ist nun einmal so und so, und deshalb sollte jeder für sich und Gott für alle ... Statt dessen spielst du mir die Rolle des gesetzten Herrn vor ... ›Aus dem Alter bin ich raus ... Ich möchte nicht in ein Wespennest stechen‹ ... Und am nächsten Tag treffe ich dich zufällig, ich wiederhole: zufällig, hast du das verstanden? zusammen mit diesem Koloß von Granelli, der sich mit der Schulter gegen eine Barackentür wirft, um sie aufzubrechen. Und ein paar Minuten später werden Olimpia und ich von einem Irren mit Steinen beworfen. Also ... ich meine: Ein Mindestmaß an Loyalität kann ich wohl doch erwarten. Nach all den Jahren, die wir uns kennen ...«

»Loyalität!« Guerracci spuckte das Wort regelrecht aus. »Das, was mich am meisten an dir nervt, ist dein Moralismus. Du hast dich immer noch nicht damit abgefunden, daß unser Beruf uns dazu zwingt, in die Scheiße zu fassen. Wir sind wie die Küchenschaben, verstehst du?«

Scalzi zog eine Grimasse. »Diese Kurzlektion in Zynismus kann ich auswendig. Erspar sie mir!«

»Du bist ein Manichäer! Genau das bist du, ein elendiger Manichäer!« Guerracci grinste. »Und da hat dich also endlich jemand mit Steinen beworfen. Wer war denn dieser Irre?«

»Spiel doch nicht den Unwissenden, Amerigo! Du willst mir weismachen, daß du das nicht weißt? Daß du ihn nicht selber geschickt hast, diesen sizilianischen Ziegenhirten? Er hat Olimpia nur um wenige Zentimeter verfehlt ... Hinterher, bei kühlerem Kopf, ist dir wohl aufgegangen, daß dieser Scherz wirklich nicht allzu geistreich war. Auch wenn er seine Wirkung als Warnung durchaus nicht verfehlt hat. Wie sagtest du doch noch so schön? ›Deine Nase nicht mehr als nötig hineinzustecken ...‹ Danach läßt du uns dann von der Mamma zum Essen einladen, um uns die bittere Pille zu versüßen ...«

»So legst du also die Höflichkeit meiner Mutter aus? Mei-

ner *Mamma*, wenn es recht ist?« Guerracci hob die Stimme.
»Es ist schlimm mit dir geworden, mein Lieber! Du bist auf
dem besten Weg zu einer soliden Paranoia!«

Signora Guerracci hatte sich in aller Stille erhoben. Sie
stand auf der Schwelle zum Speisezimmer und berührte
mit einer Hand die Korallenkamee an ihrem Spitzenjabot.
»Aufhören, ihr beide!«

Sie wandte sich zur Küche. »Adelaide! Machen Sie bitte
einen schönen starken Kaffee. Macht es euch gemütlich«,
sie zeigte in den Salon, »und sprecht miteinander wie ge-
sittete Menschen. Wie Freunde, die ihr immer gewesen
seid! Und du, Amerigo, laß die Flasche in Ruhe!«

10

Logische Hypothesen,
kabbalistische Mutmaßungen

Vielleicht hatte der Tadel seiner Mutter Guerracci bewußt
gemacht, welch fader Geschmack einem im Munde zurück-
bleibt, wenn eine Freundschaft für immer zerbricht. Nicht,
daß ihm das nun die Zunge gelöst hätte, das gewiß nicht. Er
sprach immer noch reichlich mühsam, als müßte er einen
Handkarren auf einen steilen Berg hinaufziehen, der
knarzte und ächzte und hin und wieder blockierte. Scalzi
hatte immer noch keine Ahnung, weshalb Guerracci nicht
so recht mit der Sprache herauswollte. Doch immerhin
zeichnete sich allmählich ein gewisses Bild ab.

James stellte Nachforschungen über die Skulpturen an: Er
befragte die alten Leute in der Stadt und durchkämmte die
Umgebung auf der Suche nach einem Sandsteinbruch. Irgend jemand hatte ihm von den Trümmern erzählt, die
nach dem Bombardement von 1943 ins Meer geschüttet
worden waren. Ein Teil davon sollte auf dem Grund einer
Bucht vor Antignano abgeladen worden sein. Taucher erzählten von einem Stein in Form einer Götzenstatue, den
die Südweststürme aus dem Schutt herausgespült hätten.
James hatte sich daraufhin auf die Suche nach diesem Stein
gemacht. Jenem geheimnisvollen Informanten zufolge, der
laut Guerracci nur ein haltloses Gerücht verbreitete, sollte
es sich dabei um eine von jenen fünf Skulpturen handeln,
die Modigliani 1909 während seines Aufenthaltes in Livorno
angefertigt hatte. Der Amerikaner hatte sich an die Taucher-
schule gewandt, die ihn mit der nötigen Ausrüstung versorgte; aus Gründen der Geheimhaltung ging er nur nachts
auf Tauchexkursion. Allein stieg er jedoch nicht ins Meer,

die Schule hatte ihm einen Führer zur Seite gestellt, einen erfahrenen Froschmann. Im Sommer trainierten die Besucher der Schule unter Anleitung des Eigentümers der Baracke und des Motorbootes, eines ehemaligen Soldaten der Kriegsmarine. Allerdings war nicht er der Taucher, der James begleitet hatte. Da war sich Guerracci ganz sicher. Der Exmilitär hatte, kurz bevor James die Dienste der Schule in Anspruch nahm, alles an eine Gesellschaft mit beschränkter Haftung abgetreten. Nach dem Tod des Amerikaners verloren sich die Spuren der Gesellschaft, denn es stellte sich heraus, daß die GmbH nicht im Handelsregister eingetragen und damit praktisch nicht existent war. Seitdem war die Baracke verschlossen und verrammelt geblieben; das Motorboot, das zuvor, wenn die Schule geschlossen war, immer in der Bucht geankert hatte, um auch für die Hochseefischerei genutzt werden zu können, war nun im Inneren eingesperrt. Guerracci hatte herauszufinden versucht, wer der Froschmann gewesen war, der James als Führer gedient hatte, doch ohne Erfolg. Daß der Unfall während eines Tauchgangs passiert war, konnte ausgeschlossen werden, da die Leiche in normaler Kleidung aufgefunden worden war, in Jeans und Pullover. Das hatte Guerracci von den Carabinieri erfahren: kein Taucheranzug und kein Sauerstoffgerät.

Allerdings blieb da immer noch das Zusammentreffen zwischen den Tauchexkursionen und dem Tod durch Ertrinken. Scalzis Hinweis auf Parrinos Information über die aufgeschürften Hände der Leiche war der Grund gewesen, weshalb Guerracci das Motorboot hatte untersuchen wollen. Und der Muskelprotz von Granelli war sich so sicher gewesen, die Tür mit einem Schulterstoß aufbrechen zu können, daß er nicht einmal einen Bolzenschneider mitgenommen hatte, wie Guerracci vorgeschlagen hatte. Also mußte der Anwalt sich damit begnügen, durch das Fenster zu spähen. Und doch war das wenige, das er hatte sehen können, schon interessant genug ...

»Die verbogene Sprosse an der Leiter«, unterbrach ihn Scalzi.

Guerracci starrte ihn erstaunt an. »Dann hast du sie also auch gesehen ...«

Olimpia trommelte aufgeregt mit den Händen auf die Sessellehnen. »Sagt mir, wenn ihr dasselbe denkt wie ich! Man hat ihn hinuntergezogen, als er die Leiter hochklettern wollte ...«

»Das ist möglich«, sagte Scalzi, »das würde zumindest die Art der Verletzung erklären.«

»Ganz sicher! Ich hatte mir schon so etwas gedacht, doch ich habe den Mund gehalten, weil ich nicht wieder als ›Persianerin‹ gelten wollte ... Und die Tatsache, daß er komplett bekleidet war?«

»Zu leicht für den Winter«, sagte Scalzi, »Jeans und Pullover ... Etwas, das auch ein Taucher unter dem Anzug tragen würde. James forschte vor Antignano. Die Leiche ist einige Meilen davon entfernt im Hafen gefunden worden, vor der Fährenmole, und zwar völlig unversehrt ... Ein längerer Aufenthalt im Wasser, bei dem der Körper von den Strömungen hin und her geworfen worden wäre, ist daher auszuschließen. Man wird ihn woanders hingeschafft haben, nachdem man ihm den Taucherauszug ausgezogen hat, um die Verbindung zu den Tauchgängen zu verschleiern.«

Olimpia tippte Signora Guerracci ans Knie.

»Haben Sie verstanden, wie es gelaufen ist? Ich habe es richtig bildlich vor Augen. Wayne nimmt die Tauchermaske und das Atemgerät ab und beginnt sich die Leiter hochzuhieven. Der andere Taucher packt ihn bei den Füßen ...«

»Oh, Gott, wie schrecklich ...«, stöhnte die alte Dame.

»Es ist eine Hypothese«, meinte Scalzi.

»Hypothese?« fuhr Olimpia auf. »Genauso ist es gelaufen!«

»Eine logische Hypothese, nichts weiter. Wir sind noch

nicht einen Schritt weitergekommen in der fundamentalen Frage: Warum?« Scalzi fixierte Guerracci.

Guerraccis Meinung nach mußte man dafür bis ins Jahr 1984 zurückgehen.

Wie hatte doch gleich der berühmte Schwindel begonnen? Wie nun einmal Stadtlegenden entstehen ... Erinnerungen der alten Leute, Gerüchte, die schon seit geraumer Zeit in Livorno und anderswo kursierten: der angebliche Augenzeugenbericht eines alten Mannes, der Modigliani eines Nachts beobachtet haben will, wie er mit einem Karren mit den Skulpturen darauf, am Deich des Fosso Reale stand und sich gerade anschickte, diese ins Wasser zu kippen. Der Mann hätte ja inzwischen über hundert Jahre alt sein müssen! Ganz abgesehen davon, daß es niemanden mehr gab, der tatsächlich mit ihm gesprochen hatte, und sich auch niemand an seinen Namen erinnerte. Als er bei Granelli auf diesen alten Mann zu sprechen kam, wurde der Schrotthändler furchtbar wütend. Was heißt hier alter Mann? Er sei das gewesen! Die Gerüchte, die in der Stadt umgingen, handelten von ihm! Und er sei ja nun wirklich noch nicht alt, und zum tatsächlichen Zeitpunkt der Ereignisse sei er gerade mal achtzehn Jahre alt gewesen, er sei der mit dem Handkarren gewesen, mit dem er – neunzehnhundertdreiundvierzig, allerdings, und nicht neunzehnhundertneun! – die Köpfe nach Hause transportiert habe, die er aus einem zerbombten Haus gerettet habe ... Und dann sei da noch ein Buch über das Leben des Bildhauers Brancusi, eines Freundes von Modigliani, erschienen, geschrieben von einem Rumänen, einem gewissen Neagoe. Im Winter 1910 war in Paris die Seine über die Ufer getreten. Dieser sogenannten Biographie zufolge habe Modigliani, als er seinen Freund besuchte, einige Skulpturen unter Wasser in dem überfluteten Atelier gesehen. »Ha!« soll Modigliani gesagt haben, »genau wie meine, die ich in den Fosso in Livorno geworfen habe ...« Allerdings war, was dieser Neagoe geschrieben habe, keine Biographie, sondern ein Roman, ein schlechter noch dazu, voll von romantischen, völlig aus der Luft gegriffenen Übertreibungen über die geniale und zügellose Bohème von Montmartre um die Jahrhundertwende. Und genau das sei der historische Hintergrund, weshalb im späten Frühjahr 1984 der Bagger seine Zähne in den Schlamm des Fosso Reale gegraben habe.

Man müsse jedoch, so meinte Guerracci, unterscheiden zwischen dem, was in den Zeitungen und im Fernsehen gemeldet worden war: also die Ausstellung zum hundertsten Geburtstag des Künstlers, die gespannte Erwartung der Leute in Livorno, die einen sehr skeptisch, die anderen voller Hoffnung (wobei die Skeptiker wesentlich zahlreicher gewesen seien), dann der wundersame Fund, die Hosiannarufe der Kritiker, schließlich die Black & Decker-Nummer der Studenten und das Gelächter, das danach um die Welt ging ... Das war das eine, aber etwas ganz anderes spielte sich noch hinter den Kulissen ab ...

In jenem Sommer 1984 waren so viele schräge Visagen schmutziger Geschäftemacher wie nie zuvor in Livorno aufgetaucht. Mit so gierigen Mäulern, daß Haie hätten neidisch werden können. Er selbst habe direkte Erfahrungen mit ihnen machen müssen ... Doch hier geriet Amerigo ins Stocken und verlor sich in unklaren Andeutungen ...

Nachdem die witzigen Jungs mit ihrem Studentenulk an die Öffentlichkeit getreten waren und man weltweit blamiert dastand, war die Stadt in ihren Dornröschenschlaf zurückgesunken. Doch mit der Ankunft von James hatte sich ein Klima entwickelt, das ... ja, wie soll man sagen?, wieder voller Erwartungen war. Voller Spannung, wenn auch nur im verborgenen. James' Tod, der auch nach Guerraccis Meinung ein Mord gewesen war, mußte mit einem Ereignis aus jenem Jahr 1984 zusammenhängen, das der Amerikaner vielleicht erst jetzt, zehn Jahre danach, herausgefunden hatte. Aber was war es? Der Polizeileutnant hatte schon recht: man sollte die Unterlagen des amerikanischen Historikers unbedingt durchsehen. Vielleicht fand sich die Lösung in seinen Notizen zu den Hintergründen jenes berühmten Studentenulks.

James war davon überzeugt, daß die drei Skulpturen im Besitz von Granelli authentisch seien, und er war sogar bereit, eine Lungenentzündung zu riskieren, um auch noch die vierte zu suchen, von der er wußte, daß sie aus derselben Quelle stammte. Auch Beweise für die Echtheit würden sich wahrscheinlich unter den Dokumenten befinden, Granelli war dabei leider keine große Hilfe. Immerhin hatte Guerracci es geschafft, dem Schrotthändler die Aussage zu entlocken, daß er nach dem Bombardement von 1943 die Skulpturen aus den Trümmern des Hauses von einem Verwandten geholt habe, der damals schon fünf Jahre tot war. Guerracci war nicht ganz klar, wer dieser Verwandte gewesen war. Ein Anarchist vermutlich, der wegen subversiver Umtriebe häufig hinter Gittern saß. Und warum war Granelli, der 1943 gerade ein achtzehnjähriger Junge war, hingegangen und hatte in dem zerbombten Haus herumgestöbert, um die Steinköpfe auszugraben? Guerracci hatte ihn gefragt, ob er schon damals gewußt hätte, daß sie von Modigliani seien. Doch Granelli hatte darauf nur erwidert, daß er sie seit seiner Kindheit im Haus des Onkels gesehen habe und daß sie ihm schon immer gefallen hätten, Punkt, aus. Mehr hatte er nicht aus ihm herausholen können. Und doch war Guerracci sicher, daß James dies gelungen war. Der Amerikaner hatte sich tagelang mit dem Schrotthändler unterhalten, er hatte viele Unterlagen gesichtet. Man hatte sich ausgezeichnet verstanden, soweit Amerigo wußte.

Tatsache sei auf jeden Fall, daß kurz nach James' Ankunft in Livorno die Haie von 1984 wieder aufgetaucht waren. Übles Pack, das Geschäfte auf dem schwarzen Kunstmarkt machte ... und auch auf anderen Gebieten ... Hier unterbrach sich Guerracci erneut: Es sei der Mühe nicht wert, über diese Leute zu sprechen, besser, sich nicht einmal an sie zu erinnern; sie seien ein gefährliches Volk.

Und dann? Dann sei Sarcì auf den Plan getreten. Der größte unter allen Geheimniskrämern. Der »Magier« ... der »Gehenkte« ...

Guerracci sagte: »Apropos, der Kerl mit den Kieseln. Beschreib ihn mir.«

Scalzi gab eine kurze Beschreibung.

»Der krumme Mund, die Ähnlichkeit mit Totò ... Das war er!«

»Einen Moment!« fuhr Olimpia dazwischen. »Corrado und ich haben herausgefunden, daß Sarcì am Abend vor James' Tod im selben Hotel wie er übernachtet hat.«

»Ich bin also nicht der einzige, der Dinge für sich behält ...«, knurrte Guerracci.

»Fangt bitte nicht schon wieder an«, warf Olimpia ein.

»Weißt du, wo er wohnt?« fragte Scalzi.

»In der Umgebung von Montenero«, meinte Guerracci.

Scalzi sagte, daß er gern einmal mit diesem merkwürdigen Menschen sprechen würde, nicht zuletzt, um ihn nach dem Grund für seine Steinwürfe zu fragen. Und es wäre wohl am besten, ihn sofort aufzusuchen: am Weihnachtstag wäre es mehr als wahrscheinlich, ihn zu Hause anzutreffen. Guerracci leistete noch ein wenig Widerstand, dann ließ er sich überreden.

Olimpia wollte sie begleiten; Scalzi erhob Einspruch: sie hätten es schließlich mit einem Halbverrückten zu tun.

Olimpia verzog das Gesicht. »Gefahr schickt sich nicht für Frauen ...«

»Einige Vorurteile haben ihre gute Seite«, merkte Signora Guerracci lächelnd an. »Ich bin froh, daß Sie hier bei mir bleiben, meine Liebe, allein würde ich mich langweilen. So haben wir Zeit zu plaudern.«

Die Türklingel war mit einer Videoanlage verbunden. Das Licht am Kameraobjektiv ging tickend an, ein Maremmanischer Hirtenhund erschien im Garten hinter dem Gittertor. Er pflanzte sich unter einem von einer Agave überragten Blumentopf auf, unbeweglich und weiß wie eine Marmorstatue, der Schwanz zuckte kaum wahrnehmbar, die kurzsichtigen Augen waren starr auf sie gerichtet. Zur Dachterrasse, die auf der Panoramaseite lag, führte eine Treppenrampe. Zitronenbäumchen in Tontöpfen verbargen den Eingang der Villa.

Sie klingelten noch einmal, der Hund knurrte.

Sie hörten einen leisen Pfiff, der Hund schlug an und eilte an die Seite eines Mannes, der oben an der Treppe stand.

Langsam kam Sarcì herab, eine Stufe nach der anderen nehmend; er betrachtete sie auf seine schräge Art, denn an ihm war alles ein wenig schief, nicht nur der Kiefer, auch eine Schulter war höher als die andere. Jenseits des Gitters blieb er stehen. »Einen von den Herren kenne ich doch. Und ob ich ihn kenne! Wie geht es unserem Mini-Staranwalt am Gerichtshof von Livorno? Und auch der andere Herr ist ein nicht ganz unbekanntes Gesicht für mich ...«

Er spuckte die Silben aus, als ob jedes Wort eine Anspielung enthielte.

»Wir sind uns schon begegnet«, sagte Scalzi.

»Ach, ja? Ist der Herr Polizist?«

Guerracci berührte Scalzis Arm. »Laß mich nur machen ... Sarcì, wir wollen uns nicht streiten, okay? Es ist der Herr hier, der Sie sprechen möchte, nicht ich.«

»Und wer ist es?«

»Ein Bekannter von mir, Professor Connard aus Paris. Er ist Kunsthistoriker und unterrichtet an der Sorbonne.«

»Und was hat der Herr Professor auf dem Herzen?«

»Er möchte sich mit Ihnen über ein paar Dinge austauschen. Wenn wir nicht stören ...«, fügte Guerracci hinzu.

»Ja, das kommt darauf an ... Bei Avvocato Guerracci weiß man nie, wo alles enden wird.« Er hielt sich immer noch vom Tor fern, ohne Anstalten zu machen, es zu öffnen.

Die Villa, die genau auf dem Scheitel der Anhöhe lag, war allen Winden ausgesetzt; der Libeccio ließ die Enden des weißen Schals um Sarcìs Hals heftig flattern.

Guerracci zog sich den Hut ins Gesicht. »Es ist ein wenig kühl hier draußen ...«

Sarcì zögerte. Für einen Moment hatte es den Anschein, als ob er sich verabschieden wolle, da er einen Schritt zurücktrat, doch dann öffnete er das Tor, als füge er sich einem lästigen Gebot der Höflichkeit.

Zu Beginn des Jahrhunderts hatten reiche Bürgerfamilien in dem Bedürfnis, der Welt zu entfliehen, in den Bergen rund um Livorno ihren romantischen Phantasien freien Lauf gelassen. Das pseudogotische Schlößchen aus rotem Backstein mit seinen vielen Ghibelinnenzinnen zum krönenden Abschluß, war eines der wenigen Gebäude dieser Art, das der Spitzhacke der Spekulanten entgangen war. Die zweibogigen Fenster mit ihren trüben Butzenscheiben ließen nur wenig Licht einfallen. Das Haus hatte etwas von einem Mausoleum.

Sarcì stieg, durch die Zähne pfeifend, die Freitreppe empor. Nach oben zu wurde das Licht nicht einmal heller, es nahm sogar eher noch ab. Dort, wo das Oberlicht hätte sein sollen, wölbte sich eine düstere Kuppel.

Plötzlich verschwand Sarcì. Scalzi und Guerracci hatten ein zweites Atrium erreicht, groß und kahl wie das im Erdgeschoß, aber noch dunkler; das melodische Pfeifen kam von weiter oben. Im Garten begann der Hund zu bellen.

Scalzi flüsterte: »Das war wieder einer von deinen Geistesblitzen, was, Amerigo? Connard ... Wie bist du da drauf gekommen?«

»Klingt doch fast wie Corrado ...«

Über ihren Köpfen hüstelte Sarcì. »Haben Sie sich verlaufen? Ich bin hier oben. Die Treppe ist rechts.«

Tastend fanden sie eine Wendeltreppe aus rostigem Eisen. Unsicher schauten sie sich im Halbdunkel an. Guerracci zuckte mit den Schultern und begann mit dem Aufstieg. Scalzi folgte ihm, er hörte den Freund über sich schnaufen. Sie kamen in einem runden Dachgeschoß heraus. Die Galerie, auf die die Treppe mündete und die mit einer schützenden Balustrade abschloß, lief über das gesamte Rund des Türmchens. Wenn man hinuntersah, blickte man auf den Boden des Atriums, in dem schwarze Marmorfliesen einen Drudenfuß bildeten. Hier oben standen ringsum eine Reihe von Tischen, auf denen Stöße von Blättern und Büchern wild durcheinander gestapelt waren.

Sie waren außer Atem. Sarcì saß an einem Tisch hinter einer Lampe, die ihm das Gesicht von unten beleuchtete, und musterte sie spöttisch grinsend. »Sie sollten mehr Sport treiben. Das vermindert das Risiko eines Herzinfarkts.«

Er betätigte einen Schalter hinter seinem Rücken, woraufhin sich ein Rollo öffnete und den Blick auf den dämmernden Abendhimmel freigab.

»Nehmen Sie doch Platz. Wie, haben Sie gesagt, hieß doch gleich der Herr Professor?«

»Connard«, sagte Guerracci eilfertig. »Er weiß, daß Sie sich mit den Skulpturen von Modigliani beschäftigen. Der Professor schreibt einen Artikel für eine Kunstzeitschrift. Er hätte gern ein paar Auskünfte.«

»Hm«, Sarcì schob den Unterkiefer hin und her. »Spricht er Italienisch?«

»Perfekt«, sagte Guerracci.

»Er wird es mir doch nicht verübeln, wenn ich einen kleinen Test mit ihm mache? Ich möchte gern wissen, welchen Kenntnisstand Professor Connard bereits hat. Eine einfache Frage zu Beginn: Weshalb war Modigliani 1909 aus Paris abgereist und nach Livorno gekommen?«

93

»Um seine Familie zu besuchen.« Scalzi warf Guerracci einen wütenden Blick zu.

»Note: sechs. So weiß es das gemeine Volk, aber Modigliani machte sich überhaupt nichts aus seiner Familie. Und warum ausgerechnet im Jahr 1909?« Abwartend blickte er nach oben, den Kopf in den Nacken gelegt. Er blies die Backen auf, ließ dann den Atem in rhythmischem Stößen durch seine blubbernden Lippen entweichen und klopfte dazu mit dem Zeigefinger auf den Tisch. »Modigliani war Jude, alle Welt weiß das, sogar Sie, denke ich mir. Aber wußten Sie auch, daß er sich auf die jüdische Kabbala verstand? Wer hatte ihn wohl darin unterrichtet?« Das Fingergetrommel wurde nervöser. »Schweigen im Walde ...«

Scalzi kam eine Lehrerin aus der Mittelschule in den Sinn, die so ätzend gewesen war wie eine Tüte saure Milch. Er haßte Erinnerungen an die Schulzeit.

»Es-war-sein-Groß-va-ter-der-ihn-da-rin-un-ter-rich-tet-hat«, skandierte Sarcì. »Der alte Modigliani war ein Gelehrter der Kabbala. Jetzt führen Sie sich bitte die Zahl vor Augen: 1909. Streichen Sie die Eins und die Null und drehen Sie das Ganze um: Was erhalten Sie?«

»Sechsundsechzig«, kam Guerracci zu Hilfe und legte Scalzi eine Hand aufs Knie.

»Nicht vorsagen!« sagte Sarcì. »Der Professor von der Sorbonne ist er, und er will schließlich auch die Informationen haben. In der jüdischen Kabbala ist die 66 eine ebenso mächtige wie schreckliche Zahl. Behalten Sie die umgedrehten Zahlen: 6 und 6, dazu die erste Ziffer eines Tausenders. Was macht das? Ganz leicht: dreizehn. In der Kabbala sind die Geister des Bösen dreizehn an der Zahl. König Philipp II. von Makedonien wurde ermordet, nachdem er eine Statue, die eigene, den zwölf Statuen der höchsten Gottheiten hinzugefügt hatte. Bei den alten Mexikanern gab es dreizehn Dämonen, die Woche der Azteken bestand aus dreizehn Tagen. Und dreizehn Gäste kamen beim Abendmahl zusammen, wenn man Jesus mitzählt, selbstverständlich. Der dreizehnte war Judas. Aber warum war Modigliani aus Paris abgereist und nach Livorno gekommen?«

Er machte eine Pause und nahm sein rhythmisches Tischklopfen wieder auf. Er schüttelte den Kopf.

»Nach der kabbalistischen Zeitrechnung begann das neue Zeitalter 1909. Laut der Kabbala war die Sonnenwende des Frühjahrs 1909 ein schicksalhaftes Datum. Und genau an jenem Tag setzte Modigliani seinen Fuß wieder in seine Geburtsstadt. Weshalb? Ich werde es Ihnen sagen: um eine Art mystisches Sperma zu hinterlassen, das war der Sinn. Er wollte es hier vergraben. Vielleicht wollte er eine Statue in dem Eckstein eines Gebäudes einmauern, wie er es dann später in Paris gemacht hat. Aber das wurde ihm verwehrt. Er kehrte überstürzt nach Frankreich zurück. Doch Schicksal bleibt Schicksal; dafür sorgten dann die Bomben der Alliierten. Reichen diese Auskünfte aus, Professor, um Sie zu veranlassen, die Spuren eines großen Initiierten in Frieden ruhen zu lassen und nach Hause zu fahren? Nein? Vielleicht kann ich Sie auf eine andere Weise überzeugen ... Ihr englischsprachiger Kollege hat ein schlimmes Ende genommen. Hat man Sie darüber informiert?«

Er knipste die Tischlampe aus. Der Himmel war mittlerweile schwarz. Der Raum versank in Dunkelheit. Scalzi flüsterte: »Komplett durchgedreht und gemeingefährlich. Gehen wir.«

»Warte. Schauen wir mal, was er vorhat.«

Im Dunkeln hörten sie, wie er einige Dinge verrückte und sich zu einem anderen Tisch begab. Ein Diaprojektor warf seinen Lichtstrahl auf eine Leinwand. Es erschien das bekannteste Foto von Amedeo Modigliani, jenes, auf dem er mit in die Seite gestützten Händen und dem Gesichtsausdruck eines gehänselten Jungen dasteht.

»Lassen Sie sich von seinem Aussehen nicht täuschen. Mit dieser Unschuldsmiene hat er die ganze Welt an der Nase herumgeführt, aber wir haben es hier mit einem großen Meister zu tun. Und ich spreche nicht von seiner Malerei, ich meine ganz andere Dinge ...«

Man hörte ein Klicken, und auf der Leinwand erschien nun ein Kopf aus Stein, massiv, gedrungen, die Nase wie die Hälfte eines nach unten erweiterten Hexagons, die Augen groß und schrägstehend. Am Sockel konnte man eine Zahl erkennen: 909.

»Das ist keine von Granellis Skulpturen. Von wem ist sie?« fragte Guerracci.

»*Neque mittatis margaritas vestras ante porcos ...*«*, psalmodierte Sarcì und drückte erneut auf den Schalter des Diaprojektors. Die Statue erschien nun auf einem Podest auf die Seite gelegt, so daß man die Stellfläche zu sehen bekam. Einige Eingravierungen waren darauf zu erkennen.

»Sie hat einen Namen, diese Skulptur. Aber ich frage Sie nicht danach, Professore, denn diesen hier können Sie unmöglich wissen ...«

Scalzi verstand jetzt, was Guerracci gemeint hatte, als er vom Jucken in den Fingern sprach. Mehr als alles andere war es der Tonfall dieser Stimme, der kaum zu ertragen war. Ironisch an der Oberfläche, zweideutig im Nachklang, dann wieder einschmeichelnd-zärtlich, erinnerte er an den Beichtstuhl oder auch an das Geräusch des Bohrers beim Zahnarzt.

»Ihr Name ist Agla!«

Der Satz, wie er herausgeschleudert wurde, ließ sie zusammenzucken.

»Fragen Sie mich nicht, woher ich weiß, daß der Meister sie so genannt hat! Ich werde es Ihnen nicht sagen! Nun, Professore, strengen Sie sich ein wenig an. Wer ist Agla?«

* (lat.) Und ihr solltet eure Perlen nicht vor die Säue werfen.

»Allmählich geht er mir auf den Sack ...«, murmelte Scalzi bei sich.

Sarcì kramte auf einem Tisch, zog ein in Pergamentpapier eingeschlagenes Buch hervor. Vorsichtig schlug er es auf.

»Ja, hier. Das *Dizionario Infernale* von Collin de Plancy, ein seltenes und wertvolles Buch, das hier ist die Erstausgabe der italienischen Übersetzung. Sie kennen es nicht? Nicht einmal vom Hörensagen? Und dabei ist der Autor ein Landsmann von Ihnen.« Er begann vorzulesen: »Agla: kabbalistisches Wort, dem die Rabbiner die Kraft zuschreiben, den bösen Geist zu vertreiben. Das Wort setzt sich aus den Anfangsbuchstaben der folgenden vier hebräischen Begriffe zusammen: *Athar gabor leolam, adonai:* Ihr seid mächtig und ewig, Herr. Dieser Zauberspruch wurde nicht nur von Juden und Kabbalisten gebraucht, auch einige christliche Häretiker benutzten ihn, um Dämonen zu bekämpfen. Im sechzehnten Jahrhundert wurde häufig Gebrauch davon gemacht, und zahlreiche Zauberbücher sind voll davon, ganz besonders das *Enchiridion*, das plumperweise Papst Leo III. zugeordnet wird ... Ich könnte in diesem Zusammenhang auch die *Naturalis historia* von Plinius zitieren. Aber das erspare ich Ihnen, verehrter Professore, denn ich sehe schon, das sind böhmische Dörfer für Sie ...«

Er schwenkte die Tischlampe und leuchtete Scalzi mitten ins Gesicht. Schweigend betrachtete er ihn eine Weile. Von einschmeichelnd wechselte der Tonfall zu barsch. »Sagen Sie mir doch, was Sie von mir wollen. Guerracci, Sie sind mal wieder der übliche Schlaukopf, nicht wahr? Ein weiterer Versuch, mich in die Falle zu locken. Ich habe Ihnen die Tür nur darum nicht vor der Nase zugeschlagen, weil heute Weihnachten ist. Der Tag des Friedens, wie man sagt. Aber nur für Menschen, die guten Willens sind ...«

»Kann man das guten Willen nennen, wenn man Leute mit Steinen beschmeißt?« fuhr Scalzi auf.

»Und Sie wollen Franzose sein? *Mit Steinen beschmeißen ...* Eine typisch toskanische Redensart. Kein Franzose würde sich so ausdrücken. Florentiner, würde ich meinen. Avvocato Guerracci, wann hören Sie endlich auf mit diesen infantilen Tricks? Wer ist dieser Herr?«

Scalzi erhob sich. »Jetzt sind Sie an der Reihe, ein paar Fragen zu beantworten. Sie haben uns genügend mit der Kabbala und anderem Zeug gelangweilt. Sprechen wir von irdischen Dingen. Was taten Sie in der Nacht vom 19. Dezember als Gast im Hotel »D'Annunzio«? Und was hatten Sie vor zwei Tagen bei der Taucherschule zu schaffen? Warum wollten Sie mich verjagen? Was haben Sie zu verbergen?«

Der Projektor wurde ausgeschaltet. Dunkelheit machte sich wieder breit. Sie hörten, wie Sarcì lange auf einem der Tische herumwühlte.

Wieder das Klicken des Projektors. Die Leinwand erhellte sich.

Das intensive Licht ließ die Figuren zunächst unscharf erscheinen: Guerracci und die Bruschini an einem Strand in der Versilia. Die Bruschini im Bikini, braungebrannt, ein Kind im Vergleich zu Amerigo mit seinem graumelierten Bart, der Rest weiß wie ein Fischbauch, dazu eine deutliche Wampe, die auch die Shorts trotz großzügigen Schnitts nicht verbergen konnten. Sarcìs süßsaurer Tonfall jagte Scalzi einen haßerfüllten Schauder über den Rücken.

»Hier sehen Sie in einem Moment leidenschaftlichen Freizeitvergnügens den Avvocato Amerigo Guerracci. In seiner Vergangenheit dem Skandaljournalismus verschrieben, vor kurzen allerdings wieder bei Gericht gesichtet. Doch auf dem einen wie auf dem anderen Gebiet ist sein Glück unstet. Auch wenn er sich von Zeit zu Zeit, als Helfershelfer seines Kollegen Scalzi, kopfüber in so manchen verwickelten Fall stürzt, der über beider Kräfte geht. In Juristenkreisen ist es allgemein bekannt, daß, wenn sich die beiden in eine Untersuchung einmischen, der Horizont sich trübt und das Durcheinander nur noch größer wird. Unter uns gesagt, Avvocato Scalzi, haben Sie wirklich geglaubt, daß ich Sie nicht erkennen würde? Sie sind zwar nicht der selige Carnelutti, doch so manches Foto von Ihnen in Robe ist doch in der einen oder anderen Zeitung erschienen. Professor Connard! Einfach lächerlich!

Und wer ist die frühreife, doch anmutige junge Dame? Werter Guerracci, glauben Sie nicht, daß Sie der einzige sind, der Sherlock Holmes spielen kann; es wäre besser, Sie würden in Zukunft lieber zweimal nachdenken, ehe Sie mich belästigen. Ein bißchen reif schon, der gute Guerracci, für eine harmonische Verbindung, finden Sie nicht auch, Professor Connard? Doch das ist ja nicht der Grund, weshalb die Idylle zerbrach, nicht wahr, Avvocato? Ein gewisser Staatsanwalt aus Pisa wäre sicher glücklich, neue Einzelheiten zu erfahren über die Mißlichkeiten – um es einmal so auszudrücken –, wegen der der rührselige Groschenroman über den in die Jahre gekommenen Rechtsverdreher und das Mägdelein mit dem hemmungslosen Lebenswandel so unrühmlich enden mußte. Tja, werter Guerracci, Mädchen mit dieser Haut, das müßte ein Mann von Ihrer Erfahrung doch wissen, sind kleine Teufelchen, die leidenschaftlich gern mit dem Feuer spielen!«

11

Schmutzige Geschichten

Sie ließen das Abendessen aus; nach dem üppigen Weih-
nachtsmahl der Signora Guerracci ließ allein der Gedanke
an Essen Übelkeit aufkommen. An der Rezeption über-
reichte ihnen der Portier ein noch tonerfeuchtes Fax, das
an Scalzi adressiert war und von Sarcì stammte. Scalzi faltete es ungelesen zusammen und steckte es sich in die Manteltasche; er war beeindruckt von der Schnelligkeit, mit der
es diesem unsäglichen Menschen gelungen war, herauszufinden, in welchem Hotel von Livorno er abgestiegen war.

Der Aufzug war außer Betrieb. Am Treppenabsatz des
Hauptgeschosses erinnerte eine Gedenktafel an die Aufenthalte des Poeten Gabriele, nach dem das Hotel benannt war.

Im Fernsehen gab es nur weihnachtlichen Quatsch. Ein
berühmtes Showgirl, das trotz der Kälte in den Vororten
unterwegs war, schüttete mit der Unterstützung gutherzi-
ger Menschen moralingesättigten Zuckerguß über die Pen-
ner aus. Sie schickten das Mädchen zurück in den Äther.
Schlaf zu finden fiel beiden schwer, der Libeccio türmte
die unruhige See mit großem Getöse, wodurch allerdings
auch das Rauschen der in die Stadt zurückkehrenden Autos gemildert wurde.

Olimpia brach schließlich Scalzis reservierte Schweig-
samkeit, indem sie auf ihre Funktion als Mitarbeiterin ver-
wies. Es war unmöglich gewesen, sie davon zu überzeugen,
daß es sich um vertrauliche Angelegenheiten handelte und
selbst das Weitererzählen an sie schon an Klatsch grenzte.
Eine überaus heikle Geschichte, die man vor Verlegenheit
kaum auszusprechen wagte.

Nein, schlimmer hätte die Geschichte mit der Bruschini gar nicht enden können. Guerracci hatte herausgefunden, daß sie ihn mit einem Berufszocker betrog, der in den Nachtclubs der Versilia verkehrte und im Ruch eines *womanizers* stand, ein steinreicher Kerl – und zudem der schlimmste Schakal unter den Dealern, die je an der Tyrrhenischen Küste Geschäfte gemacht hatten. Dieser Playboy hatte Renata zurück in die Drogenszene gebracht, allerdings nicht wie damals, als Amerigo sie bei den Haaren gepackt und in allerletzter Minute der Droge entrissen hatte, ehe sie im Gefängnis oder in einem Aidshospital landen konnte, sondern vielmehr als im Milieu erfahrene Geschäftsfrau, die ausgezeichnet die »Pferdchen«, also die süchtigen Kleindealer, organisieren konnte, da sie seinerzeit selbst eines dieser Pferdchen gewesen war. Das Talent, das die Bruschini in der Geschäftsführung entwickelte, ließ die Liebenden von einem gewissen Punkt an zu Konkurrenten werden; und Streit in diesem Milieu wird unverzüglich mit harten Bandagen ausgetragen. Erst da erfuhr Guerracci, welche Hörner sie ihm aufgesetzt hatte, und er erfuhr auch den ganzen Rest, denn die Bruschini erzählte ihm alles mit kaltblütiger Unverfrorenheit. Sie sei nun in ernsthaften Schwierigkeiten und bitte um Hilfe.

An diesem Punkt war Guerracci in seinem Geständnis reservierter geworden. Was allerdings verständlich war, da die Geschichte aus Liebe, Betrug und Wiederversöhnung einen dramatischen und nicht gerade einwandfreien Epilog hatte. Nachdem Renata Bruschini ein gewaltiges Quantum Kokain unterschlagen hatte, war in Marina di Vecchiano ein Ferienhaus in Flammen aufgegangen, das zum Besitz des Playboys gehörte. Es war eines schönen Nachts bis auf die Fundamente niedergebrannt, und das nicht durch einen Unfall, da Fässer mit Benzinrückständen und Zeitzünder gefunden wurden. Jemand hatte gemeldet, daß in der Nähe des Feuers der Wagen eines üblen Klienten von

Amerigo geparkt gewesen sei, eines verrückten Schmugglers, den Guerracci unzählige Male aus »Le Sughere«, dem Gefängnis von Livorno, herausgehauen hatte. Guerracci war seinerzeit um Haaresbreite von einer Anklage entfernt gewesen, obwohl er, zumindest dem Anschein nach, mit der Bruschini gebrochen hatte. Doch die Ermittlungen waren noch im Gange, ein Staatsanwalt der Gerichtsbarkeit von Pisa war fest davon überzeugt, daß Guerracci bis zur Halskrause in der Brandgeschichte mit drinsteckte und auch mit dem Verschwinden etlicher Kilo der Droge zu tun hatte, worüber sich der Dealer insgeheim beklagte, wenn er sich deswegen auch nicht an die öffentlichen Stellen wenden konnte.

Sarcì hatte kaum auf die Geschichte angespielt, und angedeutet, mehr als die Polizei zu wissen, als ihm Guerracci schon an die Gurgel gesprungen war. Scalzi hatte noch versucht, ihn zurückzuhalten. Dann war die Hölle losgebrochen: Der Tisch war umgestürzt, und der heruntergefallene Projektor, den Guerracci mit den Füßen traktierte, warf immer noch das Foto von der Bruschini, Hand in Hand mit Guerracci, in zuckenden Reflexen auf die Wände der Galerie. Dann war der Maremmanische Hirtenhund aufgekreuzt und hatte versucht, den Angreifer zu beißen. Scalzi konnte nur noch den Freund die Treppe hinunterbugsieren, ihn aus der Villa zerren und gewaltsam in den alten Citroën stopfen, der zu allem Überfluß nicht mal anspringen wollte, vielleicht weil er die Hand seines Herrn nicht erkannte. Da Amerigo vollkommen außer sich war, mußte sich Scalzi ganz entgegen seiner Gewohnheit selbst hinter das Lenkrad klemmen. Auf der Rückfahrt nach Tombolo hatte Guerracci mehrmals versucht, Scalzi zum Umkehren zu bewegen. »Fahr zurück, Corrado, ich bitte dich; ich möchte die Scheißvilla mit diesem Scheißkerl drin anstecken; ich flehe dich an, Benzin haben wir genug, ich habe gerade erst vollgetankt, ich sauge es aus dem Tank ...«

Wahrscheinlich nur pathetisches Geschrei, in Scalzis Augen jedoch ließ es den Verdacht des Pisaner Staatsanwalts über Guerraccis Beteiligung am Brand des Ferienhauses in neuem Licht erscheinen.

Olimpia kommentierte die Erzählung nur mit: »Armer Amerigo!« Gefolgt von: »Und was ist aus der Bruschini geworden?«

Als sie schließlich das Licht ausgemacht hatten, erinnerte sich Scalzi wieder an das Fax von Sarcì. Doch der Mantel lag weit vom Bett entfernt, hingeworfen über einen Stuhl neben der Tür. Das Zimmer, der reinste Ballsaal, war kalt. Es war Zeit, diesen anstrengenden Tag zu beenden.

12
Außerirdische Botschaften

Dienstag, der zweite Weihnachtsfeiertag und nun schon der vierte Tag, den bei strahlender Sonne der Libeccio blies. Nichts auf der Welt bringt die Farben besser zum Leuchten als der Wind von Livorno; die Container auf den Schiffen glichen Gemälden von Mondrian. Ebenso leuchteten die Kinoplakate an der Mauer der Bagni Pancaldi, die Orangenmarmelade, das Goldgelb der Croissants, das Weiß der Tassen und des Tischtuchs auf dem Frühstückstisch, der am Fenster gedeckt war.

Die besten Voraussetzungen für einen wirklichen Feiertag: ein Spaziergang zur Rotonda Mascagni, dann ein Mittagessen in irgendeinem Lokal, auf jeden Fall aber am Meer, und am Nachmittag dann vielleicht ein Kinobesuch.

Scalzi zog seinen Mantel über; er steckte eine Hand in seine Tasche und spürte das dünne Faxpapier. Er zuckte mit der Hand zurück, als ob er ein schleimiges Etwas berührt hätte. Er war versucht, das Blatt einfach zusammenzuknüllen und wegzuwerfen.

Erst später, als sie an einem Tisch im Restaurant saßen, entschied er sich, es aus der Tasche zu ziehen.

»Ich war schon gespannt, wann du dich endlich dazu entschließen würdest«, sagte Olimpia. »Wir lesen es nach dem Essen. Jetzt könnte es uns nur den Appetit verderben ...«

Scalzi strich das Blatt auf dem bereits abgeräumten Tisch glatt. In den ersten drei Zeilen einige Kryptogramme, die er schon einmal gesehen zu haben glaubte.

ᴲᴠ/˙S.d·ⵔⵉⵓ
ⵔᴲⵔS.Ɛ
ⵠ˙Sdᴲ·ⵔ··ⵠᴲⵔᴲⵠ˙S.

Darunter folgte:

Sehr geehrter Avvocato Scalzi,
oder soll ich Sie lieber Professor Connard nennen? Ich
wette, das war eine Idee unseres Schöngeists Guerracci. Er
ist schon ein komischer Kauz, unser »avvocato fardista«.
Wissen Sie, was *farda* im Livorneser Dialekt heißt? Hure.
Ihr Freund fühlt sich zum Verteidiger der kleinen dro-
gensüchtigen Huren berufen. »Die Straße der Liebe«, sagt
Machiavelli, »auf der, wer fällt, niemals wieder auf die
Beine kommt ...« Und aus der Grube, in die Ihr illustrer
Kollege und Freund gefallen ist, wird er, fürchte ich,
schwerlich wieder auf die Beine kommen.
   Aber sprechen wir über ernsthaftere Dinge.
   Betrachten Sie die Zeichen auf diesem Schreiben. Die in
der ersten Reihe sind am Sockel der Skulptur eingraviert,
die Modigliani »Agla« nannte. Sie sind versteckt angebracht – die Fläche, auf der sie sich befinden, ist die Stand-
fläche – und fast unsichtbar, da sie mit der Zeit verwittert
sind. Erinnern Sie sich noch an das Diapositiv?
   Jetzt werfen Sie einen Blick auf die zweite Reihe. Diese
Zeichen wurden erst kürzlich bei Tell Mardikh in Syrien entdeckt, und zwar im Archiv der altorientalischen Stadt Ebla.
Was kann der Grund dafür sein, daß Buchstaben einer Inschrift aus der Zeit um 3500 vor Christus, die in der erst vor
kurzem ausgegrabenen Stadt gefunden wurden, identisch
sind mit denen auf der Skulptur? Ebla ist bei 1964 begonne-
nen Ausgrabungen wieder ans Tageslicht zurückgekommen,
also ein halbes Jahrhundert, nachdem ein Künstler aus Livorno einen Sandstein in das Standbild einer Beschwörung
verwandelt hatte. Ein schönes Rätsel, finden Sie nicht?

Die Buchstaben der dritten Zeile sind mit denen der beiden vorangegangenen identisch. Diese letzte Inschrift gehört zum faszinierendsten geschichtlichen Ereignis des demnächst ausgehenden Jahrtausends. Ich meine den Absturz eines außerirdischen Raumschiffs im Juli 1947 bei Roswell, New Mexico, USA. Die Inschrift ist in ein Trümmerstück der fliegenden Untertasse eingraviert, die der offiziellen Version zufolge von einem Tornado zu Boden gerissen wurde. (Doch diese Erklärung der Katastrophe scheint mir nur eine der vielen Lügen der amerikanischen Regierung über dieses Ereignis zu sein, derselben Art wie etwa die Geschichte von einem vorgeblichen Absturz eines Wetterballons. Ist es reiner Zufall, daß bei Roswell ein Militärstützpunkt liegt, der mit Waffen zum Abschuß von Luftfahrzeugen bestückt ist?) Wie Sie wahrscheinlich wissen, ist diese Episode im letzten Sommer der Aufmerksamkeit des gemeinen Volkes auch in Italien, der letzen Provinz des amerikanischen Imperiums, zuteil geworden, als ein Kameramann, der die Autopsie der NASA-Ärzte an dem außerirdischen Schiffbrüchigen gefilmt hat, einen Ausschnitt des Films an einen englischen Produzenten verkauft hat.

Ich wiederhole: Wie ist es möglich, daß im Jahr 1909 ein Künstler, auch wenn er noch so bedeutend ist, bestimmte Zeichen auf einer Skulptur vermerkt, die erst viele Jahrzehnte später zum Vorschein kommen sollten, das erste Mal in der Wüste von New Mexico, das zweite Mal an einem archäologischen Fundort, der noch später entdeckt wird? Noch dazu unverständliche Zeichen. Denn trotz aller Studien, Analysen und Vergleiche konnten die Buchstaben auf den Tonscherben des Archivs von Ebla weder entziffert noch entsprechende Zeichen bei anderen Inschriften derselben Epoche oder früherer beziehungsweise späterer Epochen ausgemacht werden. – mit Ausnahme der Schrift von Roswell und der auf der Skulptur »Agla« von Modigliani.

Denken Sie darüber nach, Avvocato Scalzi, alias Professor Connard, suchen Sie nach des Rätsels Lösung und lassen Sie sich nicht von Skepsis, Habsucht oder Ehrgeiz in die Irre leiten. Sie werden dann verstehen, daß es Wunder auf dieser Welt und in anderen Welten gibt, die geheim bleiben müssen, bis zu dem Zeitpunkt, an dem die Menschheit die nötige Reife erlangt hat, um sie zu erfahren. Ein noch in ferner Zukunft liegender Zeitpunkt, Sie brauchen sich nur umzusehen.

Der Verfasser dieses Schreibens gehört zu einer Gruppe von Personen, die von höherer Stelle dazu berufen wurden, einer beschleunigten kulturellen Entwicklung entgegenzuwirken, die katastrophale Auswirkungen haben könnte. Doch dieses Thema weiter zu beleuchten würde hier zu weit führen. Sie sollen nur wissen, Sie und Ihresgleichen, die aus purer Gewinnsucht daran interessiert sind, das geheime Zeugnis eines Erwählten in die Kloake der Massenmedien zu werfen, wo es dann von der tumben, nach spektakulären Neuigkeiten gierenden Horde verschlungen und in den Dreck gezogen wird – Sie sollen nur wissen, daß ich nicht allein dastehe. Unsere Gruppe ist klein, doch wir verfügen über unbegrenzte Möglichkeiten. Beachten Sie, Sie und die anderen, daß, wenn schon die Vermarktung eines jeden Kunstwerks schändlich ist, in diesem Fall der Versuch, das Werk seiner zukünftigen – ich erinnere: »sehr zukünftigen« – Funktion zu entziehen, ein kosmisches Verbrechen ist. Und als solches wird es bestraft werden. Schon jemand anders hatte barmherzigerweise diese selbe Warnung erhalten, die Ihnen zu schicken es mich heute drängt. Dieser andere mußte es bitter bereuen, daß er sie mit sträflichem Gleichmut ignorierte, vorausgesetzt, daß er dort, wo er sich jetzt befindet, so etwas wie Reue empfinden kann.

Und nun komme ich zu Ihrer Idee und der des Hurenadvokaten, die zu glücklosen Dilettanten wie Ihnen beiden paßt, nämlich meine Person in die Recherchen zum Tode von Wayne James zu involvieren. Von jetzt an wissen Sie, daß Sie mit dem Kopf gegen die Wand rennen werden und daß ich ein stahlhartes Alibi habe. Es ist mir ein Herzensbedürfnis, Ihnen dies mitzuteilen, weil ich keine wertvolle Zeit vergeuden möchte. Eventuelle Risiken nicht zu vergessen (für Sie, nicht für mich).

Mit freundlichen Grüßen,
Tiberio Sarcì

Und am Ende des Blattes standen die folgenden Hieroglyphen:

$$Y7\varphi\mho^{\text{⊐⊣7}}\overline{00}$$

»Das Zeug kommt mir vor, als wäre es aus *Akte X* abgeschrieben«, sagte Scalzi, »und Sarcì wäre ein Schizoider, der nicht mehr in der Lage ist, seine Einbildung von der Realität zu unterscheiden. Aber es ist viel zu durchsichtig. Mir kann er nichts vormachen. Wenn man den ganzen Archäologie-und-Weltraum-Quark abzieht, dann ist dieses Schreiben hier eine einzige Erpressung und Drohung. Eine Erpressung von Guerracci und eine Drohung auch mir gegenüber. Die *Gruppe von Personen, die von höherer Stelle dazu berufen wurden ... Die Wunder der Welten, die geheim bleiben müssen ...* Das stinkt gewaltig nach Bruderschaft. Sarcì gehört zu einer Art von Maulwürfen, die sich alles mögliche einfallen lassen, nur um ein Motiv dafür zu haben, sich unter der Erde verstecken zu können: die Esoterik des Alten Ägyptens, die Außerirdischen ... Dieser Menschenschlag greift zur Metaphysik, um Verkleidungen, kryptische Codes und verbrecherische Perversionen zu legitimieren. Ich würde auf der Stelle zu den Carabinieri rennen, wenn da nicht Guerracci wäre; der gehört wirklich an die kurze Leine! Sich so in die Scheiße zu reiten!« Scalzi tippte mit dem Finger auf das Blatt. »Aber der hier ist ein Riesengauner, der bis zum Hals in James' Ermordung mit drinsteckt. Wirft mir frech an den Kopf, daß er sich einen Dreck um Verdachtsmomente schert, weil er genau weiß, daß mir durch meine Freundschaft zu Guerracci die Hände gebunden sind.«

»Wenn ich diejenige bin, die hier Privatdetektiv Marlowe spielt«, sagte Olimpia, »dann bist du Agent Mulder, du siehst schon überall Geheimbünde. Meiner Meinung nach ist Sarcì einfach ein Spinner.«

Scalzi verstellte seine Stimme und imitierte den Darsteller der bekannten Fernsehserie: »Okay, Agent Scully, ich erkenne den gesunden weiblichen Pragmatismus an ...«

Sie kamen aus dem Kino. Scalzi stritt mit Olimpia, für die der Film *Independence Day* eine »einzige Ansammlung von amerikanischem Schwachsinn« gewesen war.

Olimpia nahm ihn am Arm. »Manchmal bist du wirklich komisch. Du erinnerst mich an einen meiner Klassenkameraden in der Mittelschule, der ein großer Fan von Flash-Gordon-Comics war ...«

»Ich war in der Tat ein Flash-Gordon-Fan. War dein Freund vielleicht ein Sitzenbleiber?«

»Er war ein begeisterter Sammler, er liebte alten Trödel ...« Olimpia neigte den Kopf zu ihm herüber und flüsterte ihm ins Ohr. »Dreh dich nicht um. Da ist ein Kerl, der uns verfolgt. Ich habe ihn gesehen, als wir aus dem Restaurant kamen. Dann folgte er uns ins Kino. Und jetzt ist er genau hinter uns.«

13
Nähere Bekanntschaft
der unsicheren Art

Die Bar am Rande des Venezia-Viertels war ein winziges Loch, eingelassen in eine Häuserzeile, die sich zum Fosso Reale hin erweiterte. Im Hintergrund waren das Bollwerk des Mediceer-Hafens und ein Standbild von Garibaldi zu sehen. Reine Fußgängerzone, kein Verkehr, matte Straßenbeleuchtung – vom Kanal stieg Nebel auf.

Scalzi war müde, sie waren lange herumgelaufen und hatten immer mal wieder vor einem Schaufenster haltgemacht, um festzustellen, ob der Typ ihnen noch folgte. Im Spiegelbild der Scheiben konnten sie ihn sehen, wie er sich abseits hielt, ein dürrer junger Kerl in einer Art Punkerjacke.

Scalzi und Olimpia traten in die kleine Bar, die bis auf den Barmann leer war. Der Raum reichte gerade für zwei Tischchen zu beiden Seiten der Tür, die Theke und einen Elektrobackofen. Der Barmann war für das Lokal viel zu groß geraten: eine Riese mit einer Catcher-Statur. Auf der Theke dampfte in einer runden, soeben aus dem Ofen geholten Backform die *cecina*, jene Torte aus Kichererbsenmehl, die man in Livorno macht. Der Duft ließ Appetit aufkommen.

Scalzi und Olimpia setzten sich an eines der Tischchen neben der Tür. Scalzi bestellte zwei Stück von der *cecina* und zwei Torpedos.

Der Barmann musterte ihn von der Theke. »Und was sind *Torpedos*?«

»Punsch«, sagte Scalzi.

Der Barmann schüttelte den Kopf, während er die *cecina*-

Stücke schnitt und sich an der antiquierten Kaffeemaschine zu schaffen machte. Er wand sich hinter der Theke hervor, indem er sich an die Wand preßte, wischte mit einem Lappen über den Tisch und stellte das Tablett vor sie hin. »*Torpedo* sagt man dazu in Pisa«, bemerkte er grantig. »Hier sagt man *Livorneser Punsch*. In Pisa haben sie überhaupt keine Ahnung davon ...«

Er häufte Zucker auf einen Teelöffel und hielt ihn über die Tasse. »Nehmen Sie Zucker?«

Scalzi nickte.

»Sehr gut. Die Pisaner nehmen nämlich keinen Zucker. Dabei geht es gar nicht ohne ihn ...«

Scalzi schlürfte seinen Punsch und sah hinaus. Der junge Kerl war auf der anderen Straßenseite geblieben und lehnte an der Mauer des Deichs, das gelbliche Licht einer Straßenlaterne fiel auf ihn. Er machte den Eindruck, als wollte er bemerkt werden.

»Schau«, sagte Olimpia, »er kommt rüber ...«

Er überquerte die Straße. Kam herein. Lehnte sich an den Tresen. Verlangte ein Mineralwasser. Trank. Seine Hand zitterte leicht, das Wasser lief ihm am Kinn hinunter. Er wischte sich über den Mund und drehte der Theke den Rücken zu. Die schwarzen Haare, die am Kopf klebten, und das bleiche Gesicht glänzten vor Schweiß; er hatte große, sprechende Augen und wäre eigentlich ein sehr hübscher Kerl gewesen, wenn er nicht dieses kränkliche Aussehen gehabt hätte. Er fuhr sich mit der Hand über die Wangen und trocknete sie an den Jeans. Während Scalzi ihn beim Überqueren der Straße beobachtete, hatte er bemerkt, daß er sich so träge wie unter Wasser bewegte, wie Leute, die viel Zeit im Bett verbringen, so als hätte er Angst, sich etwas zu brechen. Er starrte Scalzi an, blickte zur Straße, wandte sich wieder dem Barmann zu. Er atmete durch die Zähne.

»Kann man dir irgendwie helfen?« fragte Scalzi.

Der junge Mann hob eine Hand mit langen, feingliedrigen Fingern, fuhr sich damit durch die Haare und lächelte schüchtern: »Nein ... Das heißt ... doch. Sie sind Scalzi, nicht wahr?«

»Nur zu, rück raus, was hast du? Du verfolgst uns schon seit Stunden. Langsam wird es lästig.«

»Das liegt daran, daß ich einen geeigneten Ort gesucht habe ... Also ... Ich muß Sie sprechen ... Sie beschäftigen sich mit den Skulpturen von Modì, oder? Ich muß unbedingt ... Aber nur unter vier Augen, klar? Ja genau, das ist wichtig ... Unbedingt wichtig! ...« Er trat näher und drückte mit den Beinen gegen den Tischrand. Ein merkwürdiger Geruch umgab ihn, wie von getrocknetem Gras. »Auch ich werde verfolgt, glauben Sie mir! Ich muß Sie sprechen, unbedingt, aber nicht hier ...«

Er drehte sich um, um den Barmann zu mustern, der eine über die Theke gebreitete Sportzeitschrift las.

»Fangen wir doch schon mal an«, sagte Scalzi, »wie heißt du denn?«

»Roberto Foti. Künstlername: Rofo. Eine Ihrer ... Also, eine Person, die Sie kennen ... Diese Person hat mir gesagt, daß ich mit Ihnen sprechen soll ... Über diese Angelegenheit ... Unbedingt. Aber nicht hier ... Hier ist das nicht möglich. Nein ...«

»Dann komm nach Florenz, in meine Kanzlei«, versuchte Scalzi es kurz zu machen. »Ich stehe im Telefonbuch.«

Er wich zurück. »In Ihre Kanzlei? Machen Sie Witze?«

Wieder bewegte er sich auf diese zähflüssige Art. Er sah in das Dämmerlicht der Straße. Flüsterte: »Machen Sie sich über mich lustig? Wenn man mich sehen würde, wie ich zu Ihnen in die Kanzlei gehe ... Äh ... Also nicht in Ihrer Kanzlei. Machen Sie Witze?«

Scalzi schaute Olimpia an, die ihm zuraunte: »So hilf ihm doch ...«

»Gut, wo darf es denn sein?«

Der junge Mann kramte in seiner Hosentasche, die Straße immer noch im Blick. Er zog einen Touristenprospekt hervor und legte ihn auf den Tisch.

»Hier. Also, an diesem Ort. Die Strecke ist eingezeichnet und alles. Morgen, übermorgen, in einer Woche ... Wann immer Sie wollen. Wenn es Ihnen paßt. Ich bin immer da. Ich hau nicht ab. Sie treffen mich immer an. Ich bin immer dort. Das heißt, fast immer ... Aber rufen Sie nicht an. Keine Telefonanrufe ... Unbedingt. Ich würde auch gar nicht rangehen ...«

Er öffnete die Tür und schlüpfte hinaus. Sie sahen, wie er die Straße überquerte und zu laufen begann. Er verschwand hinter dem Garibaldi-Denkmal.

»Ist er weg, dieser Kerl?« fragte der Barmann.

»Sieht so aus ...«, antwortete Olimpia.

»Er hat sein Mineralwasser nicht bezahlt!«

»Das übernehme ich«, sagte Scalzi und entfaltete den Prospekt auf dem Tisch.

Das Farbfoto eines violetten Blumenfeldes warb für eine Ausstellung von Florentiner Lilien; auf der Karte war mit Filzstift ein Weg bis zum Ort der Verabredung eingezeichnet, in der Nähe der Ortschaft San Polo im Chianti, dazu zwei Zeilen: FRAGEN SIE NACH ROVETO – ES GEHT UM LEBEN UND TOD!!! Drei Ausrufezeichen.

14

Roveto

Olimpia erkundigte sich nach der Gesundheit von Loris und Lapis. Das heißt von Lory und Lapo, Frau und Sohn von Eros. Es war ein kleiner Pennälerscherz, ihren Namen jeweils ein s anzuhängen. Eros machte den Scherz mit: Loris ginge es ausgezeichnet, Lapis habe eine Bindehautentzündung. Fast alle Kinder im Stadtzentrum litten an Bindehautentzündung. Das liege am Smog.

Ein sonniger Morgen, der erste Samstag im Januar. Eros erzählte von seinen Reisen rund um die Welt mit der Truppe von Kantor. Der Ausflug von Scalzi und Olimpia stimmte ihn fröhlich. Er liebte das Land. Er träumte davon, sich im Ruhestand eben dort in jenen Landstrich, das Chianti-Gebiet, zurückzuziehen und einen Weinberg zu hegen.

Also fast ein Vergnügungsausflug, die Idee mit der Dienstreise ging auf Olimpias Konto: um der Rechnung etwas Futter zu verleihen, die man Signora Ellroy zu präsentieren gedachte. Aber ihrer Meinung nach sollte man Rofos Hartnäckigkeit, mit der er sie verfolgt hatte, und sein geheimnisvolles Auftreten nicht in der Weise interpretieren, die Scalzi andeutete – also daß der Junge ein Schwindler sei. Roberto Foti hatte Angst gehabt, und Angst war das überwiegende Motiv. Das paßte zum Rest. Dieser junge Mann war ihr aufrichtig erschienen. Und im Innern seines Herzens begann Scalzi, Olimpias Intuitionen als durchaus ernst zu nehmend einzustufen.

Hinter San Polo nahmen sie die Straße nach dem Vorort Poggio La Croce. Sie verfuhren sich zunächst ein paarmal, ehe sie die unbefestigte Straße fanden, die zur Villa Roveto führte. Trotz der Skizze konnte Eros den richtigen Weg nicht finden, denn er unterhielt sich gern und wurde dadurch abgelenkt.

Die Villa lag auf halber Höhe des Hügels, am Ende einer einst wohl prächtigen Allee. Jetzt allerdings war die Straße voller Löcher, von kahlen Bäumen flankiert, die von Immergrün erstickt waren. Eine Eiche, von der Kletterpflanze stranguliert, die sie mit ihren gelblichen Lianen umschlungen hatte, lag quer über den Weg und behinderte die Weiterfahrt. Eros mußte manövrieren, um sie zu umfahren.

Sie parkten das Taxi auf dem Vorplatz vor einer hellen Fassade. Die Villa war wohl einmal schön gewesen, schnörkellos, schlicht und streng geschnitten stand sie unter den Platanen, eine kurze Treppenrampe von drei Stufen führte zu einem Bogenportal. Doch der Putz blätterte ab, ein Fensterladen im ersten Stock hing schief in den Angeln, Brombeersträucher hatten ihre Ranken über den gesamten Vorplatz verteilt; in einem Bottich aufgefangenes Regenwasser spiegelte sich ein Stück Himmel.

Scalzi klopfte lange, das Haus wirkte verlassen. Die Pforte war nur angelehnt. Sie betraten eine Küche, in der der Tisch noch nicht abgedeckt war, Speisereste, schmutziges Geschirr, Gläser und eine erkleckliche Zahl leerer Flaschen standen herum. Im Kamin war die Glut am Verlöschen. Die Fenster mit den eingesetzten Winterrahmen tauchten den Raum in ein schmuddeliges Halbdunkel. Die Stühle aus durchgesessenem Strohgeflecht, die zusammengesuchten alten Möbel und viele Kohlezeichnungen an den Wänden verstärkten den allgemeinen Eindruck.

»Ist hier jemand?« rief Scalzi.

Im oberen Stockwerk bewegte sich etwas. Verstohlene Geräusche drangen gedämpft durch die Holzdecke, Knarren, Husten, dann leise, dumpfe Schritte, die die Treppe herunterkamen.

Roberto Foti erschien in einem wehenden Kittel, unter dem Unterhose und Unterhemd weiß hervorleuchteten. Auf der Schwelle hielt er inne, kniff die Augen zusammen. Er schien drauf und dran, davonzulaufen. Er wankte und stützte sich an der Wand ab, um nicht zu fallen. Er hielt sich mit beiden Händen den Kopf. Er wimmerte.

»Geht es Ihnen nicht gut?« fragte Olimpia.

Er hielt sich weiterhin den Kopf. »Häh? ... Hm ... Nicht gut? Ich bin tot ... Ich warte auf die Bahre, auf der man mich fortbringen wird ... Sie haben mich also gefunden, ja? Aber ich komme nicht mit ... Mit euch komme ich nicht mit ...«

»Erinnern Sie sich nicht?« fragte Scalzi. »Ich bin der Anwalt ...«

Er schlug sich mit einer Hand vor die Stirn. »Oh? Ach! Herrje!« Er lachte erleichtert. »Ja, schau an! Was für eine Überraschung! ... Eine Dusche ... Ich muß mal duschen. Unbedingt ...«

Er zog sich zurück wie ein Fisch, der nach dem Zusammenstoß mit der Aquariumsscheibe die Richtung wechselt. Er wandte sich noch einmal um, schirmte mit der Hand das Gesicht ab. »Warten Sie hier auf mich. Einen Augenblick, ja? Entschuldigen Sie ... Sie entschuldigen doch, ja? Ich beeile mich auch. Unbedingt. Einen Augenblick ...«

Hinter der dunklen Öffnung des Türrahmens hörten sie ihn mäusegleich die Treppe hinaufraschen.

Eros schob seine Mütze in den Nacken. Er ließ eine Flasche über den Tisch kollern, die gegen die anderen stieß.

»Was für ein Gelage. Der junge Mann hätte jetzt einen starken Kaffee nötig. Vorausgesetzt, es war nur Wein ...«

Plötzlich tat es einen heftigen Schlag, und durch die schwungvoll aufgerissene Haustür fiel unvermittelt helles Tageslicht. Hereinkam eine ältere Frau, klein, von rundlichem Körperbau und mit hagerem Gesicht. Sie trippelte zum Tisch, löste das Bündel, das sie in Händen hielt, und ließ einen Schauer Feldsalat herabregnen. Ohne jemanden anzuschauen, nahm sie sich ein Glas, blies hinein, schenkte sich aus einer Flasche einen letzten Rest Rotwein ein, der überschwappte, und trank in einem Zug. Dann schlurfte sie in ihren schlammverkrusteten Galoschen bis zur Eingangstür, nahm eine Sichel von einem Kleiderhaken und preßte sie sich an die Seite, die Klinge nach vorn gerichtet. »Ihr da! Raus hier!«

Eros, der ihr am nächsten stand, nahm die Mütze vom Kopf und zeigte auf das landwirtschaftliche Gerät. »Seien Sie vorsichtig damit, gute Frau ...«

Die Frau riß den Arm nach hinten und stand da wie eine Indianer, der sich zum Werfen des Tomahawks anschickt. Sie schrie aus vollem Hals: »Ich sagte raus! Alle drei! Raus mit euren Ärschen!«

»Marcella!« rief Roberto vom oberen Stockwerk. »Es sind Freunde.«

Die Frau trat ins Teppenhaus. »Freunde von wem?«

»Freunde von mir, Marcella! Es ist alles in Ordnung!«

»Schöne Freunde ...«, brummte die Frau und rückte einen Stuhl an die Wand. Sie setzte sich und legte die Sichel auf ihre Knie. Mißtrauisch musterte sie das Terzett. Sie war von einer Häßlichkeit, die sie erbärmlich ehrlich wirken ließ, die Nase asymmetrisch, die Wangen tief eingefallen. Die gespannte Haut betonte jeden Knochen in ihrem wutverzerrten Gesicht und ließ dadurch ihren Haß auf eine Welt durchscheinen, mit der sie nicht zurechtkam. Sie hatte die farblosen, aggressiven Augen eines mißhandelten Hundes.

Scalzi trat vor. »Ich bin Rechtsanwalt ...«

»Das kümmert mich einen Scheißdreck, wer Sie sind. Laßt den Jungen in Ruhe ... Er hat schon genügend Ärger am Hals. Oder reicht es immer noch nicht, he?«

Angespannt starrte sie auf die kleine Tür. Als Roberto erschien, in Jeans und Hemd unter dem farbverschmierten

Kittel, die Haare noch tropfnaß, hellte sich ihre Miene auf. Sie bekam einen zärtlichen Gesichtsausdruck, der zwar immer noch besorgt war, nun aber auf eine mildere Art. Roberto nahm ihr sanft die Sichel von den Knien und legte sie auf die Erde. Er schmiegte sich an die Seite der Frau. Mit leiser Stimme sprach er auf sie ein und streckte von Zeit zu Zeit eine Hand aus, um ihr über das Gesicht zu streichen; man sah, wie sie unter der Liebkosung erschauerte.

Der junge Mann erhob sich wieder. »Alles in Ordnung. Unbedingt. Friede. Aber steht doch nicht so herum! Macht es euch bequem! Ein wenig Wein?«

In den Gläsern klebten noch Weinreste, neben kräftigen Rottönen schimmerten violette Schleier.

Er führte sie zu einer Scheune, die sich an die Villa anschloß und in der er sein Atelier eingerichtet hatte. Die Villa gehörte Marcella, einer Ärztin und Suchtexpertin. Sie waren seit einem Jahr zusammen, sie hätschelte ihn wie ein Kind.

»Nennt mich Rofo.«

Er war Maler. Schon mit vierzehn hatte er mit dem Malen begonnen. Man konnte eine gewisse Ähnlichkeit mit Modigliani ausmachen, vor allem in den tiefen, dunklen Augen, in denen ein mißtrauisches Glitzern lag.

Die Scheune war eiskalt und zugig; mit Ausnahme einer Leinwand, die auf der Staffelei angebracht war, lagen die anderen über den Fußboden verteilt. Malerei in Richtung von Bacon, aber nicht schlecht. Alptraumhafte Figuren, schlampige, obszöne, nackte Frauen mit verschlingenden Vulven lehnten an riesigen Pferden mit spitzen Zähnen. Die feuchte, an verwesendes Zeug gemahnende Patina fiel ins Auge. In dieser Art der Farbgebung lag Talent, vor allem bei den Violettönen, bei denen man den Eindruck hatte, als würden sie sich jeden Moment verflüssigen und aus dem Bild strömen.

Sie kehrten in die Küche zurück. Marcella hatte die Gläser vom Tisch geräumt; und nicht zueinander passende Tassen und Tellerchen daraufgestellt, dazu eine Schale mit Mandelplätzchen aus Prato. Im Kamin knisterte ein warmes Feuer, trockene Olivenzweige ließen Funkenwolken aufstieben. Die Espressomaschine brodelte und erfüllte die Luft mit Kaffeeduft. Auch Marcella hatte sich frischgemacht, ein schwarzes Kleid ließ sie schlanker wirken, die zu einem Knoten zusammengefaßten Haare unterstrichen die Hagerkeit ihres Gesichts noch. Sie setzte sich neben Rofo, nachdem sie ihn auf die Wange geküßt hatte. Hingebungsvoll starrte sie ihn an, sie hatte nur Augen für ihn.

»Also?« fragte Scalzi. »Was wolltest du mir erzählen?«

Rofo sprach überstürzt, ständig in Bewegung, und gestikulierte dazu zähflüssig mit seinen langen, dürren Händen.

Er war der Fälscher von zweien der drei Skulpturen, die 1984 aus dem Fosso Reale geborgen worden waren. Und so war die Geschichte abgelaufen.

Kurz zuvor hatte er angefangen, Drogen zu nehmen, allerdings hatte er die Sache damals noch im Griff. Er kannte noch nicht die Gesetzmäßigkeiten der Sucht. Hin und wieder konnte er ein Bild verkaufen und dabei soviel herausschlagen, daß es gerade so langte. Und wenn es mit dem Bild nicht klappte, halb so wild. Es war zwar schlimm, ohne das Zeug auszukommen, doch so richtig saß ihm der Affe noch nicht im Genick. Als er dann aber fast soweit war, den Halt zu verlieren, genau am Rande des Abgrunds, begannen überall die Leute davon zu reden, daß Modigliani sich als Künstler selbst vernichtet hatte, indem er die in Livorno entstandenen Werke fortgeworfen habe. Rofo war selbst Künstler, er wußte, was das an Mühen, an Opfern bedeutete. Er wußte auch, daß Modì viele seiner Zeichnungen verworfen und weggeschmissen hatte, ja daß er sie zuweilen sogar als Toilettenpapier benutzte; selten dagegen

119

hatte er ein Gemälde zerstört. Aber das war in Paris gewesen, als seine künstlerischen Fähigkeiten seiner Meinung nach nicht genügend Beachtung fanden; es geschah aus Frustration und Verzweiflung, ein Protest gegen die bürgerliche Kundschaft in den Bars und Brasserien, die seine Porträts ablehnten, die er schon für ein Glas Absinth hergegeben hätte. Doch eine Skulptur war etwas anderes als eine Zeichnung. Es fing schon damit an, daß man einen geeigneten Stein finden mußte. Mit Stein hatte Modì große Probleme. Von Marmorstaub bekam er Asthma, Spätfolge einer Tuberkulose, die er sich als Kind nach einer Typhuserkrankung zugezogen hatte. Und dann schuf er Skulpturen, damit eine nie verlöschende Spur von ihm blieb, mit einer Plastik trotzte er der Zeit, er rechnete in Jahrhunderten. Niemals hätte er eine Skulptur fortgeworfen! Das sollte wohl ein Witz sein! Nie und nimmer!

Kurz, er glaubte nicht an diese Geschichte. Die war ein Märchen!

Scalzi und Olimpia hörten ihm schweigend zu, in stiller Übereinkunft, den Bericht der ersten Person, die ihnen einmal ohne Zögern etwas erzählte, nicht zu unterbrechen. Es schien tatsächlich so, als habe er auf eine Gelegenheit gewartet, sein Gewissen zu erleichtern.

Eines Abends im Winter '84 saß Rofo mit ein paar Freunden in einem Restaurant. Dem besten von Livorno, einem ziemlich teuren Schuppen: Wäre er nicht von einem Sammler dahin eingeladen worden – einem Homosexuellen, der ab und zu Gemälde kaufte und sich als Kunstliebhaber ausgab, um ausgeflippte, hungerleidende junge Männer kennenzulernen –, hätte er sich das niemals leisten können. In diesem Lokal bekam man die besten Fischgerichte der gesamten tyrrhenischen Küste zu essen, doch es war ein winziges Lokal in einem Gäßchen hinter dem Markt, in dem man zusammengepreßt saß wie Sardinen in der Blechbüchse. Rofo hatte getrunken, er sprach laut, schrie fast. Er mochte Modigliani, der so etwas wie ein größerer Bruder für ihn war. Er konnte es nicht ertragen, daß er diffamiert wurde. Es war an sich schon ziemlich unwahrscheinlich, daß Modì die Skulpturen anderen befreundeten Künstlern im Café Bardi gezeigt haben sollte. Wo er doch gar nichts von ihnen hielt. Und was heißt hier befreundet? Sie erstickten ihn mit ihrem Geschwätz, dem Gestank ihrer Zigarren, ihren kleingeistigen Ideen. Künstler? Na gut, drei oder vier unter ihnen hatten schon ein gewisses Talent. Doch sie vergeudeten es: Kühe, Pferde, maritime Landschaften, Landhäuser, Stilleben. Und Äpfel und Birnen hatte Cézanne schon zwanzig Jahre früher besser gemalt ... Mal angenommen, Modigliani hätte tatsächlich eine seiner Skulpturen in dieses verqualmte Café Bardi getragen, um sie Leuten zu zeigen, die er nur für Sonntagsmaler hielt: Rofo versuchte sich die unmögliche Situation vorzustellen. Und er meinte fast, die dreckige Stimme eines von ihnen zu vernehmen, wie er schwer von Zigarrendunst und Livorneser Punsch sagte: ›Wirf sie in den Kanal, nun mach schon!‹ Und Modigliani sollte auf ihn gehört haben? Einen Besoffenen? Das war es, was ihn zur Weißglut brachte: nicht so sehr die Unterstellung, sondern der Neid, die Anmaßung, die daraus sprachen.

Das Lokal war voll mit Menschen, die Rang und Namen in der Stadt hatten, und genau deswegen war Rofo ausgerastet: Künstler, die schon als Greise geboren werden und sich von Anfang an in der ach so bequemen Wiege der Vergangenheit einrichten, in Livorno wie anderswo, werden nie müde, die Erneuerer, die Giganten in ihrer Größe zu beschneiden. Klein waren sie selbst, klein sollten auch alle anderen sein. Mit dem Märchen vom großen Modigliani, der von einem negativen Urteil so beeindruckt gewesen sein sollte, daß er nicht mehr an sich selbst glaubte und künstlerischen Selbstmord verübte, hatten sich die Epigonen eines Macchiaioli größer gemacht und für die Verachtung des verdammten Aristokraten gerächt, der Lichtjahre von ihnen entfernt war. Und die Leute, die heute dieses Märchen wiederaufleben ließen, bewiesen nur dieselbe Verbitterung. Nur waren sie noch um einiges kläglicher als die hochmütigen Neider von einst: es waren mittelmäßige Journalisten, mittelmäßige Kritiker, mittelmäßige Politiker, Bürokraten ...

Über all diese Dinge hatte sich Rofo an jenem Abend ereifert, und noch über anderes, an das er sich nicht mehr erinnern konnte. Niemand lachte, und sogar seine Tischgenossen betrachteten ihn verlegen. Der übliche Geräuschpegel hatte einem peinlichen Schweigen Platz gemacht. Und regelrecht totenstill wurde es, als Rofo sagte: »Und wenn jemand ein Fahrrad in den Kanal schmeißen würde, dann würde es zu einer Skulptur von Modigliani werden ...«

Damals besaß er ein bescheidenes kleines Atelier in einem Kellergeschoß in Livorno, nahe beim Fosso Reale, dem Kanal, und ein paar hundert Meter entfernt von der Via Gherardi del Testa, wo Modigliani 1909 zwei Zimmerchen mit einem kleinen Rasenstück im Freien gemietet hatte, um an seinen Skulpturen zu arbeiten.

Am folgenden Tag waren dann zwei Typen zu ihm gekommen. Den einen kannte er schon seit einer Weile. Er hatte ihn manchmal gesehen, wie er in seinem Mercedes seine schnelle Runde über die Plätze drehte und seine »Pferdchen« kontrollierte. Wie hieß es doch? Das Auge des Herrn läßt das Korn wachsen. Ganz gelegentlich hatte er ihn auch mal in einer Diskothek gesehen, aber er war nicht der Typ für Diskos, er schlug seine Zeit lieber in den Nachtclubs der Versilia tot, in denen um hohe Einsätze gespielt wurde. Und stets sah man ihn in Designerklamotten, den dicken Mercedes unterm Hintern, und alle zwei Monate ein neues Mädchen ... Offiziell war er im Import-Export-Geschäft. Aber jedermann wußte, womit er seinen Lebensunterhalt verdiente. Der andere dagegen ...

Rofo unterbrach sich. Er öffnete die Eingangstür, schaute auf den Vorplatz der Villa. »Dieses Taxi«, sagte er, »das ist ziemlich gelb, eh? Dort, wo es jetzt steht, kann man es kilometerweit sehen. Es weiß zwar niemand, daß ich hier bin. Doch Vorsicht ist die Mutter der Porzellankiste. Unbedingt. Könnte man es nicht hinters Haus stellen?«

Eros wechselte mit Scalzi einen Blick, setzte sich die Mütze auf und ging hinaus. Sie hörten, wie er den Motor anließ.

Rofo nahm seine Erzählung wieder auf: Der zweite also war ein ganz anderer Typ, viel älter, seriös, schweigsam, mit dem sicheren Auftreten von Leuten mit Geld. Er hatte ihn nie zuvor gesehen, er war wohl nicht von hier, ein Ausländer. Einer von diesen Leuten, die man seit einigen Wochen in der Stadt sah und die alle vor Kohle strotzten, nach den Trinkgeldern zu urteilen, die sie in den Lokalen ließen. Doch dieser hier hatte eine Art vornehme Autorität und Distanz, die ihn von anderen unterschied. Am Vorabend hatten beide zusammen in dem Restaurant gegessen, und sie hatten seinen Reden gelauscht. Der Import-Export-Mann war begeistert von dem, was Rofo gesagt hatte: einfach genial! Er habe verstanden, daß er es hier mit einem wahren Künstler zu tun habe. Da sei ihm eine Idee gekommen. Warum eigentlich sollte man kein Fahrrad in den Kanal schmeißen? Natürlich nicht wirklich ein Fahrrad. Ein wahrer Künstler wie Rofo, der einen Modigliani offensichtlich bis ins Innerste verstand ... Wenn er ihn aufmerksam betrachte, könne er sogar eine gewisse Ähnlichkeit feststellen ... Vielleicht sei er ja gar eine Reinkarnation? Wann er denn geboren sei? Und unter welchem Sternzeichen? ... Wer also wäre berufener als er, mit Modiglianis Händen zu meißeln? Daraus könnte eine großartige Performance werden! Sammler ... Journalisten ... Das Fernsehen, und vor allem die Kritiker! Allesamt angeschmiert! Man müsse ihnen nur genügend Futter geben, damit alle an die große

Entdeckung glaubten; und dann ... Peng! ... den Beweis der Fälschung an die Öffentlichkeit geben! Während der ganzen Aktion müsse man natürlich ein Video drehen. Ein richtiges Video, mit allem Drum und Dran, kein Amateurstreifen: Rofo bei der Auswahl der Steine, und so weiter, er müsse mindestens zwei Skulpturen herstellen, und zwar heimlich in seinem Atelier ... Dann schließlich sei der Exporteur feierlich geworden. Er habe gesagt, daß Rofo – ein junger, armer und verkannter Künstler – auf diese Weise zeigen könne, daß das Leben eines Künsters nicht mehr das sei, was Modìgliani einst so beschrieben hatte: »Ein Geschenk der wenigen an die vielen, derer, die wissen und haben, an die, die nichts wissen und nichts haben«, sondern daß ein Künstler mittlerweile nichts anderes sei als das Werkzeug zur Herstellung einer simplen Ware, ein Instrument wie andere auch, um einer weltweiten Geschäftemacherei zuzuarbeiten. Daß Kunstwerke wie alle Dinge dieser gekauften und verkauften Welt nichts anderes seien als Objekte, denen nur derjenige, der die Allmacht des Geldes zu nutzen wisse, Wert beimessen könne; daß die Kunst, wie alles übrige, diskreditiert sei von den wenigen Scheißgeschäftemachern. Und so weiter ... bla bla bla ...

Rofo war ja auch dieser Ansicht. Und die Vorstellung, für sich und die anderen Künstlerbrüder Rache zu nehmen, habe ihn begeistert.

An diesem Punkt der Erzählung bemerkte Rofo Marcellas Mißbilligung. Die Ärztin hatte, als er so leidenschaftlich den Standpunkt des reinen, von der Korruption des Marktes verbitterten Künstlers darlegte, diverse Male die hageren Backen aufgeblasen und ironisch die Augen verdreht. Er streichelte ihr über die Hand und nahm seine Rede in gemäßigterem Ton wieder auf.

Sicher ... da war die Grundidee von der revolutionären Performance gewesen. Um die Wahrheit zu sagen, allerdings ... Tatsache war, daß er von morgens bis abends umsonst versorgt wurde. Mit Stoff, versteht sich. Soviel er wollte. Und in immer größeren Mengen. Ein Paradies! Erst mit einiger Verzögerung und als schon nichts mehr zu ändern war, hatte er gemerkt, wie es ihnen gelungen war, ihn dorthin zu bringen, wo sie ihn haben wollten. Je mehr Drogen du nimmst, um so mehr brauchst du. Je mehr du hast, um so mehr nimmst du. Auf der anderen Seite war der Import-Export-Mann ein Profi: niemals etwas umsonst, das war die Regel, das Dogma, das Fundament aus Granit, auf dem das kolossale Gebäude errichtet war ... Er hätte es wissen müssen.

Jeden Abend nahm ihn der Import-Export-Mann in exklusive Nachtclubs mit, in die man nur ein handverlesenes Publikum einließ. Diese Lokale – drei oder vier an der gesamten Küste der Versilia – liegen versteckt hinter geheimen Eingängen, und um eingelassen zu werden, muß man dem Besitzer bekannt sein, sich durch enge Gänge und getarnte Türen quetschen und Losungsworte flüstern. In diesem Umfeld hatte Rofo dann auch Bekanntschaft mit der »weißen Lady« gemacht, die er bis dahin verabscheut hatte, weil sie für ihn nur etwas für die aufgeblasenen Reichen war. In diesen schummrigen Lokalen hatte er den Kick des weißen Schnees entdeckt, der von höherem Adel war als der bräunliche *sugar*, den sich die jugendlichen Junkies, zu denen auch er gehört hatte, an den Straßenecken in die Venen jagen. Auf den Tischen dieser Nachtclubs hatte er so viele *lines* von Koks gesehen, daß sie, hintereinander gelegt, wohl bis nach Pisa reichen würden ... Man hatte ihm eine Menge wunderschöner Mädchen vorgestellt, die auf den ersten Blick selbstbewußt und unnahbar erschienen, sich dann jedoch als Sklavinnen entpuppten, die für einen oder zwei *sniffs* zu allem bereit waren ...

Rofo warf einen Blick auf Marcella, bemerkte ihren angeekelten Gesichtsausdruck. Er löschte die Fratze eines lasterhaften Dämons von seinem Gesicht und setzte eine ernsthafte Miene auf. All das hinter sich zu lassen sei sehr schwierig gewesen. Daß er davon losgekommen sei, daß er sein Leben verändert habe, verdanke er ihr, der Dottoressa Marcella Trudu. Sie hatte ihm dabei geholfen, und zwar mit einer illegalen Apomorphinkur, womit sie ein persönliches Risiko eingegangen war. Er hatte sie in einer Praxis kennengelernt, in der Methadon abgegeben wurde. Er warf ihr einen Kuß zu. Sie vergalt es ihm mit einem Blick, in dem Scalzi einen Hauch von Zweifel wahrzunehmen glaubte.

Die beiden Steine hatte er gefunden, indem er wie Modigliani nachts über Abraumhalden und Baustellen schlich. Er hatte sie aus einem Schutthaufen am Hafen gezogen. Steine sind prinzipiell alterslos, aber diese wiesen eine Patina auf, als seien sie schon seit einem Jahrhundert dem Wetter ausgesetzt gewesen. Er hatte ganz bewußt Granit gewählt, damit die Fälschung später noch offensichtlicher sein würde. Granit staubt noch mehr als Marmor, Modì hätte niemals damit gearbeitet. Und er hatte sich noch nicht einmal von dessen eigenen Skulpturen inspirieren lassen, sondern von Picasso, und afrikanische Ritualmasken dahingestümpert. Modigliani dagegen habe weniger bei den afrikanischen Primitiven Anregungen gesucht als vielmehr im Alten Ägypten, bei Tino da Caimano, bei den Sieneser Meistern des vierzehnten Jahrhunderts, er war viel subtiler als Picasso. Umöglich also, noch plumper zu fälschen ...

Er arbeitete einen Monat lang. Er schuf zwei Riesenmasken mit langgezogenen Ohren und geradliniger Nase, bei der einen verblieb auf der Stirn eine Unebenheit des ursprünglichen Felsblocks, wie der Schirm einer seltsamen Kopfbedeckung oder ein merkwürdiges Horn, je nach Phantasie des Betrachters. Dem Exporteur hatten sie gefallen, der schweigsame Begleiter hatte nur gesagt: »Okay.« Sie hatten ihm eine großartige Zukunft vorgegaukelt: eine eigene Ausstellung in einer Galerie in Paris oder New York, schwindelerregende Preise für seine Werke, Einführung in den internationalen Markt ... Der Kameramann drehte das Video, während Rofo arbeitete – bis dann der Exporteur die Köpfe eines Abends abholte. Man wollte sie nicht gleich ins Wasser werfen; zuerst sollte sich noch ein Biologe um sie kümmern und eine Algenkultur darauf ansiedeln, was allerdings vorher nicht ausgemacht war ... Rofo erfuhr dann, daß sie ein Boot genommen hatten, um die Skulpturen an einer bestimmten Stelle des Fosso Reale zu versenken. Als ein paar Tage später der Bagger, der den Grund des Kanals absuchen sollte, genau an dieser Stelle die Arbeit aufnahm, keimte in Rofo der Verdacht, daß Ziel und Zweck der ganzen Operation nicht die Performance gewesen war.

Der erste Kopf wurde herausgefischt, ein Professor untersuchte ihn und fand eine Alge darauf, die bis zum vorliegenden Stadium ihres Wachstums mindestens siebzig Jahre brauchte.

Plötzlich überkam Rofo ein Lachanfall, er konnte fast nicht mehr weiterreden. Er trank ein Glas Wein und fuhr fort: »Jetzt paßt gut auf. Es ist wirklich unglaublich ... Jetzt kommt der Morgen, an dem der lokale Fernsehsender die einzelnen Bergungsschritte live überträgt. Wir hängen alle drei vor dem Fernseher. Bei der ersten Skulptur geht alles glatt, ein paar Kritiker sind fast in Ohnmacht gefallen ... Es heißt, eine von ihnen, eine Dame, sei so gerührt gewesen, daß sie in Tränen ausbrach, wie man sich erzählte. Wir schauen also Fernsehen in der Hotelsuite, in der der seriöse ältere Herr wohnt, der nur selten spricht, nur ab und an ein Wort Englisch; in der Zwischenzeit hatte ich erfahren, daß er Amerikaner war, seinen wahren Namen kannte ich allerdings nicht, der war geheim. Er nannte sich Jack ... Ein nobles Zimmer, der übliche Komfort, mit uns sind auch ein paar Mädchen, die keine Ahnung haben und die überhaupt nicht verstehen, weshalb uns diese Bergungsaktion aus dem Fosso so interessiert ... Der Bagger zieht etwas heraus. Er legt es vorsichtig auf eine Plane. Die Kamera zeigt, wie ein Wasserstrahl den Schlamm fortspült. Zum Vorschein kommt der berühmteste Kopf, der mit der Black & Decker hergestellte, dessen Foto durch alle Zeitungen der Welt gegangen ist. ›Den habe aber nicht ich gemacht!‹ sage ich. Fuchs und Kater* wollen es nicht glauben. ›Scheiße!‹, sage ich, ›das müßte ich doch wissen, oder?‹ Keine Reaktion. Sie glauben mir kein Wort. Ich muß also das Video in den Recorder einlegen, um zu beweisen, daß meine Skulpturen anders aussehen. Da entschlüpft dem Export-Import-Menschen ein historischer Satz: ›Die wird doch nicht wirklich von Modigliani sein?‹ Haha! Könnt ihr euch das vorstellen? Hahaha!«

Rofo faßte sich wieder, etwas enttäuscht, daß die Zuhörer seine Heiterkeit nicht teilten. Er nahm seine Erzählung wieder auf.

An jenem Abend ließen die zwei ihre Maske fallen. Rofo meinte, diese neue Entwicklung brächte alles durcheinander. Auch diese Skulptur war gefälscht, es war klar zu sehen, daß nur ein Dilettant und kein Künstler sie gefertigt hatte. Jemand anderes mußte also dieselbe Idee gehabt haben. Jetzt liefen sie Gefahr, daß der neue Fälscher die Performance für sich beanspruchen würde, deshalb müßten sie sofort an die Öffentlichkeit treten, die Fälschung der Skulptur nachweisen, die er gemacht hatte, und das Video zeigen. Der Amerikaner hatte nur vornehm indigniert den Kopf gewiegt, der Import-Export-Mann aber war fuchsteufelswild geworden. Er solle sich unterstehen, ihnen jetzt auf die Eier zu gehen. Gut, jetzt sei also ein anderer Kopf aufgetaucht? Um so besser. Er solle lieber daran denken, sich wieder an die Arbeit zu machen. Abgesehen von jenen zwei und dem dritten, der früher oder später noch auftauchen würde, würde der Fosso Reale zu einer Art Goldgrube für

* zwei Gaunerfiguren aus »Pinocchio«.

Modigliani-Skulpturen werden, ein Geschäft, von dem man noch Jahre zehren könne, was heiße hier Performance! Hatte er allen Ernstes daran geglaubt? Und die, die Rofo von nun an machen würde, die wolle er weniger grob haben, modiglianischer und mit einem Hals, verdammt noch mal! Dem berühmten langen Hals von Modigliani!

Einige Wochen später, nach einer Pause bei den Bergungsarbeiten, kam der zweite von Rofo geschaffene Kopf an die Oberfläche, der mit der Unebenheit auf der Stirn. Die Pressekampagne lief auf vollen Touren. Und ausgerechnet der Kopf, den Rofo nicht gemacht hatte, wurde am meisten bejubelt, man sprach von der unvergleichlichen Majestät Modiglianis, der typischen Handschrift des großen Livorneser Meisters, und wie mystisch er sei, wie sehr diese Arbeit an die Skulpturen von Tino da Camaino erinnere, und so weiter, und so fort. Dabei mußte doch jeder, der Augen im Kopf hatte, sehen, daß die Ausführung ungelenk war, daß der sichere Ausdruck des großen Zeichners fehlte ...

Rofo verabschiedete sich von Marcella, die zur Arbeit mußte, sie arbeitete in einer Praxis für Drogenabhängige. Sie umarmten sich an der Tür. Die Ärztin grüßte die Gäste, ihr Auto fuhr über den Vorplatz, während Rofo ihr von der Schwelle nachwinkte. Als er in die Küche zurückkehrte, sagte er, daß er dieser Frau sein Leben verdanke. Dann allerdings atmete er tief durch. In seinem Blick lag etwas von der flüchtigen Erleichterung des Schülers, wenn die Lehrerin mal für einen Augenblick die Klasse verläßt, weil sie am Telefon verlangt wird.

Wo war er stehengeblieben? Ach ja, bei den Spaßvögeln mit der Black & Decker. Fast meinte er sie vor sich zu sehen, wie sie auf dem Deich herumlungerten und dem Bagger zusahen, der seinen Schürfkübel ins brackige Wasser tauchte, ihn triefend wieder hochzog, diversen Dreck ausschüttete – sogar Nachttöpfe, armer Modigliani –, dann wieder eintauchte ... ›Und wenn *wir* ihn nun einen finden lassen würden?‹ Es war die saubere Arbeit einer Nacht, und bei Tagesanbruch, platsch! dem Bagger direkt vor die Zähne.

Es vergingen ein paar Monate, die Köpfe wurden unter großem Aufsehen in der Ausstellung »Modigliani, die Skulpturen-Jahre« gezeigt – bis dann, eines Tages, die Jungs ihren Scherz den Zeitungen offenbarten und ihr Video, das auch sie gedreht hatten, vorführten. So wurde die Sache mit der Black & Decker publik ... Alles ging baden, der Plan des Exporteurs und des Amerikaners, aber auch Rofos Performance, die doch von Anfang an nur eine Täuschung gewesen war. Aber zunächst ...

Rofo hielt mit starrem Blick im Reden inne. Draußen knirschte der Kies, man vernahm das helle Schnurren eines Autos im Leerlauf. Ein Schatten verdunkelte den Spalt der Eingangtür, die Marcella halb geöffnet gelassen hatte. Rofo sprang auf. Auf einmal schien er viel lebendiger, die Augen strahlender. Er trat an die Türöffnung, kehrte zum Tisch zurück. Er schenkte sich ein Glas Wein ein, trank mit zitternder Hand. Im Treppenhaus knarrte eine Tür. Rofo nahm seine Erzählung wieder auf, aber er sprach schnell, als ob er es nun eilig hätte, zum Schluß zu kommen:

»Ehe diese Jungs mit der Presse sprachen, fühlte ich mich schon wie ein Wurm, wie ein Sklave. Ich war überzeugt, daß ich etwas unternehmen müßte, daß ich es Modì schuldig wäre ... Hören Sie, Scalzi: Das, was ich Ihnen jetzt sagen werde, weiß sonst niemand ... Und deshalb wollte ich mit Ihnen sprechen ...«

Ein Scharren hinter der kleinen Tür zum Treppenhaus. Sie öffnete sich einen Spalt. Im Schatten bewegte sich eine helle Hand. Eine flüchtiges Zeichen, eine Aufforderung. Rofo warf sich auf die Tür, schirmte die Öffnung mit seinem Körper ab und drehte sich nur einmal mit entschuldigendem Gesichtsausdruck um. Er flüsterte ein paar Worte zu jemandem, der im Schatten blieb. Er verschwand.

In der nun folgenden Stille war nur der melancholische Ruf der Turteltauben zu hören. Olimpia seufzte: »Ausgerechnet jetzt, wo es spannend wurde ...«

Von der Rückseite der Villa hörte man den metallischen Klang von Blech, das aufeinandertrifft, und das Geräusch eines voll aufdrehenden Motors. Eros sprang auf: »Mein Taxi!«

Er riß die Eingangstür auf und rannte hinaus. Eine Minute später kam er wieder zurück. »Halt!« rief er. »Die hauen ab! Ein Auto mit drei Personen drin und dem Maler ... Die haben mir eine Tür eingedrückt, verfluchte Mistkerle!«

»Los!« schrie Scalzi. »Hinterher!«

Bis das Taxi um das Haus herum den Vorplatz erreichte, war der Wagen schon weit weg. Sie sahen gerade noch seine Bremslichter aufleuchten, als er in die Kurve einbog.

»Versuch sie einzuholen«, sagte Scalzi und legte den Sicherheitsgurt an.

»Das dürfte wohl selbstverständlich sein, daß ich die einholen will!« Eros schäumte vor Wut. »Diese Arschlöcher haben meinen Wagen schwer beschädigt. Das macht eine halbe Million in der Werkstatt, mindestens ...«

»Ich glaube, das haben sie absichtlich getan«, bemerkte Olimpia vom Rücksitz.

»Aber wer sind sie?« fragte Scalzi.

»Was weiß denn ich?« Eros schaltete in rascher Folge, um die Schlaglöcher zu umfahren und die unterschiedliche Beschaffenheit der unbefestigten Straße zu bewältigen. »Wie eine Rakete sind sie vor mir abgehauen. Einer am Steuer, ein Mädchen daneben und ein weiterer auf dem Rücksitz, und der hatte dem jungen Kerl einen Arm um die Schultern gelegt ... Ich habe ihnen noch Zeichen gegeben, sie sollten anhalten, doch sie haben mich einfach ignoriert. Laß mich bloß näher an die herankommen ...«

»Bleib dran an ihnen«, sagte Scalzi. »Aber halt einen gewissen Abstand.«

»Was heißt hier Abstand? So eine Beule! Ein Schaden von einer halben Million ...«

»Was für ein Typ ist es denn?«

»Ein dicker Mercedes 500. Marktwert hundert Millionen. So eine Art Luxuspanzer ...«

»Versuch dranzubleiben«, wiederholte Scalzi. »Ich will sehen, wo sie hinfahren. Aber komm ihnen nicht zu nahe ...«

Eros kam aus einer Kurve und ließ das Heck des Taxis herumschlittern, geschickt wie er war. »Wenn wir auf der Autobahn wären, hätten wir keine Chance. Aber in diesen Serpentinen ist mein Auto so gut wie ihres. Noch ein paar Kurven, und ich klebe ihnen an den Reifen ...«

»Abstand«, beharrte Scalzi, »halt Abstand, ich will nur wissen, wohin sie fahren.«

»Ein Blechschaden!« sagte Eros. »Ich will das Kennzeichen! Ich will die Versicherung von diesem Scheißkerl wissen, ich werde diesen Gaunern schon was erzählen ...«

Sie bogen auf die Chianti-Straße Richtung Greve. Auf den geraden Teilstrecken gewann der Mercedes an Boden, in den Kurven holte Eros wieder auf. Bei den ins Tal führenden Spitzkehren, die vor den ersten Häusern des Ortes lagen, hatte das Taxi den Mercedes eingeholt. Sie sahen, daß Rofos Kopf auf der Rückenlehne lag. Dabei hatte der andere noch immer einen Arm um seine Schultern gelegt.

»Olimpia«, sagte Scalzi, »schreib doch bitte das Autokennzeichen auf.«

Olimpia hatte den Notizblock schon auf den Knien. »Was meinst du, was ich wohl gerade tue ...«

Plötzlich eine Bewegung vor ihnen. Der Arm um Rofos Schultern bewegte sich abrupt. An der getönten Rückscheibe erschien für einen Augenblick der helle Fleck eines Gesichts. Aus dem Seitenfenster tauchte eine Hand mit einer Pistole auf. Der Arm senkte sich und zielte in Richtung ihrer Wagenräder. Das Kreischen der Reifen übertönte die Schüsse, zwei oder drei. Ein Schlenker. Eros packte das Lenkrad fester. Das Taxi geriet ins Schleudern. Es streifte den Rand des Abgrunds. Eros biß die Zähne zusammen und versuchte gegenzusteuern. Das Taxi fuhr einen Straßenpfahl um. Auf dem Gras des Randstreifens kam es zum Stehen, nur einen Schritt vor einer Werbetafel, die am Abhang aufgestellt war.

15

Zu viele Mandate, Avvocato

Als er später über die Ereignisse nachdachte, die von dem Moment an aufeinanderfolgten, als sie alle beinahe in einen Abgrund gestürzt wären und allein Eros' Geschicklichkeit sie gerettet hatte, fühlte sich Scalzi wie eine Figur in einem Roman mit komplexem Handlungsaufbau.

Der Plot verdichtet sich mit einem Treffen in seiner Kanzlei in der Via Borgo Santa Croce, mit Olimpia, Eros und der Dottoressa Trudu in den Hauptrollen.

Der erste, der auftritt, ist Eros. Er will, daß die Verbrecher um jeden Preis gefunden werden. Ganz abgesehen von der durchlittenen Gefahr – das grenzte ja schon an versuchten Mord! Schließlich ging auf der einen Seite der Abgrund zwanzig Meter tief hinunter, während auf der anderen Seite die Felswand aufragte. Und wenn man, zweitens, die Kosten auflistete, als da wären: fünfhunderttausend Lire für die verbeulte Tür; für die zwei zerschossenen Reifen weitere vierhunderttausend; die Stoßstange und der Kühlergrill, die beim Aufprall auf den Pfahl kaputtgegangen waren: eine weitere halbe Million. Machte rundgerechnet anderthalb Millionen Lire. Dazu der seelische Schaden. Allein beim Gedanken daran würden ihm noch immer die Beine zittern, nur gut, daß er beim Geschehen selbst Ruhe bewahrt und die Kontrolle über das Fahrzeug nicht verloren hatte.

Dann kommt die Dottoressa Trudu herein. Ihr Gesicht ist mit roten Fleckchen übersät, man kann sehen, daß sie die ganze Nacht geweint hat. Wahrlich kein schöner Anblick. Roberto ist verschwunden. Scalzi empfängt sie zusammen mit Eros, schließlich geht es um dieselbe Angelegenheit, und so kann man für alle gemeinsam eine Strategie entwickeln. Zunächst einmal sollte man zur Polizei gehen, um das Protokoll der Verkehrspolizei um eine ausführliche Strafanzeige zu erweitern, Olimpia notiert die wichtigsten Phasen des Ereignisses. Die Straßenpolizei war gleichzeitig mit dem Abschleppwagen eingetroffen. Die beiden Beamten der Motorradstreife waren mit ihnen umgesprungen, als ob sie die Gangster wären: Was sie denn hier zu suchen hatten? Und warum sie das andere Auto verfolgt hätten? Und ob sie sich sicher wären, daß auf sie geschossen wurde? Das Übliche eben: Die ersten Verdächtigen sind immer die Opfer.

Auch Marcella ist mißtrauisch, sie mustert Scalzi mit finsterer Miene. Sie spricht mit zusammengepreßten Zähnen in anklagendem Ton. Sie ist der festen Überzeugung, daß Rofo entführt worden ist. Von wem? Weiß der Herr Anwalt tatsächlich nichts? Und wie kommt es dann, daß er dieses Mädchen kennt?

»Welches Mädchen?« fragt Scalzi.

Marcella spricht mit säuerlicher Miene, die voll unterschwelliger Mißbilligung ist, von einem rothaarigen Mädchen, das Roberto früher mit Drogen versorgte. Die ehemalige Geliebte von jenem Exportmenschen, dem Boß, der Rofo 1984 an die Nadel gebracht hatte. Zehn Jahre später hatte dieses Mädchen ihn hinter der Ladentheke abgelöst, eine eher vulgäre Type, die selbst einmal gefixt hatte. Das war allerdings einige Zeit her, weil sie in der Folge schlau geworden und von der Verbraucherseite ins andere Lager gewechselt war, zu denen also, die die armen Junkies ausbeuten. Den Tip, sich an Scalzi zu wenden, hatte Roberto von dieser Rothaarigen bekommen, deren Namen Marcella aber nicht wußte. Das beste Indiz dafür, daß dieses Mädchen, das sich leider immer noch, trotz aller Versuche der Ärztin, sie fernzuhalten, mit Rofo treffe, den Avvocato sehr gut kennen müsse. Und weshalb kennen sich der Anwalt und die Dealerin? Ist sie eine Klientin, oder gar eine Freundin? Da unterbricht Eros sie und sagt, daß das Mädchen, das neben dem Fahrer des Mercedes saß, flammendrotes Haar hatte; das habe er gesehen, als sie sich eben den Schal richtete, der ihren Kopf bis zur Nasenspitze bedeckte. Olimpia schaut Scalzi an und seufzt.

Worauf Eros sich wieder einschaltet und erklärt, daß die Modigliani-Skulpturen, Rofos Verschwinden und alle Rothaarigen ihn reichlich wenig scheren. Ihn interessiere nur »der kleine Autounfall«. Für ihn gebe es nur die Schurken, die ihn in Lebensgefahr gebracht und seinen Wagen beschädigt hätten. Olimpia habe sich doch das Nummernschild notiert? Man müsse zur Polizei damit, dann raus mit dem Nummernschild, raus mit dem Besitzer des Mercedes ... Olimpia macht ihn darauf aufmerksam, daß man der Verkehrspolizei diese Information bereits übermittelt habe, das Nummernschild sich aber als gestohlen herausgestellt habe. Was er denn meine, der gute Eros, ob gewisse Leute wohl hingingen und einfach so mit Revolvern herumballerten, ohne ihre Vorsichtsmaßnahmen zu treffen? Und doch, beharrt Eros, müsse man zur Polizei gehen und Strafanzeige stellen ...

Er kann nicht wissen, daß gerade dies nicht in Scalzis Absicht liegt, seit aus dem Nebel ein rothaariges Mädchen und damit sehr wahrscheinlich eine gewisse Renata Bruschini aufgetaucht ist. Bruschini aber bedeutet Guerracci, und Freundschaft ist nun einmal Freundschaft. Die Bruschini, Guerracci, der Import-Export-Mann, der wie ein Ei jenem anderen Playboy gleicht, der zunächst Renatas Liebhaber war und dann zu ihrem Feind wurde, schließlich Sarcìs Erpressung ... Da gibt es vermutlich einen Zusammenhang, aber welchen? Ehe er ihn nicht gänzlich durchschaut hat, soviel immerhin hat ihn seine dreißigjährige Berufspraxis gelehrt, geht er besser nicht zur Polizei. Aber das kann Scalzi Eros natürlich nicht sagen, und auch nicht der Dottoressa Trudu.

Da klingelt es an der Tür. Es ist Sonntag und keine Sekretärin in der Kanzlei, ebensowenig der Praktikant. Also geht Olimpia an die Tür, öffnet und kehrt in Scalzis Zimmer zurück. Und so bekommt die Signora Carol Ellroy, platinierter und mehr *wasp* denn je, ihren Soloauftritt. Sie sagt, daß sie versucht habe, anzurufen, aber daß ständig besetzt gewesen sei. (Tatsächlich hatte Scalzi den Hörer neben die Gabel gelegt.) Sie entschuldigt sich, weil Sonntag sei, aber sie habe eine dringende Mitteilung zu machen. Auf ein ermunterndes Zeichen Scalzis hin berichtet sie dann etwas verlegen, vor allem aber überrascht, daß man sie auffordert, vor allen diesen Menschen zu sprechen – in den Kanzleien amerikanischer Rechtsanwälte herrschen andere Umgangsformen, das ist deutlich herauszuhören –, daß ein gewisser Polizeileutnant Parrino sie angerufen habe, der meinte, schon mit ihm, Scalzi, gesprochen zu haben. Er möchte in James' Unterlagen Einsicht nehmen, und der Anwalt sei damit einverstanden. Aber nicht sie, Carol. Sie traue dem Ganzen nicht. Wer sei dieser Leutnant? Von welchen Unterlagen spreche er? Die Papiere von James seien vertraulich. Und sie habe ganz gewiß nicht die Absicht, sie dem Signor Parrino zu zeigen.

Scalzi hatte vergessen, sie über den Carabiniere zu informieren, und ihr, wie versprochen, seinen Besuch anzukündigen. Parrino will Carol noch am selben Nachmittag aufsuchen, und sie möchte, daß der Avvocato bei dieser Begegnung zugegen ist. Scalzi überkommt, wie immer, wenn man von ihm erwartet, an mehreren Orten gleichzeitig zu sein, große Lust, alles hinzuschmeißen und spazierenzugehen. Außerdem ist Sonntag, aber da läutet es schon wieder. Dieses Mal steht er auf und öffnet und läßt die Wohnungstür der Einfachheit halber gleich offen: mag eintreten, wer will, heute ist die Kanzlei sowieso der reinste Zirkus.

Es erscheint Gegé mit triefendnassem Regenschirm, der vom Eingang bis zu Scalzis Büro eine Spur hinterläßt; draußen gießt es in Strömen. Gegé trägt auf dem Kopf eine schwarze Baseballkappe mit der Aufschrift NASA, seine Hühnerbrust ist in eine enganliegende silberne Jacke gezwängt.

»Avvocato«, sagt Gegé, »ich habe das Auto unten im Halteverbot stehen, direkt vor der Tür. Sie müssen sofort und unverzüglich zu Carrubba kommen ...«

16

Die Kreuzfahrt der »Elisa«

Eros und Marcella entschwanden wie der Blitz, nachdem sie zuvor zu nochmaliger reiflicher Überlegung bezüglich einer Strafanzeige bei der Polizei ermahnt worden waren. Eros wirkte wenig überzeugt, und noch viel weniger Marcella, die immer mißtrauischer zu werden schien. Auch Carol wurde in ihr Landhaus nach Uzzano zurückgeschickt mit dem Auftrag, Parrino anzurufen und das Treffen abzusagen. Was wohl leider am allerwenigsten aufzuschieben ging, war Carrubbas Angelegenheit. Und nicht nur in seinem eigenen, des selbsternannten Commendatore Interesse, sondern auch wegen der möglichen Auswirkungen auf den Fall im allgemeinen.

Gegés Stimmchen, dem es nicht an dramatischen Zwischentönen mangelte, hatte ihnen folgendes mitgeteilt:

Am Vortag hatte ein Nachbar, alarmiert von dem Maremmanischen Hirtenhund, der stundenlang wie ein Wolf geheult hatte, Sarcìs Leiche gefunden, und zwar in der Galerie hängend, von seinem eigenen Seidenschal stranguliert. Der Schal hatte sich im elektrischen Getriebe zum Öffnen der Jalousie verfangen, oder jemand hatte es so arrangiert, daß er sich darin verfing. Trotz des seidenen Hindernisses hatte der Mechanismus ruckweise weiter funktioniert und auf diese Weise langsam den Knoten zugezogen, weiter, immer weiter ... bis schließlich Sarcìs Kehle zur Hälfte durchgeschnitten war. Kurz, ein schrecklicher und langsamer Tod. So schrecklich, daß sich in und um Livorno doch das eine oder andere Mitleid geregt hatte: sowas hatte man ihm nun doch nicht gewünscht, dem Ärmsten ... Ausgenommen

Carrubba. Wenn diesen die Nachricht unter normalen Umständen erreicht hätte, hätte er zweifelsohne eine Flasche Champagner geköpft.

So allerdings sollte das Schlimmste erst noch kommen, zumindest für Carrubba. Die Carabinieri hatten die Theorie von einem Selbstmord oder einem Unglücksfall aus nichtgenannten Gründen sofort verworfen. Noch überraschender war, daß sie unverzüglich zu Carrubbas Büro für »Seetransporte« geeilt waren, wo sie sich schnurstracks den Safe öffnen ließen, in dem sich das Bündel von Sarcìs Briefen und Faxen befand, um alles zu konfiszieren. Von all dem, dem Tod seines Bedrohers und allem übrigen hatte Carrubba durch seine Sekretärin erfahren, da er zufällig von seinem Kabinenboot aus im Büro angerufen hatte, eine Stunde, nachdem die Carabinieri den metallausgekleideten Mediceerturm verlassen hatten. Er wollte unverzüglich das Weite suchen und mindestens bis Korsika fliehen; so manche vorausgegangene Erfahrung hatte ihn gelehrt, daß, sobald eine Ermittlung eine präzise Richtung nahm, die beste Verteidigung in der Flucht lag. Doch das Wetter war schlecht, es tobte ein ausgewachsener Sturm, und die nautischen Kenntnisse seiner Bodyguards waren dergestalt, daß man sich ihnen nur bei höchstem Barometerstand anvertrauen konnte. Im Moment hatte er sich noch auf dem Boot verkrochen, das an einem verborgenen Ort ankerte. Zum Glück war das Wetter auch den Helikoptern der Carabinieri hinderlich.

In dem strömenden Regen brauste Gegé mit hundertachtzig Stundenkilometern dahin. Der Asphalt der Schnellstraße Florenz-Livorno konnte das Wasser nicht ableiten. Beim Überholen besudelten die Hecks der Lastzüge die Windschutzscheibe, das Auto schien wie in eine Pfütze einzutauchen – Momente der Panik, zu der Gegés Fahrweise nicht unerheblich beitrug, denn er benahm sich wie der nur beiläufig aufmerksame Überwacher einer automatischen Steuerung. Der Straße schenkte er mit unverhohlenem Desinteresse kaum einen Blick, die Krallenhändchen waren locker bei Position halb sieben auf das Lenkrad gelegt. Scalzi bereute es, daß er seinem Impuls nachgegeben hatte und Carrubbas dringlicher Aufforderung gefolgt war, ohne die Risiken zu bedenken. Dabei dachte er jetzt nicht nur an den Wolkenbruch oder an Gegés Fahrstil, sondern auch an die Abgründe, die sich erst noch auftun mochten. Im Grunde galt Carrubba bereits jetzt als potentiell flüchtig, und sein Anwalt eilte zu ihm, um ihm dabei zu helfen, die Ermittlungen der Behörden zu umgehen.

Unterdessen erging sich Gegé Collasse in Reden, immer wieder aufgestachelt von Olimpia, die gelassen auf dem Rücksitz saß und sich über seinen Wortschwall amüsierte.

»Dieser Fettsack ... Was fehlt ihm denn noch, sag ich? Er hat doch mehr Geld als der Aga Khan ... In der Schweiz ... Oder auf den Bahamas ... Gierig isser wie Peppiniello, der dann doch nachts stirbt mit grad mal vier Groschen in der Tasche, eine Schande is das ... Schleimiger Krake ... Und 'Ndrangheta* hin, 'Ndrangheta her ... bescheißen tut er hier wie dort. Und danach? Was meint er denn? Daß er dreihundert Jahre alt wird? Selbst wenn er dreihundert Jahre alt würde, würde die Zeit doch nicht langen, all das Geld auszugeben ... Wie viele Tintenfische kann denn ein guter Christenmensch an einem Tag essen? Und wenn dann das Donnerwetter über ihn hereinbricht, könnte man meinen, er stirbt; aufs Boot verkriecht er sich, bleich wie der Tod. Und dann heißt's: ›Gegé! Lauf zum Avvocato, Gegé! Hol ihn! Sieh zu, daß er herkommt! Collasse, nun lauf schon!‹ Wie den letzten Dreck behandelt er mich. Was soll's, ich leb nun mal wie ein Hund ... Und drum bin ich jetzt grantig! Kruzifix aber auch!«

* die kalabresische Mafia.

Sie überfuhren die Grenze zum Naturschutzgebiet von San Rossore, zu dem der Zutritt für Privatpersonen verboten war. »Ich bin so frei, der Präsident der Republik kann uns mal«, sagte Gegé. Über einen Pfad durchs Unterholz gelangten sie zur Mündung des Serchio.

Es regnete weiterhin so stark, daß es kaum einen sichtbaren Unterschied zwischen dem Regen, dem Fluß und der aufgewühlten See gab. Es prasselte waagerecht auf sie ein; völlig durchnäßt lag der Landungssteg da, an dem das Boot an Heck und Bug vertäut war, so daß es die Wogen von der Breitseite abfangen mußte. Allein beim Anblick des schaukelnden Bootes verspürte Scalzi ein Unbehagen am Mageneingang, er rutschte aus und mußte sich an Gegés Schulter festhalten. Dieser wirkte, von Kopf bis Fuß durchnäßt, außerirdischer denn je – glanzlackiert vom Regen, da er seinen Schirm großzügigerweise schützend über die Gäste hielt.

Die Yacht hatte ihre Pracht verloren, sie erinnerte an die Bounty nach der Meuterei. Nichts bringt Schlamperei schneller an den Tag als ein Boot in den Händen von Landratten. Über der Luke, die zu den Kabinen führte, war ein Sonnensegel gespannt, das, mit Regenwasser gefüllt, jeden Augenblick auf die Luke zu stürzen drohte. Überall waren Schlammspritzer, auch an so hochgelegenen Stellen, daß man sich fragen mußte, wie sie da hingekommen waren; und überall gerieten einem herumliegende Taue zwischen die Füße, aufblasbare Fender kullerten umher, dazwischen irgendein Schiffsgerät, eine halbgefüllte Plastiktüte mit Orangen, ein Paar Gummistiefel ... Unter Deck bemühte sich der athletische Bodyguard in der Kombüsenecke, bei aller Dünung auf der Kochplatte eine neapolitanische Espressomaschine im Gleichgewicht zu halten; er verbrannte sich die Finger dabei, ließ los, fluchte, wich zurück und prallte dadurch mit Scalzi zusammen, der Gegé den Korridor entlang folgte. Sie vollführten eine Art Tanzbärennummer – Scalzi war der Bär –, und Olimpia lachte sich krumm.

Das Foto von dem Segelschiff hing schief, die Champagnerflaschen waren durcheinandergeraten, verdächtige weißliche Flecken zeichneten sich auf den Sitzgruppen ab, auf denen überall Decken lagen. In einer davon, riesengroß und kariert, steckte Carrubba, der fast komplett darniederlag, nur die linke Hand klammerte sich am Tischrand fest, und auch der Kopf und der eingegipste Fuß lugten hervor, der Gips mittlerweile in Auflösung begriffen, eine Mullbinde schlappte herab. Es roch streng nach Erbrochenem, eine Schüssel klirrte vernehmlich gegen die Messingleiste, wenn die Brandung das Boot noch heftiger schlingern ließ.

Sie setzten sich, nachdem sie zunächst die Sitzfläche des Sofas begutachtet hatten, und nahmen die gefaßte Haltung von Besuchern am Lager eines Dahinsiechenden ein.

Carrubba gab einen Laut von sich, etwas zwischen einem Räuspern und einem Brechreiz ankündigenden Krächzen. Er wandte sich um und warf sich gegen die Schottwand.

So vergingen ein paar Minuten. Es war nicht unangenehm, dem Regenprasseln zu lauschen, wären da nicht der Klogestank und das Geschaukel gewesen, die mit der Zeit doch auf den Magen schlugen. Scalzi entschloß sich daher, die Aufmerksamkeit mit einem höflichen Wort auf sich zu lenken, ohne Vorwurf im Ton, denn er hatte ein schlechtes Gewissen.

»Gaetano, ich bin da ...«

»Ja«, bekräftigte Olimpia, »wir sind gekommen.«

Es gab eine Bewegung. Die karierte Decke rutschte zu Boden, wurde aufgeklaubt und mit einer gereizten Bewegung und kleinen Knüffen neu geordnet. Ein Gesicht tauchte auf, mit geschlossenen Augen, verquollenen Lidern und dicken Augenrändern.

»Ich-möch-te-mich-stel-len«, brachte Carrubba mühsam hervor.

»Das ist eine gute Idee«, sagte Scalzi sanft.

»Ich möchte, daß du mich begleitest. Du mußt den Carabinieri sagen, daß ich dich schon vor einem Monat gebeten habe, den nun Verstorbenen anzuzeigen. Und daß du es gewesen bist, der davon nichts wissen wollte.«

»In Ordnung.«

»Wir haben uns zehn Tage danach noch einmal gesehen. Ich habe dich damals nochmals gebeten, die Anzeige zu erstatten. Und du, was hast du geantwortet?«

»Daß es nicht seriös ist, eine Person wegen Hexerei anzuzeigen. Nicht in der heutigen Zeit. Vor dreihundert Jahren wäre das sehr gut möglich gewesen.«

»Es war also nicht seriös?«

»Nein.«

Carrubba zeigte ein wehmütiges kleines Lächeln. »Aber jetzt wäre es seriös, wenn ich beweisen könnte, daß ich entschlossen war, den Rechtsweg einzuschlagen und nicht die Absicht hatte, Selbstjustiz zu üben. Jetzt sind sie davon überzeugt, daß ich ihn ermordet habe ... Ihrer Meinung nach gibt es ein Motiv.«

Scalzi schoß die Idee durch den Kopf, daß Carrubba versuchen könnte, ihn als Alibi zu mißbrauchen. »Und, bist du es gewesen?«

»Nein.«

»Ich meine nicht nur mit deinen eigenen Händen. Ich weiß, daß du dazu nicht in der Lage wärst. Hast du jemanden beauftragt, ihm eine Lektion zu erteilen?«

»Nein! Himmelarsch! Nein! ... Ich sollte jemanden um die Ecke bringen wollen und renne zum Anwalt? Seit wann mache ich denn sowas? Ich weiß doch, daß man sich damit nichts als Ärger einhandelt. Es gibt immer einen anderen Weg. Und auch in diesem Fall hätte es einen Weg gegeben. Wenn du mir geholfen hättest ... Wenn du ihn angezeigt hättest, dieses Arschloch, verdammt noch mal, dann wäre ich jetzt nicht in der Klemme. Es wäre deine gottverdammte Anwaltspflicht gewesen, Himmel, Arsch und Zwirn!«

Es war eine außergewöhnliche Situation. Carrubba legte normalerweise sehr viel Wert darauf, nicht ins Sizilianische abzugleiten. Nur in Fällen von ganz besonderer Anspannung ließ er sich gehen.

»Nein, war es nicht. Es war meine Pflicht, ein unsinnig erscheinendes Mandat zurückzuweisen. Du willst einfach nicht begreifen, daß ein Anwalt kein Münzautomat ist. Wenn du mir einen Grund genannt hättest, also den wahren Grund, weswegen Sarcì auf dich sauer war, dann hätte ich wenigstens einen Anhaltspunkt gehabt. Und jetzt sind wir wieder am gleichen Punkt. Wenn dich die Carabinieri in Verdacht haben, dann müssen sie schon etwas Handfesteres gefunden haben als esoterische Verwünschungen. Mir hat Sarcì die gleiche Art von Verwünschungen geschickt. Aber Furcht vor einem Fluch reicht als Motiv für einen Mord nicht aus. Menschen töten aus gewichtigeren Gründen.«

Eine mächtige Woge drückte das Schiff gegen das Pfahlwerk des Landungsstegs. Die Schüssel rutschte weg und schwappte ein wenig ihres Inhalts auf Scalzis Füße. Das Kabinenboot ächzte, gefolgt von einem Aufstöhnen Carrubbas.

»Sarcì war ein Verrückter ...«

»Das weiß ich.«

»Ja, aber er war ein verrückter Gauner. Verrückt auf eine Weise, die sich für ihn auszahlte, meine ich ...«

»Was meinst du denn damit: Er war ein Gauner?«

»Ein Schurke und Betrüger ...«

»Ah ja, allmählich kommen wir der Sache näher. Wieso also ein Betrüger?«

»Er war seinerzeit derjenige, wegen dem das Geschäft den Bach runterging ...«

»Welches Geschäft?«

»Das mit den Köpfen von Modigliani ... Also das Geschäft vom Fosso Reale. 1984 ...«

»Und du warst damals daran beteiligt, an diesem Geschäft?«

Carrubba blickte zu Olimpia, die sich eine zweite Zigarette anzündete. »Normalerweise habe ich ja nichts gegen Tabakgeruch. Aber ich bin seekrank. Und hier ist es ein wenig eng. Könntest du nicht zum Rauchen an Deck gehen?«

Olimpia öffnete das Bullauge hinter sich und warf die Zigarette hinaus. »Schon erledigt.«

Carrubba wiegte unzufrieden den Kopf. »Olimpia, du bist doch keine Anwältin, oder?«

»Bis vor einem Jahr galt für mich noch der Tarifvertrag für Metallarbeiter«, sagte Olimpia. »Jetzt kenne ich meine Eingruppierung nicht so genau ... Anwältin bin ich allerdings nicht, nein.«

»Ich meine«, sagte Carrubba etwas verlegen, »du wärst doch nicht an die Schweigepflicht des Rechtsanwalts gebunden, nicht wahr?«

Olimpia seufzte. »In diesem Film taucht immer wieder jemand auf, der mich von der Besetzungsliste streichen will.«

»Olimpia bleibt«, sagte Scalzi. »Ich bitte sie zu bleiben. Sie ist genauso an die Schweigepflicht gebunden wie ich. Ich brauche einen Zeugen.«

Carrubba riß die Augen auf. »Einen Zeugen wofür?«

»Du hast von Nichterfüllung beruflicher Pflichten gesprochen, wenn ich mich nicht irre.«

»Scheißanwälte. Man kommt einfach nicht gegen sie an ... In Ordnung, machen wir also so weiter.«

»Sehr gut«, rief Scalzi, »dann mach mal weiter. Du hattest schon sehr schön angefangen.«

»Wo war ich stehengeblieben?«

»Das Geschäft von '84.«

»Ja, ich hatte damit zu tun. Allerdings eher indirekt. Als

Geldgeber. Ich habe eine Investition getätigt. Man hatte mir angeboten, mit einer gewissen Summe einzusteigen, und ich habe angenommen. Also, ich habe Geld hingeblättert, das ist alles.«

»Wenn das Geschäft über die Bühne gegangen wäre, wärst du Miteigentümer einer der aus dem Kanal aufgetauchten Skulpturen geworden ... Verstehe ich das richtig?«

»Aber nicht doch! Gewisse Geschäfte laufen doch nicht so ab! Es ist eher, wie wenn du an der Börse spielst ... Du kaufst etwas, von dem du nicht so genau weißt, was es ist ... Zum Beispiel ein Schiff, das, was weiß ich? vollgeladen ist mit Tee ... mitten im Ozean. Das Schiff dampft weiter, kommt zu einem Hafen, dann zu einem anderen, und in der Zwischenzeit wird die Ladung diverse Male gekauft und verkauft, und mit jedem Wechsel steigt der Wert der Ware ... Diese Skulpturen hätten die Gegenleistung für eine größere Transaktion sein sollen ... Verstanden? Sie sollten gegen etwas anderes getauscht werden ... Kunstgegenstände eignen sich bestens zu diesem Zweck. Bei meist ähnlichem Gewicht sind sie mehr wert als Diamanten ... Habt ihr das Prinzip verstanden?«

Olimpia seufzte. »Armer Modigliani.«

»Was hat Modigliani damit zu tun?«

»Ja, gewiß, was hat er schon damit zu tun.«

»Er ist doch tot, oder?«

»Daß sie falsch waren, das wußtest du?« fragte Scalzi.

»Falsch ... Echt ...«, schnaubte Carrubba. »Wen kümmert das? Die Skulpturen aus dem Kanal wären in einem Museum gelandet, darauf kam es an. Die Figuren, um die es für mich und meine Geschäftspartner ging ... das waren andere ... Einige waren schon auf dem Markt ... waren im Umlauf ... seit geraumer Zeit ... Die Aktion von '84 hatte den Zweck, ihren Wert zu steigern ... Ein bißchen wie bei dem Teeschiff, alles in allem ... Sie wären dadurch authentischer geworden ... Kapiert? Ich mache keine Witze, Scalzi. Eine

Wertsteigerung von zig Milliarden, die es als Gegenleistung für ... für einen anderen Posten gegeben hätte ... Also, mehr kann ich dir wirklich nicht erzählen! ...«

»Und Sarcì«, fragte Scalzi, »Friede seiner Asche, was hatte er damit zu tun?«

»Sarcì besaß eine Skulptur. Ich spreche von denen vor '84. Er sagte, daß sie echt wäre, abcr was heißt das schon. Alles in allem hätte die Aktion von '84 auch ihm genutzt. Deswegen stieg er in den Coup mit ein. Ich weiß nicht, wie er davon erfahren hat, er ist eben einer von denen, die immer alles wissen, auf jeden Fall war er mit von der Partie. Und durch ihn ist alles aufgeflogen. Wir vermuten, daß er es war, der seinerzeit diese Witzbolde angestiftet hat. Tatsache ist, daß Sarcì sich nicht damit begnügen konnte, im Chor mitzusingen, er wollte den Solopart.«

»Merkwürdig allerdings«, sagte Scalzi, »daß er erst so viele Jahre danach umgebracht wurde.«

»Meiner Meinung nach hat man ihn ermordet, weil die Sache nie so recht begraben war und jetzt wieder zu stinken anfing. Jetzt, nach zehn Jahren, kommt dieser Granelli und sagt, daß er im Besitz der authentischen Skulpturen sei, daß sie niemals im Wasser der Fossi gelandet seien, et cetera. Dann kommt noch dieser James und bestätigt: Jawohl, seinem Urteil nach sind Granellis Skulpturen echt. Und hier kommen wir ins Spiel ... Das heißt ... ich als Mittelsmann. Weil es die Möglichkeit gab, die 1984 nicht zu Ende gebrachte Sache nun zu Ende zu bringen. Seit damals ... gab es da gewisse Schulden ... Und es gibt Menschen, bei denen man seine Schulden besser begleicht, und sei es mit Verspätung ... Sonst können sie sehr böse werden, diese Menschen ... Schlechte Menschen ... Sie sind wie Elefanten ... Sie haben ein unglaubliches Gedächtnis ... Und nun gab es die Möglichkeit, daß Granelli zu einer Art Dauerexpertise werden würde. Also der gleiche Trick wie '84, nur mit Granelli anstelle des Fosso Reale, wenn ihr versteht? Granelli sollte von Zeit zu Zeit bestätigen, daß eine etwas zweifelhafte Skulptur in seinem Besitz gewesen sei und daß er sie dem derzeitigen Besitzer verkauft habe. Dieses Mal hätte die Operation sogar eine stabilere Grundlage gehabt. Denn James meinte beweisen zu können, daß die Skulpturen im Besitz von Granelli echt sind, keine Fälschungen wie die aus dem wundersamen Fischzug. Ist das klar?«

»Du wolltest über Sarcì sprechen ...«, sagte Scalzi.

»Genau. Als Granelli auf dem Plan erschien, begann das Spiel von vorn. Ich sollte Granelli überzeugen, mitzumachen. Und es wäre mir auch gelungen, wenn mir nicht jemand einen Knüppel zwischen die Beine geworfen hätte. Und diesmal hätten sich sogar die Unkosten in Grenzen gehalten, denn Granelli ist jemand, der sich mit wenig zufriedengibt. Aber dann kam dieser Sarcì und machte Ärger, mir, Granelli und James ... Und der Amerikaner ertrinkt dann auch prompt, wie du weißt ...«

»Hm«, meinte Scalzi. »ganz schön verwirrend. Und da du ein Motiv hattest ...«

Carrubba knirschte mit den Zähnen. Er nahm den Kopf zwischen die Hände und schüttelte ihn, als ob er ihn sich vom Hals reißen wollte. »Dieser Mistkerl! Möge er in den Flammen der Hölle schmoren. Von nun an bis ... in alle Ewigkeit ...«

»Amen«, hauchte Olimpia.

Carrubba setzte sich unvermittelt auf, hob den Finger. »Ich hab's! Er hat sich umgebracht! Er hat sich absichtlich umgebracht, um den Verdacht auf mich zu lenken und mich in den Knast zu schicken!«

Es hob sich ihm wieder der Magen. Mit dem Fuß schob ihm Scalzi die Schüssel hin. Carrubba beugte sich seitwärts über das Sofa und neigte das Gesicht fast bis zum Boden. Er stieß leer auf und spuckte nur einen dünnen Speichelfaden. »Verdammt noch mal! Ich krepiere ...«

Da kam der athletische Bodyguard, blieb auf der Schwelle stehen und betrachtete angeekelt seinen Chef. »Commendatore«, sagte er, »ein Wagen der Carabinieri hat sich auf der Brücke des Serchio postiert. Er ist schon vor einer Viertelstunde vorbeigerast, aber es schien mir nicht wichtig genug, um zu stören. Man kann das Blinklicht durch die Bäume sehen, seit einiger Zeit stehen sie ruhig auf der Brücke ...«

Carrubba erhob sich mühsam. Er trug blaue, ausgebeulte Seemannshosen und ein blaues T-Shirt mit der Aufschrift ELISA auf der Brust. Er wischte sich den Mund am Ärmel ab, schnaufte heftig, doch er wirkte entschlossen. »Angelo«, sagte er bestimmt, »hilf mir beim Anziehen.«

Angelo verschwand und kam mit einem gelben Regenmantel für einen Heringsfischer in den Fanggründen vor Neufundland wieder, dazu brachte er einen Südwester und die ebenfalls gelben Gummistiefel, die zuvor auf Deck herumgelegen hatten. Er kniete sich hin, um Carrubba beim Anziehen der Stiefel zu helfen, dann stellte er sich hinter ihn, den Mantel aufgespannt wie ein Focksegel. Der Commendatore fuhr in die Ärmel und setzte den Südwester auf.

»Was hast du vor?« fragte Scalzi.

Carrubba, der sich bereits anschickte, die Kabine zu verlassen, hielt inne. Er stützte sich auf Angelos Schulter und warf dem Rechtsanwalt einen würdevollen Blick zu. »Worüber man nicht sprechen kann, darüber muß man schweigen.«

Er erreichte die Leiter, die zur Brücke führte, in seinem Ton lag die Entschlossenheit unwiderruflicher Entscheidungen. »Leinen los! Kurs auf Bastia ...«

Scalzi zog ihn am Regenmantel zurück.

»Machst du Witze? Laß uns aussteigen. Sag Gegé, daß er uns wieder nach Hause fahren soll.«

»Gegé ist nicht mehr an Bord«, sagte Angelo. »Kaum hörte er was von Ablegen, da sprang er an Land. Er hat sich das Auto gegriffen und ist davongebraust.«

»Um so besser«, sagte Carrubba. »Sonst hätte man den Avvocato geschnappt, sobald er den Pinienhain passiert hätte. Verhaftet wegen Beihilfe, Verhör, und so weiter ... Das kann ich mir nicht erlauben.«

»Du willst uns allen Ernstes mit nach Korsika nehmen?« fragte Salzi. »In dieser Nußschale? Bei diesem Sauwetter?«

Carrubba hatte bereits die Brücke erklommen und blickte hinunter: »Avvocato, Sie und Ihre Gefährtin mögen es sich unter Deck bequem machen. Und stören Sie nicht beim Manövrieren.« Er öffnete das seitliche Schiebefenster, eine Regenbö schlug ihm ins Gesicht, er schrie: »Remigio! Mach das Heck los!«

»Den Teufel werden wir tun!« rief Scalzi. »Komm, Olimpia!«

Sie kletterten an Deck. Remigio, der andere Bodyguard, hatte bereits die Taue am Bug gelöst; er lief achtern und machte sich daran, die Knoten zu lösen. Das Boot begann sich zu bewegen. Die Laufplanke war schon einen halben Meter vom Landungssteg entfernt. Scalzi schätzte noch die Sprungdistanz ab, als die Motoren aufheulten. Remigio schleuderte das Tau über Bord. Das Kabinenboot machte einen heftigen Satz und hielt seitwärts auf das offene Meer zu. Es schlingerte und neigte sich nach Steuerbord. Scalzi umfaßte Olimpia und hielt sich mit der anderen Hand an der Reling fest. Er sah, wie sich die Pinien von San Rossore neigten. Einen endlos erscheinenden Augenblick lang war alles dunkelgrün; als sich das Boot langsam wieder aufrichtete, kehrte das Grau des Himmels zurück. Das Wetter hatte sich noch weiter verschlechtert, es regnete stärker, die Brecher schäumten weiß in der Mündung. Als Remigio den Buganker lichtete, kam eine Woge heran, die ihn fast vollständig unter ihrem Schwall begrub. Er wischte sich über das Gesicht und blickte zum Fenster der Brücke, hinter dem das rundliche Gesicht Carrubbas und seine dicken, um das Steuerruder geklammerten Hände zu sehen waren.

Remigio streckte den Arm nach rechts, er warf sich mit dem ganzen Körper in diese Richtung, wie ein von einem plötzlichen Windstoß erfaßter Wimpel. »Commendatore!« schrie er. »Nein! Nicht da lang ... Commendatore! Geradeaus! Da hinten ist eine Untiefe!«

Carrubba jedoch hatte den Blick auf Scalzi gerichtet, und es stand nahezu Mordlust in seinen Augen, so, als ob er sich eine riesige Woge herbeiwünschte, die die beiden, den unfähigen Anwalt und seine Tussi, von Deck fegen und den Fischen zum Fraß vorwerfen würde. Scalzi sah, daß Carrubba die Hand am Schubhebel niederdrückte. Das Dröhnen wurde immer durchdringender, das Schiff beschleunigte immer noch in derselben Richtung, trotz Remigios Herumgefuchtels. Da, plötzlich, ein dumpfes Knirschen, genau unter ihren Füßen. Dann noch eins, etwas länger diesmal. Dann ein gewaltiger Stoß. Scalzi spürte, wie er nach vorn geschleudert wurde, er verlor das Gleichgewicht und stürzte längs aufs Deck, Olimpia mit sich reißend. Immer noch Arm in Arm schlitterten sie durch die Nässe, bis die Erhebung einer Lichtluke sie aufhielt, durch die man in den Salon blicken konnte. Sie sahen die karierte Wolldecke, die Sitzgruppe; die Brechschüssel glitt blitzschnell vorbei, als wäre sie lebendig. Hinter der Reling schien das Meer viel näher zu sein. Wieder rollte eine riesige, schäumende Woge heran, über ihr wie eine Schraffur der Regen. Einen Moment lang konnte Scalzi nur einen bläulichen Nebel erkennen, und er spürte, wie er weiterrutschte. Irgend etwas hielt ihn auf. Er hob den Kopf, seine spärlichen nassen Haare hingen ihm in die Augen. Olimpia hatte ihre Beine um seinen Hals geschlungen, mit einer Hand klammerte sie sich am unteren Teil der Reling fest, mit der anderen hielt sie ihn an einem Zipfel seines Mantels. Scalzis Füße ragten bereits über Bord. Beide lagen sie auf dem Bauch, das Wasser floß unter ihnen durch. Sich gegenseitig helfend, kamen sie wieder auf die Beine. Es war nicht einfach, sich aufrecht zu halten, da das Schiff sich um etliche Grade geneigt hatte. Sie bewegten sich zum Heck, immer einen Fuß vor den anderen setzend und sich am Geländer weiterziehend. Scalzi spürte, wie die Kleider schwer an ihm herunterhingen. Am Heck kramte Remigio hastig in einer Kiste. Er zog eine Leuchtpistole heraus, hob den Arm, feuerte einen Schuß ab. Eine rote Blume erleuchtete die Wolkenmassen.

Zweiter Teil

»Wer will die Qualen der Hölle erleiden / sommers wie winters auf dem Pania.«

Dedo ist nach Livorno zurückgekehrt, er zitiert häufig dieses Sprichwort. Ihm geht es schlechter als zuvor. Seine Wangen sind rot, man weiß nicht, ob vom Fieber oder von der Sonne. Auch die Augen sind gerötet. Er ist dort auf dem Berg Pania gewesen, Staub und einen harten Menschenschlag gibt es da oben. Die Steinbrecher sprechen eine merkwürdige Sprache, voller Konsonanten. Steinhauer und Steinmetzen treffen sich abends in einer Osteria unter dem Bollwerk von Pietrasanta, das Haar noch grau vom Marmorstaub, der fein ist wie Mehl und noch mehr als dieses in jede Pore dringt.

»Wer mit Marmor arbeiten will, muß aus Marmor sein«, hat ein Bildhauer aus Pietrasanta zu ihm gesagt und ihn mitleidig betrachtet, als er sich in einem Hustenanfall krümmte.

Im Sommer ist Livorno ein Traum, in dem die Toten erscheinen. Es gibt Tage, an denen die Farben so klar leuchten wie nach dem Genuß von Haschisch. Gelb die Häuser, schwarz die Anzüge der Angehörigen der jüdischen Gemeinde; die Villen an der Uferpromenade werden vom steinernen Himmel geradezu erdrückt, sie scheinen kurz vor dem Zusammenbruch zu stehen. Dann wieder gibt es Tage, an denen der Wind vom Meer einen Schleier herüberträgt, der alles in Nebel hüllt. Paris hatte die Erinnerung daran verwischt. So weiß hatte er die gestärkten Kragen und Manschetten der Herren nicht in Erinnerung, die sich auf der Mole der Bagni Pancaldi, elegant gekleidet und auf dem Kopf die Melone, in der Sonne ergehen; auch nicht, wie rauchgetrübt die gelben Lampen im Café Bardi sind, wo sich allabendlich die

Künstler treffen zu ihrem Geschwätz über die Jagd und die Hunde, über Gelage, Sauftouren, über die frisch eingetroffenen Huren der Bordelle in der Via dei Lavatoi und der Via del Sassetto.

In den Bagni Pancaldi bemühen sich die Damen, mit der Mode Schritt zu halten, aber ihre Locken sind zu wuchtig, zu viele Federn sind auf die großen Hüte geladen; sie ahnen es nicht, aber sie wirken wie Kokotten, sie sprechen und lachen zuviel, und von den Familienvätern werden sie wie von Schießhunden bewacht.

Amedeo, Dedo, wie die Familie ihn nennt, schließt sich zu Hause ein, hinter verriegelten Fensterläden. Er liest die Eklogen *von Vergil; die Zeit macht einen Sprung, und er findet sich wieder in den Lateinstunden des alten Humanisten, des Freundes seiner Mutter. Er schläft. Einen nicht enden wollenden Schlaf. Wirre Träume von Paris. Paris, das so weit weg ist.*

Ein von Eugenia bestellter Schneider kommt ins Haus, um ihm einen neuen Anzug anzupassen. Sein Mund ist nadelgespickt, sein Atem stinkt nach Zigarre ...

17

Auf dem Krankenlager

Das Gebäude aus den dreißiger Jahren war einst ein Film-
studio gewesen, damals, als an der Küste nahe bei Tirrenia
eine neue Cinecittà enstehen sollte. Nun war es ein Krankenhaus für berufsbedingte Allergien und Atemwegser-
krankungen. Ockergelbe, träge Wellen fielen jenseits der
Dünen in sich zusammen, in denen ausgedörrte Sträucher
staken. Die undichten Fenster ließen den Wind durch, die
salzige Meeresbrise vermischte sich mit dem Geruch der
Arzneien, man fühlte sich in dieser Klinik wie auf einem
Campingplatz, ja wie unter freiem Himmel.

Im Krankenzimmer befanden sich zehn Betten, die alle
belegt waren; Scalzis Bett stand am Fenster. Die anderen
Patienten, Arbeiter einer Chemiefabrik, litten unter einer
berufsbedingten Erkrankung der Schilddrüse. Der Reihe
nach wurden sie in eine Art bleiversiegelten Glaskasten gesteckt, wenn sie von der Behandlung mit radioaktiven Iso-
topen zurückkamen.

Scalzi erhob sich vom Bett, um durch ein Fenster, das zur
Straße ging, nachzusehen, ob der Jeep der Carabinieri immer noch dastand. Ein Carabiniere, der auf der Motorhaube saß, rauchte, der andere sprach ins Funkgerät. Er als
Anwalt war, anders als sein Klient, nicht verhaftet worden,
doch man hatte ihn nachdrücklich »gebeten«, er möge sich
zur Verfügung halten, und zusätzlich wurde er überwacht.
Olimpia war im Frauentrakt untergebracht.

Er kehrte wieder an sein Bett zurück, stützte die Ellenbogen auf das Fensterbrett und sah auf die Dünen hinaus.
Die untergehende Sonne unter dem Saum eines Wolken-

vorhangs färbte einen Streifen des Himmels blutrot. Der Wind hatte gedreht, es regnete nicht mehr.

Bis auf einen diffusen Schmerz in den Knochen ging es ihm recht gut. Seine Einlieferung war aufgrund eines plötzlichen Blutdruckabfalls angeordnet worden, der hart an der Grenze zum Kollaps gewesen war. Kaum hatte er seine Füße auf festen Boden gesetzt, überkam ihn ein Schwindelanfall, und er war in die Arme eines Beamten der Hafenkommandatur getaumelt, der ihn sanft auf die Erde niederlegte; dann war der Krankenwagen gekommen. Das EKG hatte gezeigt, daß mit dem Herzen alles in Ordnung war. Olimpia war mit Anzeichen einer starken Unterkühlung zur Beobachtung eingewiesen worden.

Scalzi war wütend auf sich selbst. Immer wieder ließ er sich, allen guten Vorsätzen zum Trotz, vom Laster der Neugier, einem der schlimmsten in seinem Beruf, fortreißen wie auch von der Anmaßung, in Regionen vorzustoßen, in die professionelle Ermittler nicht gelangen konnten – oder möglicherweise gar nicht gelangen wollten. Warum konnte er den Dingen nicht einfach ihren Lauf lassen und sich mit Vorgekautem zufriedengeben, wie es so viele seiner Kollegen taten?

Im Krankenzimmer wurde die Hauptbeleuchtung ausgeschaltet. Die Lampe an seinem Bett funktionierte nicht, durch das vorhanglose Fenster drang ein matter Lichtschimmer. Scalzi legte sich hin und deckte sich mit dem Laken zu, doch er konnte keinen Schlaf finden.

Wie üblich war er Schritt für Schritt einen Weg gegangen, an dessen Ende er sich zwangsläufig eine blutige Nase holen mußte. Nach der Schießerei auf der Straße bei Greve hätte auch der Dümmste kapiert, daß er in ein Wespennest gestochen hatte, und so schnell wie möglich das Weite gesucht. Er aber mußte, von seinem dummen Schuldgefühl getrieben, diesem Gauner Carrubba zu Hilfe eilen.

Was Scalzi jedoch die meisten Sorgen bereitete, war sein

Besuch bei Sarcì zusammen mit Guerracci. Sein Instinkt sagte ihm, daß diese Begegnung und der Tod des Fieslings ursächlich zusammenhingen, und Guerracci war dabei das verbindende Element. Warum, verdammt, hatte ihm auch Amerigo nichts von den Drogengeschäften zwischen der Bruschini und Rofo erzählt? Und wenn nun die Carabinieri von seinem Besuch in Sarcìs Villa erfahren hatten, auch daß er unter falschem Namen vorgestellt worden war? Und wenn sie von der Nachricht Kenntnis erhalten hatten, die Sarcì ihm ins Hotel gefaxt hatte? Dann allerdings hätte er sich die Nase an ebender Stelle blutig gestoßen, vor der er andere bewahren wollte. Nur: Wer beschützte eigentlich wen? Für wen sollte er denn nun den Aufpasser spielen? Für die Signora Ellroy? Für Carrubba? Für Rofo? Oder für Guerracci, der ihm zu diesem Zeitpunkt am angeschlagendsten erschien? Rofo war verschwunden, vielleicht sogar entführt worden, Sarcì ermordet, Carrubba im Gefängnis. Es sah so aus, als bemühte sich irgend jemand, ihm den Boden unter den Füßen wegzuziehen.

Auf dem Fensterbrett standen viele leere Flaschen aufgereiht.

»Was sollen denn alle diese Flaschen hier?« fragte Scalzi seinen Bettnachbarn.

Dieser, ein hagerer Mann mit fahlen Wangen, ließ die Zeitung sinken, in der er gerade las, und lächelte. »Warten Sie nur ...«

Scalzi war in den Halbschlaf hinübergeglitten, da schreckte er mit aufgerissenen Augen hoch, als unter dem Fenster ein Höllenspektakel losbrach. Er trat ans Fenster. Eine Meute von Hunden jagte vorbei, sich ineinander verbeißend oder aber die Bisse spielerisch andeutend. Es waren sechs oder sieben streunende Köter mit schwarzgeflecktem, tresterfarbenem Fell, die wohl alle aus demselben Wurf stammten. Sie sprangen durch die Dünen, rollten durcheinander, knurrten und bellten aus voller Kehle. Der Bettnachbar öffnete das Fenster, griff sich zwei Flaschen, zielte und warf. Er nahm zwei weitere Flaschen und wartete; er starrte in den matten Lichtschein, der aus den Fenstern drang; dann schleuderte er die Wurfgeschosse kurz hintereinander hinaus. Man hörte ein Aufjaulen. Die Hunde flüchteten Richtung Meer.

»Wissen Sie jetzt, wozu sie gut sind? Die kommen jede Nacht ...«, sagte der Mann.

Scalzi versuchte wieder einzuschlafen, aber es gelang ihm nicht, die Bilder vom Schiffbruch waren ihm wie in die Netzhaut eingebrannt.

Carrubba, wie er hinter der Scheibe der Kommandobrücke stand und weiter Vollgas gab, so daß die Schlammfontänen nur so aufspritzten, allerdings ohne daß sich das Boot auch nur einen Zentimeter von der Stelle bewegte. Remigio, wie er auf die Brücke kletterte, den »Commendatore« mit einem kräftigen Schubs vom Armaturenbrett wegstieß, den Motor abstellte, in das Bordfunkgerät sprach und anschließend noch eine weitere Leuchtrakete abfeuerte. Das Kabinenboot neigte sich stetig nach Steuerbord und sank Bug voran. Die Wogen kamen immer näher. Ein merkwürdiges Gefühl von Resignation, ja beinahe Heiterkeit hatte ihn und Olimpia erfaßt, sie schauten sich an und lächelten einander zu, dann sahen sie die beiden Schlauchboote der Hafenwache den Serchio herunterkommen und die Brecher der Mündung durchstoßen. Beim Umsteigen in die Boote eine letzte Welle, die ihn von Kopf bis Fuß durchnäßte; dann der Geruch feuchter Erde, als er am Boden lag; schließlich die weißen und blauen Lichter des Ambulanzwagens ...

Er lag im Bett, in einem Zimmer eines merkwürdigen Hauses, in dem ein Raum über dem anderen wie zu einem schiefen Turm geschichtet war, alles war aus verwittertem grauen Holz, inmitten einer düsteren Landschaft. Hunde hatten das Gebäude gestürmt. Sogar unter dem Bett waren sie. Ihre Krallen klickerten über den Fußboden.

Er mußte dieses Klickern, das von der Fensterscheibe und den leeren Flaschen herüberdrang, schon seit geraumer Weile im Schlaf wahrgenommen haben. Dann dachte er, daß es wohl kaum die Hunde sein konnten. Er stand auf, ging zum Fenster und schaute hinaus. Ein erster Schimmer der Morgendämmerung war zu erkennen, der Tag kündigte sich an und versprach windig, aber klar zu werden, die Sterne waren noch zu sehen.

Gegé stand breitbeinig auf der Düne, auf der sich die Hundemeute herumgetrieben hatte, und warf eine weitere Handvoll Steinchen. Neben ihm kauerte Olimpia auf dem Boden; sie hatte ihre Knie umklammert, die Haare waren vom Wind zerzaust, gerade beugte sie sich vor, um an ihrer Zigarette zu ziehen. Man konnte sehen, daß ihr kalt war. Die anderen Zimmergenossen schliefen. Scalzi öffnete das Fenster. Er beugte sich hinaus und machte eine fragende Geste. Olimpia signalisierte ihm mehrmals mit der Hand: »Komm runter!« und deutete auf eine bestimmte Stelle des Gebäudes. Scalzi begriff, daß sich dort ein Seitenausgang befinden mußte. Er schloß das Fenster wieder, zog den Schlafanzug aus, den ihm ein Pfleger zur Verfügung gestellt hatte, und schlüpfte in seine Sachen, die durch den Trockner des Krankenhauses gewandert und nun zwar zerknittert, aber trocken waren. Er legte seine Armbanduhr an und steckte seine Brieftasche in die Gesäßtasche. Der Mantel hing an einem Haken neben dem Bett. Er war noch ein wenig feucht, weshalb Scalzi ihn sich über den Arm legte. Das Krankenhaus war still bis auf das Keuchen der Klimaanlage. Er kam am Stationseingang vorbei. Die vor sich hindösende Krankenschwester öffnete die Augen und beobachtete ihn ohne größeres Interesse. Er stieg die Treppe hinunter, im Atrium wandte er sich in die Richtung, in der sich die Dünen befinden mußten. Dort gab es eine Tür mit Milchglasscheibe: RADIOLOGIE. UNBEFUGTEN ZUTRITT VERBOTEN, die allerdings nicht abgeschlossen war. Am Ende eines kurzen Flurs führte eine weitere Glastür nach draußen. Scalzi sah Olimpia und Gegé, die noch immer nach oben blickten.

»Na endlich«, sagte Olimpia, »ich dachte schon, du wolltest hierbleiben ...«

Als sie zum Wagen gingen, den Gegé außer Sichtweite der Carabinieri gelassen hatte, hakte sich Olimpia bei Scalzi unter. »Und, wie geht es dir, Avvocato?«

»Gut, was die Gesundheit betrifft, schlecht in bezug auf die Moral. Und dir?«

»Mir ging es immer bestens. Ich bin absolut fit. Auf meiner Station gab es Ordensschwestern. Sehr aufmerksam, aber reichlich neugierig. Über den Schiffbruch wußten bereits alle Bescheid. Eine wollte wissen, ob ich verheiratet sei, ob ich Kinder hätte ... Ich habe ihr gesagt, daß ich mit dir verheiratet sei. Ich wollte sie mit unserer wilden Ehe nicht unnötig aufregen.«

»Wohin fahren wir?« fragte Scalzi.

»Wo landen arme Sünder früher oder später? Im Krankenhaus oder im Knast. Jetzt also steht für uns der Knast auf dem Programm, nach einem Cappuccino, versteht sich, in irgendeiner Bar. Carrubba haben sie hinter Gitter gesteckt, und er hat dich als seinen Verteidiger benannt. Die Bodyguards haben Gegé Bescheid gegeben, er kam uns dann abholen. Er will dich sehen, der arme Carrubba ...«

»Ein Scheißdreck von einem armen Carrubba!« knurrte Scalzi, blieb stehen und machte Anstalten, umzukehren. »Ich habe ihn schon viel zu oft gesehen, dieser intrigante Gauner ist im Knast bestens aufgehoben. Ich gehe zurück ins Krankenhaus ...«

Olimpia schob ihre Hand wieder unter seinen Arm und stieß ihn sachte weiter. »Ich glaube nicht, daß das gut für dich wäre. Im Mordfall Sarcì verdächtigen sie alle; auch wir

werden überwacht. Wenn du dich weigerst, Carrubba zu
vertreten, und es sogar ablehnst, ihn zu sehen, würdest du
die Verdachtsmomente nur erhärten. Meiner Meinung
nach ist es dringend erforderlich, daß du wieder deinen beruflichen Pflichten nachkommst.«

18

Le Sughere

An diesem Platz mußte einmal ein Korkeichenwald gestanden haben. Vielleicht aus diesem Grund war das neue Gefängnis »Le Sughere« – Die Korkeichen – in einem ins Graue spielenden Hellbraun gestrichen worden. Das frühere großherzogliche Zuchthaus hatte ein eher romantisches Flair gehabt; es befand sich im Venezia-Viertel, an einem Kanaldamm, und einige Zellen lagen unterhalb des Wasserspiegels. Zu Zeiten des Großherzogs, als Livorno noch ein Freihafen voller Waren aus aller Herren Länder war, trieb sich in der Stadt ein Haufen zwielichtiges Pack herum.

Die jetzige Haftanstalt war in den Jahren des Gefängnisbaubooms entstanden und hatte wie so viele andere unverzüglich ein schauriges und heruntergekommenes Aussehen angenommen. Jenseits der äußeren Umzäunung simulierten kümmerliche Rasenflächen und einige Oleanderbüsche einen Garten.

Nach den Kontrollprozeduren passierte Scalzi die automatisch schließenden Gittertüren und betrat den Raum für RICHTER – ANWÄLTE. Er hatte kaum die Zeit, sich eine Zigarette anzuzünden, da erschien Carrubba auch schon, von einer Wache eskortiert. Der Beamte ließ sein Register vom Anwalt abzeichnen und verließ dann den Raum, blieb allerdings hinter dem Guckloch auf Posten.

Bei früheren Gelegenheiten hatte Scalzi feststellen können, daß Carrubba ein gelassener und geduldiger Häftling war. Er tröstete sich mit den Privilegien, die das Gefängnis für denjenigen bereithält, der über Geld verfügt. Er fand immer sofort jemanden, der ihm anständige Mahlzeiten zubereitete, und einen, der seine Sachen in Ordnung hielt, seine Zelle war stets die mit den wenigsten Insassen, sein Fernseher verfügte über verschiedene Programme. Aber diesmal wirkte er angespannt, fast verzweifelt. Er hustete ununterbrochen, rein aus Nervosität, denn er selbst war bei dem Schiffbruch völlig unbeschadet davongekommen: nicht einmal naß war er geworden, da er bis zum Eintreffen des Rettungsbootes auf der geschlossenen Kommandobrücke ausgeharrt hatte, finster dreinschauend wie Kaptein Ahab, der auf das Blasen des Weißen Wals wartet.

Den Blick starr auf die Mauer gerichtet, stieß er einen klagenden Seufzer aus: »Corrado, hol mich hier raus ...«

Scalzi blieb ungerührt. »Ich rate dir zu Gelassenheit. Knast ist das mindeste, was du verdienst.«

»Corrado, bitte! Man beschuldigt mich des Mordes ...« Der gleiche fast weinerliche Tonfall.

»Such dir einen guten Anwalt.«

»Mein Anwalt bist du.«

»So mag es vielleicht offiziell im Register stehen. Aber du hast die Rechnung ohne den Wirt gemacht. Ich stehe dafür nicht zur Verfügung.«

»Corrado, hol mich hier raus.«

»Ich bin nur gekommen, um dir nahezulegen, das Mandat zu widerrufen. Zwing mich nicht, das Mandat niederzulegen, denn das macht einen schlechten Eindruck. Entzieh mir deine Vertretung und benenn einen anderen Anwalt – heute noch, hast du verstanden?«

»Warum bist du gestern nicht gekommen?«

»Weshalb hätte ich das wohl tun sollen?«

»Gestern war der Haftprüfungstermin ... Der Staatsanwalt und der Richter sind mit einem Pflichtanwalt gekommen, so einem Jüngelchen. Du warst nicht erreichbar ...«

»Ich war im Krankenhaus, zusammen mit Olimpia. Bist du dir eigentlich bewußt, du verfluchter Ignorant, daß wir deinetwegen fast zu Fischfutter geworden wären?«

»Der Richter hat mich vernommen. Ich habe von meinem Recht auf Verweigerung der Aussage Gebrauch gemacht. War das richtig so?«

Scalzi fühlte kalte Wut in sich aufsteigen; dieser Scheißegozentriker fragte nicht einmal, wie es ihm und Olimpia ging. »Ich weiß nicht, ob es richtig war oder nicht. Es betrifft mich nicht. Bei mir hast du ausgeschissen, Carrubba.«

»Geh und rede mit ...«

»Mit wem?«

»Mit dem Staatsanwalt, Dottor Benivieni heißt er. Das ist ein Besessener. Seiner Meinung nach bekomme ich lebenslänglich. Er hatte eine dermaßen dicke Akte, nur über mich. Als ich gesagt habe, daß ich nicht aussagen wolle, ist er plötzlich aufgesprungen, hat sich zu meinem Ohr heruntergebeugt und mir zugeflüstert: ›Signor Carrubba, Sie kriegen lebenslänglich. Das garantiere ich Ihnen.‹ Genau so ... Wortwörtlich. Geh und red mit ihm. Erzähl ihm von der Anzeige, die ich erstatten wollte ...«

»Ich gehe zu niemandem. Ich gehe nach Hause. Und ruf mich nicht an. Schick mir auch nicht Gegé, damit der mir auf den Wecker geht. Hast du verstanden?«

Carrubba hatte lange Bartstoppeln, er trug ein zu enges graues Sweatshirt, das seinen Bauchnabel freiließ. Er betrachtete seine schmutzigen Fingernägel und ließ ein mieses Grinsen sehen. »Rück mal näher«, sagte er.

Sie saßen sich gegenüber, nur getrennt durch den Tisch. Hinter dem Spion konnte man das Gesicht des Wachpostens sehen. Ein merkwürdiger Umstand. Das war eigentlich nicht mehr üblich, in keinem Gefängnis wurden Gespräche auf Sicht überwacht, nur in ausgesprochenen Ausnahmefällen wurde noch so verfahren.

»Rück mal näher«, wiederholte Carrubba. »Ich habe dir etwas zu sagen.«

Scalzi legte die Ellenbogen auf die Tischfläche und beugte sich vor. Carrubba kam so nahe wie möglich mit seinem Gesicht heran. Der Geruch der Desinfektionsmittel überlagerte sein teures Eau de Cologne. Er flüsterte: »Dein großer Freund ist mit von der Partie ...«

»Welcher Freund?«

»Guerracci. Der Anwalt.«

»Und weiter?« meinte Scalzi. »Das wußte ich schon. Er vertritt Granelli. Ich habe mit ihm gesprochen.«

Carrubba grinste hämisch. Scalzi hielt hart an sich und widerstand der Versuchung, ihm mit der Faust ins Gesicht zu schlagen. Es war das erste Mal, daß er an ihm dieses boshafte Grinsen voll untergründiger Drohungen sah.

»Ihr habt also miteinander gesprochen, du und dein guter Freund, ja?«

»Das geht dich nichts an.«

»Hat er dir erzählt, dein Freund Guerracci, wessen Anwalt er war, ehe er umgefallen ist und sich auf die Seite von Granelli geschlagen hat, wo er dann ständig bemüht war, mir in die Suppe zu spucken? Nein, das hat er dir wohl nicht erzählt ...«, grinste Carrubba. »Ich seh es dir an, daß er dir's nicht erzählt hat. Als er vor ungefähr zwei Jahren angefangen hat, sich mit der Sache zu beschäftigen, da hat Guerracci Sarcì vertreten. Dann hat sich ihre Beziehung abgekühlt, und Guerracci gab sich alle Mühe, das Mandat von Granelli zu erhalten. Dann hat er angefangen, gegen mich zu intrigieren. Aber das ist erst seit ein paar Monaten so. Vorher waren sie die dicksten Freunde, Guerracci und Sarcì, Gott hab ihn selig.«

»Und dann?« sagte Scalzi.

Carrubba schob seinen Riesenschädel wieder heran. »Und dann hatte dein Freund Guerracci plötzlich ein Motiv. Und was er für eins hatte. Sarcì erpreßte ihn. Ich weiß auch, warum und weshalb. Ihr solltet euch gewaltig anstrengen, ihr beiden, um mich schleunigst aus dem Bau hier herauszuholen. Ach so, ehe ich's vergesse: Ich habe ihn ebenfalls als meinen Verteidiger benannt, den Avvocato

Amerigo Guerracci vom Gerichtshof in Livorno. Ich weiß
ja, daß ihr gern zusammenarbeitet. Scalzi und Guerracci,
das berühmte Duo. Zuerst aber geh mal zu diesem durchgedrehten Dottor Benivieni, bevor ich ihn rufen lasse und
mit ihm ins Plaudern komme ... Es ist zur Zeit ja große
Mode, mit der Justiz zusammenzuarbeiten, man bekommt
sogar ein Gehalt ...«

19

Guerraccis Flucht

»Ich sehe hier eine Unverträglichkeit ...«

Im Saal des Schwurgerichts wartete Staatsanwalt Dottor Benivieni darauf, daß das Gericht, das sich zur Beratung zurückgezogen hatte, einen Vorentscheid traf. Scalzi, der sich neben ihn gesetzt hatte, sagte:»Wenn Sie damit die Charaktere meinen, bin ich voll und ganz Ihrer Ansicht.«

Der Staatsanwalt war nicht ganz bei der Sache.»Charaktere, welche Charaktere?«

»Meiner und der von Carrubba, wir sind grundsätzlich verschieden ...«

Benivieni zog ein hochmütiges Lächeln.»Ich meinte eigentlich etwas anderes. Ich sehe eine Unverträglichkeit darin, daß Sie sein Verteidiger sind, weil ich Sie vielleicht als Zeugen werde vernehmen müssen, sozusagen als über die Ereignisse informierte Person, wie das heutzutage heißt.«

»Um mich worüber zu befragen?«

»Zum Beispiel: Was machte Avvocato Scalzi an Bord des Kabinenbootes ‚Elisa‘?«

»Das kann ich Ihnen auch gleich sagen: Bei Signor Carrubba war eine Hausdurchsuchung durchgeführt worden; daraufhin hatte er mich zu sich bestellt, um meinen Rat einzuholen.«

»Veranstalten Sie Sitzungen mit Klienten für gewöhnlich in Ihrer Kanzlei oder an Bord von Yachten?«

»In meiner Kanzlei. Aber in Ausnahmefällen bin ich durchaus beweglich. Rechtsanwälte sind wie Ärzte, manchmal machen sie auch Hausbesuche.«

»Besonders dann, wenn es wirklich schlimm steht, nicht wahr? Zum Beispiel, wenn der Klient von der Justiz gesucht wird ...«

»Nicht in diesem Fall. Es wird Ihnen nicht entgangen sein, daß Carrubba einen Fuß in Gips hat und sich nur unter Schwierigkeiten fortbewegen kann, und meine Kanzlei liegt im zweiten Stock, ohne Fahrstuhl ...«

»Gut pariert.«

»Das gehört zum Beruf.«

»Vielleicht können Sie mir ein kleines Rätsel lösen. Signor Carrubba hat einen zweiten Verteidiger benannt, Avvocato Guerracci aus Livorno. Aber wir können ihn nicht finden. Gestern habe ich nach ihm suchen lassen, um ihn als Zweitverteidiger Carrubbas über den Haftprüfungstermin zu informieren, aber er war nicht da, weder zu Hause noch in seiner Kanzlei, und auch bei Gericht hat ihn seit drei Tagen niemand zu Gesicht bekommen. Der Herr Avvocato scheint sich in Luft aufgelöst zu haben, vollständig verflüchtigt. Ist es nicht merkwürdig, daß ein Anwalt nicht erreichbar ist, nachdem er das Verteidigungsmandat in einem so wichtigen Verfahren erhalten hat? Vielleicht können Sie mir sagen, wo er sich aufhält ...«

»Nein. Bis vor einer Stunde wußte ich nicht einmal, daß er ebenfalls Carrubba vertritt. Aber ich glaube nicht, daß er sich in Luft aufgelöst hat. Vielleicht ist er ein paar Tage in Urlaub gefahren ...«

»Meinen Sie nicht, daß seine Sekretärin das wissen müßte? In seiner Kanzlei bekommt man die Auskunft, daß er nicht da sei und man auch nicht wisse, wo er sich aufhält. Nebenbei gesagt, schien man auch dort ziemlich verlegen.«

»Ich würde jetzt eigentlich gern wissen, weshalb Carrubba im Gefängnis ist«, sagte Scalzi. »Guerracci ist einer der Verteidiger, nicht der Gegenstand der Ermittlungen. Oder irre ich mich?«

Dottor Benivieni lächelte tiefgründig. Es war nicht ganz

klar, ob er die Hypothese als amüsantes Paradoxon betrachtete oder ob Guerracci, und vielleicht nicht nur er, tatsächlich insgeheim das Objekt der Ermittlungen war.

»Sie wissen, wessen Signor Carrubba beschuldigt wird, nehme ich an ...«

»Aber nicht die Gründe, weshalb er in Haft sitzt.«

»Ach ja, Sie waren ja bei der Anhörung zur Haftprüfung nicht anwesend. Es gibt da einige Gründe. Zunächst die Fluchtgefahr, um damit zu beginnen. Er traf Anstalten, über das Meer zu fliehen, vermutlich ins Ausland. Ein Umstand, der die im übrigen bereits ausreichenden Indizien für seine Schuld nur verstärkt.«

»Und die wären?«

»Zwist mit dem Opfer. Ein starker Interessenkonflikt: mehr kann ich im Moment nicht sagen, die Ermittlungen haben gerade erst begonnen. Wir haben konkrete Anhaltspunkte für Drohungen.«

»Soweit ich weiß, war Sarcì derjenige, der Drohungen ausstieß; Carrubba hatte sich an mich gewandt, um ihn anzuzeigen.«

»Sie sind nicht darüber auf dem laufenden, daß Ihr Klient Sarcì von Dritten erpressen ließ ... Wenn Sie, Avvocato, allerdings mehr darüber wissen wollen, dann müssen Sie schon den Moment der großen Enthüllung abwarten. In der Zwischenzeit bleibt Carrubba, soweit es nach mir geht, im Gefängnis. Es sei denn, er entschlösse sich, zur Erhellung einiger Unklarheiten beizutragen. Aber er hat ja die Aussage verweigert – wie Sie wohl bestens wissen, da Sie es ihm geraten haben.«

»Sie befinden sich auf dem Holzweg, Dottor Benivieni. Ich hatte keine Gelegenheit, ihm zu irgend etwas zu raten. Sie wissen doch, unter welchen Umständen Carrubbas Verhaftung erfolgte.«

»Unter äußerst turbulenten, das ist wahr ... Und paradoxen ... aus Anwaltssicht, meine ich.«

173

Scalzi versuchte eine Provokation, in der Hoffnung, daß Benivieni dann seine Karten aufdecken würde: »Sie können damit rechnen, daß ich einen Antrag auf erneute Prüfung der Untersuchungshaft stellen werde. Es fehlen die Voraussetzungen. Soweit ich weiß, steht noch nicht einmal fest, ob es Mord war. Es könnte auch Selbstmord gewesen sein.«

»Ich verletze wohl kein Geheimnis, wenn ich Ihnen diese Information vorab gebe. In wenigen Tagen werde ich das Autopsieprotokoll ohnehin vorlegen, so können Sie es auch gleich jetzt erfahren: Es war kein Selbstmord, Avvocato. Ganz abgesehen von der Todesart, die für eine selbstverletzende Handlung viel zu raffiniert war, wurde die Leiche *post mortem* manipuliert. In die Haut, insbesondere die der Brust, wurden merkwürdige Zeichen eingeritzt. In meiner gesamten Laufbahn habe ich noch nichts dergleichen gesehen. Verrückt. Kleine Male wie von einem spitzen Messer, die Wunden haben nicht stark geblutet, weshalb die Sachverständigen von postmortalen Verletzungen sprechen. Sie sehen aus wie die Buchstaben einer unverständlichen Inschrift, wie Kryptogramme ...« Er überlegte einen Augenblick unentschlossen. »Also gut, Avvocato, damit Sie sich nicht hinterher beklagen, daß der Staatsanwalt Sie nicht über die Beweislage informiert hat. Es gibt ein sehr schwerwiegendes Indiz, das gegen Ihren Klienten spricht. Wir haben die gleichen Buchstaben in einigen Briefen gefunden, die von dem Opfer an Signor Carrubba geschickt worden waren. Eine für Ihren Mandanten äußerst unglückliche Koinzidenz.«

Die Glocke schrillte. Das Gericht betrat wieder den Saal. Als der Vorsitzende die Verfügung verlas, wirkte Benivieni bestürzt. Er hielt Scalzi zurück, der im Begriff war, zu gehen. »Avvocato, ich habe Ihnen ein sehr vertrauliches Detail offenbart. Ich appelliere an Ihre berufliche Loyalität. Sollte ich allerdings morgen in der Zeitung von diesem seltenen und mysteriösen Detail lesen, zeige ich Sie wegen Verletzung der Schweigepflicht an. Zwingen Sie mich bitte nicht dazu.«

»Wofür halten Sie mich«, protestierte Scalzi und schob eine Hand in seine Manteltasche: Sarcìs Fax, zerknittert und feucht, war noch da.

Leutnant Parrino wartete am Ausgang des Gerichtsgebäudes auf Scalzi. Scalzi sah ihn von hinten, wie er am Portal lehnte. Er versuchte, sich im Schatten einiger Kollegen an ihm vorbeizuschleichen, ohne gesehen zu werden, doch wenige Schritte später stand Parrino vor ihm.

»Haben Sie es eilig, Avvocato? Darf ich Ihnen vielleicht auch einen Kaffee spendieren?«

Die Bar war nur wenige Schritte entfernt.

»Ich habe von Ihrem Unfall erfahren«, begann Parrino. »Wie geht es Ihnen? Geht es Ihnen wieder besser?«

Scalzi stürzte den Kaffee rasch hinunter und verbrannte sich dabei die Zunge. Außerdem sprach er hastig, um zu verstehen zu geben, daß er nur wenig Zeit hatte. »Ich hätte Sie schon angerufen, doch ... Sie wissen ja, was passiert ist. Ich habe mit Signora Ellroy gesprochen. Es tut mir leid, aber sie zeigt sich wenig kooperativ. Sie sagt, die Unterlagen ihres Verlobten seien nicht ihr Eigentum. Daher könne sie sie niemandem zeigen. Dennoch, es war nett, Sie mal wieder gesehen zu haben.«

Parrino hielt seine Hand zwischen den seinen fest. Er hatte einen femininen Händedruck. »Sind Sie sicher, daß es Ihnen gut geht, Avvocato?«

»Ausgezeichnet, vielen Dank.«

»Ja, leider sind gewisse Erlebnisse ... Wenn man den Schock bedenkt ... Ich meine, ein bißchen Ruhe hätte Ihnen bestimmt gutgetan. Sie dagegen ... sofort wieder mitten in der Arbeit, nicht wahr?«

»Sie wissen ja, wie das ist«, meinte Scalzi und zog seine

Hand zurück. »Entschuldigen Sie, aber ich habe einen Termin.«

»Ich begleite Sie.«

»Es sind nur ein paar Meter. Mein Auto steht dort hinten.«

Parrino ging voran und hielt ihm ganz förmlich die Tür der Bar auf, allerdings so, daß er im Weg stand. Als Scalzi sich an ihm vorbeischob, raunte er ihm zu: »Ihr Auto? Oder das Auto des Commendatore Carrubba?«

Scalzi trat aus der Bar.

Parrino stellte sich ihm mit entschuldigend ausgestreckten Händen in den Weg. »Versuchen Sie doch, mich zu verstehen, Avvocato. Wir haben uns kennengelernt, als Sie die Todesumstände von Professor James zu klären versuchten. Das war doch Ihr Auftrag seitens der Signora Carol Ellroy, nicht wahr? Sie, Avvocato Scalzi, vermuteten einen Mord. Und meiner Meinung nach lagen Sie damit völlig richtig, ich habe die Intuition des Meisterdetektivs in Ihrem Verdacht gespürt. Keinen Monat später erfahre ich, daß Sie der Verteidiger des Commendatore Carrubba sind. Gegen den wegen Mordes an Tiberio Sarcì ermittelt wird. Und daß dieser ermordet wurde, daran besteht anscheinend kein Zweifel. Die da drüben wissen es vielleicht nicht ...«, er deutete über die Straße zum Gericht, »aber Sie und ich, wir wissen doch ganz genau, daß wir von *zwei* Verbrechen ausgehen müssen und daß beide miteinander in Verbindung stehen. Wir kennen die Zusammenhänge, nicht wahr, Scalzi? Also. Ich bin etwas verwirrt über die Rolle, die Sie spielen ... Sie ist ein bißchen dubios, finden Sie nicht auch? Ich würde gern etwas mehr verstehen. Wenn Sie in meiner Haut stecken würden, würden Sie dann nicht auch eine Erklärung verlangen?«

»Ich bin niemandem eine Erklärung schuldig«, sagte Scalzi.

»Gewiß, Gewiß! Aber wir hatten eine Art Pakt geschlossen, erinnern Sie sich nicht? Ich könnte nützlich für Sie sein, wissen Sie das? Auch für die Verteidigung des Verdächtigen. Aber ich möchte klar erkennen, auf welcher Seite Sie stehen.«

»Meinen Sie, Sie haben es mit einem frisch von der Uni gekommenen Absolventen zu tun? Wenn Sie mich für die Staatsanwaltschaft vernehmen wollen oder für irgendeine andere Behörde, dann wissen Sie ja, was Sie zu tun haben. Sie kennen das Prozedere, nehme ich an.«

Scalzi kehrte ihm den Rücken zu und überquerte die Straße. Parrino holte ihn ein. Er berührte ihn am Ellenbogen. Er hatte etwas von einem lästigen Straßenhändler. »Avvocato Scalzi. Ich habe mich erkundigt. Man sagt, daß Sie ein ehrlicher Mensch sind ... Ich arbeite nicht für die Staatsanwaltschaft von Livorno. Ich bin an ganz anderen Dingen interessiert. Was sagen Sie zu einem Gespräch an einem ruhigen Ort? Ein reiner Gedankenaustausch, wie beim letztenmal. Ohne Hintergedanken, von keiner Seite. Unter höchster Vertraulichkeit. Sie werden es nicht bereuen. Ich habe ein paar sehr interessante Informationen. Und ich verlange im Gegenzug nichts dafür. Nur eine ganz und gar vertrauliche Plauderei ... Was kostet Sie das schon?«

Scalzi mußte nicht lange nachdenken. Daß er in die Riege der Verdächtigen aufgerückt war, war offensichtlich, auch wenn nicht ganz klar war, weswegen. Weigerte er sich, dann würde dies den Verdacht nur bekräftigen. Parrino bot ihm die Gelegenheit, einige Punkte auf informelle Weise zu klären. Ein Verhör durch Benivieni könnte ein höheres Risiko bedeuten. Die Erfahrung hatte ihn gelehrt, daß es manchmal sogar besser war, mit einem Polizisten zu reden, je nachdem. Gelegentlich waren die Leute bei der Polizei weniger voreingenommen als die Richter, mitunter sogar loyaler. Sie zeigten dieselbe Loyalität wie die Verbrecher der alten Schule, sie respektierten gewisse Regeln, die Tiefschläge nur innerhalb äußerst eng gezogener Grenzen erlaubten.

Leider änderten sich die Zeiten auch in dieser Hinsicht. Verbrecher und Polizisten von diesem Schlag verschwanden allmählich. Parrino allerdings hatte auf ihn von der ersten Begegnung an den Eindruck eines Bullen von altem Schrot und Korn gemacht. In diesen ersten Eindruck setzte Scalzi ein unvernünftiges Vertrauen.

»Also, einverstanden«, sagte er, »doch ich komme nicht allein ...«

»Mit Signorina Landolfi, nehme ich an. In ihrem Fall habe ich keine Einwände. Mögen Sie Cacciucco? Es gibt hier ein Lokal in Livorno, wo er ganz ausgezeichnet zubereitet wird«, sagte Parrino, »das Restaurant ›La Torpedine‹.«

»Ich kenne es«, Scalzi seufzte ergeben. Er sagte nicht, daß er von Livorneser Cacciucco Sodbrennen bekam; das wäre ihm wie ein Eingeständnis von Schwäche erschienen, das seine Position untergraben könnte: schließlich war Parrino im Grunde ein Gegner – trotz seiner Haltung.

Im »Torpedine« waren nur wenige Tische besetzt: ein paar Vertreter, denen das Handy am Ohr klebte, einige LKW-Fahrer, die soeben vom Bock gestiegen waren, den Blick noch in der Ferne verloren. Das »Torpedo« hatte nichts mit dem Punsch der Pisaner zu tun, die ihn so zu nennen pflegen, vielmehr tatsächlich mit Unterwassergeschossen, denn der Wirt war Koch an Bord von U-Booten gewesen. Der Name stellte eine Art unfreiwilliger Metapher zur Spezialität des Hauses dar, die in der schärfsten Fischsuppe von Livorno, vielmehr der ganzen Küste bestand.

»Für mich keinen Cacciucco«, sagte Olimpia und bestellte eine Seezunge nach Müllerinart, die mit ihrem zarten Bernsteinton neben dem Feuerrot von Drachenkopf und Tintenfisch in den Tellern mit dem Cacciucco wie eine gemarterte Jungfrau in der Gesellschaft von Teufeln erschien. Scalzi war zunächst bemüht, sich nur selten aus der kondenswasserbeschlagenen Weißweinflasche zu bedienen, kapitulierte allerdings häufiger, als er wollte, beim Versuch, die höllischen Peperoni zu mildern.

Während des Essens schwiegen sie fast die gesamte Zeit, ab und an gab es bemühte Anspielungen auf das in ihren Kreisen zur Zeit aktuelle Thema, die Krise des Justizwesens.

Das Lokal hatte sich allmählich geleert. Nachdem der Wirt Kaffee und Grappa serviert hatte, war er in die Küche zurückgekehrt und hatte es nicht eilig, die Rechnung zu bringen. Parrino wartete, daß Scalzi das Eis brechen würde. Er bewahrte eine höflich fragende Haltung und gab zu verstehen, daß die Erklärung, der der Anwalt auf dem Weg vom Gericht ausgewichen war, noch immer ausstand.

Scalzi entschied sich, mit offenen Karten zu spielen. Er hatte nichts zu verbergen, was nicht mit der beruflichen Loyalität zu vereinbaren gewesen wäre. Er sprach von der zufälligen Übereinstimmung zwischen den Informationen, die er von seinem alten Klienten Carrubba erhalten hatte, und dem neuen Mandat, das ihm die Amerikanerin erteilt hatte. Bis zu Sarcìs Tod hatte er nur dieses eine Mandat gehabt; danach hatte sich nichts ergeben, wodurch die beiden Aufträge miteinander unvereinbar geworden wären. Die zwei Todesfälle standen zwar in einem Zusammenhang, doch es gab nichts, das Carrubba mit James' Ableben in Verbindung brachte. Er erklärte Parrino, daß seiner Meinung nach sein Klient ebensowenig am Mord an Sarcì beteiligt sei, und er erinnerte an die Tatsache, daß dieser das Opfer sogar hatte anzeigen wollen. Falls er die Absicht gehabt hätte, ihn umzubringen, dann hätte er wohl kaum mit einer Anzeige die Aufmerksamkeit der Behörden auf sich gelenkt.

Parrino zeigte sich überzeugt. Er sagte, er hege keine Zweifel an Scalzis Korrektheit. Allerdings beneide er ihn auch nicht. Und er benutzte eine Metapher, die im Munde eines Carabiniere einigermaßen befremdlich klang: Er, der

179

Anwalt, wirke auf ihn wie eine von beiden Seiten angezündete Kerze, das Licht würde dadurch zwar stärker, aber er liefe auch Gefahr, schnell auszubrennen. Bliebe allerdings die Tatsache, daß Scalzi sich in einer privilegierten Position befände, da ihm zwei Informationsquellen – Carol Ellroy und Carrubba – zur Verfügung stünden, und dies besonders im Hinblick auf die Aspekte des Falles, die ihn selbst interessierten.

»Tenente«, unterbrach ihn Scalzi, »ich habe meine Position klargestellt, nun sind Sie an der Reihe: Wenn ich Sie recht verstanden habe, dann sind Sie an den Morden gar nicht interessiert. Was suchen Sie dann?«

»Ich dachte, das hätte sich aus meinem Beruf klar ergeben«, antwortete Parrino. »Ich sagte Ihnen, daß ich Beamter der Kerntruppe für den Schutz der nationalen Kunstschätze bin. Ich bin einer komplexen Verbrecherorganisation auf der Spur. In sie verstrickt sind Kunsthändler, Fälscher und Mafiosi. Bei diesen Geschäften geht es entweder um Fälschungen von Kunstwerken oder um das Verschachern von echten Werken ins Ausland. Die Mafia hat ein Interesse daran, Zugang zu einer Art Tauschwährung zu erlangen. Dies auch im Zusammenhang mit anderen Transaktionen, die weitere kriminelle Bereiche betreffen: ich weiß nicht, ob es sich dabei um Drogen oder Waffenschmuggel oder Geldwäscherei oder Entsorgung von Giftmüll handelt, oder um all die Scheiße auf einmal ...«

»O Gott!« entfuhr es Olimpia.

»Ganz genau, o Gott!« stimmte Parrino ihr zu. »Es ist an der Zeit, daß sich der Avvocato die Risiken bewußt macht. Mord ist in diesem Milieu nichts Außergewöhnliches. Hier zählt nichts außer dem Geschäft, moralische Bedenken gibt es einfach nicht. Und wenn, vielleicht nur zufällig, ein Sandkorn ins Getriebe gerät? Dann wird es mit so subtilen Methoden beseitigt, daß es sehr schwierig ist, die wirklichen Täter zu ermitteln. Und die Auftraggeber herauszufinden ist praktisch unmöglich.« Er lächelte Olimpia galant an. »Das ist das Wespennest, liebe Signora, in das der Avvocato Scalzi hineingestochen hat. Sind Sie nun besorgt?«

Olimpia riß die Augen auf und ließ einen erregten Blick zwischen den beiden Männern hin und her wandern. Manchmal machte es ihr Spaß, gegenüber Leuten, die sie nicht kannten, das naive Dummerchen zu spielen. »Und ob ich besorgt bin! Wäre es nicht besser, alles hinzuwerfen, Corrado? Wäre jetzt nicht die richtige Zeit für diese Reise auf die Seychellen, die du mir versprochen hast?«

»Ich habe dir eine Reise auf die Seychellen versprochen? ...« Scalzi war ganz in Gedanken versunken, er dachte über das nach, was Parrino gerade gesagt hatte.

»Hast du das etwa vergessen?« Olimpia spielte die gekränkte Leberwurst. »Mir wären die Malediven auch recht, oder auch die Karibischen Inseln. Hauptsache, wir machen uns so weit wie möglich aus dem Staub ...«

Scalzi warf ihr einen wütenden Blick zu, um ihr zu verstehen zu geben, daß das jetzt nicht der geeignete Moment für Spielchen wäre. Parrino wurde den Verdacht nicht los, daß er gerade auf den Arm genommen wurde, er sah von einem zur andern und nahm seine Rede wieder auf: »Es kommt vor, daß Dinge unversehens aus dem Ruder laufen. Und das ist in diesem Fall geschehen. Ich meine nicht dieses Lausbubenstück. Ich denke an etwas anderes, viel Schwerwiegenderes. Ich habe noch nicht herausgefunden, was es ist. Aber die Tode von James und Sarcì haben meiner Meinung nach damit zu tun. Ich beschäftige mich seit 1984 damit, und ich erinnere mich, daß es damals einen Moment gab, in dem unglaublich viel Spannung in der Luft lag. Ich habe geradezu darauf gewartet, daß etwas Häßliches passieren würde. Etwas sehr Häßliches, das selbst für jemanden wie solche Leute kaum noch zu handhaben wäre.«

Der Padrone, ein Typ, der aussah wie ein gestrandeter Wal, erschien mit der Rechnung. Scalzi ließ es sich nicht nehmen, auf der Bezahlung seines Anteils zu bestehen. An der Tür des Restaurants hielt Parrino ihn zurück, Olimpia war schon auf die Straße hinausgetreten und schaute vom anderen Bürgersteig zu ihnen herüber. »Wissen Sie, Scalzi, weshalb der Avvocato Guerracci nach Paris gefahren ist?«

»Nach Paris?«

Sie überquerten die Straße. Olimpia gesellte sich wieder zu ihnen. Parrino warf ihr einen leicht genervten Blick zu.

»Ja, nun. Ich habe vom Flughafen in Pisa eine diesbezügliche Information erhalten. Am Tag nach dem Auffinden von Sarcìs Leiche hat Guerracci einen Direktflug nach dem Pariser Flughafen Charles de Gaulle gebucht. Merkwürdig: genau am Tag nach dem Verbrechen ... Eine Spur führt direkt in diese Stadt. Damals, 1984, als jene zum Schneiden dicke Luft herrschte, erzählte mir ein Informant von einem Brief, der in Paris eingetroffen sei. Ich weiß allerdings weder, an wen er adressiert, noch wer der Absender war. Die Reise Ihres Freundes ist sehr verdächtig, es sieht ganz nach einer Flucht aus. Nehmen Sie dann noch die Beziehung hinzu, die Guerracci zu einem gewissen Mädchen unterhält, die ihrerseits etwas mit einem sehr zwielichtigen Drogendealer zu tun hat, der damals bei der Ausbaggerung des Fosso Reale eine Rolle gespielt hat ... Sie wissen nichts über dieses Mädchen, oder?«

»Nein«, log Scalzi.

»Guerracci hat mit Ihnen nie über eine gewisse Bruschini gesprochen?«

»Nein.«

»Avvocato Scalzi, nehmen Sie mich auf den Arm? Ich spreche von dieser aufsehenerregenden Renata Bruschini, dem Rotschopf! Und ist es nicht merkwürdig, daß Carrubba Guerracci zu seinem Verteidiger bestellt hat?«

»Weshalb merkwürdig? Carrubba weiß, daß ich und Guerracci oft zusammenarbeiten, vor allem bei komplizierten Fällen.«

»Sicher! Das wird der Grund dafür sein.« Parrino lächelte ironisch. »Allerdings, wie viele Zufälle es doch in dieser Geschichte gibt, finden Sie nicht? Alte Freunde und alte Klienten, die sich zufällig begegnen, Mandate, die sich überkreuzen ... Ein Verdächtiger, der einen anderen Verdächtigen verteidigt ...«

Scalzi hielt Parrino am Ellenbogen fest. »Wer soll dieser Verdächtige sein?«

»Vielleicht wissen Sie nicht, was ich über Ihren Kollegen weiß ...« Parrino tat so, als hätte er einen harmlosen Scherz gemacht. »Nun, Avvocato, was meinen Sie? Tun Sie mir nun diesen Gefallen mit der Signora Ellroy? Überzeugen Sie sie, daß ich die Unterlagen von Doktor James einsehen darf. Sie möchte doch die Wahrheit über den Tod ihres Verlobten erfahren, oder? Ich kenne die Geschichte von ihren Anfängen an und werde mich in diesen Unterlagen zurechtfinden, ich kann die nützlichen Informationen herausfiltern, wenn es welche gibt. Was würden Sie dazu sagen, wenn wir morgen einen Ausflug ins Chianti machten?« Er lächelte Olimpia zu. »Selbstverständlich mit der Signorina ...«

Am Abend, als sie ihr Zimmer im »D'Annunzio« wieder betraten, sagte Olimpia: »Tu mir morgen bitte einen Gefallen, Corrado: Sag diesem Bullen, daß er mit seinem *Signorina*-Gequatsche aufhören soll. Sonst sage ich es ihm, und du weißt, was dann gebacken ist!«

20

Spitzname »Brucìno«

»Das Business entwickelt sich manchmal zu einem kopflosen Ungeheuer mit mehreren Nervenzentren«, sagte Parrino. »Nicht einmal diejenigen, die es am Leben erhalten, wissen dann, was für ein kompliziertes Monstrum entstanden ist.«

Je länger die Fahrt dauerte, desto sonniger wurde der Morgen; beim Auf und Ab durch die Hügel der Chianti-Region verwandelte der Nebel die Täler in Landschaften wie auf japanischen Drucken.

»Man könnte auch sagen«, vereinfachte Olimpia, »daß sich viele Hunde um den einen Knochen balgen.«

»Gewissermaßen. Doch manchmal zieht ein Geschäft mehr nach sich, als beabsichtigt war, und steigt über die Ufer wie ein angeschwollener Fluß.«

Parrino saß am Steuer seines Autos, eines hoch über der Straße liegenden Rover Discovery. Als sie an der Stelle vor der Ortschaft Greve vorbeikamen, an der sie beinahe in den Abgrund gestürzt wären, erzählte Scalzi das ganze Abenteuer mit der Schießerei, mit Rofos Verschwinden, und er erwähnte den Anteil, den der junge Maler an der Affäre mit den gefälschten Köpfen gehabt hatte.

Parrino wußte bereits von Rofos Beteiligung, er hatte ihn damals sogar verhört, doch was Scalzi zu erzählen hatte, rundete das Bild ab. Es wäre wohl an der Zeit, ihn von neuem zu verhören. Scalzi sagte, daß er seitdem, also seit fünf Tagen, die ihm wie ein ganzer Monat vorgekommen seien, nichts mehr über Rofo erfahren hätte, also auch nicht, ob Rofo nach Roveto zurückgekehrt oder aber verschwunden sei – und vielleicht nicht einmal freiwillig, wie die Dottoressa Marcella Trudu vermutete. Parrino kam es merkwürdig vor, daß keine Anzeige erstattet worden war wegen einer möglichen Entführung.

Sie überquerten die Piazza von Greve, nahmen die Via Vecchia Figlinese und gelangten auf die Straße nach Figline Valdarno. Das Landhaus, in dem Carol lebte, kam in Sicht, es stand direkt neben einem Ghibellinenturm.

Das Geäst von Eichen und Kastanien streifte den dickwandigen Turm, der mit seinen winzigen übereinanderliegenden Schießscharten wie unergründlich dastand. Eine hohe Steinmauer umgab den weiten, von Zypressen unterteilten Platz, in dem neben dem Turm das langgestreckte Landhaus lag, das sich an die Umfriedung schmiegte. Obwohl das Haus aus dem gleichen grauen Stein errichtet war, wirkte es doch weniger streng.

Carol Ellroy stand über einen der Rosenbüsche gebeugt, die das Rasenstück rechts und links der Eingangstür einrahmten. Sie erhob sich zu ihrer vollen Größe, und mit gleichzeitig überraschter und verärgerter Miene beobachtete sie, wie das Auto durch den Torbogen fuhr. Mit einem flüchtigen Lächeln begrüßte sie Olimpia, dann gab sie Parrino die Hand, warf Scalzi einen skeptischen Blick zu und wandte sich um. Sie durchquerten einen Gärkeller; als sie an einem Gestell voller Blumentöpfe und Kästen vorbeikamen, in denen einige Pflänzchen keimten, warf Carol die Schere und die hastig abgenommene Schürze hinein. Sie betrat die große Küche.

Ein an die Wand geschobener Tisch von klösterlicher Schlichtheit stand gegenüber einem Kamin, in dem ein Feuer brannte. Das fahle Licht des nebligen Morgens fiel schräg auf das abstrakte Gemälde, das über dem Tisch hing, und ließ seine Farben blasser erscheinen. Eine aus einem Olivenwurzelstock geschnitzte Skulptur zeigte einen Wald von versteinerten Bäumen, der einige nackte Körper beschützte. Unter dem Fenster standen ein Sofa und zwei Sessel; auf dem Tisch eine Vase mit Rosen neben einer Schreibmaschine: alles in perfekter Ordnung, bis auf eine Mehlspur auf einem Hackbrett, das mitten auf einem Tisch mit Marmorplatte lag. Das Fenster umrahmte die Aussicht auf eine Reihe von Weinstöcken und die Silhouette des Hügels.

Carol wiederholte noch einmal ihre Weigerung, James' Unterlagen zu zeigen. Sie nahm einen harten und entschiedenen Ton an; sie gab zu verstehen, daß sie sich von ihrem Anwalt hintergangen fühle, der hier überraschend in Begleitung des Carabiniere erscheine, ohne sie taktvollerweise vorher benachrichtigt zu haben.

Scalzi fand darauf nichts zu erwidern, er war verlegen und insgeheim der Ansicht, daß sie recht hatte. Er hätte Parrinos Idee zurückweisen sollen, der den Überraschungseffekt nutzen wollte, und sie statt dessen zunächst am Telefon überzeugen sollen. Überrascht hörte er auf einmal, wie ihr der Carabiniere auf englisch antwortete, und zwar in dem gleichen harten Ton. Mit einem Mal fand ein radikaler Stimmungswechsel statt. Parrino war nicht mehr ein Gast, der auf eine Gefälligkeit wartete, sondern ein Polizist, der einforderte, was ihm zustand. Parrino und Carol sprachen sehr rasch und undeutlich. Für Scalzi, dem lediglich sein Schulenglisch zur Verfügung stand, war der Dialog unverständlich, er bekam nur die Schärfe des Tonfalls mit. Nachdem die *wasp* diverse Male widersprochen hatte, schien sie auf einmal eingeschüchtert, sie senkte den Kopf und betrachtete starr den Teppich, dann erhob sie sich aus dem Sessel und verließ das Zimmer. Es schien fast, als wollte sie gleich in Tränen ausbrechen.

»Was haben Sie zu ihr gesagt?« fragte Scalzi.

»Ihre Klientin hat Ihnen nichts von Signor Packard erzählt?«

»Signor Packard? Wer ist das?«

»Eine Bekanntschaft, die die Dame anscheinend lieber für sich behalten hätte. Ich habe zu ihr gesagt, daß Signor Packard wohl nichts dagegen einzuwenden hätte, wenn ich die Unterlagen von James durchsehen würde. Ein steinreicher Mann und eine einflußreiche Persönlichkeit, dieser Packard. Ich kenne ihn, wenn auch nicht persönlich, nur dem Namen nach. Ihm gehört dieses Haus und der Turm nebenan. Es handelt sich bei ihm um ... sagen wir ... den Geldgeber des bedauernswerten Professor James.« Der Leutnant sprach im Plauderton, aber Scalzi begriff, daß Parrino sich verstellte, daß er etwas Wichtiges vor ihm verbarg. »Zur Zeit ist er in den Vereinigten Staaten, aber ich glaube, daß wir ihn bald hier in der Toskana antreffen werden.«

Carol kam zurück und legte einen Aktenkoffer auf den Tisch. »Sie können die Dokumente hier einsehen. Wenn Sie damit fertig sind, legen Sie sie bitte wieder ordentlich zusammen. Sie können sich Notizen machen, wenn Sie wollen, aber keine Fotokopien. Außerdem habe ich gar kein Kopiergerät. Was meinst du, Olimpia, wollen wir uns ein bißchen die Beine vertreten?« Olimpia?«

Carol und Olimpia verließen das Zimmer. Durch das Fenster sah Scalzi, wie sie einen Weg durch die Weinstöcke einschlugen, die sich zur Talsohle hinabzogen.

Parrino schob einen Stuhl an den Tisch, Scalzi setzte sich neben ihn. Der Aktenkoffer enthielt ein paar Notizblöcke und lose Blätter. Parrino kramte alles hervor, verschaffte sich einen groben Überblick, dann breitete er einen Teil der Dokumente vor sich aus und reichte einen anderen Teil an Scalzi weiter: Notizen von James auf englisch, einige handschriftliche Papiere in italienisch, Zeichnungen, Pläne, Fotos und Postkarten von Livornos Stadtmitte aus der Zeit der Jahrhundertwende; einige Fotos von den Skulpturen aus Granellis Besitz, manche schwarzweiß, andere farbig. Unterwasseraufnahmen vom Meeresgrund; Ausstellungskataloge von 1984, »Modigliani, die Skulpturen-Jahre«, und die Folge-ausstellung, »Zwei wiedergefundene Köpfe«; Peter Neagoes Roman *The Devil of Montparnasse* in der amerikanischen Ausgabe; ein Prospekt der Taucherschule; Hotel- und Re-staurantrechnungen und eine Quittung über den Erwerb eines Taucheranzugs, eines Paars Flossen und eines Atem-gerätes; schließlich ein zerfleddertes altes Heft, in akkurater Handschrift beschrieben, deren Tinte mit der Zeit zu einem Sepiaton verblaßt war.

Scalzi untersuchte die italienischen Manuskripte. Es han-delte sich um eidesstattliche Aussagen, die am unteren Rand unterschrieben und mit den Personalien der Zeugen versehen worden waren, Aussagen von alten Leuten, die seit Kriegsende die drei Skulpturen aus Granellis Besitz in seinem Haus oder in der an den Schrottplatz angrenzen-den Baracke gesehen hatten. Dieselben Personen, die diese Zeugenaussagen getan hatten, hatten auch auf der Rück-seite der Fotos unterschrieben. Ein gewisser Nedo Celati war von James in der gerontologischen Abteilung des Kran-kenhauses von Livorno befragt worden, in Anwesenheit ei-ner Krankenschwester, die eine Art Protokoll unterschrie-ben hatte. Der alte Celati erklärte, daß er an einem nicht näher bezeichneten Tag im Jahre 1943 Anteo Granelli auf dem Deich des Kanals mit einem Handkarren getroffen habe, auf dem er »drei riesige Masken aus Stein« und einen Koffer transportierte. Der alte Mann, Mitglied des Zivil-schutzes, konnte Granelli deshalb so eindeutig identifizie-ren, weil diesen von den Alliierten bombardierten Teil Livornos, die sogenannte »schwarze Zone«, niemand be-treten durfte, der nicht der Militärverwaltung angehörte. Es bestand Gefahr durch Blindgänger, und die Behörden befürchteten Plünderungen. Celati gab an, Granelli habe einen »Passierschein« der deutschen Kommandantur vor-gewiesen, der ihn zur Durchquerung der Zone berechtigte: da er gestellungspflichtig war, sollte er sich zur medizinischen Untersuchung im Bezirkskommando einfinden. Celati hatte auf der Rückseite der Fotos von den Skulpturen unterschrieben, ebenso auf der Kopie einer Tageszeitung aus dem Jahr 1943, in der ein Ruinenfeld abgebildet war.

Einige von James' Aufzeichnungen enthielten biographische Notizen über einen gewissen Primo Malossi, Spitzname Brucìno. James hatte herausgefunden, daß es sich bei ihm um Granellis Onkel mütterlicherseits handelte. Aus Malossis halbzerstörtem Haus hatte er die Skulpturen geborgen.

Sie saßen nebeneinander wie Schüler, die eine Klassenarbeit zu schreiben haben. Nach über zwei Stunden tauschten sie nach und nach die Unterlagen. Scalzi blätterte gerade in dem Buch von Neagoe – Rofo hatte recht, es war eine eher langweilige Schmonzette –, als er aus dem Augenwinkel eine verstohlene Bewegung Parrinos bemerkte. Der Carabiniere blätterte mit der Rechten in einem Block, während er mit der Linken ein paar Blätter unter dem Koffer hervorzog. Scalzi erkannte die handschriftliche Kladde wieder, die er seit einer Weile nicht mehr auf dem Tisch gesehen hatte, so daß er deren Existenz schon fast vergessen hatte. Er tat, als sei er voll und ganz auf Neagoes Buch konzentriert, verfolgte aber aufmerksam den Taschenspielertrick. Parrino schubste das Manuskript mit dem Ellenbogen zu sich heran, ließ es auf seine Knie fallen, wobei er es mit dem Jackenschoß abdeckte, beugte sich vor, als ob er ein Foto aus der Nähe studieren wollte, und als er sich wieder aufrecht hinsetzte, knöpfte er sich die Weste zu.

Die beiden Frauen kehrten zurück. Olimpia hatte einen Strauß von Zweigen voller roter Beeren im Arm. Parrino sagte, daß er fertig sei, und begann die Dokumente wieder in den Koffer zu räumen. Er bat Carol, ihm auf die Finger zu sehen. Carol verfolgte ziemlich zerstreut, wie er die Dokumente eins nach dem anderen in den Aktenkoffer zurücklegte. Der Tenente schien enttäuscht. Er sprach davon, daß er einige Indizien bezüglich der Echtheit der Skulpturen in Granellis Besitz gefunden habe, doch daß sonst »nichts Aufschlußreiches« darunter gewesen sei. Carol zuckte mit den Schultern.

Parrino startete, doch Scalzi legte ihm die Hand auf den Arm, ehe er den Gang einlegen konnte, und sah ihm in die Augen. »Sie waren sehr gut, Tenente. Wir werden zwei Kopien anfertigen, einverstanden? Eine für Sie, und die andere übergeben Sie mir zusammen mit dem Original.«

»Wovon sprechen Sie?«

»Morgen werde ich dafür sorgen, daß es an Signora Ellroy zurückgegeben wird. Entweder wir machen es so, oder Sie geben das Dokument jetzt und unverzüglich an die Signora zurück. Sie haben die Wahl.«

Carol stand noch auf der Schwelle und beobachtete sie. Scalzi öffnete die Wagentür. »Nun? Was Sie getan haben, ist nicht nur eine unrechtmäßige Konfiszierung, sondern ein regelrechter Diebstahl.«

Parrino nickte, lächelte säuerlich, legte den Gang ein, und das Auto passierte den Torbogen in der Umfriedung der mittelalterlich anmutenden Festung. In Greve hielt er auf der Piazza und ging in eine Schreibwarenhandlung. Dann kam er mit den Kopien zurück. Eine davon übergab er zusammen mit dem originalen Dokument an Scalzi.

Die Reise zurück nach Florenz verlief in quälender Atmosphäre. Scalzi verstand nicht, weshalb ihn Parrino bei seiner Begegnung mit Carol Ellroy unbedingt dabeihaben wollte. So, wie es gelaufen war, wäre der Tenente ebensogut ohne ihn ausgekommen. Um an James' Unterlagen heranzukommen, dazu hatte es nicht seiner, Scalzis, Überredung bedurft; dafür hatte Parrino viel überzeugendere Argumente gehabt. Es mußte also einen anderen Beweggrund geben, doch Scalzi kam einfach nicht dahinter, worin dieser bestehen könnte. In Florenz angekommen, verabschiedeten sie sich frostig vor seiner Kanzlei im Borgo Santa Croce.

»Carol ist wütend«, meinte Olimpia. »Sie denkt darüber nach, dir das Mandat zu entziehen. Sie sagt, wenn sie gewollt hätte, daß sich ein Carabiniere mit der Angelegenheit befaßt, dann hätte sie sich nicht an dich gewandt.«

»Die Signora Ellroy weiß mehr, als sie uns sagt. Sie verbirgt etwas vor uns«, sagte Scalzi.

»Unter uns gesagt, sie hat auch allen Grund dazu: Du hättest sie wirklich vorher anrufen können. Aber ich denke, ich konnte sie wieder ein wenig beschwichtigen. Ich habe ihr erzählt, daß du gar nicht anders konntest, daß Parrino dich zu dem Überfall genötigt hat.«

»Hat sie mit dir über einen gewissen Packard gesprochen?«

»Nein. Wer soll das sein?«

»Das weiß ich auch nicht. Jetzt haben wir ein weiteres Rätsel: Mister Packard.«

Scalzi betrachtete die Kladde im Licht der Schreibtischlampe. Die Tinte war so verblaßt, daß man die Schrift kaum noch lesen konnte. Unter den mit einem Faden zusammengehefteten und mit einem schwarzen Umschlag versehenen Blättern waren ein paar Seiten mit Kopierstift geschrieben, die überhaupt nicht mehr zu entziffern waren. Es handelte sich um eine Art Tagebuch, dem vergilbte Flugblätter und einzelne Artikel der anarchistischen Livorneser Zeitung *Sempre Avanti!* und einer Florentiner Zeitschrift beigefügt waren. Nach der ersten Seite, auf der in Druckbuchstaben der Titel PRIMO MALOSSIS GEFÄNGNISSE stand, folgte ein kurzes Manifest, das in schwarz auf gelbem Grund gedruckt war:

Arbeiter! Eines der mächtigsten Hindernisse, das der Emanzipation der Arbeiterklasse im Weg steht, ist der Priester. Er ist immer gegen Euch. In der Auseinandersetzung zwischen Kapital und Arbeit – die sich mit dem Erwachen des Arbeiterbewußtseins stetig verschärft – tritt das Werk dieser giftsprühenden falschen Schlange offen an den Tag, und sie zeigt ihre brutale, aber unvermeidliche Fratze. Der Schmeichler im schwarzen Gewand, schwarz wie seine Seele, veranstaltet alljährlich, um dem Volk den Götzenkult immer weiter einzuhämmern und es von einem historischen Datum viel größerer Bedeutung abzulenken, die sogenannte Fronleichnamsprozession. Alle Arbeiter sind aufgefordert, sich zahlreich an den Orten einzufinden, wo man – mit dem Segen der königlichen Behörden – diese Prozessionen veranstaltet, um ihnen ihren eigenen Zug von frei denkenden Menschen entgegenzustellen, die sich auf den Weg in die Zukunft machen. Und wenn ihnen das verwehrt wird, mögen sie sich mit allen verfügbaren Mitteln dagegen auflehnen, damit diese Prozessionen nicht fortgeführt werden können, die das Wiederaufleben der Inquisition bedeuten. Bleibt nicht fern! Es lebe das Proletariat! Gezeichnet: Die Rebellen.

Es folgte ein Artikel mit der Schilderung einer heftigen Schlägerei während des Fronleichnamsfestes von 1910 in Livorno. Die Anarchisten wollten es nicht dulden, daß die Prozession genau an Garibaldis Todestag veranstaltet wurde. Als der geistliche und der weltliche Demonstrationszug an seinem Denkmal aufeinandertrafen, wurde die Konfrontation unvermeidlich. Das Einschreiten der Polizei trieb die Kämpfenden auseinander; Primo Malossi und ein Dutzend anarchistischer Demonstranten wurden verhaftet. Zu Schlägereien und gotteslästerlichen Aktionen während der Fronleichnamsprozessionen war es in jenem Jahr nicht nur in Livorno, sondern in allen wichtigen Städten der Toskana gekommen: in Pisa, in Florenz, in Arezzo, in Siena, überall waren zahlreiche Anarchisten verhaftet worden. Bis zur Bestimmung einer geeigneten Unterkunft – die gewöhnlichen Gefängnisse konnten nicht alle aufnehmen – wurden die »Fronleichnamsbilderstürmer«, wie der Chronist sie nannte, auf der Insel Gorgona gesammelt, auf der sich eine Strafkolonie für gemeine Verbrecher befand.

Malossi berichtete, wie er die erste Nacht im Schlafsaal der Strafanstalt von Gorgona verbracht hatte, einem großen Raum, in dem die gemeinen Häftlinge nächtigten, wenn sie sich keine bessere Unterkunft auf der Insel leisten konnten. Durch die Ankunft einer so großen Zahl von Anarchisten in eine Art Lazarett verwandelt, war er vollends unbewohnbar geworden.

Einige Wochen später wurde Malossi in eine Zelle des Gefängnisses von Livorno verlegt, von wo er einen Blick über die Dächer der Stadt hatte: ein Paradies im Vergleich zu dem Schlafsaal auf der Insel. So fand er die nötige Ruhe zum Abfassen seiner Memoiren. Von Beruf war er Rahmenmacher und Vergolder, und seine Werkstatt befand sich in der Via Gherardi del Testa, einer kleinen Straße, die im rechten Winkel zum Fosso Reale lag und den Markt flankierte. Obwohl Autodidakt, war er keineswegs ungebildet, wie aus seiner lyrisch-politischen Prosa hervorging, die zu seinen Idealen eines Anarchisten paßte.

Die Memoiren begannen, ganz im Stile der Populärliteratur jener Zeit, mit einer düsteren Beschreibung des Schlafsaals.

Keiner der unsrigen war ein Novize. So wie ich hatten fast alle schon mehrere Monate, einige sogar Jahre im Gefängnis mit gemeinen Verbrechern jeglicher Couleur verbracht. Und doch, welch schrecklichen Eindruck machte jene erste Nacht an diesem besudelten Ort auf mich! Da niemand von der Strafinsel entkommen konnte, gab es nur wenige Wachen, und der Anschein von vermeintlicher Freiheit entfesselte die perversesten und brutalsten Instinkte. Wieviel Schmutz, wieviel Gestank, wieviel tierische

Unmoral! Die Schuhe versanken im schlüpfrigen Untergrund dieses schwülen, dunklen Raums, in dem von allen Seiten Wasser hereinsickerte, da das Dach halb verfallen war. Der Zählappell war durchgeführt, das Tor hatte sich hinter uns geschlossen, und ich hatte mich an ein Gitter gelehnt. Da wurde ich von wütendem Grölen und schmutzigen Gesängen in die Wirklichkeit zurückgeholt. Auf zwei Strohsäcken, die nebeneinandergeschoben waren, spielten zehn oder zwölf Personen mit Eifer Zecchinetto. An verschiedenen Stellen des Saales lagen einige Betrunkene auf dem Boden, plantschten im Schlamm und grölten aus voller Kehle obszöne Lieder. Ab und an gerieten sie sich in die Haare und prügelten wild aufeinander ein. Aus einem entlegenen Winkel des weiten Raumes kam ein Gewisper, das eigentlich leise hätte sein sollen, allerdings von allen zu vernehmen war. Auf einem Strohsack gab sich ein Kerl von etwa vierzig Jahren als Frau, und rundum warteten betrunkene und aller Moral beraubte Männer darauf, daß sie an die Reihe kamen.

Was für eine Nacht! Ich konnte sie ertragen, indem ich mich in Erinnerungen flüchtete. In diesem Inferno hätte ich den »Mann von den Sternen« sehen wollen, den Künstler aus Paris mit seinem aristokratischen Dünkel!

»Man muß sich betrinken ...«, hatte er, Baudelaire zitierend, so oft gesagt. Ich hätte ihn in diesem Schlafsaal auf Gorgona sehen wollen, wie er sich mit den vom Alkohol erregten Individuen herumschlug, vor deren Geilheit sich niemand sicher fühlen durfte, so daß man die Augen nicht einmal zum Schlafen zuzumachen wagte. Und ich entsann mich unserer gemeinsamen Streifzüge durch die nächtlichen Straßen von Livorno, wenn der Klang unserer Schritte von den Mauern widerhallte, die blau im Schatten lagen und gelb im Licht der wenigen Laternen. Mein farbenerfülltes Livorno! Das mir heute so unerreichbar erscheint, wenn ich nun auch vom Fenster meiner Zelle die Dächer des Venezia-Viertels unter einem kleinen Stück blauen Himmels sehen kann.

Ich begegnete ihm zum ersten Mal im Café der Livorneser Künstler, dem berühmten Bardi, das auch ich frequentierte, obwohl ich nur ein bescheidener Handwerker bin. Später erfuhr ich, daß er gerade aus Paris zurückgekehrt war. Er kam ins Lokal, bekleidet mit einer Leinenjacke, die ihm fast vom Leib fiel, dem Hemd fehlte der Kragen, und die Haare waren sehr kurz, so gut wie kahlgeschoren. Auf den ersten Blick wirkte er wie ein entlassener Zuchthäusler. An den Füßen trug er ein Paar von diesen Schuhen mit geflochtener Sohle, die man bei uns »spardegne« nennt und in Spanien »espadrillas«. Ein weiteres Paar trug er in der Hand, beziehungsweise ließ es an den Schnürsenkeln baumeln; die Schuhe an seinen Füßen waren verschlissen, funkelnagelneu dagegen die in seiner Hand. Es war zehn Uhr morgens: eine tote Stunde für ein solches Café, das sich erst zu nächtlicher Stunde zu füllen pflegte. Er blickte um sich und fragte, ob Maler da seien, er nannte den Namen zweier Schüler von Micheli. Man sagte ihm, daß zu dieser Stunde die Künstler schliefen. Er wandte sich an mich, fragte mich, ob ich ein Maler sei; er hatte wohl die Lackflecken auf meinem Arbeitsanzug entdeckt. Ich verneinte, sagte, daß ich jedoch stets mit Malern zu tun hätte, da ich Rahmenmacher sei. »Ah, gut«, sagte er, »möchtest du etwas trinken?« Ich bestellte einen Punsch und er einen Pernod. Der Padrone schaute ihn schräg an, doch dann ging er nach hinten und kehrte mit einer verstaubten Flasche eines grünlichen Liqueurs zurück, der, wie es üblich zu sein schien, zusammen mit einem Zuckerwürfel und einem kleinen Krug Wasser serviert wurde. Er trank zwei Gläser davon und bezahlte auch für meinen Verzehr. Dann ging er fort, so wie er gekommen war, die neuen Espadrillas in der Hand schwenkend. Ich fragte den Wirt, wer das gewesen sei, und er sagte mir, er sei ein gerade aus Frankreich zurückgekehrter Künstler, der zur Familie der Modiglianis gehörte, ein Bruder des berühmten sozialistischen Abgeordneten. Dies war unsere erste Begegnung, es war Mitte Juli. Wie groß war dann meine Überraschung einen Monat später, als ich ihn auf dem an meine Werkstatt angrenzenden Rasenstück erscheinen sah! Er hatte ein paar Räume neben meiner bescheidenen Arbeitsstätte gemietet, und wir teilten uns den kleinen Platz im Freien, auf dem ich üblicherweise die rohen Rahmen mit der Feile bearbeitete.

Malossi erläuterte, daß er die Nachbearbeitung der Rahmen im Freien vornahm, da sich an der frischen Luft das äußerst feine Mehl des Zirbelkiefernholzes weniger stark konzentrierte. Auch dem Künstler, der an einigen Skulpturen meißelte, bereitete der Staub Probleme. Die beiden, die nun Seite an Seite auf dem Grasstreifen an ihren jeweiligen Werken arbeiteten, unterhielten sich häufig miteinander, weil die Arbeit, die sie verrichteten, den Kopf für Gespräche frei ließ. Modigliani meinte sogar, je mehr das Hirn gleichgültige Gedanken verfolge, desto freier könne das Werk sich entfalten. Als sich Malossi sicher war, daß er es nicht mit einem Spitzel zu tun hatte, vertraute er dem anderen seine anarchistischen Ideale an. So entdeckten sie eine gewisse Seelenverwandtschaft, trotz des aristokratischen Gehabes des Bildhauers. Sie arbeiteten, sie redeten, der Künstler bot Pernod an, Malossi vergalt die Freundlichkeit mit einem Weißwein von den Hängen Elbas. In den klaren Nächten dieses Sommers, der außergewöhnlich heiter und schwül war, begleitete Malossi den Künstler auf langen Spaziergängen durch die Stadt, auf der Suche nach Steinen, die er am Wegrand zu finden hoffte:

Bei unseren nächtlichen Ausflügen »auf Steinsuche«, wie er zu sagen pflegte, durchstreiften wir auch den Hafen. Der Künstler sagte, die Schiffe würden dort Ballast abladen, der zum Teil aus fernen Weltengegenden stammte. Er erzählte mir, daß bis vor kurzem die Mosaikleger dort den »Grünen aus Holland« gefunden hätten, einen Stein mit einem bestimmten Grünton, der im Hafen von Livorno von einem holländischen Schiff gelöscht worden war. Doch die Halde, die das Schiff zurückgelassen hatte, war nun erschöpft, und die Mosaikleger waren verzweifelt, weil es unmöglich war, woanders diesen hellblau und grünlich schillernden Stein zu finden, der so vollkommen für den Hintergrund von Sonnenuntergängen geeignet war. Der Künstler hoffte, auf einen Vorrat von schwarzem Basalt zu stoßen, den ein Schiff hinterlassen hätte; er liebte diesen

*Stein, den die alten ägyptischen Bildhauer benutzten. Wir kehrten
in den Kneipen des Porto Mediceo ein, die bis in die frühen Morgenstunden geöffnet hatten. Wir tranken; Modigliani sagte, daß
der Wein aus unserer Gegend für ihn wie Muttermilch sei. Er
trank nicht aus Vergnügen, sondern so, als ob der Alkohol einen
beständigen Schmerz in ihm betäuben würde. Er betrank sich, ohne
jemals vulgär zu werden, im Gegenteil: in betrunkenem Zustand
wurden seine Reden immer gescheiter. Er begann, Dante zu dekla-
mieren. Er konnte ganze Gesänge von ihm auswendig, Paolo und
Francesca, der Graf Ugolino oder jenen Gesang aus dem Paradies,
wo es heißt: »O insensata cura de' mortali / quanto son difettivi
e' sillogismi / quei che ti fanno in basso batter l'ali ...«. Er meinte,
daß Dante, der von allen für einen katholischen Dichter gehalten
würde, in dem Augenblick, wo er sich mit Beatrice aufschwingt
»suso in cielo cotanto gloriosamente accolto«, in Wirklichkeit die
Ekstase der östlichen Religionen entdeckt habe und daß diese Verse,
die gleichsam dem Licht entgegenzuschweben scheinen, ebensogut
von einem hinduistischen Heiligen stammen könnten. Ich begriff,
daß Modigliani sich bei mir, einem einfachen Menschen, gehen-
lassen konnte, ohne fürchten zu müssen, als überspannt zu gelten.
Es gefiel ihm, mich an seiner Bildung teilhaben zu lassen. Nach
Dante begeisterte er sich für Nietzsche. In Anlehnung an den
Philosphen sagte er, daß die menschliche Gemeinschaft niemals das
Problem der Welt lösen könne, da die Welt den Auserwählten vor-
behalten sei. Allein jene, die ihr Leben zu leben verstünden, hätten
ein Anrecht auf die Geschenke der Erde. Er hielt die Maximen des
Christentums über die Gleichheit aller für verfault und alt, Ver-
ständnis hatte er dagegen für den Kampf des Verbrechers, der die
Strenge des Gesetzes und den Tadel der wohlmeinenden, ver-
knöcherten Kleinbürger mißachtet, allein um seine Neigungen und
seine Bedürfnisse zu befriedigen, und sei es für einen Tag. Seiner
Meinung nach lag in der Handlung eines Verbrechers, selbst einem
Mord, die ästhetische Inspiration des Künstlers.
Die Frauen nannte er das Salz dieser Erde, und in jedem Land
würden Frauen mit einer ganz eigenen Melodie geboren. In Paris*

habe er Frauen gefunden, vor denen er geflohen sei. Er zitierte
einen Abschnitt aus einem Buch von Nietzsche, auch diesen aus
dem Gedächtnis. Das Buch befand sich in dem Koffer, den ich aus
den Zimmern in der Via Gherardi del Testa geholt habe, und es
ist nun mit mir in dieser Zelle, um mir Gesellschaft zu leisten.
»Es gibt Frauen, die, wo man bei ihnen auch nachsucht, kein
Inneres haben, sondern reine Masken sind. Der Mann ist zu be-
klagen, der sich mit solchen fast gespenstischen, notwendig unbe-
friedigenden Wesen einläßt, aber gerade sie vermögen das Verlan-
gen des Mannes auf das stärkste zu erregen: er sucht nach ihrer
Seele – und sucht immerfort.« Er erzählte mir, solche Frauen in
Paris getroffen zu haben und von ihnen gefesselt und enttäuscht
zugleich gewesen zu sein.

Manchmal sprach er Ideen aus, die ins Mystische gingen. Er
sagte von sich, »ein Mann von den Sternen« zu sein, dies sei sein
Schicksal, und zu einem solchen würde er in einem nächsten Le-
ben werden. Er sprach mit mir über die Bedeutung einiger Zei-
chen, die auf uralten Skulpturen eingraviert seien, einer krypti-
schen Schrift, die den wenigen, die sie zu lesen verstünden, tiefe
Geheimnisse enthüllten. Er war von der erneuernden Kraft des
neuen Zeitalters überzeugt, er meinte, die Zeit wäre reif, daß die
alte Welt unter den Hieben wissender und starker Individuen
nachgebe, die alles ablehnten, das nicht ihrem Willen entspräche.
Er sagte zu mir, daß er zu Beginn dieses neuen Zeitalters nach
Livorno zurückgekehrt sei, um den Schoß zu befruchten, aus dem
er geboren sei und der ihn in den ersten Jahren der Kindheit ge-
schützt habe ...

Malossi bereute es, daß er als Individualist und Anarchist
die Ideen des Künstlers geteilt hatte. Nun, da er über die
Erfahrung im Schlafsaal auf der Gefängnisinsel nachdachte, sah er ein, daß unerbittlicher Egoismus, den auch
er bis dahin als ein Dogma angesehen hatte, den Dämon
einer autoritären Geisteshaltung in sich trüge, eben die Be-
stie, gegen die der Anarchismus stets gekämpft hatte. Jetzt

erschienen ihm die schlaflosen Nächte nicht mehr so faszinierend, in denen er an der Seite des betrunkenen Künstlers umhergezogen war, und er bereute es, daß er sich hatte mitreißen lassen von den Reden über die »mysteriösen Gottheiten«, über das »bleierne Joch des Christentums«, über den »tausendjährigen Überdruß«, dem die Menschheit verfallen sei. Fast schämte er sich, daß er, Primo Malossi, »als libertärer, vor allem aber antibürgerlicher Proletarier«, sich »wie vom Blick einer Schlange« von diesem Künstler hatte hypnotisieren lassen, der »bis ins Mark ein Bourgeois war ...«.

Schließlich erzählte Malossi, daß Modigliani ihn vor seiner Abreise aus Livorno, das er als beklemmender denn je empfand, gebeten habe, aus den Räumen in der Via Gherardi del Testa die fünf Skulpturen zu holen, die er in jenem Sommer 1909 geschaffen hatte, und sie bei sich zu Hause aufzubewahren. Er nehme sie nicht mit nach Paris, sie sollten in seiner Geburtsstadt verbleiben, aber er könne sie nicht in dem Haus lassen, weil er es der Eigentümerin wieder leer übergeben müsse. So hatte Malossi sie in sein Haus herübergeholt.

Auf der letzten Seite des Heftes, die mit der zittrigen Handschrift eines alten Mannes beschrieben war, berichtete er über Ereignisse, die noch nicht so lange zurücklagen wie die vorhergehenden. Malossi schrieb, daß er zwanzig Jahre lang nichts von dem Künstler gehört, dann aber erfahren habe, daß er gestorben sei. Er erwähnte die Ausstellung von Amedeo Modigliani auf der Biennale von Venedig im Jahre 1922. Der Rahmenmacher erklärte, daß er sich geehrt fühlte, einen Künstler gekannt zu haben, der wohl zu den ganz großen zählte, wenn man ihm, der einst als armer Emigrant nach Frankreich geflohen war, auf der wichtigsten kulturellen Veranstaltung eines Landes, das an der Schwelle zum Faschismus stand, eine eigene Ausstellung widmete.

Diesen Aufzeichnungen waren ein paar Notizen von Wayne James beigefügt, die die Memoiren vervollständigten. Der alte Malossi hatte den Spitznamen Brucìno, »der Gebräunte«, erhalten, weil er in den letzten Jahren seines Lebens die Angewohnheit hatte, sich vor sein Häuschen am Damm des Fosso Reale in die Sonne zu setzen und dort ein Schläfchen zu halten. In einem Verschlag unter der Treppe hatte er die fünf Skulpturen aus der Via Gherardi del Testa sowie einen Koffer aufbewahrt, in dem sich einige Bücher des Künstlers befanden. Brucìno war 1938 unter nicht näher bezeichneten Umständen verstorben. Und sein Haus wurde bei dem Bombardement von 1943 zur Hälfte zerstört.

»Jetzt wissen wir endlich mit Bestimmtheit, daß die Skulpturen aus Granellis Besitz von Modigliani sind«, sagte Scalzi. »Auf die Kritik ist eben weniger Verlaß als auf die Geschichte. Ästhetische Erleuchtungen können Irrtümer bergen. Aber der Weg, den ein Kunstwerk seit seiner Entstehung gegangen ist, der erscheint glaubwürdig.«

»Dennoch«, so meinte Olimpia, »war es blanker Diebstahl von Parrino, Carol das Heft zu entwenden. Aber auf solche Feinheiten achten ja Polizisten nicht. Allerdings hast auch du dich nicht gerade mit Ruhm bekleckert; genaugenommen hast du dich wie sein Komplize verhalten.«

Und mit ironischem Augenaufschlag übernahm sie es, Carol anzurufen und ihr die Rückerstattung des Dokuments anzukündigen.

21
Eine Postkarte aus alten Zeiten

Ein junger Mann mit wehenden Haaren und zerknittertem Trenchcoat warf sich, einen Molotowcocktail in der Hand, nach vorn wie ein Engel im Fluge, vor dem Hintergrund eines von Rauchschwaden zerrissenen Stadthimmels.

Die Schwarz-Weiß-Karte, adressiert an Olimpia Landolfi und Corrado Scalzi, war vor einer Woche in Paris abgeschickt worden. Die Bildunterschrift lautete: »*Paris, Mai 1968*«. Dazu folgender Text: »*Où sont elles, les neiges d'antan?** Ciao Euch beiden, bis bald, so hoffe ich ...« Unterschrift: Amerigo.

Scalzi sagte der Sekretärin, sie möge doch die im Vorzimmer wartende Dottoressa Trudu hereinbitten.

Marcella stürmte mit ihrem schnellen Schritt herein, setzte sich grußlos auf den Nachtstuhl, stellte ihre pralle Arzttasche auf ihren Schoß, wühlte alles darin durch, zog einen Umschlag hervor und warf ihn auf den Tisch.

»Und dann hat sie auch noch die Frechheit, mit zu unterschreiben!« sagte Marcella. »Was für eine Unverschämtheit! Schauen Sie sich das an!«

Scalzi nahm den Umschlag und zog einen gelben Zettel mit Haftstreifen heraus. Drei Zeilen standen darauf: »Ich bin hier angekommen, es geht mir ausgezeichnet. Mach Dir keine Sorgen, es ist alles in Ordnung, ich komme bald zurück. Küßchen, Roberto«. Scalzi dachte bei sich, der junge Künstler hätte sich ein wenig mehr Mühe geben können für eine Person, der er sein Leben verdankte.

---

* (franz.) Wo ist der Schnee vom vergangenen Jahr?

»Dieser Wisch kommt aus einem Ort, der sich Crespinello nennt: Ich weiß nicht einmal, wo das liegt. Dieses Miststück hat ihn mir nach Crespinello verschleppt! Was haben die vor?« Marcella knirschte mit den Zähnen.

In einer Ecke des Zettels war noch eine Unterschrift: »Renata«. Marcella nahm das Blatt wieder an sich, steckte es zurück in den Umschlag und den Umschlag in die Tasche; sie machte die Tasche zu und ließ den Messingverschluß hart einschnappen. Sie fixierte Scalzi, wobei ihre Augen in einem Netz aus feinen Fältchen versanken, ihr Gesicht wurde runzlig wie der gedörrte Kopf einer toten Kröte.

»Haben Sie das gesehen, ja? Renata! Und Ihre teure Freundin heißt auch Renata, wie ich erfahren habe. Sie wissen schon, die, die Roberto geraten hat, sich an Sie zu wenden.«

»Vorausgesetzt, es handelt sich tatsächlich um dieselbe Person, dann ist sie durchaus nicht meine Freundin.«

»Und was ist diese Renata dann für Sie? Eine Arbeitsvermittlerin? Besorgt sie Ihnen Ihre Klienten?«

Scalzi dachte an das rothaarige Mädchen, das Eros in dem Mercedes kurz gesehen hatte; er ließ seine Wut an der unschuldigen Dottoressa aus.

»Es kommt wohl nicht so oft vor, vermute ich mal, daß Sie sich um einen jungen, gutaussehenden Mann wie Roberto Foti kümmern können. Ich sehe ja durchaus ein, daß Sie über sein plötzliches Verschwinden verärgert sind, aber bitte ersparen Sie mir Ihre Eifersuchtsanfälle,«

Trudus Gesicht zog sich zusammen und glich nun einer Wintermelone.

»Wissen Sie, was ich jetzt tun werde? Ich werde den Raum verlassen und direkt zur Staatsanwaltschaft gehen, wo es übrigens einen Staatsanwalt gibt, den ich gut kenne und der mich schätzt ... Dem werde ich erzählen, daß Roberto in meinem Haus war, in meinem schönen Landhaus, und zwar fast völlig clean, ruhig und gelassen. Und daß dann Avvocato Scalzi im Taxi angebraust kam, in Begleitung des Taxifahrers und einer jungen Frau, von der man nicht so genau weiß, was sie eigentlich ist, seine Sekretärin oder was anderes ... Und daß Sie mit Roberto gesprochen haben ... Während ich dann zur Arbeit mußte, weil ich nämlich arbeite, leider sind wir in diesem Land ja nur noch wenige, die einer ernsthaften Arbeit nachgehen ... Ich habe Sie also mit Roberto allein gelassen, und danach war Roberto verschwunden. Das ist alles, was ich mit Sicherheit weiß. Die Geschichte mit dem Auto, das ihn abgeholt haben soll, die Verfolgungsjagd und die Schießerei, das alles haben Sie mir erzählt. Ich weiß nichts davon. Ich weiß nur, daß zu dem Zeitpunkt, als ich gehen mußte, Roberto Foti bei Ihnen war, daß es ihm ausgezeichnet ging und er keinerlei Absicht hatte, sich irgendwohin zu begeben, schon gar nicht an einem merkwürdigen Ort wie dieses Crespinello. Ich weiß nicht mal, wo das liegt, muß mich noch erkundigen. Und mit wem ist mein Roberto in Ichweißnichtwo gelandet? Mit einer gewissen Renata, die die Frechheit besitzt, seine Nachricht mit zu unterschreiben. Und wer ist diese Renata? Sie ist die böse, rothaarige Hexe, die immer mal wieder wie eine Schlange durch mein Überwachungsnetz schlüpft und meinen Roberto mit Kokain versorgt. Und in genau dieser schönen Gesellschaft ist der Junge jetzt in Crespinello gelandet, mittlerweile ist er wahrscheinlich schon wieder abhängiger als je zuvor, da braucht es nicht viel Vorstellungsvermögen! Und was hat die Signorina Renata mit Avvocato Scalzi zu schaffen? Die zwei kennen sich nämlich sehr gut, der Jurist und die Dealerin, schließlich hat diese Renata zu Roberto gesagt, daß er sich am besten an den Avvocato wenden möge: Der ist ja so toll ... so ehrlich ... und so weiter, und so fort. Meiner Meinung nach steckt ihr allesamt unter einer Decke. Ich glaube nicht an irgendwelche Geschichten! Von wegen Modigliani-Köpfe!«

»Gehen Sie nur«, sagte Scalzi mit einem unterdrückten Gähnen. »Und grüßen Sie mir Ihren Freund, den Staatsanwalt ...«

Die Dottoressa schien unangenehm berührt, sie hatte eine andere Reaktion erwartet. »Ach ja? Weiter haben Sie mir nichts zu sagen?«

»Was sollte ich Ihnen denn dazu sagen?«

»Warum sie nach Crespinello gefahren sind?«

»Das müssen Sie nicht mich fragen, Dottoressa. Ich weiß weniger darüber als Sie.«

»Und ob Sie etwas wissen, ich kann es an Ihren Augen ablesen. Es hat etwas mit dem Brief zu tun, nicht wahr?«

»Mit welchem Brief denn?«

»Was heißt hier, welchem Brief? Hat Rofo denn nicht mit Ihnen darüber gesprochen?«

»Nein.«

»Der Brief, den Roberto geschrieben hatte, ehe die falschen Skulpturen geborgen wurden ... Es ist doch wohl nicht möglich, daß Sie nichts davon wissen, schließlich wollte Roberto mit Ihnen doch gerade über diesen Brief sprechen.«

»Sie wissen am besten, daß er mit mir nicht darüber gesprochen hat, zumindest nicht, solange Sie dabei waren. Später wollte Roberto tatsächlich noch etwas loswerden, doch leider sind dann diese Typen im Mercedes aufgekreuzt. Es steht Ihnen frei, das zu glauben oder nicht, doch die Dinge haben sich nun einmal so zugetragen.«

Die Dottoressa Trudu wand sich auf dem Nachtstuhl.

Olimpia hatte ihr Auto weit entfernt von der Kanzlei geparkt. Das tat sie absichtlich, um Scalzi zu ein wenig Bewegung zu zwingen. Sie liefen am Arno-Ufer entlang. Der Himmel war eine Tafel aus Lapislazuli.

»Es sieht so aus«, sagte Scalzi, »als habe Rofo 1984, bevor er die gefälschten Skulpturen ablieferte, einen Brief abgeschickt. Nur an wen? Das ist mir ein Rätsel. Die Dottoressa Trudu zumindest hat keine Ahnung. Roberto hat auch ihr gegenüber Stillschweigen gewahrt. Seiner Meinung nach war es gefährlich, allein von der Existenz dieses Briefes zu wissen. Die ganze Geschichte kommt mir inzwischen wie ein Gaunerstück vor, dargeboten von Schmierenkomödianten, die sich nach Kräften mühen und mal hierhin, mal dorthin rennen, ab und zu kriegt einer was auf die Birne, aber alle zusammen stammeln sie nur unsinniges Zeug. Der einzige, glaube ich, der wirklich über ernstzunehmende Informationen verfügt, ist meiner Meinung nach Guerracci. Immerhin besitzt sein Klient Granelli drei authentische Skulpturen von Amedeo Modigliani. Malossis Memoiren lassen keinen Zweifel daran. Und das bedeutet zig Milliarden. Kannst du dir da Amerigo vorstellen? Er hat sich ja nie von seinem Jugendtraum verabschieden können, eines schönen Tages den ganz großen Coup zu landen, durch den er für den Rest seines Lebens ausgesorgt hätte. Und so hat er sich auf seine typisch unbedachte Weise Hals über Kopf in diese Sache gestürzt, ohne sich groß Gedanken zu machen, ganz wie ein gieriges Kind. Und nun ist er nach Paris gefahren. Was will er da wohl?«

»Einen Anhaltspunkt gibt es«, sagte Olimpia.

»Und der wäre?«

»Erinnere dich, was Parrino über die gespannte Atmosphäre nach der Baggergeschichte von 1984 erzählt hat und wie das zeitlich mit einem Brief zusammenfiel, der, wie ihm ein Informant erzählt hat, nach Paris geschickt wurde. Von Rofo geschickt wurde, das steht nun wohl fest. Und über ebendiesen Brief wollte Rofo mit dir sprechen.«

»Du meinst, Amerigo hätte sich auf den Spuren dieses Briefes nach Paris aufgemacht? Viel naheliegender ist doch, daß einen Tag, nachdem dieser Sarcì ermordet wurde, dieser verantwortungslose Mensch einfach abhaut ... Der Staatsanwalt und Parrino sprechen sogar von Flucht. Was sollen sie auch sonst denken? Selbst mir ist dieser Verdacht gekommen, und dabei kenne ich ihn gut genug, um zu wissen, daß er niemals jemanden umbringen könnte.«

Auf der Uferstraße des Arno war nur wenig Verkehr. Vor dem Turm an der Piazza Piave legten sie eine Pause ein und betrachteten die Hügel jenseits des Flusses. Die Kirche von San Miniato ragte, von Scheinwerfern angestrahlt, weiß aus dem Dunkelblau der Bäume, es war das Szenario eines Melodrams, eingefroren in Raum und Zeit. Auf dem schiefergrauen Wasser des Flusses schossen Blitze durch eine spiegelverkehrte Welt; die Palazzi an der Uferpromenade zeichneten sich schemenhaft ab wie eine Theaterkulisse.

»Es riecht irgendwie modrig hier«, bemerkte Olimpia.

»Das ist der Fluß.«

Auf dem Wehr lösten sich die Wasser in einem Silberstreif auf und verströmten einen Friedhofsgeruch.

Olimpia legte die Ellenbogen auf die Brüstung und hielt Guerraccis Karte in das Licht der Straßenlaterne. »›Bis bald, so hoffe ich ...‹ Das hört sich wie eine Einladung an ... Meinst du nicht?«

»Nein.«

»*Les neiges d'antan* ... die Botschaft ist doch klar.«

»Das ist keine Botschaft. Das ist nichts weiter als eine blöde Grußkarte.«

»Ach, komm schon, Corrado! Willst du nicht begreifen, oder tust du nur so? Wo liegt denn in Paris *der Schnee vom vergangenen Jahr*?«

»Er ist geschmolzen: in Paris wie anderswo, Gott sei dank. Er hat schon viel zu lange gelegen.«

»Aber in Paris gibt es immer noch Spuren davon. Genau in diesem Augenblick nämlich wird Amerigo in dem Haus der Erinnerungen sein, in der chaotischen Wohnung in der Rue Montmorency. Suerte, der Hund, bellt, Federica ruft etwas aus der Küche, und Pilade antwortet ihr wie eine verstimmte Gitarre ...«

»Um diese Jahreszeit ist es in Paris saukalt«, erwiderte Scalzi. »Es regnet, manchmal schneit es. Richtig echter Schnee, dreckig und glatt. Es nutzt gar nichts, wenn du dir bestimmte Dinge in den Kopf setzt, ich kann sowieso nicht weg von Florenz. In dem Prozeß der Via dei Georgofili werden jetzt die Angeklagten vernommen. Ich muß ihn verfolgen. Ich habe ihn schon viel zu lange vernachlässigt.«

Verärgert trat Scalzi von der Brüstung zurück. Olimpia schaute weiterhin auf den Fluß, die Hügel und die Postkarte; erst beim Wagen holte sie ihn gemächlich bummelnd wieder ein. Sie öffnete die Beifahrertür und zog dabei einen unsichtbaren Hut: »Wie Sie meinen, der Herr ...«

22
Der Schnee vom vergangenen Jahr

Sieben Stockwerke über eine sich gemächlich nach oben windende Treppe, auf der ein abgewetzter rötlicher Läufer lag. Der Geruch von Schimmel und Staub, der über den knarrenden Holzstufen in diesen alten Pariser Häusern hing, vereinte sich mit dem Gestank der himmelblauen Plastiktonnen im Hof, mit dem Fritiergeruch, der aus einem griechischem Restaurant im Erdgeschoß drang, und – je näher sie der Tür von Pilades Wohnung kamen – der strengen Note von nassem Hund.

Scalzi legte auf dem Treppenabsatz des vorletzten Stockwerks eine Pause ein, um wieder zu Atem zu kommen. Olimpia, die schon fast vor der Wohnungstür stand, warf ihm einen Blick zu, in dem neben Mitleid auch ein schlechtes Gewissen geschrieben stand.

Sie hatte verschiedene dialektische Tricks eingesetzt, um Scalzis Widerstand zu brechen, darin war sie unglaublich geschickt. Als erstes hatte sie an seinen Stolz appelliert. Ob er wohl befürchten würde, daß ihr Besuch in diesem bestimmten Pariser Haus von der Polizei registriert werden würde. Nun ja, gewiß, die Wohnung stand wahrscheinlich unter Beobachtung. Was hätte er, der Herr Rechtsanwalt, dort wohl zu schaffen, heute, da die Zeit der Terroristenprozesse schon seit zehn Jahren vorbei war? Worüber sollte er mit seinem ehemaligen Klienten Pilade Ruffolo sprechen, dem berüchtigten politischen Agitator, der überdies unverbesserlich war und sich von seinen Idealen nie losgesagt hatte? Hatte der unbeugsame alternative Anwalt, der Verteidiger der Ausgegrenzten, heute etwa Angst? Als zweites hatte sie seine Neugier gereizt. Wenn Guerracci nicht geflohen war, weil er fürchtete, wegen Mordes an Sarcì unter Verdacht zu stehen, was war dann wohl der Zweck seiner Reise in die Lichterstadt? Die Hypothese, daß seine Reise mit dem nach Paris gesandten Brief in Zusammenhang stehen könnte, sei doch sicher einer näheren Prüfung wert. Als drittes setzte sie auf die Langeweile. Er selbst hatte den Prozeß über den Bombenanschlag als »ein Leichenbegängnis« bezeichnet und gemeint, daß er dort nichts anderes zu tun habe als sein Gähnen zu unterdrücken, während er untätig den vom Staatsanwalt zusammengetragenen Beweisen lauschen müsse ... Und außerdem, es war eine Gelegenheit, oder etwa nicht? Man könnte mal wieder auf andere Gedanken kommen, ein bißchen spazierengehen und frische Luft schnappen. Und das vierte Argument hieß – Paris. Wie oft hatte sie ihn sagen hören, daß ihm diese Stadt wie keine andere auf der Welt gefiele und wie gern er dort leben würde. Noch dazu im Winter! Ob er sich nicht mehr an den Zauber erinnern könne, der in der Luft lag, als sie, bei Croissants und Café au lait auf einer Terrasse sitzend, das Rieseln des Schnees beobachtet hatten? In den Fußgängerzonen würde der Schnee auch nicht von den Autos verweht, er bliebe rein und unberührt ...

Scalzi hatte dagegen eingewandt, daß so ein Ausflug eine ziemliche Fahrt ins Blaue sei, da man vorher nicht in Erfahrung bringen könne, ob Amerigo tatsächlich bei Pilade sei, denn dieser habe kein Telefon mehr – zum einen, weil es überwacht wurde, zum anderen, weil er nie seine Rechnungen bezahlte. Und wenn Guerracci nach Olimpias Deutung der Postkarte tatsächlich wolle, daß Scalzi gleichfalls nach Paris käme, warum hatte er dann nicht einfach angerufen? Es sei schlichtweg lächerlich, die Grußzeile als Geheimbotschaft zu interpretieren.

Darauf allerdings hatte Olimpia ein gutes Argument

parat: Er kenne doch schließlich seinen Guerracci. Hatte er denn vergessen, wie paranoid Amerigo war? Er war mit Sicherheit überzeugt, daß sein Telefonanschluß wie der von Scalzi überwacht würde – was auch nicht ganz auszuschließen war. Die Ermittler tappten im dunkeln und stellten Untersuchungen in alle Richtungen an. »Bis bald, so hoffe ich ...« Auf was hoffte er denn? Aber das war doch klar! Ich hoffe, daß du intelligent genug bist, zu kapieren, wo ich stecken könnte, weil ich Hilfe brauche ... Und wie er sie nötig hatte, der arme Amerigo, in der Staatsanwaltschaft von Livorno wehte ein scharfer Wind! Alles Konspirative gefiel Guerracci nun mal, da konnte er sich wohl kaum die Gelegenheit entgehen lassen, aus den vielen Stunden, die er über seinen heißgeliebten Spionageromanen verbracht hatte, einmal einen praktischen Nutzen zu ziehen und eine Botschaft auszuarbeiten, bei der man Bild und Text kombinieren mußte, damit man auf die Adresse kam! Pilades Haus in Paris war es, wo der Schnee von einst lag wie in den nicht mehr genutzten Eiskellern in den Gärten alter Häuser in den Bergen.

Pilade war einer der führenden Köpfe gewesen. In jenem schicksalhaften Jahr 1977 hatten während der Besetzung einer Fakultät einige Studenten aus dem gegnerischen Lager einen Schrank aus einem Fenster im zweiten Stock auf ihn geworfen. Von da an ging sein Foto einige Monate lang durch alle Zeitungen: Pilade eingegipst von der Hüfte bis zum Hals, der linke Arm in einer Richtung fixiert, als ob er sich vor der Sonne schützen wollte, und locker die Jacke über den Schultern. Diese unbequeme Haltung hatte ihn nicht davon abbringen können, sich an die Spitze eines Studentenaufstandes zu stellen und diesen siegreich zu beenden. Die Gegenseite und die Polizeieinheiten waren gezwungen gewesen, sich aus der Universität und dem angrenzenden Park zurückzuziehen, verfolgt von einem wahren Hagel aus Steinen und Molotowcocktails und geblendet von ihren eigenen Tränengaspatronen, die von den Aufständischen zischend und schmauchend an den Absender zurückgeschickt worden waren.

Er war ein schmächtiges Kerlchen mit einem kümmerlichen Nazarenerbärtchen. Im Winter, wenn er seinen Parka mit Kapuze trug, glich er mit seinem geraden Blick, der voller Entschlossenheit und doch so arglos wie der eines braven Kindes war, auf beeindruckende Weise dem heiligen Franziskus auf Giottos Bildnis in Assisi. Brav und arglos war er allerdings nur solange, wie man ihn genau das tun ließ, was er wollte; ansonsten war er knallhart und beharrte unerbittlich auf seinen Positionen.

Sein Charakter zeigte sich, als er ins Gefängnis kam. Der Hungerstreik seiner Mitangeklagten – die Anklageschrift war rein ideologischer Natur, das heißt, verfolgt wurden eigentlich bloße Ideen, nicht untermauert durch Fakten, zumindest was konkrete Beweise anging –, dieser Hungerstreik war eine pragmatische Maßnahme gewesen, ein kollektiver Protest, wie er von ihnen erwartet wurde. Alle machten mit, allerdings überwiegend nur zum Schein, da sie Cappuccino und andere mit Proteinen und Mineralsalzen angereicherte Getränke zu sich nahmen und sich überdies nachts in der Abgeschiedenheit ihrer Zellen heimlich mit noch substanzhaltigeren Dingen stärkten. Pilade dagegen nicht. Er war entschlossen, sich buchstäblich zu Tode zu hungern, weil dies der einzige Weg war, das Gefängnis zu verlassen. Ob nun aufrecht auf beiden Beinen oder mit den Füßen voran, das war von seinem Standpunkt aus gleichgültig; er meinte, daß die Wahl ohnehin nicht bei ihm liege, sondern bei den Inhabern der Macht. Er magerte auf fünfunddreißig Kilo ab. Die Zeitungen begannen Bilder seines Oberkörpers zu veröffentlichen, der nicht mehr kämpferisch wirkte wie einst in seiner strahlendweißen Gipsrüstung, sondern eher der Brust eines gerupften

Spatzen glich. Die Bildunterschriften zogen Vergleiche zu Auschwitz. Nach einer Weile wurde er in ein Krankenhaus verlegt, da man nicht zulassen konnte, daß er wirklich starb.

Aus diesem zivilen Krankenhaus entkam er, obwohl er Tag und Nacht von einem Trupp Polizisten streng bewacht wurde. Über den Verlauf seiner Flucht bestand Uneinigkeit: Einige Zeitungen sprachen davon, daß er sich als Krankenschwester verkleidet hatte, bei anderen war er in eine Mülltonne gekrochen, so schmächtig wie er geworden war, und schließlich auf der Deponie gelandet; wieder andere wußten von einem Arztkittel zu berichten, stilgerecht mit einem Stethoskop in der Brusttasche, den ihm ein sympathisierender Mediziner zur Verfügung gestellt hätte. Die Versionen variierten je nach der politischen Orientierung der Chefredaktion. Tatsache blieb, daß er sich aus dem Staub gemacht hatte und nach verschiedenen Irrfahrten quer durch Europa in Paris gelandet war, wo später seine Frau Federica zu ihm stieß.

Hier hatte ihn Scalzi kennengelernt, der von der Familie zu seinem Verteidiger ernannt worden war. Und da in der Zwischenzeit die Anklagepunkte gegen Pilade schwerwiegender geworden waren – zu den rein ideologisch begründeten Anschuldigungen waren andere, auf wesentlich faßbareren Fakten basierende gekommen –, hatte Scalzi Amerigo Guerracci hinzugezogen, da es sich nun um mehrere Prozesse an verschiedenen Gerichtshöfen handelte. Gemeinsam hatten die beiden in Begleitung von Olimpia einige geschäftliche Reisen nach Paris zur Vorbereitung der Verteidigung unternommen.

Olimpia drückte den runden Bakelitknopf in der Mitte des Türklopfers. Auf der anderen Seite hörten sie ein dumpfes Scheppern wie von einer kurzen Kette, dann bellte der Hund und scharrte an der Tür.

212

Federica erschien in einem veilchenfarbenen flanellenen Morgenrock und drängte sich in die Öffnung, um dem unruhigen Tier den Durchgang zu verwehren. Doch Suerte zwängte sich durch ihre Beine, stoppte, schnüffelte an Olimpias Beinen, nieste, richtete sich zu halber Höhe auf, umfaßte ihre Knie mit seinen Vorderläufen und steckte seine Schnauze in ihren Schoß. Olimpia wich einen Schritt zurück. Es war nach so vielen Jahren eigentlich unmöglich, daß er sie wiedererkannte. Während Federica den Hund am Halsband packte und ihn zu sich zog, begrüßte sie freudig ihre Gäste. Sie betraten die Wohnung, die noch chaotischer war, als Scalzi sie in Erinnerung hatte; Pilade war nicht da, ebensowenig Guerracci, der allerdings wirklich bei ihnen übernachtete. Auch diesmal hatte Olimpia recht gehabt.

An einer Wand des Zimmers hing ein riesiges Foto von einem Demonstrationszug im französischen Mai: ein Meer von roten Fahnen, und in der vordersten Reihe mit aufgerissenem Mund der Rote Rudi Schulter an Schulter mit Pilade, der damals noch blutjung war, geradezu knabenhaft, und sehr glücklich wirkte. Programmatisch die Bildunterschrift: *Ce n'est qu'un début, continuons le combat!* Das Zimmer diente unterschiedlichen Zwecken: einmal als Büro – Pilades Computer stand auf einem Tischchen, hohe Stapel von Zeitungen und Akten lagen überall herum –, zum anderen als Schlafzimmer für den jeweiligen Gast, seit einer Woche also Guerracci. Durchgesessene, abgewetzte Sessel standen vor einem Kamin, auf dessen Marmoreinfassung die Rußspuren eines gerade noch verhinderten Wohnungsbrandes zu erkennen waren. Die verschiedensten Objekte dienten als Sitzgelegenheit, eine Trommel, eine blaue Metalltonne. Federica hatte entdeckt, daß man seine Inneneinrichtung bereichern konnte, indem man von den Müllbergen der Stadt die kostbarsten Stücke klaubte, bevor in den frühen Morgenstunden die Laster der Municipalité aufkreuzten.

Die Pariser warfen alles mögliche und unmögliche weg. Als Beweis zeigte sie den Gästen ein Stühlchen, von dem ein Bein leicht abgegangen war; sie habe noch nicht die Zeit gehabt, es wieder anzukleben, es sei aber ein echter Louis-ich-weiß-nicht-der-Wievielte, und den habe sie ebenfalls aus der *poubelle* gezogen.

Plötzlich hob Suerte die Schnauze, schnaubte heftig, stürzte zur Eingangstür, die von den Spuren seiner Krallen zerkratzt war, und begann zu scharren. Sie hörten das Schloß zuschnappen, und hereinkam Pilade.

Nach einer Sturzflut von Fragen, was denn politisch so in Italien ablief, schlug Pilade vor, zum Abendessen mit einigen Freunden in ein afghanisches Restaurant zu gehen. Das Restaurant lag auf dem Hügel von Montmartre. Scalzi hätte es vorgezogen, in der Rue Montmorency auf Guerraccis Rückkehr zu warten, doch Pilade meinte, daß Amerigo von diesem Abendessen wüßte, daß er ebenfalls eingeladen sei und sie ihn gewiß dort treffen würden. Scalzi schlug daraufhin vor, ein Taxi zu nehmen, doch Pilade zog sein winziges Elektroauto vor, das so praktisch sei, weil man es wie ein Fahrrad überall parken könne. Er freute sich und war ganz aufgeregt wegen der zwei Neuerwerbungen der letzten Wochen: das lächerliche Auto, das ihm ein Freund geschenkt hatte, und das Handy, das Guerracci ihm geliehen hatte.

So quetschten sie sich denn zu viert in das kleine Gefährt, Pilade ans Steuer, Scalzi auf den Beifahrersitz und die beiden Frauen in den winzigen Gepäckraum. Pilade bat sie, den Kopf unten zu halten, damit sie nicht von irgendeinem Schutzmann entdeckt würden, denn das Wägelchen war nur für einen einzigen Fahrgast zugelassen.

Bis zur Anhöhe von Montmartre surrte die elektrische Nuckelpinne auch fügsam dahin. Pilade rühmte ihre Vorzüge: Es sei das Fahrzeug des kommenden Jahrtausends, es erspare einem sogar den lästigen Ämterkram, zum Fahren brauche man nicht einmal einen Führerschein, es sei von der Kraftfahrzeugsteuer ausgenommen, und die Umwelt verschmutze es ohnehin nicht.

Hinter der Rue Caulaincourt aber tat das Wägelchen einen Seufzer und blieb stehen. Das lag an der entladenen Batterie, die Stadt war für dergleichen noch kaum ausgerüstet, es gab nur sehr wenige Aufladestationen. Unter den zornigen Blicken eines Flics, dessen Käppi allmählich weiß wurde – auf dem letzten Kilometer hatte es zu schneien begonnen –, schlüpften Scalzi und die beiden Frauen wie die Mäuschen aus dem Auto. Pilade blieb am Steuer sitzen, die Damen stellten sich Seite an Seite ans Heck, um dort zu schieben, Scalzi stemmte sich in das auf der Fahrerseite geöffnete Seitenfenster. So hatte Pilade die Gelegenheit, ihm vorab schon die interessanten Aspekte des zu erwartenden afghanischen Essens zu schildern. Der Besitzer des Restaurants, genannt Bubù, war ein Veteran der Widerstandskräfte gegen die Rote Armee. Er würde fesselnde Kriegserinnerungen zu erzählen wissen und wertvolle Informationen über den islamischen Fundamentalismus liefern, der in seinem Land allmählich Fuß faßte.

Der Schnee fiel nun dichter, und sie wurden von den amüsierten Blicken einiger Prostituierter verfolgt, die auf dem Bordstein auf Kundschaft warteten; eine rief ihnen eine bissige Bemerkung in Argot hinterher. Von Zeit zu Zeit schüttelte Scalzi sich den Schnee vom Haupt, den Hut hatte er bei Pilade zu Hause vergessen.

In Momenten wie diesen bedauerte er sich selbst und all die falschen Entscheidungen, durch die ihm ein anderes Leben verwehrt geblieben war. Er war Rechtsanwalt mit einer Fülle von Erfahrungen, verdammt noch mal, und keiner der schlechtesten, was seine juristische Bildung und Redegewandtheit betraf. Warum also taten ihm seine Beine weh von sieben Stockwerken Treppensteigen? Warum saß er nicht in einer freundlichen, gut geheizten Kanzlei?

Warum wechselte er zu dieser Uhrzeit keine Abschieds-
worte mit ein paar hübschen Sekretärinnen, die vor dem
Feierabend noch einen Augenblick vor seinem Zimmer ver-
weilten, nachdem sie den ganzen Tag lang begüterte Bank-
rotteure, korrupte Staatsbeamte, hochkarätige Hochstapler
und mächtige Drogenhändler empfangen hatten? Welch
niederträchtiges Schicksal zwang ihn, eine Art Schubkarre
über dieses glitschige Pariser Pflaster zu schieben, während
ihm der Wind den Schnee ins Gesicht trieb, in einem frem-
den Land und mit der Aussicht darauf, sich den Magen mit
afghanischen Speisen zu verderben?

Sie erreichten die Fußgängerzone. Das Wägelchen ließen
sie zurück. Vor ihnen ragten die steilen Stufen der Rue
Foyatier auf. Oben am Ende des Hügels konnte man im
Schneetreiben die gelben Lichter der Straßenlaternen und
die Häuser rund um die Place du Tertre erahnen.

»Schau, Corrado!« rief Olimpia fröhlich. »Er bleibt liegen!« Und tatsächlich bedeckte ein leichter weißer Schleier
die Stufen und das Geländer.

23

Afghanisches Abendmahl
mit kriminellem Nachspiel

Es ging dem Emigranten Pilade nicht schlecht; die Rolle des in der Heimat Verfolgten, die er stets mit einem gewissen Nachdruck herausstrich, brachte ihm Sympathien ein. Sein Exil wurde durch einen kleinen Hofstaat von illegalen Einwanderern versüßt: Maghrebinern, Palästinensern, alternativen Künstlern. In bestimmten Lokalen, über deren Schwelle niemand mit klarem Verstand auch nur einen Fuß gesetzt hätte, organisierte Pilade Festmahle, die er »Agape« nannte und auf denen darüber diskutiert wurde, wie die Welt zu verändern sei.

Das diesmal ausgewählte Etablissement sah kaum wie ein Restaurant aus, eher wie ein orientalischer Laden, der ebensogut eine Metzgerei wie eine Schneiderei hätte sein können. Eine Tür mit Milchglasscheiben führte in einen kahlen Eingangsbereich, in dem kleine, weiße Öfen standen; kein Möbelstück außer einer Theke mit Mamorplatte. Es war verdächtig, daß man keine Spur einer Küche ausmachen konnte, nur ein leichter Geruch von Verbranntem drang von einer Türöffnung hinter der Theke hervor. Eine Treppe führte in die obere Etage; auf halber Höhe ging ein Bogenfenster auf die Straße und rahmte eine Utrillo-Landschaft ein, in der der Schnee jetzt heftig stiebte. Ein einziger Tisch nahm fast den gesamten Raum ein. Die Gäste warteten seit einer Stunde auf Pilade und waren schon reichlich genervt. Guerracci war nicht da.

Wolfgang, ein teutonischer Riese und Pilades Freund seit den heroischen Zeiten, sah aus wie ein Boxer; Pilade hatte Scalzi erzählt, daß er abstrakter Maler war und an der

Börse mit wechselhaftem Glück spekulierte, so daß auf Zeiten des Wohlstands stets Phasen der Not folgten; zur Zeit durchlebte er eine glückliche Periode, weshalb er die Rechnung für das Essen übernehmen würde.

Dieser Wolfgang sagte, Avvocato Guerracci habe eine halbe Stunde gewartet und sei dann mit einem »kahlgeschorenen Mädchen« davongezogen.

Bubù hatte Fieber, er würde daher nicht an der Agape teilnehmen; beim Hereinkommen hatten sie ihn auf einer Bank hinter der Theke liegen sehen, in einen Schlafsack gepackt wie eine Mumie.

Pilade machte die Leute miteinander bekannt. Neben Wolfgang saßen am Tisch zwei Jamaikaner, schwarze Reggaesänger – die Frau war von berückender Schönheit –, die die landestypische Wollmütze in den Regenbogenfarben tief in die Stirn gezogen hatten; sie waren die einzigen, die dieser etwas irrealen Situation eine gewisse Komik abgewinnen konnten, sie lachten und machten Bemerkungen über die Landschaft hinter dem Fenster, die durch das schwache Licht aus dem Saal noch verzauberter wirkte. Ein französisches Pärchen – er war Fernsehschauspieler, sie die Assistentin eines berühmten Regisseurs – schien reichlich ungeduldig darauf zu warten, daß endlich etwas Eßbares auf den Tisch kam. Eine schwarzgekleidete, etwas pummelige Frau, die eine verschlossene, autoritäre Aura ausstrahlte, wurde von Pilade als Oberst der Palästinensischen Befreiungsarmee vorgestellt. Über drei andere Gäste, zwei Männer und eine Frau, sagte Pilade, sie seien *squatters*, die sich um eine kleine Wochenzeitung kümmerten, mit der die Hausbesetzerszene unterstützt werde. Ihren Kleidern nach sahen sie eher aus wie Clochards, und die Frau trug eine unglaubliche Zahl von Pullovern übereinander, was man an den verschieden langen Ärmeln ablesen konnte. Sie rauchten und reichten einen schornsteingroßen Joint herum, im Raum hing der Geruch von Haschisch.

218

Federica, die sich neben Pilade niedergelassen hatte, begann mit ihrem Mann zu streiten. Sie machte ihm Vorhaltungen, weil er seine Gäste an diesen merkwürdigen Ort verschleppt hatte, wo man sich alles mögliche, nur kein Abendessen vorstellen konnte.

Die zwei filmschaffenden Franzosen waren bereits aufgestanden und machten Anstalten zu gehen, als eine ältere Frau in einem Gewand aus grobgewirkter grauer Wolle auftauchte. Sie wirkte schmuddelig, aus ihrem Haarknoten hatten sich einige ihrer graumelierten Haare gelöst, die nun in fettigen Schwänzchen auf ihre Schultern fielen. Die Frau beschrieb die Gerichte auf afghanisch. Wolfgang, der Experte für exotische Sitten und Gebräuche zu sein schien, erklärte die Speisen in französisch und italienisch. Scalzi bestellte ein Gericht, das irgend etwas mit Lamm zu tun hatte.

Das Abendessen erwies sich als Desaster, weniger wegen Bubùs Abwesenheit, wodurch das politische Beiprogramm entfiel, oder der stockenden Tischgespräche, sondern weil die Speisen, die besagte Frau mit zur Verzweiflung treibender Langsamkeit auftrug, einfach ungenießbar waren. Es lag vor allem an den verstörenden Farben: Blau und Violett herrschten vor. Die Hausbesetzer, die von ein paar Flaschen Wein, die sie aus ihren an der Wand aufgetürmten Taschen gezogen hatten, schon reichlich in Fahrt gekommen waren, fingen an, sich mit den malvenfarbenen Fleischstückchen zu bewerfen, wozu sie ihre Gabeln als Schleudern benutzten.

Da piepste Pilades Handy. Es war Guerracci, der aus der Gegend von La Villette anrief. Pilade, der bis dahin verlegen und schweigsam gewesen war, wurde wieder munter. Er fragte nach, wo genau sich der Freund befand, und gab das Telefon an Scalzi weiter. Amerigo schien überrascht, daß Scalzi nach Paris gekommen war, um sich mit ihm zu treffen: »Botschaft, was für eine Botschaft?« Ja, sicher, natürlich könnten sie sich treffen, es müsse nur jemand vorbeikommen und ihn aus seiner derzeitigen Klemme befreien: »Nach Möglichkeit in einem Stück ...« Guerracci zwang sich zu einem lockeren Tonfall, in dem Scalzi dennoch eine Spur von Angst ausmachen konnte. »Sag bitte Pilade, daß er nicht wie üblich herumtrödeln soll. Er, Wolfgang und möglichst noch jemand sollen doch bitte unverzüglich herkommen. Taxis fahren diese üble Gegend nachts nicht an, und wir können hier auch nicht mehr ewig bleiben. Der Wirt der Bar war sowieso schon mehr als freundlich zu uns, jetzt möchte er schließen ... Ich habe Pilade schon erklärt, wo wir sind. Ich würde am liebsten die Polizei rufen, doch das ist in meiner derzeitigen Lage nicht angebracht. Noch einmal, auf jeden Fall soll Wolfgang mitkommen, er ist groß und kräftig. Wir zwei sehen uns dann morgen, oder, Corrado? Wenn alles gut geht ...«

Das Expeditionsteam bestand aus Pilade, Wolfgang, dem Reggaesänger, dem französischen Schauspieler und Scalzi, der allerdings darauf hatte bestehen müssen. »Reichlich riskant für einen Anwalt in vorgerücktem Alter«, hatte Pilade gemeint, als ob der, dem sie zu Hilfe eilten, nicht ebenfalls Anwalt und schon »in vorgerücktem Alter« war, auch wenn er sich wie ein durch einen Hormonüberschuß verblödeter Jungspund benahm, wie sich bald herausstellen sollte.

Federica war in dem afghanischen Restaurant geblieben, um mit den verbliebenen Gästen das quälende Mahl zu Ende zu bringen, und Olimpia half ihr dabei. Schweren Herzens hatte sie, die das Abenteuer so liebte, verzichtet, doch das gebot die Höflichkeit: Federica und die Freundin des Schauspielers konnte man schlecht mit den Hausbesetzern allein lassen, die sich mangels fester Nahrung und damit auf fast nüchternen Magen ausschließlich am Wein gütlich taten und die Joints immer schneller herumgehen ließen. Als die Hilfsexpedition das Restaurant verlassen hatte, kippte die Stimmung vollends um; die betrunkenen Hausbesetzer bewarfen sich mit Oliven, ihr grölendes Gelächter konnte man noch auf der Straße hören.

Während die Helfer spornstreichs zu Wolfgangs Wagen eilten – ein altes, geräumiges Londoner Taxi mit einer Trennwand zwischen Fahrer und Fahrgast, in dem es nach Leder roch –, erklärte Pilade den Grund, warum sie Richtung La Villette stürmten.

Während der Prozesse in der Vergangenheit waren Pilade und Guerracci Freunde geworden, sie waren sich vom Charakter her ähnlich, Amerigo war Pilades Charme erlegen und bewunderte ihn hemmungslos. So hatten sie sich, trotz der Entfernung, zu allen möglichen Gelegenheiten und auch über die berufliche Beziehung hinaus getroffen. In den Ferien, und wann immer ihn die Lust packte, fuhr Amerigo nach Paris, um seinen Freund zu besuchen.

Bei einem dieser Aufenthalte hatte Guerracci vor ein paar Jahren in einem Antillen-Restaurant eine Kellnerin kennengelernt. Es war Liebe auf den ersten Blick, das Kreolenmädchen hatte eine Haut von der Farbe alten Bernsteins, sie war groß und schlank, hatte sehr kurze schwarze Haare, bewegte sich mit der Eleganz einer Tänzerin und verströmte die faszinierende Exotik tropischer Inseln. Als Guerracci nach Italien zurückkehrte, trennten sie sich, doch von Zeit zu Zeit schrieben sie sich immer noch Postkarten. Danach hatte die stürmische Renata Bruschini den erotischen Horizont Amerigos verfinstert, aber jetzt, in den Tagen der nostalgischen Erinnerung an den Schnee vergangener Jahre, hatte er wieder nach dem Antillen-Mädchen gesucht. Als Scalzi dieser Vorgeschichte lauschte, kam ihm der Verdacht, daß sie vielleicht der eigentliche Grund der Reise war, und gar nicht die Nachforschungen über die Modigliani-Skulpturen.

»Zunächst«, so erzählte Pilade, ging Guerracci zu jenem Restaurant an der Place de la Contrescarpe, doch es war inzwischen geschlossen worden, irgendeine Sache mit verdorbenen Garnelen, so hieß es. Die kreolische Kellnerin war auf der Straße gelandet, genauer auf der Rue Saint-Denis, in den Händen der Antillen-Mafia, und wurde als Ware von einer Ausbeuterbande zur anderen hin und her gereicht. Kompliment für Amerigo, daß er sie überhaupt wiedergefunden hat. Nun möchte er sie aus der Prostitution herausholen. Und deshalb ist das Milieu hinter ihnen her. Sie haben Guerracci geschworen, daß sie ihn fertigmachen und das Mädchen wieder in ihren Besitz bringen werden. Im Moment haben sich die beiden Turteltauben in einer kleinen Bar am Kanal verkrochen. Draußen vor der Tür lauern zwei finstere Typen mit Messern auf sie.«

»Das ist es also, was wir uns vorgenommen haben?« fragte Scalzi. »Wir wollen uns mit zwei Zuhältern eine Messerstecherei liefern?«

»Keine Sorge«, Wolfgang lachte, er schien amüsiert. »Machen Sie sich nur keine Sorgen, Sie sind in guten Händen.«

»Et s'ils ont un revolver? ...«, fragte der französische Schauspieler beunruhigt.

»Also, wenn sie Knarren haben, dann organisieren wir uns eben auf andere Weise, was, Wolfgang?« sagte Pilade erregt.

Scalzi wußte durch die späteren Prozesse, die auf die ersten, ideologischen gefolgt waren, daß Pilade, auch wenn es nicht seine Art war, durchaus zu Taten schreiten konnte. Nur hatte es bei den seltenen Gelegenheiten, bei denen er zum operativen Kommando gehörte, stets Pannen gegeben. So regnete es zum Beispiel am Tag eines Banküberfalls, und Pilade hatte in weiser Voraussicht seinen Regenschirm mitgenommen. Der Schirm hatte sich in der Eingangstür verklemmt, beim Versuch, ihn wieder loszubekommen, hatte Pilade die Scheibe zerschlagen, was die Aufmerksamkeit des Wachmanns erregte, der in der Bar gegenüber seine Pause verbrachte, und der versuchte Bankraub endete in einer überstürzten Flucht. Gleicher Mißerfolg beim Ausbruch eines Häftlings aus einem kleinen Provinzgefängnis. Pilade, der das Fluchtauto fuhr, hatte sich im Labyrinth der Gäßchen der Altstadt verfahren und schließlich vor einem Nonnenkloster Position bezogen. Der Flüchtling, der bereits über die Mauer gesprungen war, hatte so lange gewartet, wie er konnte, dann hatte er an der Gefängnispforte geklingelt, um sich wieder einsperren zu lassen.

Es hatte aufgehört zu schneien. Die Straße verlief an einem Kanal entlang; auf der anderen Seite lagen die Häuser dunkel und verlassen, Fenster und Türen mit Brettern vernagelt. Ein buntgeflicktes Auto parkte vor einem Abrißgebäude. Die Scheiben waren beschlagen, die Innenbeleuchtung war an. Als sie daran vorbeifuhren, sah Scalzi am Steuer einen großen, stämmigen Kerl mit olivfarbener Haut, daneben einen etwas kleineren und dunkleren Mann. Die beiden rauchten und hörten Musik bei voller Lautstärke, der Rhythmus der Percussions dröhnte die verlassene Straße hinab. Hier erweiterte sich der Kanal zu einer Schleuse, vor der sich die schwarze Silhouette eines mit Ziegelsteinen beladenen Lastkahns abzeichnete. Auf der anderen Seite des Platzes lag die Bar, die Leuchtreklame war bereits ausgeschaltet, schwaches Licht drang durch den halbgeschlossenen Rolladen.

Wolfgang leitete die Operation. Er bog in eine Parallelstraße ein, die hinter das Abrißgebäude führte, und parkte das Auto. Er sagte zu Scalzi, daß er in die Bar gehen und Guerracci und das Mädchen überreden solle, herauszukommen; aber sie sollten sich abseits halten, was auch immer passieren würde.

Im Gehen sah Scalzi noch, wie Wolfgang ein Brett aus dem Bauzaun riß und auch die anderen aus dem Wagen stiegen.

Scalzi drückte mit dem Fuß gegen die Glastür hinter dem Rolladen. Sie war geschlossen; er bückte sich und warf einen Blick hinein. Guerracci saß am Tresen und schälte ein Ei. Der Wirt stand vor ihm und redete auf ihn ein. Scalzi klopfte an die Tür. Der Wirt kam zur Tür. »Qu'est-ce que vous voulez?« fragte er. »Le café est fermé. Allez! Vite! J'appelle la police ...«

»Amerigo!« rief Scalzi. »Ich bin's! Corrado!«

Guerracci trat zur Tür und sagte etwas zum Wirt, der daraufhin aufschloß. Scalzi trat ein, und der Wirt schloß hinter ihm wieder ab.

»Scheiße!« rief Guerracci. »Dich haben sie geschickt? Was soll das denn?«

»Die anderen sind auch da«, sagte Scalzi. »Sie sind zu viert: Pilade, Wolfgang und noch zwei andere ...«

»Und wo stecken sie? Warum sind sie nicht mit dir zusammen gekommen?«

»Verdammt, jetzt hör mir mal zu, Amerigo.« Scalzi platzte der Kragen. »Ich habe die Schnauze gestrichen voll von deinen krummen Touren, komm jetzt raus und bereite dem ein Ende ... Die anderen sind weiter hinten.«

»Ich denke, dann sind Sie genug«, sagte der Wirt, der müde wirkte. »Sechs gegen zwei ...«

Amerigo ging zu einem Tisch. Dort schlief ein Mädchen mit dem Kopf auf den Armen. Guerracci schüttelte sie sanft an der Schulter. »Laurette, komm, wir gehen ...«

Das Mädchen hob den Kopf, rieb sich die Augen, gähnte, lächelte, stand auf und strich sich den Minirock über die Hüften. Sie war sehr jung und sah mitgenommen aus, die krausen Haare waren fast kahlgeschoren; sie nahm eine Schaffelljacke vom Stuhl und schlüpfte hinein. Sie zitterte ein wenig. Guerracci legte ihr einen Arm um die Schulter, sie lächelte ihn an und schmiegte sich in ihre Pelzjacke.

Guerracci bezahlte und schüttelte dem Wirt die Hand;

der, ein sanfter Typ mit Baskenmütze, klopfte ihm auf die Schulter und lächelte ihm ermutigend zu. Doch Scalzi sah, wie er, nachdem er den Rolladen wieder herabgelassen hatte, hinter der Scheibe stehenblieb, um zu beobachten, was nun passieren würde.

Sie machten ein paar Schritte auf dem Gehweg. Da wurde auf der anderen Seite des Platzes plötzlich die Tür des zusammengeflickten Autos aufgerissen. Der größere der beiden Männer stieg aus. Im Licht der Straßenlaterne sah Scalzi in einem sadistischen Lächeln seine Zähne funkeln. Immer noch lächelnd bewegte sich der Kerl mit wiegenden Schritten auf sie zu. Da plötzlich ein heftiger Schlag und das Geräusch von zerspringendem Glas. Der Mann drehte sich um, sah, wie der andere, ein schmächtiges Kerlchen, wie eine verschreckte Maus aus dem Wagen stürzte. Glassplitter glitzerten auf dem Asphalt. Die Heckscheibe des Autos war eingeschlagen, man konnte ein schwarzes Loch klaffen sehen.

Mit einem sportlichen Satz übersprang Wolfgang den Bretterzaun vor dem Abrißgebäude. Nach ihm erschien Pilade, hinter diesem sah man die bunte Mütze des Reggaesängers und in den Ruinen den Schatten des Franzosen. Wolfgang hatte einen großen Stein in der Hand, den er gegen die Windschutzscheibe des Autos schleuderte. Im Licht der Laterne glitzerte ein Spinnennetz auf.

»Raus!« schrie Wolfgang. »Hors les cuilles! Allez!«

Pilade glitt an seiner Seite vorbei und stürzte sich auf die Gegner, die wieder ins Auto steigen wollten. »Salauds!« rief Pilade. »Scheißluden!«

Der große Mann von den Antillen griff in seine Manteltasche, lehnte sich mit den Schultern an das Auto und hatte im nächsten Augenblick eine Messerklinge in der Faust. Pilade hatte ihn fast erreicht, da schwang der Arm des Kreolen nach vorn, und Pilade machte einen Satz nach hinten. Wolfgang schubste ihn mit der Schulter beiseite, mit einer schnellen Bewegung zog er sich den Mantel aus, wirbelte ihn herum und schlug ihn dem Zuhälter um den Arm; dann trat er mit dem Fuß zu, der andere klappte brüllend zusammen, stürzte zu Boden, rollte an den Straßenrand, wo der Deutsche ihm noch einmal mit voller Wucht in die Nieren trat. Scalzi sah, wie der Körper über den grasbewachsenen Uferrain kullerte und dann aus der Sicht verschwand. Wolfgang trat an das vor der Schleuse angestaute Gewässer.

»Los, helft mir«, sagte er. »Er ist ins Wasser gefallen.«

Er und der Jamaikaner verschwanden hinter der Böschung. Kurz danach tauchten sie wieder auf und zogen den nassen und zitternden Mann hinter sich her. Wolfgang klopfte ihm Schultern, Brust und Arme ab und schlug so das Wasser heraus, das in seine Kleidung gedrungen war. Unsanft schleppten sie ihn zum Auto, Wolfgang durchwühlte seine Taschen, zog die Autoschlüssel hervor, packte den Türgriff, zog heftig an der Wagentür, diese sprang auf, und man hörte ein angstvolles Stöhnen. Dann warf er den Antillenmann auf den Fahrersitz, steckte den Schlüssel ins Schloß und startete. »Ab!« brüllte er.

Der durchnäßte Kerl packte das Lenkrad, legte den Gang ein, der Wagen fuhr los und verschwand. Am Horizont hinter der Schleuse schimmerte auf der silbernen Kuppel der Géode ein blasser Lichtstreif. Scalzi sah auf seine Armbanduhr, es war drei Uhr.

Das Londoner Taxi war nun knallvoll. Scalzi, der nach Wolfgang der Stämmigste war, bekam den Beifahrersitz, mußte allerdings das Mädchen halb auf seinen Schoß nehmen. Wolfgang steuerte mit einer Hand, während er mit der Klinge des Messers, das er dem Zuhälter abgenommen hatte, aufs Armaturenbrett schlug. Er pfiff eine Marschmelodie.

Das Mädchen war wieder eingeschlafen. Im Schlaf hatte sie ihre Beine quer über die von Scalzi gelegt und ihren

Kopf an seine Brust gelehnt. Sie war sehr leicht und sehr weich. Von der Pelzjacke stieg ein Geruch von reifem Schafskäse auf, der sinnliche Körper duftete nach Patschuli. Scalzi wußte nicht, ob das leichte Schwindelgefühl, das er verspürte, vom Hunger kam oder von etwas anderem.

24
Elsässer Mittagsmahl

Man hatte sich in einem elsässischen Restaurant am Carrefour de l'Odéon verabredet. Nach der zurückliegenden Gangsternacht war man recht schnell auseinandergegangen, Scalzi und Olimpia hatten direkt ihr Hotel angesteuert, sogar zum Reden waren sie zu müde.

Nun genossen sie ein köstliches Mahl aus Krabben, Langusten, Coquilles Saint-Jacques, darauf folgte ein Entenbrustfilet und zum Abschluß ein Plateau de fromages. Alle hatten sie einen gesegneten Appetit, da sie mit Ausnahme von Kostproben der afghanischen Spezialitäten seit langem fast nichts mehr im Magen hatten.

Beim Dessert war Scalzi wieder versöhnt. Es war einer jener durchwachsenen Tage mit hohem Himmel, die so typisch waren für Paris. Der Schnee an den Seiten des Boulevards funkelte, wenn die Bewölkung kurz aufriß, die Sonne schimmerte von Zeit zu Zeit durch die weiße Wolkendecke. Scalzi nippte an seinem Glas und überlegte, ob er das Gespräch nicht verschieben sollte; bei der Wärme des Calvados erschien ihm das Leben viel zu heiter, als daß man es mit Arbeit beschweren durfte. So war es Olimpia, die das Thema anschnitt.

»Amerigo, weshalb hast du uns herbestellt?«

Guerracci wandte für einen Augenblick seinen zärtlichen Blick von Laurette, hielt aber unter dem Tisch weiter ihre Hand. »Ich soll euch herbestellt haben? Ich freue mich ja, nicht daß wir uns falsch verstehen, es war eine schöne Überraschung, aber ...«

»Und die Botschaft?«

»Was für eine Botschaft?«

»Die Postkarte mit dem Code ...«

»Ich habe euch eine Postkarte geschickt, wie es üblich ist unter Freunden ... Der Code ... Entschuldigung, was für ein Code?«

Olimpia lächelte säuerlich. Guerracci flüsterte Laurette etwas ins Ohr, sie antwortete mit einem zärtlichen Blick und einem mit den Lippen angedeuteten Kuß.

»›Bis bald, so hoffe ich‹, hast du geschrieben. Hast du uns nach Paris kommen lassen, Amerigo, damit wir dir bei deinem Techtelmechtel unter die Arme greifen?«

»Laß gut sein, Olimpia«, sagte Scalzi. »Wir haben da wohl etwas falsch verstanden ... Und so schlecht war es bis jetzt ja auch gar nicht, abgesehen von der etwas stürmischen Soirée... Sehen wir das Ganze als Ausflug an, ja?«

»Einen Scheiß werde ich tun!« platzte Olimpia heraus. »Mir kann er das nicht erzählen, der Herr Amerigo! Nach der Gangsternummer von gestern abend hat er ja vielleicht mal darüber nachgedacht ...«

Nun mischte sich Pilade ein, der seinen Hund zurückzerren mußte, weil der seine Pfoten Olimpia aufs Knie gelegt hatte. »Nun komm schon, Guerracci ... Nennen wir die Dinge doch beim Namen. Zu mir hast du gesagt, wenn der Scalzi hier wäre, dann könntet ihr dieser Information gemeinsam nachgehen. Das hast du zu mir gesagt ... Wann war das noch? Richtig, ziemlich genau vor einer Woche, bevor du ...« Hier brach er leise nuschelnd ab.

»Bevor du was?« fragte Olimpia.

»Bevor du Laurette wiedergefunden hast«, schloß Pilade seinen Satz.

Guerracci schlug die Augen nieder. »Ich gebe zu, daß die Postkarte durchaus zu Deutungen Anlaß geben konnte ... Aber vor einer Woche war noch alles anders. Da interessierte mich die ganze Angelegenheit noch ...« Er streichelte dem Antillenmädchen die Hand. »Die Dinge liegen nun jedoch anders. Ich habe beschlossen, in die Bretagne zu ziehen. Mit Laurette. Ich steige aus, Corrado. Finito, Schluß. Ich habe es satt, mir steht alles bis hier. Auch Laurette braucht einen Tapetenwechsel. Wir werden uns auf einer Insel im Golf von Morbihan niederlassen. Laurette ist eine tolle Köchin. Sie macht phantastische Fischgerichte. Wir werden ein Restaurant eröffnen, nicht wahr, Laurette?«

Laurette nickte begeistert und erstrahlte in einem Lächeln. Sie schauten sich an. Guerraccis Hand glitt ihren Arm hinauf, hielt an ihrem Nacken an und zog sie zu sich. Sie küßten sich.

»Sie werden doch wohl nicht noch zu vögeln anfangen ...«, flüsterte Olimpia Scalzi ins Ohr.

Als sie das Restaurant verlassen hatten, spazierten sie den Boulevard Saint-Michel hinunter. Pilade blieb ein wenig zurück, aufgehalten von Suerte, der bei der Jagd nach einer Katze seine Leine um einen Baum gewickelt hatte. Olimpia und Laurette schritten nebeneinander her. Olimpia hatte ein Gespräch übers Kochen angefangen, sie, die ein Soufflé nicht von einer Polenta unterscheiden konnte, um die Verliebten voneinander zu trennen und Scalzi die Gelegenheit zu geben, mit Guerracci unter vier Augen zu sprechen.

»Für dich stehen die Dinge in Livorno nicht unbedingt zum besten. Darüber bist du dir doch wohl im klaren, oder?« hob Scalzi an.

»Das kümmert mich nicht mehr. Ich habe dir doch gesagt, ich habe die Schnauze gestrichen voll.«

»Dein Zwist mit Sarcì ist allgemein bekannt.«

»Sarcì lag mit zehn Prozent der Bewohner dieses Planeten im Streit. Umgebracht habe ich ihn deshalb noch lange nicht, wenn du das damit andeuten willst. Ich hätte es zwar gern getan, aber ich bin es nicht gewesen ...«

»Ich glaube dir ja, du kannst keiner Fliege etwas zuleide tun. Erst gestern habe ich wieder die Bestätigung dafür

230

erhalten. Das ändert aber nichts daran, daß gegen dich ermittelt wird. Abwesende sind immer im Unrecht, vor allem, wenn sie sich aus dem Staub gemacht haben. Die Polizei weiß, daß du nach Paris geflogen bist.«

»Woher weißt du das?«

»Parrino hat es mir erzählt.«

»Morgen, spätestens übermorgen fahren wir auf die Insel. Dort werden sie uns nicht finden. Wir werden in Lorient an Bord gehen. Bist du jemals in Lorient gewesen? Eine zauberhafte kleine Stadt, alles in Weiß und Blau, die Leute sind sehr liebenswürdig, und man ißt phantastisch gut. Auch auf der Insel übrigens. Du weißt schon, die Île de Groix? Ich nehme das bißchen Geld, das ich auf der Kante habe, und mache ein Restaurant auf. Laurette kocht, ich kümmere mich um die Geschäftsführung. Drei Monate Arbeit in der Saison, die übrige Zeit nur Ruhe, Lust und Luxus. Ihr müßt uns besuchen kommen, du und Olimpia ...«

»Komm wieder auf den Teppich, Guerracci. Zwischen Italien und Frankreich gibt es ein Auslieferungsabkommen.«

»Ich kümmere mich einen Dreck um irgendwelche Abkommen. Auslieferung! Prozesse! Richter! Mir kommt das Essen hoch, wenn ich nur daran denke. Du weißt ja nicht, wie ich mich fühle. In diesen wenigen Tagen bin ich neu geboren worden. Ich bin ein anderer Mensch. Du kannst mich nicht verstehen! Weißt du, was es heißt, in meinem Alter ... geliebt zu werden! Und dann auf diese Art und Weise ... Verstehst du, was ich sagen will? Sie hat mein Blut wieder in Wallung gebracht ...« Er senkte die Stimme. »Kaum hatte ich sie wiedergefunden, habe ich mich mit ihr in einem kleinen Hotel im Quartier Latin verkrochen. Rate, wie lange wir nicht mehr aus dem Bett herausgekommen sind ... Wir haben uns sogar das Essen bringen lassen. Drei Tage und drei Nächte! Laurette ist eine ... heidnische Göttin ... Der Gipfel, sage ich dir!«

Als ob Laurette es gehört hätte – was allerdings unmöglich war, da sie zu weit entfernt war –, drehte sie sich wie aufs Stichwort um und lächelte ihn an. Er lächelte zurück und beschleunigte seine Schritte, um sie einzuholen.

Scalzi hielt ihn zurück. »Langsam, langsam, denk immer an einen Herzinfarkt ...«

»Infarkte bekommen solche Keuschheitsfanatiker wie du ...«

»Wer hat denn gesagt, daß ich keusch bin? Doch jetzt wieder ernsthaft, ja, Guerracci? Carrubba hat dich als seinen Verteidiger benannt. Er wurde verhaftet, und dann hat er uns beide angegeben.«

»Was hat Carrubba denn angestellt?«

»Er sitzt in Haft, weil wegen Mordes an Sarcì gegen ihn ermittelt wird. Er hat auch dich als Verteidiger benannt.«

»Das glaube ich nicht.«

»Seit wann meldest du dich schon nicht mehr in deiner Kanzlei? Man hat dich über den Haftprüfungstermin informieren wollen. Du warst nicht da, und so haben sie von deiner Reise erfahren.«

»Und warum sollte Carrubba mich benannt haben, wo ich ihm bei seinen Plänen mit Granelli einen Strich durch die Rechnung gemacht habe? Du weißt doch, wie dein alter Klient diesen Einfaltspinsel übers Ohr hauen wollte? Und ich habe ihm die Suppe gründlich versalzen. Granelli war ihm schon beinahe auf den Leim gegangen.«

»Ich weiß, Carrubba hat es mit erzählt. Ich vermute, daß er dich benannt hat, um dich von einer Zeugenaussage abzuhalten. Manchmal ist er ein Fuchs, dieser Carrubba.«

»Dann sag ihm, daß ich meine Ernennung nicht annehme. Erstens, weil er ein schmieriger Betrüger ist, zweitens, weil ich auf meine Insel fahren werde, allen zum Trotz, die mir etwas anhängen wollen, und daß ich folglich als Anwalt nicht mehr zur Verfügung stehe. Alles klar? Setz ihn darüber in Kenntnis, daß ab Februar des laufenden Geschäftsjahres der ehemalige Rechtsanwalt Guerracci eine Karriere als Restaurantbesitzer einschlagen wird. Und er soll es ja nicht wagen, in meiner Kneipe aufzutauchen, weil ich ihn dann nämlich hochkant hinauswerfen werde.«

»So einfach ist das aber alles nicht. Carrubba weiß ein paar recht heikle Einzelheiten über dich.«

»Und was, bitteschön?«

»Ein paar Dinger, die du zusammen mit diesem Mädchen, der Bruschini, gedreht hast.«

»Was will Carrubba denn über mich und Renata wissen?« Guerraccis Stimme verriet seine Besorgnis.

»Er hat mir nichts Bestimmtes gesagt. Er hat mir nur zu verstehen gegeben, daß er mehr als die Staatsanwälte und die Polizei weiß. Aber auf eins bin ich von ganz allein gekommen ...«

»Ich rieche den Bluff, Avvocato: Los, leg die Karten auf den Tisch!«

»Die Bruschini stand mit einem Dealer in Kontakt, einer ziemlich bekannten Persönlichkeit, soweit alles klar?«

»Okay, und weiter?«

»Nun, dieser Dealer ist wohl einer von den Typen, die 1984 diese Baggerei am Kanal inszeniert haben, ist doch so, oder?«

»Ein Rädchen im Getriebe ... Gut, weiter.«

»Mehr weiß ich nicht, nur noch, daß sich die Bruschini eine Ladung Drogen unter den Nagel gerissen haben soll und daß irgend jemand dem Dealer sein Zweithäuschen angezündet hat. Mir fehlen die Zusammenhänge, Carrubba allerdings nicht, zumindest hat er so etwas angedeutet. Und über diese Zusammenhänge wußte wohl auch der selige Sarcì Bescheid. Weißt du noch, ich war ja mit dabei, wie Sarcì dir gedroht hat? Warum hast du mir nicht gesagt, daß du sein Anwalt gewesen warst, ehe du Granellis Vertretung übernommen hast?«

»Was für ein Spiel spielst du, Corrado? Du willst mich nicht zufällig erpressen?«

Scalzi beschleunigte seinen Schritte und holte die beiden Frauen ein. »Komm, Olimpia«, sagte er. »Wir gehen zurück ins Hotel. Verabschieden wir uns von diesen Herrschaften.«

Auch Pilade hatte sie inzwischen eingeholt, nachdem er, seinen freiheitlichen Grundsätzen zuwiderhandelnd, Suertes Leine eingerollt hatte. So konnte der Hund nun nicht mehr den Passanten vor die Füße laufen, Katzen hinterherjagen oder sich um Bäume wickeln. Schmollend, aber nicht ergeben trabte er hinter ihm her.

Vor dem Eisengitter der Kirche St.Germain des Prés hatten die vier haltgemacht. Pilade bemerkte den Stimmungsumschwung. »Was ist passiert?«

»Olimpia und ich, wir verabschieden uns von Ihnen«, sagte Scalzi. »Wir werden versuchen, noch heute abend ein Flugzeug zu bekommen.«

»Aber ... Und Federica?« meinte Pilade enttäuscht. »Sie wollte euch heute abend zum Essen einladen, seit heute morgen werkelt sie am Herd ...« Er wies mit seiner Pfeife auf die beiden Anwälte. »Ach so, ich verstehe! Ihr habt euch gestritten. Na und? Das ist doch nichts Neues bei euch ... Ich erinnere mich noch an eure Diskussionen, als ihr die Prozesse vorbereitet habt ...«

Scalzi packte Amerigo an einer Schulter. »Ihr Freund hier ... Er soll sich das aus dem Kopf schlagen, diese fixe Idee von ...« Er fing einen Blick der ahnungslosen Laurette auf und vermied es, Guerraccis fixe Idee näher zu erläutern. »Er ist ein Paranoiker, Ihr Freund. Er gehört in die Anstalt, ohne Witze. Ich überschlage mich, um hierherzukommen ... aufgrund seiner Einladung ... die zwar verschlüsselt, aber nichtsdestoweniger eine Einladung war ... in der Absicht, ihm aus einer schwierigen Situation herauszuhelfen ... Einer sehr schwierigen, mehr kann ich nicht sagen. Und wissen Sie, wie Herr Amerigo Guerracci darauf reagiert? Er unterstellt mir, ich wolle ihn erpressen. Er hat es wirklich gewagt, diesen Ausdruck zu benutzen ...«

Pilade legte Scalzi eine Hand auf den Arm. »Darf ich Sie einen Moment allein sprechen?« Er zog ihn am Ärmel fort. Die anderen blieben stehen, die Menschenmassen auf dem Boulevard suchten sich einen Weg durch das Grüppchen. Amerigo betrachtete seine Schuhe, er wirkte peinlich berührt. Pilade zog Scalzi zur Kirche. Sie bogen um die Ecke.

»Amerigo hat mit mir über diese Sache gesprochen«, begann Pilade. »Er ist nach Paris gekommen, um einen gewissen Umstand zu klären. Ich habe ihm dabei geholfen. Ich konnte einen wichtigen Kontakt für ihn herstellen. Auf die Idee mit der Suche nach Laurette ist er erst später gekommen, und erst dann hat er beschlossen, alles hinzuschmeißen. Sie kennen ihn besser als ich, Sie wissen, wie impulsiv er ist. Aber er braucht Ihre Hilfe. Und wie er die braucht! Nur Sie allein können ihn noch zum Umdenken bewegen. Bald wird er merken, daß die romantische Idee von der Flucht auf die Insel ein kindischer Einfall ist. Kommen Sie doch heute abend zu uns zum Essen. Sie und Guerracci können sich dann aussprechen, ein für allemal. Verflucht, ihr seid doch schon euer ganzes Leben lang Freunde!«

»Sie konnten einen wichtigen Kontakt herstellen?« fragte Scalzi. »Was für einen Kontakt?«

»Eine Freundin von mir. Jemand, den ich in Künstlerkreisen kennengelernt habe. Eine außergewöhnliche Frau. Sehr alt, aber immer noch unglaublich klar im Kopf. Stellen Sie sich vor, Avvocato: sie hat Modigliani noch persönlich gekannt! Sie war eine Freundin seiner Tochter. Sie weiß sehr viele Dinge über die Geschichte, mit der Sie zu tun haben. Wir essen bei uns zu Abend, dann nehmen wir mein kleines Auto, das ich heute morgen abgeholt und frisch aufgeladen habe, und fahren zu dieser Frau. Was meinen Sie dazu?«

»Aber nicht mit dem kleinen Auto«, warf Scalzi ein. »Wenn überhaupt, dann mit einem Taxi ...«

25

Das Modell des Malers

Federicas Abendessen schmeckte nach Rückkehr zu den warmen und behaglichen Dingen des Lebens, die etwas ganz anderes waren als die eisigen Windböen der heroischen Zeiten von einst.

Federica stammte aus einer wohlhabenden Familie in Kalabrien. Von daheim schickten sie ihr ständig Pakete mit kulinarischen Köstlichkeiten, um die Bitterkeit ihres Exilantenlebens zu mildern. Käse, *satizzi, capicolli*, Blutwürste, Konserven mit in Öl Eingelegtem aller Art: Auberginen, Tomaten, Pilze ... Und Sardinen, Schwertfisch, Thunfisch ... Zu Weihnachten kamen dann noch alle typischen Süßigkeiten hinzu: *taralli, torroncini, petralie, pignolate* ... Und große Kisten mit Orangen und Orangenblüten. Der Duft der Orangen ließ sogar Suertes Mief erträglicher werden. Die Blüten waren schon welk, wenn sie ankamen, und Federica versuchte, sie in Gläsern und Väschen wieder zum Leben zu erwecken, die ganze Wohnung stand voll davon, doch die jungfräulichen Blüten blieben meist gallig-gelb und schauten traurig drein.

Die Liebe zwischen Federica und Pilade war legendär, sie war einzigartig in dem subversiven Milieu, in dem sie erblüht war, zumal sie immer noch ohne Treuebrüche fortbestand. Für ihr Leben mit Pilade hatte Federica auf eine brillante Universitätskarriere verzichtet; sie hatte sich an die ständigen Sorgen, an die Gespräche in den Besuchszimmern der Sondergefängnisse, an aufregende, heimliche Reisen, an die kleine, unordentliche Wohnung in der Rue Montmorency und an Suerte gewöhnt.

Es war ein fabelhaftes Essen. Die Spezialitäten Kalabriens, von gekonnter Hand in Hors-d'œuvres, Zwischengänge und Beilagen verwandelt, harmonierten mit erlesenen französischen Gerichten; der Geschmack einer bäuerlichen Küche verband sich auf vollendete Weise mit der Raffinesse eines Cordon bleu.

Nach dem Essen, bei dem sich die Atmosphäre zwischen Scalzi und Guerracci etwas entspannt hatte, wie Pilade es gehofft hatte, riefen sie ein Taxi, um in die Rue de Ravignan zu fahren, in der das Modell von Modigliani lebte.

Die Signora Małgorzata Gałažka, bekannt als Marguerite, war runde neunzig Jahre alt. Sie war in Paris als Kind polnischer Einwanderer zur Welt gekommen und wurde mit zehn Jahren Küchenmagd im »Chez Rose« – eher eine Schenke als eine Gaststätte – in der Rue de Ravignan, in der Paul Guillaume das Haus mit der Nummer 13 an Amedeo Modigliani vermietet hatte. Man schrieb das Jahr 1914. Marguerite war ein etwas traurig wirkendes Mädchen mit Zöpfen, einem sauber gezogenen Scheitel und Händen, die bereits grob und gerötet waren; sie mußte sich neben dem Bedienen auch um den Abwasch kümmern. Modigliani nannte sie *la fille des bois*, das Mädchen aus den Wäldern. Bis heute verstand sie, die ein stilles, höfliches und trotz der Armut der Familie wohlerzogenes Kind gewesen war, nicht, warum. Auch jetzt noch machte die Signora Marguerite einen gepflegten und liebenswürdigen Eindruck, mit der Zeit jedoch war sie alles andere als schweigsam geblieben. Sie sah zwanzig Jahre jünger aus. Nur wenn man ihre von Arthritis verkrümmten und mit dunklen Flecken übersäten Hände betrachtete, ahnte man, daß sie wirklich sehr alt sein mußte. In der durchscheinenden Haut ihres Gesichts furchten sich Grübchen, jedesmal wenn sie lächelte, was sie fast immer tat, aber nicht etwa, weil sich ihr Verstand mit dem Alter getrübt hätte; aus ihrem

Lächeln sprach ein glückliches Leben ohne Reue, fast ein ganzes Jahrhundert, in dem sie alles gemacht hatte, was eine arme Frau ihrer Generation machen konnte, um der Langeweile und der Armut zu entfliehen: sie war Modell von Malern geworden, Zirkusreiterin, Tänzerin, Malerin, Filmschauspielerin ... Zweimal war sie verheiratet gewesen, das zweite Mal mit einem Kunsthändler, der ihr den Gefallen getan hatte, bald zu sterben – er hatte sich als ein sehr unangenehmer Mensch erwiesen –, und ihr außerdem so viel hinterließ, daß sie ganz annehmbar davon leben konnte.

Ihr winziges Appartement lag im zweiten Stock eines Hauses in derselben Straße, in der sie als Kind gearbeitet hatte. Dieses Gebäude – welch eine Fügung des Schicksals – stand auf ebendem Gelände, auf dem sich zu Anfang des Jahrhunderts das von einem kleinen Garten umgebene Häuschen befunden hatte, in dem Modigliani wohnte und das damals schon für den Abriß vorgesehen war; so fehlte eine Wand, die der Mieter durch hölzerne Verschalungen und durch Vorhänge ersetzt hatte. Amedeo Modigliani lebte dort seit 1910, also schon vier Jahre, bevor er das kleine Mädchen Marguerite, kennenlernte, die Bedienung im »Chez Rose« in ebendieser Rue de Ravignan.

Marguerite mochte Pilade gut leiden, das zeigte sich in der herzlichen Umarmung, mit der sie sich begrüßten; vielleicht erinnerte er sie durch seine jazzige Art zu reden – ohne jede Syntax, nur mit luftigen Unterbrechungen – an das surrealistische Chaos der Künstler zu Beginn des Jahrhunderts; vielleicht weckte sein verlottertes, aber im Grunde gutherziges Wesen auch einfach ihren Mutterinstinkt. Bis auf ihre Bonne, die zum Saubermachen kam, lebte Marguerite allein und hatte nicht oft Gelegenheit, sich mit jemandem zu unterhalten. Mit großer Freundlichkeit empfing sie die drei Unbekannten, Scalzi, Olimpia und Laurette, die im Gefolge von Pilade und Guerracci in ihr Puppenhaus einbrachen. Sie sprach ein sehr korrektes Französisch, bereichert durch einen melodischen Akzent, der die Wortendungen wie Vögel aufsteigen ließ. Sobald sie jedoch bemerkt hatte, daß ihre Gäste fast alle Italiener waren, wechselte sie in deren Sprache; sie war in der Welt herumgekommen und sprach sechs Sprachen mit der angeborenen Leichtigkeit der Slawen. Und mit einer Anekdote begann sie:

»Ich erinnere mich, daß ich eines Morgens das Trottoir vor dem Eingang des Lokals fegte. Es war in aller Frühe. Ich sah Modì und seinen Freund Cendrars, den Dichter. Sie liefen hintereinander und wateten mit ihren Füßen durch das Rinnsal, das hier in Paris neben dem Bürgersteig zur Säuberung der Straßen verläuft; sie wedelten mit den Armen, als würden sie schwimmen. Sogar noch bis ins Lokal von Rose ahmten sie diese Schwimmbewegungen nach; Modigliani wandte zum Luftholen den Kopf zur Seite und öffnete den Mund wie beim Kraulen, und schließlich klammerten sie sich an der Theke fest wie an einem schwimmenden Ponton. Patschnaß waren sie allerdings wirklich, vom Kopf bis zu den Füßen: Sie sagten, daß sie von den Hallen bis hierher geschwommen seien. Sie waren sturzbetrunken, hatten diese Art von morgendlichem Rausch, der den ganzen Tag über andauert. Sie tranken Punsch, um ihren Kreislauf wieder in Schwung zu bringen. In den Hallen waren sie nach durchzechter Nacht tatsächlich gewesen, wie sie Rose, der Wirtin, erzählten. Dort hatten sie sich aus Übermut mit ein paar Arbeitern angelegt, die im Morgengrauen das erste Gemüse von den Lastkähnen entluden, und waren von ihnen in die Seine geschmissen worden. Sie zitterten wie Espenlaub, doch die ganze Zeit lachten sie weiter. Ja, meine Herrschaften, so waren die Künstler jener Zeit: immer gut gelaunt und heiter! Alles andere als melancholisch! Und Modì war ein wahrer Engel: lachende, tiefgründige Augen ... Nur schade, daß er soviel trank. Er hatte mich kaum gesehen, da machte er schon eine Porträtskizze von mir. Er hielt mich fest, während ich an den Tischen bediente, zwang mich, still vor ihm stehenzubleiben; er zeichnete in einer einzigen fließenden und leichten Bewegung, ohne jemals den Stift vom Blatt zu heben, fast als würde er einen Scherenschnitt anfertigen. In den folgenden Monaten schuf er ungefähr dreißig dieser Porträts. Wenn ich daran denke, welches Ende diese Zeichnungen genommen haben, dann kommen mir die Tränen. Modì hatte Schulden bei Rose und schlug ihr vor, zur Begleichung eine Rolle mit Zeichnungen anzunehmen: in dieser Rolle befanden sich auch meine Porträts. ›Heb diese Zeichnungen gut auf‹, sagte er zu Rose, ›eines Tages werden sie viel Geld wert sein.‹ Doch Rose, die nur aus Freundschaft auf diesen Handel eingegangen war – auch sie war Italienerin –, und nicht etwa, weil sie an eine Zukunft des Künstlers glaubte, legte sie in ein Regal im Keller und vergaß sie danach. Als Modigliani auf dem Père Lachaise begraben wurde, war unter den Freunden auch Rose. Gar nicht so lange nach der Beerdigung erzählte man Rose von den schwindelerregenden Preisen, die nun für die Werke Modiglianis gezahlt würden; da rannte sie natürlich eilends in den Keller. Doch die Zeichnungen waren hin, die Mäuse hatten sie zerstört, allerdings nicht, um sich davon zu ernähren. Mäuse fressen kein Papier, sie wetzen sich daran nur die Zähne, machen *petits trous* ins Papier und lassen sie zurück wie Karnevalskonfetti. Die Rolle war in einen bröseligen Schwamm verwandelt, der bei der ersten Berührung ihrer Hand zerfiel ...

Eines Morgens sagte Modì zu mir: ›Fille des bois, morgen kommst du zu mir und stehst mir Modell‹. *Fille des bois* ... Wie ist er nur darauf gekommen? Ich war nun wirklich kein Naturkind, eher sehr wohlerzogen. Später, nun ja ... später habe ich mein Leben genossen ... Er versprach mir ein paar Francs, er war knapp bei Kasse und konnte sich kein erwachsenes Modell leisten. Ich ging also hin. Er empfing mich höflich und behandelte mich wie eine Dame. Er wollte, daß ich dasselbe Kleid anbehielte, das ich im Wirtshaus trug. Ich zog mir nur die Schürze aus, glättete mir die Haare, und er gab mir ein blaues Band, um es als ... *Comment s'appelle-t-il en italien?*«

»Stirnband«, schlug Pilade vor.

»*Voilà*, als Stirnband zu verwenden. Von diesem Tag an ging ich häufig in sein Atelier. Ich saß auf einem Stuhl, er sang italienische Romanzen und malte. Der Pinsel strich wie die Schwinge einer Möwe im Flug über die Leinwand. Nach einigen Stunden hörte er erschöpft auf. Dann gab er mir ein wenig Geld, häufiger aber sagte er mir, daß ich anschreiben lassen solle, ich lief zu Rose und kehrte mit einer Flasche Branntwein, Pernod oder Cognac zurück, das hing ganz von Roses Stimmung ab: Pernod oder Cognac, wenn sie in großzügiger Laune war, billiger Branntwein, wenn sie mißgestimmt war. Er stürzte ihn einem Zug hinunter, und dann begann er wieder zu malen und zu singen, munter wie ein Spatz ...«

Scalzi fand sich damit ab, den Abend sinnlos vergeudet zu haben. Pilade hatte ihn gewarnt, die Dame nicht zu unterbrechen, da Marguerite, wie es bei sehr alten Menschen vorkommt, Schwierigkeiten hatte, den Faden wieder aufzunehmen, und, erst einmal unterbrochen, sich auf wer weiß welche Abwege begab. Schließlich hatte sie ja auch viel zu erzählen ... der Große Krieg, die Weltwirtschaftskrise ... Wenn sie sich nun auch noch bis zu ihrem Zentralgestirn Picasso aufschwingen würde – sie war lange Jahre sein Modell gewesen und seine Freundin bis zum Tode des Meisters –, dann gäbe es wohl keinen Weg mehr, sie wieder auf die Erde zurückzuholen. Modigliani war ihr Morgenstern gewesen, strahlend zwar, aber von kurzer Dauer, doch Picasso ... Die Sonne, die fast ihr ganzes langes Leben erleuchtet hatte!

Die Ankedoten, die sie über Modigliani erzählte, waren

lebendig und außerordentlich faszinierend, doch sie hatten nichts mit den Nachforschungen zu tun, da sie die Zeit nach 1914 betrafen, in der der Künstler die Bildhauerei fast gänzlich aufgegeben hatte. So war Scalzi enttäuscht und gerade ein wenig abwesend, als die Signora Gałažka, auf die Tochter des Künstlers zu sprechen kam, die sie kennengelernt hatte, als Jeanne Modigliani eine Biographie über ihren Vater schrieb. Sie seufzte, und zum erstenmal legte sie ihr Lächeln ab, als sie bemerkte: »Eine so intelligente und sensible Frau ... Die gleichen Augen wie der Vater ... Doch was für ein Ende, die Ärmste ... Auf so barbarische Weise umgebracht ...«

»Was sagten Sie, Signora?« fuhr Scalzi auf. »Wer soll umgebracht worden sein?«

Madame Marguerite betrachtete ihn verwundert, als sähe sie ihn erst jetzt.

»So schweigen Sie doch, Avvocato«, brummelte Pilade leise. »Lassen Sie sie doch ausreden ...«

»Monsieur Pilade, wer ist dieser Mann?«

»Ein Freund«, erwiderte Pilade. »Aber bitte, hören Sie doch nicht auf zu erzählen. Er ist ... Professor ... Er stellt Studien über Modigliani an ...«

»Mein Name ist Corrado Scalzi«, stellte der falsche Professor klar, um irgendeinem ähnlich klingenden Namen zuvorzukommen. Guerracci grinste.

»Worüber sprach ich gerade?« fragte die Signora.

»Über Modiglianis Tochter, über Jeanne ...« sagte Pilade eilfertig.

»Ach ja ...«, Marguerite seufzte erneut und wandte sich um, um hinter sich, an der Wand über dem Fernseher, den Druck zu betrachten, der ein Bildnis von Jeanne Hébuterne zeigte, jenes Bild, in dem Modiglianis Lebensgefährtin im Profil abgebildet war, die Haare im Nacken zu einem Knoten geschlungen, die weiße Bluse geöffnet über ihrem ach so langen Hals.

»Was für ein unwürdiges Schicksal«, sagte Marguerite. *»Les deux Jeanne, toutes les deux, la mère et la fille ...* Die Mutter stürzt sich am Tag nach dem Begräbnis ihres geliebten Dedo aus dem fünften Stock in die Tiefe. Und die Tochter, viele Jahre später ... was für ein ungerechter Tod!«

»Wieso ungerecht?« warf Scalzi ein.

»So unterbrechen Sie sie doch nicht!« sagte Pilade.

»Erscheint Ihnen ein Verbrechen nicht ungerecht, werter Herr? Meinen Sie nicht, daß es ungerecht ist, die Tochter eines großen Künstlers umzubringen, die eine angesehene Schriftstellerin war, eine sanftmütige Frau, die niemals jemandem etwas zuleide getan hatte? Und dann, aus welchem Motiv! Aus niederen Beweggründen, des Geldes wegen, darum wurde Jeanne Modigliani ermordet ...«

Das Zimmer wirkte sauber wie ein kleiner Strand, auf den die Brandung Muscheln und allerhand verwittertes Strandgut gespült hatte. Auf dem Tischchen, an dem die Signora saß, befanden sich lauter Dinge, an denen der Zahn der Zeit genagt hatte: Der kleine Mohr, der das Tintenfaß umarmte, hatte einen gebrochenen Arm; an einem indischen Kästchen, das von Briefen überquoll, saß der Deckel schief; das chinesische Duftgefäß hatte keinen Verschluß mehr; an der Teetasse konnte man bei genauerem Hinsehen winzige Absplitterungen erkennen ... Die Wände waren über und über mit Fotos bedeckt, allesamt mit Widmung: Picasso, Cocteau, Braque, Soutine, Modigliani in Nizza, mit einem Schlapphut, den Mantel über den Schultern, mit traurigem Lächeln und einem Gesicht, das schon von der Krankheit gezeichnet war ...

Ein Schatten zog durch den kleinen Raum. Das dumpfe Dröhnen des Verkehrs füllte die Stille, bis Scalzi sich räusperte: »Das ist etwas, was uns interessiert, Signora ...«

»Quoi?«

»Der Tod von Jeanne, wie es passiert ist ... Das interessiert uns sehr ...«

»Und warum interessieren Sie sich für Jeannes Tod, Monsieur?«

»Es ist bestimmt keine Neugier«, sagte Scalzi. »In letzter Zeit sind andere Morde geschehen, andere Todesfälle, die sinnlos erscheinen ...«

»Erzählen Sie uns doch noch einmal genau, was Sie Pilade und mir gegenüber erwähnt haben, wenn es nicht zuviel für Sie ist ...«, ergänzte Guerracci. »Ich kenne die Geschichte ja schon in groben Zügen, doch Monsieur Scalzi hier hört zum erstenmal davon. Er ist eigens nach Paris gekommen, um Informationen zu sammeln ...«

Die Signora wandte sich mit einem höflichen Lächeln an Scalzi. »*Vous êtes reporter, Monsieur?*«

»Nein, Signora«, erwiderte Scalzi. »Weder Journalist noch Professor, ich bin Rechtsanwalt.«

Die Signora hob die Augen zur Decke und schloß sie ein wenig, um ihre Gedanken zu sammeln. »*Oui* ... Als ich Jeanne kennenlernte, versuchte sie, in einem Buch die magische Atmosphäre zu erzählen, die in Paris zu jener Zeit geherrscht hatte, als ihr Vater hier lebte. Ein unmögliches Unterfangen! Zu viele Kriege, zu viele Greuel waren in der Zwischenzeit geschehen ... Nur alte Leute wie ich, die wir mittendrin waren, könnten diese Atmosphäre noch wiedergeben. Die Jungen dagegen ... Ich meine nicht Jeanne, sie war ja auch nicht mehr die Jüngste, nicht ganz so alt zwar wie ich, aber viel fehlte nicht ... Sie, ja, Sie sind alle noch jung! Seien Sie bitte nicht beleidigt, wenn ich Ihnen sage, daß heute ein Heer von Ignoranten ... wie heißt es? ach ja: von technologiehörigen Ignoranten heranwächst ... Und je dümmer sie sind, desto mehr erliegen sie der Technik ... Ihr habt euch vom Dämon der Schnelligkeit in Besitz nehmen lassen, ihr jungen Leute ... *A quoi bon la vitesse?* Man muß so viele Jahre wie ich auf dem Buckel haben, um zu verstehen, daß das Leben langsam genossen werden muß, wie eine Tasse heißen Kaffees. Sonst entfaltet es sein

Aroma nicht, schnell ist es vorbei, das Leben, und man hat sich die Zunge verbrannt ... Meinen Sie nicht auch? Worüber sprachen wir gerade?«

»Über Jeanne Modigliani«, seufzte Scalzi, der nun allerdings soweit war, liebend gern allem zuzuhören, was sie zu erzählen hatte.

»Ach ja ... Sie hatte ihren Vater ja kaum gekannt, die arme Jeanne ... Er ist 1920 gestorben, als sie noch eine *pisseuse* war, und selbst da waren sie nie viel zusammengewesen, Modì war kein Familienvater, ganz gewiß nicht, auch wenn er seine Frau und das Kind wirklich liebte ... Und doch stand Jeanne voll und ganz in seinem Bann, es schien fast so, als sei der Vater noch am Leben; oder vielmehr, es war, als habe sie ihr ganzes Leben an der Seite eines übermächtigen Vaters verbracht, der auch jetzt noch ihr Dasein beherrschte. Sie wollte alles über ihn wissen. Und nicht nur die schönen Dinge, sie wollte auch die dunkle Seite Modiglianis kennenlernen, ich glaube, um Legenden, Übertreibungen, Lügen und Unwahrheiten widerlegen zu können ...«

Madame Marguerite seufzte. Sie sagte, daß Modiglianis Tochter von Unwahrheiten regelrecht verfolgt worden sei. Unwahrheiten über das Leben ihres Vaters und seine Werke, die ständig gefälscht wurden: Das war Jeannes Obsession geworden.

»Modigliani ist einer der am meisten gefälschten Künstler aller Zeiten. Das wissen Sie doch, oder? Noch vor wenigen Jahren, jetzt ja nicht mehr, ich kann mich nicht mehr so gut bewegen ... da konnte ich keine Ausstellung Modiglianis besuchen, ohne ein paar Fälschungen zu entdecken. Ich habe schon vor geraumer Zeit aufgehört, zu seinen Ausstellungen zu gehen, weil ich dort nur wütend wurde. Fälscher sind wie Vampire. Einmal, auf Ibiza, habe ich einen berühmten Vertreter dieser Zunft kennengelernt, Elmyr de Hory. Ein großartiger Handwerker mit einer göttlichen Hand, dem allerdings die Inspiration fehlte, und einer, der das Geld zu sehr liebte. *Voyez*: Ein echter Künstler wird selten reich, und auch nur dann, wenn ihm ein langes Leben vergönnt ist, denn er ist seiner Zeit zu weit voraus. Wenn er noch dazu ein hochmütiger Aristokrat ist wie Modigliani und auf die Moden und Geschmäcker der Reichen seiner Generation verächtlich herabblickt, dann ist er zum Hungerleider verurteilt. Der Fälscher dagegen setzt auf sichere Werte. Er ist wie ein Schwamm, er saugt, soviel er kann, von den wahren Künstlern auf, er kann sich perfekt in die Atmosphäre der Zeit einfühlen, und er ist ein geschickter Vermarkter. Elmyr de Hory war einer der fruchtbarsten und geschicktesten Fälscher Modiglianis. Aber es war ja nicht nur er allein. Hier in Paris und anderswo hatte sich eine richtiggehende Zentrale für falsche Modiglianis etabliert, und vielleicht wird hier auch heute noch fleißig weiterproduziert, Zeichnungen vor allem, aber auch Gemälde und Skulpturen. Jeanne wurde darüber fast verrückt. Bei mancher Gelegenheit hatte auch sie sich geirrt, man kann sich so leicht irren, einige Fälscher sind ja wirklich außergewöhnlich, wie jener de Hory: sie können sich wirklich in den Künstler hineinversetzen, sie arbeiten in einem tranceähnlichen Zustand, und in dem Augenblick, in dem sie malen oder eine Skulptur anfertigen, werden sie zu dem Künstler, den sie nachahmen. So kann es geschehen, daß selbst die Menschen hinters Licht geführt werden, die in der Lage sind, den Künstler zu erfühlen, seine verborgene Musik wahrzunehmen; solche Menschen sind äußerst selten. Bei den Werken ihres Vaters hatte Jeanne diese geheimnisvolle Fähigkeit. Bei einem echten Modigliani empfing sie die mediale Botschaft, als ob sie der Stimme des Vaters lauschen würde, der durch die Leinwand, die Zeichnung oder den Stein zu ihr sprach ... Und doch war auch sie bei einigen Gelegenheiten arg getäuscht worden, und das nagte an ihr, sie empfand es als persönlichen Affront, wie eine Beleidigung des Andenkens ihres Vaters ... Worüber sprach ich gerade? Ach ja, ihr Tod!

Also, Jeanne hatte jemanden kennengelernt, so einen kleinen Toskaner, der ein leidenschaftlicher Verehrer Modiglianis war, ein großer Sammler macchiaiolischer und postmacchiaiolischer Maler, ein außergewöhnlicher Aufspürer vor allem von Zeichnungen. Zeichnungen sind die persönliche Handschrift eines Künstlers. Dieser Mann, so erzählte mir Jeanne, hatte über tausend Zeichnungen gesammelt, viele davon von Modigliani, er besaß aber auch Hunderte von Zeichnungen und Gemälden von Fattori, Lega, Micheli, Oscar Ghiglia, all den Malern aus dem Umkreis von Modigliani in den Jahren seiner künstlerischen Lehrzeit. Jeanne meinte, dieser Mann sei in der Lage, den Künstler Modigliani wie sie, oder sogar noch besser als sie selbst, zu erfühlen. Sie erzählte mir davon eines Tages, als wir uns in einem kleinen Museum trafen, das ein bislang unveröffentlichtes Werk Modìs, ein Porträt von Jeannes Mutter, der Hébuterne, ausstellte. Ich fand es wunderschön, ich hätte keinerlei Zweifel gehabt. Es war alles darin: der flüssige Strich, die Farben ... Doch sie verspürte bei diesem Bild ein gewisses Unbehagen ... ›Ich denke‹, sagte sie zu mir, ›ich werde ein Foto davon an den Herrn Soundso schicken.‹ Sie sagte mir auch den Namen, aber den habe ich vergessen. ›Er wird besser als ich erkennen, ob es echt ist oder ob es sich um eine Fälschung handelt.‹ ... Worüber sprach ich gerade?«

»Über die Fälschungen, Signora«, kam Pilade zu Hilfe. »Erzählen Sie uns von diesem Brief, den Jeanne 1984 erhielt ...«

»Der Brief? Wann? Ach ja, 1984, richtig! Im Juli! Jeanne erhielt einen anonymen Brief aus Livorno. Die italienischen Zeitungen waren gerade voll von Veröffentlichungen über diese lachhafte Geschichte, Sie wissen schon. Daß man in Livorno versucht hatte, einige Skulpturen zu bergen, die Modigliani in einen Wassergraben geworfen haben soll ... Oder ins Meer, ich erinnere mich nicht mehr ...

Jeanne glaubte nicht an diese Geschichte, sie wußte, daß ihr Vater viele Zeichnungen fortgeworfen hatte, und manchmal sogar einige Gemälde verbrannt, aber nie eine einzige Skulptur zerstört hatte. Also ...«

»Den Brief, Signora, haben Sie den Brief gesehen?« fragte Pilade.

»Welchen Brief?«

»Der Jeanne anonym zugesandt worden war.«

»Ach ja! Sicher habe ich ihn gesehen, sie hat ihn mir ja gezeigt. In diesem Brief schrieb der Unbekannte, daß man bald zwei im Stil Modiglianis gefertigte Köpfe bergen werde ... Mir konnte Jeanne sich anvertrauen ... Seit der Zeit, zwanzig Jahre zuvor, als sie mich aufgesucht hatte, um aus meinen Kindheitserinnerungen unbekannte Einzelheiten aus dem Leben ihres Vaters zu erfahren, waren wir Freundinnen geworden, wir besuchten uns, so gut wie sich zwei Personen besuchen können in diesem Metropolis, das sich zu einem modernen Chaos ausgewachsen hat. In meinen besten Jahren war das nämlich noch nicht so, wissen Sie. Paris war zwar auch damals schon eine Großstadt, aber für uns hatte es immer noch auch seine stillen Plätze und manchmal sogar dörfliche Ruhe ... Vor allem am Montmartre, wissen Sie? Es war richtig wie auf dem Land ...«

»Der Brief, Signora ...«, seufzte Pilade.

»Ach ja! Der Brief! Jeanne kam zu mir und zeigte ihn mir. Darin hatte der Unbekannte die beiden Skulpturen, die dann geborgen werden sollten, gezeichnet: hervorragende Zeichnungen, von der Hand eines Künstlers. Im Brief wurden Basis – Granit, glaube ich –, Gewicht, Umfang, kurz jedes Detail angegeben. Jeanne strahlte vor Freude. ›Siehst du‹, sagte sie, ›wenn sie jetzt wirklich zwei Skulpturen finden, und wenn diese so aussehen wie im Brief beschrieben, dann könnte ich endlich einmal ohne jeden Zweifel eine Fälschung beweisen. In den Fällen, in denen ich bislang Fälschungen aufgedeckt habe, bestehen

weiterhin Zweifel, ich wurde von willfährigen Kritikern an-
gegriffen, die meinten, ich würde mich irren, ich sei zu
streng, man solle nicht an meine Unfehlbarkeit glauben.
Doch diesmal habe ich den Beweis schon vorher. Dieses
Mal kann ich sie packen. Ich werde vor Gericht ziehen, ich
werde erfahren, wer der Fälscher ist, ich werde endlich bis
ins Nest der Vampire vordringen ...‹ Sie sagte es wortwörtlich so, das Nest der Vampire ... ›und wir können sie ein für
allemal erledigen ...‹«

»Und dann, was geschah dann?« fragte Pilade sanft.

»Was dann geschah, möchten Sie wissen? Ich weiß es
nicht ... Ich erinnere mich nicht ... Ach doch! Ich glaube,
daß Jeanne an diesen kleinen Mann geschrieben hat, an
dessen Namen ich mich nicht mehr erinnere, den Sammler, den Modigliani-Experten, der ihrer Meinung nach
noch mehr Einfühlungsvermögen besaß als sie selbst. Ein
grundehrlicher Mensch, der ebenfalls viele falsche Modiglianis entdeckt hat. Und das geschah wenige Tage vor ...
Ja, richtig: wesentlich ist dies! Jeanne schrieb jenem kleinen Mann im Juli 1984 und erzählte ihm von dem anonymen Brief ... Oder sie schickte ihn sogar mit ... das weiß ich
nicht mehr so genau, es ist immerhin zehn Jahre her ... Sie
schrieb ihm, er möge abwarten und niemandem gegenüber
ein Wort darüber verlieren, er solle nur die Bergungsarbeiten verfolgen ... Ich weiß, was Jeanne vorhatte. Ich erinnere mich noch gut an ihre Pläne ... Sobald diese von dem
Unbekannten beschriebenen Köpfe ans Licht gekommen
wären, wollte Jeanne nach Livorno fahren. Sie hätte eine
Pressekonferenz gegeben und die Bombe platzen lassen.
Doch ich fürchte, daß Jeanne nicht nur mit mir über ihre
Absichten gesprochen hat. Zwar hat sie mich gebeten, das
Geheimnis für mich zu behalten und mit niemandem darüber zu reden, was ich auch tat. Aber ich fürchte, daß sie
selbst sich nicht daran gehalten hat. Ich möchte wetten,
daß sie, so wie mir, diese Geschichte wer weiß wie vielen

anderen Leuten erzählt hat, selbstverständlich allen unter dem Siegel der Verschwiegenheit. Und man weiß ja, was mit Geheimnissen geschieht, über die Menschen Stillschweigen bewahren sollen. Jeder hat einen besten Freund, dem er die Sache erzählt, und so weiter, und so weiter ... Es wird so lange als Geheimnis weitergegeben, bis es schließlich alle wissen. Noch dazu in Künstlerkreisen! Es ist ein sehr schwatzhaftes Milieu, wissen Sie? ... Tatsache ist jedenfalls, daß in ebenjenen Tagen, also nachdem sie diesen Brief an den kleinen Toskaner geschickt hatte, am 27. Juli, glaube ich, Jeanne in ihrer Wohnung am Boulevard Saint-Michel mit lebensgefährlichen Verletzungen aufgefunden wurde. Sie hatte einen Schädelbruch. Sie wurde noch ins Krankenhaus gefahren, doch sie war bereits in ein tiefes Koma gefallen und starb kurz darauf. Sie soll eine Treppe hinuntergestürzt sein. Welche Treppe denn? Man hat sie in ihrer Wohnung gefunden, nicht im Treppenhaus des Gebäudes. Es heißt auch, sie sei von einer Leiter gestürzt, als sie sich ein Buch aus ihrer Bibliothek holen wollte. Auch das ist höchst unwahrscheinlich: Jeanne war in letzter Zeit stark gealtert und konnte sich nur noch unter Schwierigkeiten bewegen, sie hatte ein steifes Bein. Sie hätte es niemals gewagt, auf eine Leiter zu steigen! Nie und nimmer! Das ist völlig absurd!

Ich glaube, daß Jeanne umgebracht wurde ... Dieser anonyme Brief ist niemals wieder zum Vorschein gekommen, ich habe nie mehr von ihm gehört, ebensowenig von dem Brief, den Jeanne an den Sammler geschickt hat. Tod durch Unfall, so lautete die offizielle Version ...«

26

Danteske Tafelrunde

Scalzi fixierte Guerracci. »Das hast du gewußt ...«

»Was?«

»Das mit dem Mord an Jeanne; du wußtest es, bevor du nach Paris gekommen bist ...«

»Alle wußten von Jeannes Tod. Es stand in der Zeitung. Ich hatte nur so einen Verdacht ...«

»Das stimmt nicht. Du wärst nicht nur auf einen simplen Verdacht hin hierhergereist. Und mir gegenüber hast du keinen Ton gesagt. Nicht mal die kleinste Andeutung ...«

»Laß uns den schönen Tag genießen, ja, Corrado? Wenn wir in aller Ruhe ...«

Und wirklich lachte die Sonne nur so. Das Fenster zum Fluß zeigte eine impressionistische Landschaft, die Lastkähne schaukelten friedlich auf dem Wasser. Doch draußen schien ein Drache dabeizusein, mit einem grauenhaften Geräusch Knochen zu zermalmen. Laurettes Wohnung, Endstation nach einer schwindelerregenden Fahrt durch die Pariser Banlieue, um die Antillen-Mafia endgültig abzuhängen, lag an einer Baustelle. Auf der Seite der Rue Victor Hugo rückte ein großer Immobilienkomplex unerbittlich zur Seine vor und zerstörte mit seinen Baumaschinen allmählich alles, was einmal das Dorf Levallois gewesen war, so daß am Ende nur noch der Name übrigbleiben würde. In seinem letzten Abschnitt, zur Seine hin, standen noch ein paar kleine Häuser aus den zwanziger Jahren, sie waren alle verlassen, in den gähnenden Fensterhöhlen flatterten Fetzen von Vorhängen. Das von Laurette widerrechtlich besetzte Haus war das letzte und lag an einem Seitenarm des Flusses; in einem Monat würde es ebenfalls von den Schaufelbaggern ausradiert sein.

»Bis man ihn umgebracht hat«, sagte Scalzi, »hieß mein Kandidat Sarcì; danach habe ich Carrubba verdächtigt und sogar dich. Du hast mir eine Tatsache verschwiegen, die eine völlig neue Perspektive eröffnet, du hast zugesehen, wie ich mich in Theorien verrannte, während du eine ernst zu nehmende Spur verfolgtest. Wie bist du darauf gekommen?«

»Der Fälscher ...«

»Roberto Foti? Du kennst also Rofo?«

»Ich habe ihn durch die Bruschini kennengelernt.«

Scalzi wurde lauter: »Erklär mir mal, warum du mir nichts davon erzählt hast. Wenn es einen Grund dafür gibt, dann sag ihn mir jetzt.«

»Nun reg dich doch nicht gleich auf«, sagte Guerracci.

Laurette bereitete in der Küche gegrillte Riesengarnelen. Olimpia löste die Kerne aus den Avocados, die es dazu geben sollte. Die Scampi brutzelten vor sich hin, und Laurettes Französisch mit seinen rollenden *r* gab die Begleitmusik. Es war Samstag, auf dem Boulevard war nur wenig Verkehr, in einer Stunde würden sich auch die Bauarbeiter in ihr Wochenende begeben, so hatte Amerigo gesagt, dann würde in dem fast menschenleeren Viertel absolute Ruhe herrschen.

»Ich rege mich nicht auf, ich will nur endlich wissen, was ihr beide, du und die Bruschini, mit dieser Geschichte zu schaffen hattet. Ich will es wissen, bevor du auf deine Insel entschwindest, Amerigo. Bevor du dich dem Müßiggang und der Leidenschaft ergibst oder irgendeinem neuen Quatsch, der dir vielleicht in den Sinn kommt. Bevor ich mein Flugzeug nehme und wieder in dieser ganzen Scheiße lande, möchte ich das wissen! Herrgott noch mal, Amerigo! Wenn du meinst, daß es mir Spaß macht, dich hier auszuquetschen, dann irrst du dich!«

Ihre lauter werdenden Stimmen hatten Olimpia alarmiert, sie zeigte sich mit besorgtem Gesicht an der Tür.

»Fangt ihr schon wieder an, euch in die Haare zu kriegen?«

Guerracci sah zum Fenster hinaus. »Ist das da eine Stockente, was meinst du?« Auf dem Fluß dümpelte ein Vogel mit grünem Kopf.

»Amerigo, leck mich am Arsch ...«, knurrte Scalzi.

»In Ordnung ... Du möchtest also ein komplettes Geständnis?« platzte es aus Guerracci heraus. »Nun gut, ich gestehe, schließlich kümmert mich das Ganze nicht mehr. Also, die Bruschini hatte sich eine Ladung Drogen unter den Nagel gerissen, das weißt du bereits. Kokain und Heroin der allerersten Qualität: Verkaufswert auf der Straße fast eine Milliarde. Diesen Batzen stahl sie ihrem ehemaligen Arbeitgeber. Die zwei hatten das Zeug an einem bestimmten Ort versteckt, und sie machte sich einfach damit davon. Aber dann verkaufte sie es nicht portionsweise weiter, wie sie es bis dahin gemacht hatte. Sie bekam mit einemmal die moralischen Anwandlungen einer Süchtigen. Schluß mit der Dealerei. Schluß damit, ausgebeutet zu werden und selber auszubeuten. Auf einmal kotzte sie das alles an. Du kennst sie doch, nicht wahr? Sie brachte auf dem Markt nur soviel an den Mann, bis sie eine bestimmte Summe beisammen hatte. Dann mietete sie in den Apuanischen Alpen eine Hütte, und dort verkroch sie sich zusammen mit ihrer Clique von abgebrannten Junkies, die jeden Tag verzweifelt anschaffen gehen müssen, um an ihre Ration heranzukommen, mit ihren ›Pferdchen‹ also. Sie zogen sich vollkommen zurück in diese Hütte in den Schluchten der Apuaner Berge. Sechs Monate verbrachten sie dort. So wie die Tafelrunde bei Dante. Du weißt doch, diese Schar junger Sieneser Adeliger, von der Dante erzählt? Die Gelage veranstalten, mit Nelken gewürzte Braten verschlingen und auf diese Weise ein immenses Vermögen verprassen – eingesperrt im Palast des Teufels? Auch Renata und ihre Pferdchen hatten äußerst aromatische Gewürznelken dabei, die sie dem Dealer geklaut hatten! Und innerhalb von wenigen Monaten haben sie zu fünft alles bis zum letzten Schuß, bis zum letzten Sniff niedergemacht! Stoff im Wert von einer Milliarde Lire! Daß niemand dabei draufgegangen ist, grenzt an ein Wunder! Diese Leute haben sieben Leben, wie Katzen, selbst Aids zum Trotz ... Nachdem das Gaudi vorüber war, nahm sie mich mit zu dem Ort der Prasserei. Ein unvorstellbarer Anblick ... Und ein unglaublicher Dreck ... Ich weiß gar nicht, wie viele Spritzen ich gezählt habe ... Sie erzählte mir horrorfilmartige Szenen, die sich bei dieser spirituellen Einkehr abgespielt haben sollen, wenn ich es mal so nennen darf. Langweile ich dich?«

»Mach nur weiter.«

»Einmal wurden sie von einer kollektiven Halluzination heimgesucht. Alle bis auf den Unglückseligen selbst sahen in einem der Ihren ein rasendes Wildschwein, das ins Haus eingedrungen war. Renata meinte, daß sie ihn wirklich als Wildschwein gesehen hätten, mit Hauern und allem Drum und Dran, wie er hierhin und dorthin lief, gegen die Möbel rannte, sie mit gesenktem Kopf angriff, sich unter den Betten verkroch ... Und die ganze Bande ist dann mit Knüppeln hinter ihm her. Die Jagd soll einen ganzen Tag lang gedauert haben. Sie haben ihn zwar nicht umgebracht, aber viel hätte nicht gefehlt ...«

»Kürz die Einzelheiten ein wenig ab«, bemerkte Scalzi.

»Einverstanden. Die Drogen waren also geklaut ... Das Problem war nur, daß der beraubte Pusher sie noch nicht bezahlt hatte. Das wollte er ja mit dem Erlös aus dem Straßenverkauf tun. Darum suchte er nun, vor Wut schäumend, nach Renata, das kannst du dir vorstellen. Und sie kam zu mir und erzählte mir alles. Ja ... Also ... Dann ging die Villa des Typen in Flammen auf. Eine Art vorbeugende

Notwehr, verstehst du? Um diesem Dealer klarzumachen, daß Renata nicht irgend so ein armer Teufel war, daß auch sie schlagkräftige Beschützer hatte: er hatte schließlich gedroht, sie umbringen zu lassen, verstehst du?«

»Ein Scheißdreck von Notwehr!« rief Scalzi aus. »Du bist wirklich ein hirnverbrannter Trottel, Guerracci!«

»Hab erst mal ein Mädchen wie die Bruschini, dann reden wir weiter ... Also gut ... Irgendwann taucht Renata dann unter. Es vergehen ein paar Jahre ... Du weißt ja, wie es war, ich langweilte mich zu Tode ... Vier oder fünf Jahre, an die ich mich fast gar nicht mehr erinnere. Nur an diese entsetzliche Langeweile. Als ob ich diese Jahre durchgeschlafen hätte. Dann tauchte Renata wieder auf, und wir taten uns von neuem zusammen. Sie hatte beschlossen, einen Entzug zu machen, und ich half ihr dabei. Ich wechselte den Beruf, wurde Journalist, arbeitete bei dem einen oder anderen Revolverblatt. Dann traf ich dich im Zug, wir sprachen über den Prozeß des Ägypters ...«

»Das kannst du überspringen«, sagte Scalzi.

»Eines Tages aber bekam ich wieder Lust auf meinen Beruf, und ich nahm erneut meine Arbeit als Anwalt auf. Jetzt kommen wir zum letzten Jahr. Sarcì wandte sich an mich, mit einem Mandat, das anfangs ganz normal aussah. Ich sollte ihm bei der Lösung eines Problems helfen, das er mit der nationalen Behörde für Kunstwerke und Kulturgüter hatte. Er war im Besitz einer Skulptur und davon überzeugt, daß sie von Modigliani war ... Du erinnerst dich, die, von der er uns die Dias gezeigt hat. Und er wollte, daß ihre Echtheit mit einem Schreiben der zuständigen Behörde formell bestätigt würde. Zumindest am Anfang war das mein Auftrag; doch wer weiß, was dieses intrigante Schwein wirklich von mir wollte. Mittlerweile glaube ich, daß es nur ein Vorwand war und er mich von Anfang an nur erpressen wollte, dieses elende Stück Scheiße! Ich weiß nicht, wie er in den Besitz der Skulptur gelangt war, vielleicht hatte er sie selbst aus den Meerestiefen vor Antignano herausgefischt – ich weiß, daß er Tauchsport betrieb, wenn er nicht gerade herumzog, um unschuldigen Menschen Scherereien zu bereiten. Sarcì war ein total beknackter Idiot, dazu ein Pedant und auf Außerirdische fixiert, er war überzeugt, daß Modigliani mit Aliens in Verbindung stand ...«

»Ich glaube nicht, daß man ihn deswegen umgebracht hat«, bemerkte Scalzi trocken.

»Ich auch nicht. Irgend jemand hat ihm letzten Endes sein Ding heimgezahlt ... Jedenfalls habe ich damals die beruflichen Beziehungen zu ihm abgebrochen, weil der Kerl mir so fürchterlich auf die Nerven ging ... An dem Punkt tauchte Granelli auf, mit einem viel vertrackteren Auftrag. Dein alter Klient Carrubba hatte sich bei ihm gemeldet und ihm ein Geschäft vorgeschlagen. Carrubba hatte Kontakt zu James, und mit Hilfe des Experten wollte er nun Granelli helfen, die Echtheit seiner Skulpturen zu bestätigen. Im Gegenzug sollte sich Granelli als eine Art lebende Expertise zur Verfügung stellen ...«

»Kannst du überspringen. Das weiß ich auch schon.«

»Ich riet Granelli davon ab. Ich überzeugte ihn, sich nicht auf das Geschäft einzulassen, ich sagte ihm, daß er auf niemandes Hilfe angewiesen sei, es würde völlig reichen, die Geschichte seiner Skulpturen zu dokumentieren, und wenn er die Plastiken dann an ein Museum verkaufen würde, hätte er für sein Leben ausgesorgt. Und es schien so, als wäre die Sache damit beendet. Granelli ist ein Bauer, das habe ich dir schon gesagt, und er geiert nicht nach dem Geld wie viele andere ... Eigentlich ist er eine ziemlich ehrliche Haut ... Das alles spielte sich zu einer Zeit ab, wo es mit der Bruschini mal so, mal so lief, mit Höhen und Tiefen auch in unserer Beziehung. Außerdem mußten wir uns quasi verstecken. Das heißt, wegen dieses Staatsanwaltes aus Pisa ließen wir uns nicht zusammen in der Öffent-

256

lichkeit sehen. Mit einemmal aber wurde sie ganz lieb ... Geradezu aufdringlich. Plötzlich konnte sie anscheinend nicht mehr ohne mich auskommen. Sie zeigte großes Interesse an der Angelegenheit mit den Skulpturen, und ich kapierte damals erst nicht, warum. Sie versuchte mich davon zu überzeugen, daß es für Granelli von Vorteil wäre, auf Carrubbas Angebot einzugehen, und daß auch ich dabei ordentlich verdienen könnte ... Eines Tages fuhr ich dann mit dem Wagen am Porto Mediceo vorbei, und da sah ich, wie sie sich mit Carrubba unterhielt, alle beide im Auto von diesem Gauner, in ein äußerst angeregtes Gespräch vertieft. Mit einem Schlag wurde mir alles klar: Ich sagte ihr direkt ins Gesicht, daß sie bei mir zu Hause herumspionieren würde. Sie brach zusammen, fing an zu heulen, und dann packte sie aus. Alle häßlichen Einzelheiten kamen ans Licht: ihre Verwicklung in die Geschichte von 1984 als erstes ...«

»Und wie sah die aus?«

»Dazu muß ich noch einmal auf den Drogendiebstahl zurückkommen. Damals hatte ich Renata geraten, abzuhauen, was sie jedoch ablehnte ... Ich hatte ihr schon ein Flugticket besorgt, sie hätte sich nach Kuba flüchten können, zu einem meiner Freunde, einem Schriftsteller, der sie aufnehmen und ihr bei einem Neuanfang helfen wollte. Doch sie hatte ein Gerücht aufgeschnappt: Der Lieferant der Droge sollte ein steinreicher Händler sein, ein Amerikaner, der neben Drogenhandel auch schmutzige Geschäfte im Kunstmilieu betrieb. Renata bekam das also mit. Inzwischen machte die Geschichte mit den Modigliani-Köpfen von sich reden, und dahinter sollte wiederum dieser amerikanische Geschäftsmann stecken; ich habe keine Ahnung, wie Renata an diese Information gekommen ist. Auf jeden Fall war Rofo einer von den fröhlichen Zechern, die sich in der Hütte in den Apuaner Bergen eingenistet hatten. Und es scheint, er hat in diesen drei Monaten pausenlos über Modigliani gesprochen ... Er war sein Idol, sagte die Bruschini, Rofo wußte alles über ihn, er konnte zeichnen wie er, er hatte seine Handschrift, er identifizierte sich mit ihm ...

Renata gelang es, sich in Livorno mit dem Boß der Bosse, diesem Amerikaner, zu treffen. Sie stellte sich mit der ihr eigenen Unverfrorenheit vor ihn hin und erzählte ihm alles: daß der Stoff nicht mehr da sei, daß sie alles verjubelt hätten, daß er nicht erwarten solle, die ihm zustehende Milliarde jemals zu Gesicht zu bekommen, diese Milliarde habe sich buchstäblich verflüchtigt und in ihrem Blut und dem ihrer ›Pferdchen‹ ihr Ende gefunden ... Sie erzählte, sie sei so aufgedreht gewesen, daß sie sich einbildete, sie käme mit einer politischen Erklärung davon. Das sei doch genau das, so habe sie zu ihm gesagt, was Kapitalisten wie der Herr eigentlich wollten. Der Drogenmarkt, vom Profit einmal abgesehen, diene doch dazu, einen bestimmten Anteil des weltweit produzierten Reichtums zu vernichten, um so das kapitalistische System aufrechtzuerhalten, das andernfalls zusammenbrechen würde. Und daß sie und ihre Freunde genau das getan hätten, nämlich eine schöne Milliarde dieses Reichtums zu vernichten. Sie war der Meinung, daß er ihr eigentlich noch dankbar sein müßte ... Nun ja! ... Der Boß der Bosse regte sich zunächst furchtbar auf, doch schließlich fand er die Sache eher komisch, er soll sogar gelacht haben. Und da hat die Bruschini zu ihm gesagt, daß sie genau die richtige Person kennen würde, um falsche Köpfe herzustellen, die man dann aus dem Fosso Reale fischen könne. Sie gab auch noch den Tip mit der Performance, um Rofo von diesem Unterfangen zu überzeugen. Wenn dann die Skulpturen hergestellt und schließlich geborgen wären, dann könne man die Schulden ja als beglichen betrachten. Eins zu eins und ohne weitere Sanktionen. Und der Amerikaner ging wirklich darauf ein. Er verlangte allerdings, daß die Operation federführend von dem ihm untergebenen Drogendealer ausgeführt würde, das heißt dem Opfer des Diebstahls, weil der nun mal sein Schuldner sei. Mit der Bruschini direkt das Geschäft zu machen, davon wolle er nichts wissen; der Stoff sei schließlich vom Dealer auf Kredit gekauft worden, also solle der sich auch darum kümmern. So war die Bruschini gezwungen, diesen Vorschlag ihrem ehemaligen Chef zu unterbreiten. Auch der Dealer ließ sich darauf ein; ich glaube, daß ihm diese Lösung im Grunde ganz gut in den Kram paßte; er konnte sein Gesicht wahren und mußte sie doch nicht umbringen lassen, ich denke, das hätte ihm schon was ausgemacht, wo er doch immer noch ein wenig in sie verliebt war ...

Doch dann flog die ganze Sache kurz vor dem Ziel auf, wie du ja weißt, und endete in einem Riesengelächter. Und Renata verschwand. Sie ist damals in Indien in einer Religionsgemeinschaft gelandet, wo alle chronisch zugedröhnt waren, wie du dir leicht vorstellen kannst. Als sie schließlich wieder auftauchte, nahm man erneut Kontakt zu ihr auf, und diesmal bekam sie den Auftrag, Granelli auf den Fersen zu bleiben und mich zu überreden oder aber es so einzurichten, daß ich von der Bildfläche verschwand; außerdem sollte sie Rofo ausfindig machen, der in der Zwischenzeit aus der Droge ausgestiegen war und auf dem Land bei einer Ärztin lebte, die ihm beim Entzug half. Rofo sollte sich wieder an die Arbeit machen und weitere Fälschungen produzieren, sobald Granelli sich zur Mitarbeit an dem neuen Unternehmen bereit erklärt hätte. Doch es scheint, der Maler war ein Puritaner, was die Kunst betraf, sie mußte lange mit ihm diskutieren ... Eins gab das andere ... na ja, und schließlich verliebten sich die beiden, Renata und Rofo ... Renata beichtete mir auch das. Natürlich habe ich mich aufgeregt, diesmal war es endgültig vorbei. Ich glaube, ich habe ihr auch ein paar Ohrfeigen verpaßt ... Eine peinliche Szene ... Dann wurde James umgebracht, du bist auf den Plan getreten, Sarcì wurde umgebracht ... Den Rest kennst du.«

»Wie hast du von Jeannes Tod erfahren?«

»Die Bruschini hat es mir erzählt, die es wiederum von Rofo hatte. Sie hat ihn eines Tages in meine Kanzlei mitgebracht, als sie sich wieder einmal meldete, um wenigstens unsere Freundschaft am Leben zu erhalten; er hat mir alles bestätigt, allerdings ohne die Einzelheiten, die wir von Marguerite erfahren haben. Natürlich war es Rofo, der Jeanne geschrieben und in seinem Brief die Fälschungen beschrieben hatte, bevor sie dann geborgen wurden.«

»Etwas paßt da noch nicht: James und Carrubba standen in Kontakt?«

»Das habe ich dir doch gesagt.«

»Carrubba ist nur ein kleiner Fisch, er hat mir zu verstehen gegeben, daß er für andere arbeitet. Aber James? Was könnte er mit so einem windigen Vogel wie Carrubba zu schaffen gehabt haben?«

»Carrubba hat es faustdick hinter den Ohren, mehr als du ahnst ...«

»Das heißt?«

»Mag sein, er ist ein kleiner Fisch, aber schon von einem größeren Kaliber. Größer als zum Beispiel der Drogendealer von der Bruschini.«

»Und James? Es sieht so aus, als hätte man ihn bis zu einem bestimmten Punkt benutzt. Und dann bringt man ihn um, fragt sich nur, warum?«

»James war Forscher ... Aber meiner Meinung nach stand er auf der Gehaltsliste des amerikanischen Bosses.«

»Du verschweigst mir doch nichts mehr, Guerracci? Warum hast du mir die ganze Geschichte erst jetzt erzählt?«

»Nun«, brummelte Guerracci, »wenn du nicht von allein drauf kommst ... Meinst du, daß es so einfach ist, gewisse Dinge zuzugeben? Ich hatte eine sehr innige Beziehung zu

Renata ... Sollte ich dir von den Hörnern erzählen, die sie mir aufgesetzt hat? Von dem Dealer, von Rofo und all den anderen Leuten, mit denen sie mich betrogen hat? Und wie sie mich benutzt hat? Also wirklich, Corrado, du bist nicht mein Psychiater ...«

»Aber wir sind doch Freunde, oder?«

»Nun ja ... die Freundschaft ... Warte nur, bis du einmal in so einer Lage bist ... Aber nein, dir kann so etwas ja nicht passieren. Du bist ein Puritaner, du stehst nicht auf Exzesse. Ich bin da anders: Ich muß das Leben intensiv genießen. Aber ich bin ruhiger geworden, weißt du? In diesen Tagen habe ich begriffen, daß ich alles falsch gemacht habe. Ich verspüre ein starkes Bedürfnis nach Ruhe.«

Guerracci zeigt in Richtung der Küche. »Und sie hilft mir dabei.«

»Wer, sie?«

»Wer wohl? Laurette!«

»Laurette hilft dir dabei, Ruhe zu finden? Wenn ihr euch in nächtlichen Spelunken verbarrikadieren müßt, während draußen die Zuhälter mit Messern auf euch warten? Red doch keinen Blödsinn, Amerigo.«

»Und doch ist es so. Ich werde es dir beweisen, wenn ich erst auf der Insel bin: Morgens früh aufstehen, um rechtzeitig an der Mole zu sein, wenn die Fischerboote mit Thunfisch und Krabben einlaufen ... Dann in der Küche Laurette ein wenig zur Hand gehen ... Schließlich die Gäste an der Tür begrüßen oder die Möwen im Flug beobachten ... Es gibt viele Möwen auf der Insel ...«

»Amerigo, du machst mich traurig. Ständig versuchst du, deinem Leben einen neuen Sinn zu geben, statt dessen verrennst du dich immer wieder aufs neue. Und jetzt willst du schon wieder einen Fehler begehen. Dabei kennst du doch unser Metier. Du weißt ganz genau, wenn sie den Fuchs nicht aus seinem Bau locken können, dann schnappen sie sich eben irgendeine Maus. Und ich kann dich mir gut als

Maus vorstellen. Sogar eher noch als Carrubba. Der wird es schon schaffen, seinen Kopf aus der Schlinge zu ziehen, bevor es zu spät ist. Wir haben es hier mit drei Verbrechen zu tun, aber die Ermittler sehen nur eins – das an Sarcì, und das betrifft dich unmittelbar. Die beiden anderen Fälle werden nicht als solche in Betracht gezogen: James soll zufällig ertrunken sein; der Mord an Jeanne existiert überhaupt nicht, und selbst wenn wir sie mit der Nase darauf stoßen würden, sie würden immer noch von einem häuslichen Unfall sprechen. Zwischen diesem und den gefälschten Köpfen werden sie niemals eine Verbindung herstellen. Andererseits fehlen ihnen auch die Zusammenhänge. Einzig Parrino hat 1984 etwas von jener gespannten Atmosphäre gespürt. Doch Parrino steht allein da. Und er hegt keinerlei Verdacht über Jeannes Tod. Nur wir allein wissen, daß die gespannte Stimmung daher rührte, daß Jeanne den Beweis für die Fälschungen hatte und Anstalten machte, nach Livorno zu kommen, um den Plan aufzudecken. Es ist nicht schwer, sich vorzustellen, was passiert wäre, wenn es ihr gelungen wäre. Ein in jahrelanger Arbeit aufgebautes Kartenhaus wäre zusammengebrochen ... Wenn Jeanne damit an die Öffentlichkeit getreten wäre, hätte eine solche Bombe die Scheiben der Galerien und Auktionshäuser auf der ganzen Welt zum Klirren gebracht ... Das konnten sie sich nicht erlauben, das ist klar. Bis hierhin geht alles auf. Aber mit James' Ermordung wird die Sache verzwickt. Ich glaube nicht, daß James einverstanden war. Wäre er das gewesen, dann hätten sie ihn nicht umgebracht. Ich nehme deshalb an, daß sich mit James wiederholt hat, was mit Jeanne vor zehn Jahren geschehen ist. Aber das wahre Rätsel stellt Sarcì dar. Warum hat man ihn beseitigt? Wenn wir schon nicht den Grund dafür verstehen, wie mag es da erst den Ermittlern gehen? Wir versuchen, die drei Verbrechen mit jener Organisation in Verbindung zu bringen, die Modigliani fälscht. Doch die Staatsanwaltschaft kommt nicht im

Traum auf eine solche Verbindung. Für sie ist es eine ganz banale Geschichte. Bei Carrubba, da gab es beiderseitige Drohungen, das hat genügt, um ihn einzubuchten. Aber ich glaube, daß Carrubbas Verhaftung nur ein Trick ist, um dir Feuer unterm Hintern zu machen. Um dich einzuschüchtern und dich zu einem falschen Schritt zu verleiten. Und du bist voll darauf hereingefallen, ärger als ein kleiner Hühnerdieb. Man sollte kaum glauben, daß du Anwalt mit zwanzigjähriger Berufserfahrung bist. Sarcì erpreßte dich wegen dieser blöden Geschichte mit der Bruschini: schon haben wir dein Motiv. Er wurde in seinem eigenen Haus ermordet, und es gibt keinerlei Spuren eines gewaltsamen Eindringens, was ein Anzeichen dafür ist, daß das Opfer dem Mörder arglos die Tür geöffnet hat. Damit haben wir auch schon die Gelegenheit für dich: du kanntest ihn gut, er war einmal dein Klient. Am Tag nach seiner Ermordung suchst du das Weite ... *Voilà*, was zu beweisen war. Aber das Schlimmste kommt erst noch, und das kommt von Carrubba. Carrubba ist überzeugt davon, daß du Sarcì umgebracht hast. Er hatte Kontakt zur Bruschini, er weiß von deiner Mittäterschaft bei dem Brand, die Informationen wird er direkt von ihr erhalten haben. Wenn bewiesen würde, daß du es warst, der die Villa des Dealers in Brand gesteckt hat, würde dir Beteiligung am Vertrieb einer großen Menge Drogen zur Last gelegt, was mindestens acht, schlimmstenfalls fünfzehn Jahre Gefängnis bedeuten würde. Das weiß Carrubba. Er weiß, daß du Sarcìs Anwalt warst. Er muß erfahren haben, daß Sarcì über dein Verhältnis mit der Bruschini und über alles übrige Bescheid wußte und dich damit erpreßte. Er hat eins und eins zusammengezählt, wie vor ihm schon der Staatsanwalt. Er hat dich im Verdacht, Sarcìs Mörder zu sein, aber noch zweifelt er ein wenig, und bevor er sich selbst entlastet, indem er dich beschuldigt, möchte er einen anderen Weg versuchen. Deshalb hat er dich zusammen mit mir als seinen Verteidiger benannt.«

»Er macht sich einen Spaß daraus, mich zappeln zu lassen.«

»Nein. Carrubba mag vielleicht ein Gauner sein, aber er ist kein schlechter Mensch. Er ist auf seine Art loyal, ein Sizilianer von altem Schrot und Korn, der Denunzianten haßt. Mich mag er, auf seine Weise. Er hat Respekt vor mir. Er weiß, daß du mein Freund bist. Er möchte zunächst mit uns reden, bevor er gezwungen ist, zum Kollaborateur zu werden, was eine schreckliche Vorstellung für ihn ist. Er hofft, daß ich einen Weg finde, euch alle beide aus dem Schlamassel zu ziehen. Aber lange kann er nicht mehr warten. Wir müssen was tun.«

Guerracci stand am Fenster, der Fluß spiegelte den Widerschein der Platanen auf seinem Gesicht. Ihm war, als sehe er von einem Boot aus, das ihn in die Ferne trug, das Ufer entschwinden. Die bretonische Insel wurde immer kleiner und löste sich im Nebel auf, mit ihr das bernsteinfarbene Mädchen, das man im Zimmer nebenan mit Olimpia plaudern hörte. Guerracci entfuhr ein Seufzer aus tiefster Brust, der einem Klageruf gleichkam. »Ich bin angeschissen, Corrado. Ich werde so weit abhauen, wie ich kann. Ich werde nach Kuba fliegen zu meinem Freund. Er ist ein außergewöhnlicher Mensch, ein großer Schriftsteller, er unterrichtet alte Literatur, er hat im Leben schon alles gemacht ... Goldgräber, Bordellbesitzer in Hamburg ...«

»Träumst du schon wieder, Amerigo? Was willst du denn in Kuba machen? Eine Neuauflage von *Der alte Mann und das Meer*?«

»Und du? Was würdest du an meiner Stelle tun?«

»Ich würde zurückkehren.«

»Wozu?«

»Um mich zu verteidigen, um die vor meine Hörner zu bekommen ...«

Guerracci schaute ihn finster an.

»Tut mir leid, ein unfreiwilliger Doppelsinn ...«, stellte

Scalzi klar. »Du hast doch Sarcì nicht umgebracht, oder? Dann kämpfe, Hergott noch mal!«

»Hätte ich ihn doch wenigstens umgebracht, dann wüßte ich jetzt, was ich zu tun hätte.«

»Und das wäre?«

»Mich würdest du dann in Italien nicht wiedersehen.«

»Siehst du, daß ich recht habe? Wenn du weiter flüchtest, bestätigst du nur die Theorie des Staatsanwalts. Das hast du bereits einmal zu oft gemacht. Es gibt nur eine Möglichkeit, den negativen Eindruck zu beseitigen: Du mußt zurückkehren.«

»Muß ich ins Gefängnis, wenn ich zurückkehre?«

»Das kann ich nicht ausschließen. Schau, sie verdächtigen sogar mich der Beihilfe. Aber wir müssen so tun, als ob gar nichts wäre. Als ob uns das alles gar nichts anginge. Wir krempeln die Ärmel hoch, wir schnüffeln noch einmal tüchtig herum, und dann ziehen wir unsere Trümpfe aus dem Ärmel ...«

»Welche Trümpfe?«

»Die Briefe: den von Rofo an Jeanne und den anderen von Jeanne an den Sammler. Nur finden müssen wir sie noch.

»Das sagst du so einfach ...«

»Wir müssen uns eben mit Roberto Foti in Verbindung setzen.«

»Rofo ist verschwunden.«

»Rofo ist bei der Bruschini.«

»Ich denke, er wird nach Kuba fliehen«, sagte Olimpia.

»Ach was, er wird in einem plötzlichen Anfall von Ehrgeiz nach Italien zurückkehren.«

Das Flugzeug überflog gerade die Alpen.

»Ehrgeiz?«

»Der Ehrgeiz eines Anwalts.«

»Und der wäre?«

»Unter uns gesagt, Guerracci ist in beruflicher Hinsicht ein Chaot. Aber er ist dickköpfig, er hat den Starrsinn des wahren Anwalts. Außerdem haßt er es, wenn immer die anderen gewinnen ...«

»Wer?«

»Die Staatsanwälte, die bürokratischen Richter ...«

»Also vom Regen in die Traufe«, seufzte Olimpia.

»Hoffen wir mal nicht.«

»Ich dachte eigentlich an die arme Laurette.«

Dritter Teil

Malossi brachte ihn zum Bahnhof. Der Zug hatte Verspätung. Außer ihnen stand niemand unter der gußeisernen Bahnsteigüberdachung. In den vergangenen Monaten waren Dedos Haare nachgewachsen, er hatte eine gesündere Gesichtsfarbe bekommen. Er saß auf seinem Koffer und schaute über die Gleise in die Richtung, aus der der Zug von Pisa kommen mußte. Malossi zündete sich eine Zigarre an, die erste an diesem Tag, der Morgen brach eben erst an. Neben dem Koffer lag ein Reisesack, an dem eine zusammengerollte Leinwand festgebunden war. Malossi zeigte darauf: »Ist das mein Porträt?«. – »Ja«, erwiderte Dedo. »Ich habe es noch gar nicht fertig gesehen.« – »Als du es gesehen hast, war es fertig.« – »Aber«, meinte Malossi, »ich dachte, daß es mehr Arbeit machen würde, ein Porträt zu schaffen.« – »Das kommt auf den Maler an«, – Modigliani lächelte – »einige schauen aufmerksam hin, andere schauen nur flüchtig hin, und dafür brauchen sie dann beim Malen länger. Ich habe mit deinem Porträt in dem Augenblick begonnen, als wir uns zum erstenmal gesehen habe.« – »Ich habe doch gar nicht solche Farben ...«, meinte Malossi. »Aber die Fossi von Livorno.« – »Die Fossi?« – »Malen ist wie Musizieren. Wenn ich ein Musiker wäre, dann hätte ich das Gurren der Tauben aufs Notenpapier gebracht. In Livorno geben die Turteltauben den Takt der Zeit an. Ich habe den melancholischen Klang ihres Gesangs wiedergegeben, er ist träge wie die Spiegelungen auf dem stehenden Wasser der Kanäle.« – »Das klingt kompliziert ...« – »Nein. Kunst ist niemals kompliziert«, sagte Modigliani.

Die Klingel läutete. Die rote Mütze des Stationsvorstehers erschien. Die aufgehende Sonne warf einen Widerschein auf das glänzende Schwarz der noch fernen, noch leisen Lokomotive, eine

269

Wolke, von Geglitzer durchbrochen. Der Zug kam näher. Schwer senkte sich der Qualm auf den Bahnsteig. Die Bremsen kreischten in den Gleisen, der Heizkessel keuchte, in dem Lärm ging ein Satz von Modigliani unter. Malossi machte eine ausholende Geste: »Ja, das ist der Fortschritt! Also gut, Künstler: Grüß mir die Damen von Paris.«

Modigliani erklomm die Stufen. Für einen Moment tauchte er noch am Fenster auf, winkte kurz mit der Hand, der flüchtige Gruß von einem, der mit dem Herzen schon weit weg ist. Malossi blieb auf dem Bahnsteig stehen, bis der Zug verschwunden war. Dann wandte er sich dem Ausgang zu. Livorno begann zu erwachen. Ein heubeladener Karren fuhr über den Bahnhofsvorplatz, das Pferd trottete langsam dahin, der Kopf des dösenden Kutschers nickte auf und ab.

27
Abschied und Rückkehr

»Ist das ausreichend als Honorar und für Ihre Spesen?« Carol Ellroy hielt in der Hand noch ihr Scheckheft, aus dem sie ein Blatt herausgetrennt hatte.

Scalzi nickte und versuchte ihr in die Augen zu blicken.

»Dann ist ja alles in Ordnung.« Carol steckte das Scheckheft in ihre Handtasche zurück. »Vielen Dank für alles, was Sie getan haben ... oder besser, für das, was Sie zu tun versucht haben ...«

»Ich habe getan, was in meinen Kräften lag, und das zusammengetragen, was es an Informationen gab. Ich halte es für sehr wahrscheinlich, daß Ihr Verlobter umgebracht wurde. Was das Motiv anbetrifft, so habe ich eine Vermutung angestellt, die Einzelheiten finden Sie in dem Bericht, den ich Ihnen gegeben habe ... falls Sie ihn noch nachlesen wollen. Allerdings, wer ihn umgebracht hat, oder wer ihn hat umbringen lassen – das ist eine andere Geschichte. Ich müßte weitere Untersuchungen anstellen, aber wie ich Ihnen bereits gesagt habe, bin ich nicht Ermittler von Beruf.«

»Das ist schon in Ordnung so. Ich benötige Ihre Hilfe nicht mehr.« Carol erhob sich, lächelte kalt, reichte ihm die Hand. »Auf Wiedersehen, unter hoffentlich weniger unangenehmen Umständen ...«

»Wenn ich weitere Nachforschungen anstellen wollte«, sagte Scalzi, blickte dabei auf die Steineiche, die sich vor dem Fenster im Dämmerlicht grau färbte, und tat so, als hätte er gar nicht bemerkt, daß Signora Ellroy sich verabschieden wollte, »wissen Sie, wen ich als nächstes befragen würde?«

»Nein. Und ich glaube auch nicht, daß es mich interessiert.«

»Sie.«

»Mich? Und weshalb?«

»Ich glaube, Sie haben einen Verdacht, von dem Sie mir nichts erzählt haben.«

»Wenn ich jemanden in Verdacht hätte, dann wäre ich nicht zu Ihnen gekommen, sondern hätte eine Anzeige erstattet.« Carols Tonfall war eher vorsichtig denn selbstbewußt; sie bearbeitete die Henkel ihrer Handtasche.

»Sind Sie sicher, daß Sie mir alles gesagt haben, was Sie wußten?«

»Ich habe mit Ihnen zusammengearbeitet, soweit es mir möglich war. Ich habe Ihnen und diesem Carabiniere Waynes' Unterlagen gezeigt, obwohl ihr Inhalt vertraulich war ...«

»Haben Sie uns wirklich alles gezeigt?«

»Aber natürlich.«

»Unter den Papieren von James, da war nicht zufällig die Kopie eines Briefes an Jeanne Modigliani?«

»Von wem? Nein ...« Carol schien beleidigt, sie stand unvermittelt auf.

»Ich bringe dich zum Wagen«, sagte Olimpia.

»Vielen Dank, meine Liebe, das ist nicht nötig.« Carol war schon auf der Türschwelle.

»Aber gewiß doch«, bestand Olimpia. »Ich möchte ein wenig frische Luft schnappen.«

Scalzi versuchte sich wieder an die Arbeit zu machen. Er begann eine Verteidigungseingabe für Carrubba, aber er kam über die Hälfte der ersten Seite nicht hinaus.

Er hatte eine deutliche Verstimmung bei Signora Ellroy wahrgenommen, die er sich nicht erklären konnte. Sie war ganz plötzlich in der Kanzlei aufgetaucht, ohne vorher einen Termin vereinbart zu haben, und hatte eine reservierte, ja fast schon feindselige Haltung an den Tag gelegt.

Ein flüchtiger Blick auf den von Scalzi vorbereiteten Bericht, dann hatte sie diesen mit einer gereizten Bewegung zusammengefaltet und in ihre Handtasche gestopft. Sie hatte Scalzi abwesend zugehört, und als sie von dem Detail der aufgeschürften Hände erfuhr, war sie blaß geworden und hatte die Handtaschenhenkel gewrungen, als wollten ihr die Sinne schwinden. Von da an hatte sie weder Scalzi noch Olimpia mehr ins Gesicht geblickt, ihre Augen waren starr auf die Schreibtischoberfläche gerichtet, als ob sie Angst hätte, sich zu verraten. Scalzi hatte nichts über die Reise nach Paris erzählt und auch nichts von Guerraccis Problemen oder Jeannes Tod. Doch als sie im Begriff war, die Kanzlei zu verlassen, hatte er aus einem plötzlichen Impuls heraus den Brief an Jeanne erwähnt. Es verwunderte ihn nicht sehr, daß sie daraufhin erneut erbleichte, einen noch härteren Gesichtsausdruck annahm und Anstalten machte, fast fluchtartig den Raum zu verlassen. Eine ähnliche Reaktion hatte er erwartet, er hatte sie provoziert. Er konnte an ihr eine Befangenheit wahrnehmen, die fast schon an Angst grenzte, doch Angst wovor? »Wenn ich jemanden in Verdacht hätte, dann wäre ich nicht zu Ihnen gekommen ...«, hatte sie gesagt. Eine verdrehte Antwort, eine unlogische Verneinung. Scalzi wußte aus Erfahrung, daß solche Antworten im Konjunktiv von Leuten gegeben wurden, die sich schuldig fühlten.

Eine halbe Stunde, nachdem die beiden Frauen das Zimmer verlassen hatten, kehrte Olimpia zurück; sie ertappte Scalzi dabei, wie er Schnörkel auf ein Blatt malte. Die Krone der Steineiche vorm Fenster nahm jetzt eine Blautönung an, doch er hatte vergessen, das Licht anzuknipsen; sein Gesicht lag im Dunkel, seine Miene war düster.

Olimpia zündete sich eine Zigarette an. »Los, los, das Leben geht weiter, es ist alles in Ordnung ...«

»*Don Giovannino mio, va tutto male* ...«, intonierte Scalzi nicht gerade sauber einen Satz Leporellos.

»Aber wieso denn?«

»Wir haben unsere Klientin verloren, Carrubba sitzt nach wie vor im Gefängnis, Guerracci kommt nicht zurück ... Schlimmer als das kann es doch gar nicht kommen! Was hat Carol dir erzählt?«

»Wußtest du, daß wir im Land der Intrigen leben?«

»Was für eine Entdeckung.«

»Sie hat gesagt, daß es in unserem Land nichts gibt, das man auch nur ansatzweise klar definieren könnte. Ihrer Meinung nach leben wir trotz *O sole mio* im Nebel. Seit sie hier ist, habe sie den Eindruck, daß ihr andauernd irgend jemand im Nacken sitzt, und bei jedem Schritt fürchtet sie, in eine Falle zu tappen. Sie meinte, daß sie von dieser vergifteten Atmosphäre die Nase voll habe. Sie hat die Absicht, nach Amerika zurückzukehren.«

»Ich kann nicht sagen, daß sie unrecht hat.«

»Ich auch nicht. Allerdings fürchte ich, daß sie dich damit gemeint hat. Kann sein, daß sie von deiner Freundschaft mit Guerracci erfahren hat: sie hat da so eine Anspielung auf die Solidarität unter Anwälten gemacht.«

»Hm ... Als sie zu uns kam, da trat sie auf wie in einem Western von vor dreißig Jahren, die unerschrockene Heldin, die Gerechtigkeit einfordert gegen die brutale Übermacht von Bösewichten ... Heute dagegen machte sie den Eindruck, als ob die ganze Angelegenheit sie überhaupt nichts anginge. Wann hat sie sich eigentlich so verändert?«

»Am Tag nach Sarcìs Tod. Sie kam her, um mitzuteilen, daß sie nicht die Absicht habe, Parrino James' Unterlagen zu zeigen.«

»Als Gegé uns von Sarcìs Ermordung berichtete, war sie da dabei?«

»Laß mich nachdenken. Erst waren Eros und Marcella da: Wir haben über die Vermißtenanzeige geredet.« Olimpia blätterte in ihrem Notizbuch, das sie als Gedächtnisstütze benutzte. »Dann kam sie. Und dann Gegé ... Und irgendwann habe ich blöderweise aufgehört, mir Notizen zu machen, verdammt! Allerdings ... Sicher war sie da! Gegé hat hier im Büro darüber gesprochen. Genau, sie saß dort drüben. Vielleicht hat sie aber auch nichts verstanden, Gegé sprach schließlich Neapolitanisch ... Aber warte mal! Du hast ebenfalls darüber gesprochen! Du hast ihr gesagt, daß sich mit diesem Todesfall das Bild ändern würde, daß du unbedingt zu Carrubba fahren müßtest. Erinnerst du dich noch, daß du sie gebeten hast, Parrino anzurufen, um den Termin am Nachmittag abzusagen?«

»Stimmt«, sagte Scalzi. »Wie hat sie diese Nachricht deiner Meinung nach aufgenommen?«

»Wir hatten in dem Moment an anderes zu denken ... Warte! Jetzt erinnere ich mich ... Eben, sie verschwand! Du hast ihr gesagt, daß sie Parrino anrufen soll, und plötzlich war sie nicht mehr da, sie war einfach gegangen. Ich erinnere mich, daß du das bemerkt hast. ›Wo ist sie hin?‹ hast du mich noch gefragt. Sie hat sich nicht einmal verabschiedet. Sie saß auf dem Sofa, und eine Minute später war sie verschwunden.«

»Stimmt«, nickte Scalzi, »die Nachricht hat sie nicht überrascht. Es hat sie überhaupt nicht berührt. Das ist mir aufgefallen. Ein starker Charakter, habe ich noch gedacht. Dann war da noch dieses Zwiegespräch mit Parrino bei ihr zu Hause. Sie sind damals ins Englische übergewechselt, alle beide ... Du verstehst Englisch doch besser als ich, was haben sie gesagt?«

»Sie haben kein Englisch gesprochen, es war eher so ein amerikanischer Slang, noch dazu leise. Ich verstand nur, daß Parrino einen gewissen Herrn erwähnte ...«

»Den Signor Packard, genau.«

»In einem harten Tonfall, fast im Befehlston ...«

»Stimmt. Sie erhob sich dann unvermittelt und ging James' Unterlagen holen.«

»Ich habe es geschafft, ihr noch ein interessantes Detail

aus der Nase zu ziehen, während ich sie zum Auto begleitet habe.«

»Nämlich?«

»Sie wollte mich so schnell wie möglich loswerden, aber zum Glück hatte sie ihren Wagen weiter entfernt geparkt. Ich kam auf die Kunst zu sprechen, so ganz allgemein. Ein Wort gab dann das andere ... Da kam heraus, daß sie den Sammler kennt.«

»Den Sammler, von dem uns Marguerite erzählt hat?«

»Es kann sich nur um ihn gehandelt haben. Sie hat mir von einem toskanischen Gelehrten erzählt, einem Experten für Modigliani und die Macchiaioli-Epigonen, der eine umfangreiche Sammlung besitzt. James hatte ihn ihr einmal vorgestellt. Also muß ihr Verlobter ihn ebenfalls gekannt haben. Sie hat die Sammlung dieses Mannes gesehen. Rate mal, wo er wohnt.«

»Wer?«

»Riccardo Chirli, der Sammler. Er hat ein Haus in einem Ort namens Crespinello. Und aus Crespinello kam doch die Nachricht von Rofo an Marcella Trudu.«

Sie wollten gerade das Büro verlassen, als das Telefon klingelte. Olimpia nahm ab. Es war Guerracci, ziemlich kurz angebunden.

»Du brauchst ihn mir gar nicht zu geben«, sagte er. »Richte ihm aus, daß ich nach Livorno zurückgekehrt bin. Morgen gehe ich zum Gefängnis. Wenn er noch nichts vorhat, dann soll er doch bitte auch kommen, so können wir zusammen mit Carrubba sprechen.«

28

Anwalt, Anwalt und Klient

Nachdem Scalzi das Tor passiert hatte, hörte er schon von weitem die Stimme Guerraccis. Er klang erregt und hatte dieses rauhe Timbre, wie immer, wenn er sich bei einem Plädoyer in Rage redete. Eigentlich gehörte dies zum Stil der alten Redekünstler unter den Anwälten, die heutzutage fast gänzlich aus den Gerichtssälen verschwunden waren – aber Amerigo war den Tiraden nach alter Tradition verbunden geblieben, zu denen ein Spannungsbogen gehört, der im finalen Showdown seinen Höhepunkt findet. Die Stimme ertönte aus dem Zimmer Richter – Anwälte.

Der Wachmann, der im Vorraum saß, sah Scalzi an und zuckte mit den Achseln. »Sobald sie handgreiflich werden, rufe ich den Direktor. Sonst murksen die da drinnen sich noch ab.«

Scalzi betrat das Zimmer. Guerracci, der stand, schlug mit der Faust auf das Tischchen. »Versuchen Sie es doch! Was ist? Worauf warten Sie? Verfluchter Mafioso! Meinen Sie, daß Sie mir Angst einjagen können? Glauben Sie, daß ich Angst habe vor dem, was Sie ausplaudern könnten? Nur zu! Reichen Sie ruhig Formular 13 ein! Lassen Sie ihn nur rufen! Rufen Sie dieses Arschloch von einem Staatsanwalt und erzählen Sie ihm Ihren Scheißdreck! Worauf warten Sie noch?«

Scalzi legte seine Tasche auf den Tisch, zog sich die Jacke aus und hängte sie an den Kleiderhaken. Alles in großer Gelassenheit. Er ließ sich gegenüber von Carrubba nieder, auf dessen Gesicht ein boshaftes Grinsen stand, der Commendatore sah aus wie eine von jenen nadelbespickten Fetischfiguren, mit denen man jemanden behexen wollte.

»Amerigo, mäßige deinen Ton. Die Wache will schon den Direktor rufen. Hallo, Carrubba.«

»*Hallo, Carrubba* ...«, äffte Guerracci ihn nach und verzog dabei das Gesicht; er hatte einen hochroten Kopf. »Weißt du, was mir dein ›Sizilianer aus altem Schrot und Korn‹ gesagt hat?«

»Ich kann es mir vorstellen.«

»Er spielt sich hier als Anwalt auf. Und ich soll den Klienten abgeben, verstehst du? Er hat mir einen *professionellen Ratschlag* gegeben. Man muß nur hören, wie er spricht! ... Dieses Phlegma! Immer nur ein Wort nach dem anderen, das reinste sibyllinische Orakel! Damit könnte man selbst einen Trappistenmönch auf die Palme bringen! Seiner Meinung nach, hör gut zu, täte ich gut daran, alles zu gestehen! Er sagt, daß es dann nicht so schlimm für mich werden würde, wenn ich gestehe. Er weiß ... hast du gehört? er weiß, daß der Dealer faktisch der Täter war und die Bruschini seine Komplizin. Und ich soll die Anregung zur Tat gegeben haben. Mir würde man, wenn ich gestehen würde, höchstens die moralische Mittäterschaft anlasten, wobei ich strafmildernd geltend machen könnte, daß ich nur geringfügig beteiligt war, und außerdem die allgemeinen Umstände. Er hat sogar schon alles zusammengezählt. Er sagt, daß ich mit zehn Jahren davonkommen könnte. Fehlt nur noch, daß er mir dafür ein Honorar abverlangt.«

»Ich habe ihm nur einen Rat gegeben. Gratis«, warf Carrubba ein.

»Ansonsten müsse er die Initiative ergreifen, hat er gesagt!« schäumte Guerracci.

»Darauf können Sie Gift nehmen, Avvocato Guerracci«, sagte Carrubba. »Ich habe nämlich keine Lust, für Sie im Knast zu sitzen ...«

»Dreckskerl!«

»Ruhig, Amerigo. Setz dich wieder hin. Und sprich leiser, man hört dich bis nach Ardenza. Aber es ist sowieso besser, wenn du jetzt erst einmal den Mund hältst. Überlaß das Reden mir.«

Guerracci setzte sich und blies die Backen auf.

»So, Carrubba, du hast also für den Avvocato schon mal alles zusammengezählt«, fragte Scalzi mit einem säuerlichen Lächeln.

»Genau ...«, grinste Carrubba, »nur damit er kapiert ...«

»Weil du ja den totalen Durchblick hast, nicht wahr? Aber du weißt gar nichts, Carrubba. Absolut gar nichts. Du hast nicht einmal begriffen, weshalb man dich hinter Gitter gesteckt hat, wem du wohl dieses Vergnügen verdankst. Denk nur mal einen Augenblick nach: Die Carabinieri haben sich auf dich gestürzt, als die Leiche noch nicht ganz kalt war. Sie haben schnurstracks die Beweise für deine Streitereien mit Sarcì beschlagnahmt. Ist das soweit korrekt?«

»Das ist soweit korrekt, ja.«

»Ja, und? Sie hatten einen Tip, das sieht doch ein Blinder. Jemand wollte dich linken.«

»Wer?«

»Deine Kumpel. Die haben dich hereingelegt.«

»Ich habe keine Kumpel ...«

»Aber ja doch. Und die waren es, die dich einbuchten ließen. Guerracci hat mit dem Mord an Sarcì nichts zu tun. Auch diese Drogengeschichte mit der Bruschini hat gar nichts damit zu tun. Erinnere dich bitte, daß auch James umgebracht wurde. Erzähl uns von deinen Partnern, Carrubba, und hör auf, um den heißen Brei herumzureden. Wenn du willst, daß ich dir helfe, dann rück mit allem raus, was du weißt. Wenn du damals nicht Verstecken mit mir gespielt hättest, dann wärst du jetzt gar nicht hier. Erzähl mir von den Leuten, die 1984 die Gaunerei mit den falschen Köpfen organisiert haben.«

»Ich kenne sie nicht. Also, ich meine, es sind Leute, die ich selbst nie zu Gesicht bekommen habe, sozusagen. Ich hatte mit ihnen nur über Mittelsmänner Kontakt.«

»Und was hattest du dabei zu tun?«

»Was willst du wissen?«

»Die Aufgabe, die man dir zugeteilt hatte.«

»Eine lächerliche kleine Arbeit. Ich sollte den Versand übernehmen. Nur das; ich sollte heimlich einige Skulpturen nach Amerika und nach Japan schaffen.«

»Das ist nicht wahr. Lüg auch mich nur weiter voll ...«, zischte Scalzi. »Für dich selber hast du wohl noch nichts zusammengezählt? Nein? Dann werde ich das jetzt einmal übernehmen. Zu deinem Glück gibt es ein neues Gesetz, wodurch lebenslänglich in eine dreißigjährige Haftstrafe umgewandelt wird. Wenn du dich gut benimmst, wirst du wegen guter Führung mit zwanzig Jahren davonkommen. Wie alt bist du in zwanzig Jahren? Fünfundsechzig, sechsundsechzig? ... Nach fünfzehn Jahren kannst du Freigänger werden, wenn du eine Arbeit findest. Du könntest auf dem Bausektor als nichtselbständiger Maurer anfangen. Das ist doch dein alter Tätigkeitsbereich, nicht wahr? Mag ja sein, daß es irgendeinen Bauunternehmer mit einem sehr kurzen Gedächtnis gibt, der dir eine Stelle als Maurer anbietet. Mit der Zeit verheilen bekanntlich alle Wunden. In fünfzehn Jahren könntest du mit deiner Kelle schon noch etwas zuwege bringen. Auf dem Papier allerdings geben sie dir lebenslänglich, Carrubba, wie es dir der Staatsanwalt vorhergesagt hat. Kapierst du denn gar nicht, daß der Staatsanwalt einen Sündenbock sucht? Du deckst Leute, die dich in den Arsch getreten haben. Immer vorausgesetzt, du gehörst wirklich nicht selbst zu der Bande ...«

»Ich bin kein Mafioso ...«, sagte Carrubba mit einem feierlichen Ernst, als enthülle er ein sehr vertrauliches Geheimnis.

»Das weiß ich. Bei der Cosa Nostra wollen sie dich doch

gar nicht, weil du ein Aufschneider bist. Du hast die Angewohnheit, dir zu viel Freiraum herauszunehmen. Du hast
keinen Sinn für Disziplin. Also?«

Carrubba hatte einen Mordsschrecken bekommen, er
schwitzte. »Das war alles, was ich tun sollte, am Anfang: der
Versand. Das ist schließlich mein Job, oder? Dann zog sich
ein Typ, einer von ihnen, vom Geschäft zurück, und ich
nahm seinen Platz ein und blätterte seinen Anteil hin. Das
Ding ging den Bach hinunter, und ich blieb auf dreihundert Millionen Miesen sitzen. Vor einem Jahr haben sie wieder Kontakt zu mir aufgenommen. Sie sagten, daß ich nun
auf meine Kosten kommen würde; im Gegenzug sollte ich
lediglich Granelli überreden, mitzumachen und weitere
Skulpturen für echt zu erklären ... Aber das habe ich dir
schon alles gesagt ...«

»Was du mir allerdings bislang nicht gesagt hast, ist die
Tatsache, daß du noch weiter gegangen bist und dich nicht
auf deine Rolle als Spediteur und später als Vermittler beschränkt hast, die man dir zugewiesen hatte – ist es nicht
so?«

Carrubba senkte den Blick wie ein kleiner Junge, der auf
frischer Tat ertappt worden ist.

»Ist es so gewesen?«

Carrubba nahm den Kopf zwischen die Hände, schloß die
Augen, als wollte er gleich einschlafen, und nuschelte etwas.

»Wie bitte?« meinte Scalzi.

»Granelli hat mir die Skulpturen verkauft.«

»Das ist nicht wahr, Corrado«, platzte Guerracci heraus.
»Ich habe Granelli doch davon abgehalten, sie zu verkaufen.«

»Er hat sie mir aber doch verkauft, wirklich ... Ich habe
ihm gutes Geld dafür gegeben«, grinste Carrubba, »ich habe
Quittungen. Wollt ihr sie sehen, ihr Herren Rechtsanwälte?
Holt mich hier raus, und ich zeige euch die Quittungen.«

»Und alles hinter meinem Rücken, ja?« Guerracci war

vor Wut blaß geworden. »Für ein Butterbrot, möchte ich wetten ...«

»Granelli hat mir seine Skulpturen verkauft, aber den Beweis, daß sie authentisch sind, hat er zurückbehalten. Für die Herausgabe dieses Dokuments will er noch mal einen Batzen Geld. Ohne dieses Papier sind sie wertlos, die Riesenmasken, sie sind nur Steine ohne Wert ... Granelli ist gerissener als Sie, lieber Avvocato.«

»Was für ein Dokument?« fragte Guerracci.

»Ich glaube, ich weiß, wovon er spricht«, sagte Scalzi.

»All das hinter meinem Rücken, hast du gehört, Corrado? Und da soll ich nicht den Beruf wechseln? Lieber Straßenkehrer als Anwalt! Hast du mitbekommen, wie sie mit uns umspringen, unsere Mandanten? Während ich mich ins Zeug legte, die Dinge zu richten, hat dieser Hinterwäldler Granelli ...«

»Wann hast du die Skulpturen zum letztenmal gesehen?«

»Ich weiß nicht ... Vielleicht vor zwei, drei Monaten«, antwortete Guerracci. »Granelli bewahrte sie auf einem Hängeboden in diesem merkwürdigen Atelier auf, aber es ist schon eine Weile her, daß ich dort war ...«

»Sie lagern in den Gewölben einer Schweizer Bank«, sagte Carrubba grinsend. »Doch ohne das Dokument.«

»Was ist das für ein Dokument?«

»Memoiren, Amerigo«, antwortete Scalzi. »Ich habe eine Kopie davon. Wir sprechen später darüber.«

Guerracci erhob sich steif. Er ging an die Tür. Mit der Hand auf der Klinke blieb er stehen. »Du hast mir nichts von diesem Dokument erzählt. Und dabei wußtest du ganz genau, daß ich nach Beweisen für die Echtheit suchte.«

»Du warst aber nicht da, Guerracci, als ich es in die Hände bekam. Du hattest dich nach Paris abgesetzt. Soll ich dir eine Liste aufstellen mit all den Dingen, die du mir verschwiegen hast? Komm wieder her, bitte. Wir wollen gemeinsam versuchen, einen Ausweg zu finden.«

Guerracci lehnte sich an die Tür und verschränkte die Arme; seine Augen blitzten. »Ausweg, was denn für einen Ausweg ...? Es ist alles vorbei, kapierst du das nicht? Granelli hat die Skulpturen gar nicht mehr ... Die hat sich dieses Arschloch unter den Nagel gerissen!«

»Und wurde deswegen abserviert. Genauso wie sie es mit Sarcì gemacht haben. Aus demselben Grund. Sarcì als das Opfer und Carrubba als der Mörder. Der eine auf dem Friedhof, der andere im Knast. Danke dem Schicksal, daß nicht du es bist, der sich in so einer Lage befindet. Du bist nur ganz knapp daran vorbeigeschlittert. Du hast doch davon geträumt, selbst die Hand auf die Modigliani-Skulpturen zu legen, gib's doch endlich zu! Du hast sogar noch Glück gehabt dabei ...«

»Oh, ja«, stimmte Carrubba zu. »Er hat Glück gehabt.«

»Und du halt den Mund, du Blödmann!« herrschte ihn Scalzi an. »Auch du hast allen Anlaß zur Dankbarkeit, daß ich noch rechtzeitig genug gekommen bin, um dich daran zu hindern, dir selbst die Schlinge um den Hals zu legen! Sarcì wußte, daß du die Skulpturen hattest, und er hat dich damit erpreßt. Er hat gedroht, diese Information an deine ehemaligen Partner weiterzugeben, die nun einmal Leute sind, die nicht lange herumfackeln. Wenn du dem Staatsanwalt von der Erpressung erzählt hättest, deren Opfer Guerracci war, dann hätte er euch alle beide ans Kreuz genagelt. Es wäre ja nicht das erste Mal, daß sich die Erpressungsopfer zusammentun, um den Erpresser zu beseitigen. Du hättest also damit nichts anderes erreicht, als dein Motiv auch noch zu untermauern. Hör zu, Carrubba: Bleib du hier schön ruhig im Knast, und laß mich meine Arbeit tun.«

»Das ist verdammt leicht gesagt, ich soll hier ruhig im Knast bleiben ...«

»Was hast du denn sonst vor? Es der Anklage noch etwas leichter machen? Deine eigenen Handschellen noch fester

um deine Gelenke schließen und auch welche bei Guerracci einrasten lassen?«

»Wie lange müßte ich denn noch hier bleiben?«

»Ich weiß es nicht. Aber sie können dich nicht ewig ohne
den Hauch eines Beweises hierbehalten.«

»Seit wann brauchen die denn Beweise, um Leute einzusperren? Beweise finden sich schon ...«

»Eben. Sie wollen dich benutzen, um Guerracci an den
Kragen zu gehen. Sie hoffen, daß dir der Knast die Zunge
schon lösen wird, und wollen dich zur Zusammenarbeit
zwingen.«

»Sie halten mich in Isolationshaft«, jammerte Carrubba,
»ich kann mit niemandem reden. Mein Fernseher ist so gut
wie unbrauchbar, man kann nur einen einzigen Kanal empfangen. Ich werde allein an die frische Luft geführt, mit
einem Beamten, der mich bewacht. Keine Zeitungen. Nicht
einmal die Wachen sprechen mit mir ... Ich halte das nicht
aus, Scalzi, ich werde noch verrückt ...«

»Du mußt hart bleiben. Gib mir die Zeit, gewisse Dokumente aufzutreiben.«

»Ich pfeif auf die Dokumente! Die haben doch ihre eigenen Dokumente! Hol mich hier raus, auf die eine oder andere Weise, und ich halte den Mund. Sobald ich auch nur
einen Fuß draußen habe, verdrücke ich mich nach Neusee-
land!«

»Wir sind nur einen Schritt davon entfernt, den Beweis
für das wahre Motiv der Morde zu finden, das weder mit
dir noch mit Guerracci zu tun hat.«

Scalzi berichtete von dem Mord an Jeanne und von den
Briefen. Carrubba betrachtete ihn stumpfsinnig, mit offe-
nem Mund; er schien überhaupt nichts mehr zu verstehen.

»Verlaß dich auf mich«, schloß Scalzi. »Wie oft habe ich
dich schon aus dem Gefängnis herausgeholt?«

»Viermal«, antwortete Carrubba, aber er wirkte wenig
überzeugt.

Während sie darauf warteten, daß sich die automatische Panzertür der Abteilung öffnete, meinte Scalzi zu Guerracci: »Er hält immer noch viel von mir. Ich glaube nicht, daß ich ihn überzeugt habe, aber er wird es durchstehen. Zumindest noch eine Weile.«

»Wie lange?«

»Einen Monat ... Vielleicht auch zwei ... Aber kaum länger: Isolationshaft ist eine Art Folter. Ein Typ wie Carrubba leidet mehr als andere unter dem Verbot, nicht reden zu dürfen.«

29

Beschattung

Ein Gewitter brach los. Im Schein eines Blitzes erschien der schräge Gefängnisbau der Sughere mit seinen häßlichen Farben wie der Wohnsitz von Außerirdischen in einem Science-fiction-Film. Die Regenmassen prasselten wie aus Kübeln herunter; es überraschte sie noch innerhalb der Umzäunung, als sie gerade eine Andeutung von Garten durchquerten. Sie suchten Schutz im Wachhäuschen.

Ein Beamter, der am Tisch saß, schrieb etwas ins Register. Ein Mann las eine Dienstanweisung an der der Tür gegenüberliegenden Wand. Er hatte ihnen den Rücken zugewandt und stand im Schatten, doch der Raum war zu klein, als daß er sich hätte unsichtbar machen können. Scalzi erkannte die Wölbung auf der Schädelmitte, deren Kahlheit von den spärlichen Resthaaren kaschiert werden sollte.

»Gestatte, daß ich dir Dottor Parrino vorstelle«, sagte er zu Guerracci.

Parrino drehte sich um, mit einem aufgesetzten Lächeln im Gesicht. »Sieh an, was für ein Zufall, der Avvocato Scalzi!«

»Wissen Sie was, Tenente?« sagte Scalzi. »Ich habe den Eindruck, Sie verfolgen mich.«

»Aber woher denn! Und wer ist der Herr hier?«

»Dottor Parrino, wir sind beide nicht von gestern, weder Sie noch ich, und auch dieser Herr hier nicht. Es ist unnötig, daß ich ihn vorstelle: Sie wissen sehr wohl, wer es ist.«

»Der berühmte Avvocato Guerracci, nehme ich an. Aber waren Sie nicht nach in Paris gereist?«

»Und jetzt bin ich zurück«, sagte Guerracci in aggressivem Tonfall.

»Ah, sehr gut! Ich meine, um so besser! Und was hat das dynamische Duo von Strafrechtlern in der Lichterstadt Schönes gemacht? Sie waren doch auch in Paris, nicht wahr, Scalzi?«

»Noch ist das gesetzlich nicht verboten.«

»Gewiß nicht ...«, Parrino nahm eine ernste Miene an. »Aber um die Wahrheit zu sagen, tatsächlich verboten wäre es zum Beispiel, einer Behörde Beweisstücke vorzuenthalten, die für eine Ermittlung hilfreich wären.«

»Welcher Behörde, und für welche Ermittlung?« fragte Scalzi.

»Nun«, meinte Parrino, »was die Behörde angeht, so könnte ich da auf meine Person verweisen: Sie wissen doch, was ich von Beruf bin, Avvocato. Hinsichtlich der Ermittlungen ... Sie haben in Paris Nachforschungen angestellt, oder sollte ich mich irren?«

»Dottor Parrino«, sagte Scalzi, »Sie müssen sich schon entscheiden. An einem Tag spielen Sie den unbürokratischen, freundlichen und alternativ gesinnten Beamten, und am nächsten Tag kehren Sie den unbeugsamen Carabiniere heraus, der sich völlig mit den Behörden identifiziert. Es ist schwierig, mit Ihnen klarzukommen.«

Das Zimmerchen wurde wieder heller. Der Regenguß war vorüber. Der Wind ließ zwischen den Wolken einen blauen Spalt aufreißen.

»Es hat aufgehört«, knurrte Guerracci. »Laß uns gehen, Corrado.«

»Wäre es nicht doch angebracht, sich ein wenig zu unterhalten ...«, nahm Parrino den Faden wieder auf.

»Nein«, entgegnete Scalzi, bereits an der Tür. »Wir sind in Eile. Vielleicht ein andermal.«

Parrino schluckte seine Verärgerung hinunter, während er mit den Augen den beiden Anwälten folgte, wie sic das

Gittertor durchschritten und auf der anderen Seite des von gelben Pfützen übersäten Platzes in Guerraccis Auto stiegen.

»Fahr Richtung Volterra«, sagte Scalzi. »Aber ja nicht rasen.«

»Volterra? Wohin wollen wir denn da?«

»Nach Crespinello. Zu dem Sammler, von dem uns Marguerite erzählt hat. Ich vermute, daß Rofo in Crespinello ist, und wir müssen ihn zu einer Aussage überreden. Dort wird wohl auch die Bruschini stecken. Was hältst du von einem kleinen Wiedersehen?«

Guerracci ließ den Motor an. Der alte Citroën DS erhob sich auf die Räder wie eine Katze, die zum Sprung ansetzt.

»Ich würde ganz gern wissen, was du vorhast.«

»Im Moment bin zur Abwechslung einmal ich damit dran, in einem Spionagethriller zu agieren ... Konzentriere dich aufs Fahren. Parrino hat das Auto gewechselt. Jetzt hat er ein unauffälligeres.« Scalzi sah in den Rückspiegel. Auf der Straße, die zum Gefängnis führte, war hinter ihnen nur ein einziges Auto, ein weißer Fiat, unterwegs.

Sie fuhren eine Weile auf der Via Aurelia, dann platzte Guerracci heraus. »Er klebt uns an den Reifen. Ich kann ihn nicht abschütteln. Nicht bei diesem Tempo ...«

»Beschleunige ja nicht. Halte diese Geschwindigkeit.«

Vor Cecina hörten sie hinter sich ein Hupen.

»Fahr langsamer«, befahl Scalzi, »laß den vorbei.«

Sie wurden von einem blauen Fiat überholt.

»Da ist sie ja«, sagte Scalzi.

»Wer, sie?«

»Olimpia. Fahr ihr nach.«

Auf Höhe eines Schildes BAR TRATTORIA begann der blaue Fiat zu blinken. Er schlüpfte durch eine Wand von parkenden Lastzügen. Es war Mittagspause. Ein Brummi rangierte, um herauszufahren, der blaue Fiat verschwand hinter seinem Anhänger außer Sichtweite.

»Park ein«, meinte Scalzi.

Die Trattoria war voll, die LKW-Fahrer unterhielten sich lautstark. Olimpia trank an der Theke einen Aperitif. Sie winkte Guerracci einen Gruß zu. Scalzi blieb noch einen Moment an der Tür stehen, dann ging er zum Tresen. »Da ist er und parkt hinter dem DS. Er gibt sich nicht einmal Mühe, sich zu verstecken. Was wetten wir, daß er gleich hier hereinspaziert?«

Olimpia trank ihr Glas aus. »Wartet einen Augenblick und folgt mir dann unauffällig«, sagte sie fröhlich, sie schien sich prächtig zu amüsieren. Sie zahlte an der Kasse. Sie folgte einem Pfeil mit der Aufschrift TOILETTE und verschwand hinter einer Art Saloon-Tür. Die Bar begann sich zu füllen. Nach ihrem Mittagessen tranken die LKW-Fahrer noch einen Verdauungsschnaps am Tresen. Parrino kam herein, postierte sich auf der anderen Seite der langen Theke und schien wie abwesend auf die ausgestellten Flaschen zu schauen.

»Eine Minute«, flüsterte Scalzi Guerracci zu, »dann kommst du nach. Neben den Toiletten geht eine Tür nach draußen.«

Scalzi schritt durch die Schwingtür. Er durchquerte einen kurzen Flur. An der Rückseite der Trattoria kam er auf einen Platz hinaus, auf dem lauter verrostete Karosserien standen. Auf einem Kühlschrank lag eine schlafende Katze. Auch der blaue Fiat stand dort; Olimpia saß rauchend am Steuer und betrachtete die Katze. Kurze Zeit später erschien auch Guerracci. Sie stiegen ins Auto, und Olimpia ließ den Motor an. Sie fuhren über einen unbefestigten Weg und kamen dann wieder auf der Aurelia heraus.

»Na, dann los!« rief Olimpia fröhlich. »Da haben wir den Bullen aber schön abgehängt!«

»Und mein Wagen?« warf Guerracci ein.

»Den kannst du dir morgen abholen«, antwortete Scalzi. »Wer sollte deine Schrottkarre schon anrühren?«

In den Serpentinen der Volterrana lebte Olimpia ihre Vorstellung von sportlicher Fahrweise aus und legte mitunter das Auto ganz schön schief in die Kurven; hinter ihnen kein weißer Fiat mehr.

Nach ungefähr zwanzig Kilometern meinte sie: »Ich habe Hunger.«

»Ich auch«, stimmte Guerracci zu.

»Kurz vor San Gimignano gibt es ein nettes Lokal«, schlug Scalzi vor. »Manchmal kehre ich dort ein, wenn ich in der Strafanstalt von Volterra zu tun habe.«

Die Trattoria lag etwas abseits von der Straße, auf einer kleinen Anhöhe oberhalb der Gabelung zwischen Volterra und San Gimignano; hinter ein paar Zypressen konnte man das Gebäude kaum ausmachen. Drinnen war nur wenig Raum, der von einer Theke und vier Tischchen ausgefüllt wurde. Außer ihnen war niemand da. Sie setzten sich an einen Tisch. Ein Mann in Hemdsärmeln und einem Hut auf dem Kopf trat aus dem Halbdunkel hinter der Theke hervor:

»Was kann ich euch bringen?«

»Aufschnitt, Bauernbrot und roten Hauswein«, sagte Scalzi.

Der Mann schnitt den Schinken von Hand, Scheiben von der Dicke eines halben Fingers. Eine kleine Jägersalami schnitt er ebenfalls auf. Er füllte ein Körbchen mit Brot. Den Tisch deckte er mit gelben Papiersets, weißen Keramiktellern und rustikalen Gläsern. Dazu stellte er eine Korbflasche mit dem Wein und das Servierbrett. Die drei begannen zu essen. Sie waren eben mit dem Aufschnitt fertig, und das Brotkörbchen war auch fast leer, als Parrino in der Tür erschien.

»Hier stecken Sie also«, brummelte er. »Eine nette Tischrunde.«

»Bitte, setzen Sie sich doch zu uns«, sagte Scalzi.

Olimpia verzog das Gesicht.

Parrino setzte sich an den Tisch und gab dem Wirt ein Zeichen. »Für mich noch mal das gleiche.«

Nachdem er ein Glas Wein getrunken hatte, nahm er eine Scheibe Brot aus dem Körbchen und sagte kauend: »Schlau, aber so schlau nun auch wieder nicht. Die Signorina Landolfi hat zwar eine perfekte Gegenbeschattung durchgeführt ... Doch sie hat ein weiteres Auto nicht bemerkt, das dem ihren folgte, hinter meinem Wagen nämlich, der wiederum dem der Herren Anwälte folgte ... In der Trattoria der LKW-Fahrer habe ich das andere Auto gesehen, wie es auf der Straße davongezischt ist, und ich bin ihm gefolgt. Dieser andere Wagen steht nun zwischen den Zypressen dort drüben ... Eine ganze Zeitlang haben wir eine Prozession gebildet, wie bei einer Beerdigung. Es scheint mir allerdings nicht der richtige Zeitpunkt, Räuber und Gendarm zu spielen ... Ich weiß ganz genau, daß nicht Sie die Räuber sind; auch Sie nicht, Avvocato Guerracci, auch wenn Sie ein bißchen auf sich aufpassen sollten. Was würden Sie dazu sagen, mich in Ihr Team aufzunehmen? Die Leute mit dem Mercedes dort drüben, die spielen nicht in der Regionalklasse, das sind Profis aus der Ersten Liga ...«

30

Crespinello

Sie verließen die Trattoria. Parrino zeigte zu der Stelle, an der er bei seiner Ankunft den Mercedes gesehen hatte: er war weg. So stiegen sie in ihre Autos und fuhren noch einige Kilometer.

Wohin das »Team« denn eigentlich unterwegs sei, hatte Parrino wissen wollen. Scalzi hatte ihm den Ort genannt, sich aber über den Zweck der Reise kaum geäußert. Als der Carabiniere den Namen Chirli hörte, runzelte er die Stirn. Der Name sagte ihm etwas, wenn auch nur sehr vage. Von seinem Handy rief er die Zentrale in Rom an. Im Computer der Behörde war Chirli tatsächlich registriert, allerdings nicht wegen irgendwelcher Vorstrafen. Er besaß eine große Zahl an vorschriftsmäßig angemeldeten Kunstwerken, und in den Dateien des Archivs zum Schutz von Kunstschätzen wurde er als »Risikokandidat für Diebstähle« geführt. Ja, er war dort als richtiggehende Nervensäge bekannt, da er in der beständigen Angst lebte, ausgeraubt zu werden. So rief Dottor Chirli sogar nachts in der Behörde an, wenn er auch nur ein Rascheln hörte. Überall sah er Diebe und Fälscher. Allerdings war er ein As bei der Aufdeckung von Fälschungsdelikten. Einmal hatte er eine komplette Ausstellung von Modigliani-Zeichnungen als Fälschungen entlarvt.

»Wie kommt es, daß eine Persönlichkeit von solchem Rang mir so gut wie unbekannt ist?« fragte sich Parrino nach dem Telefongespräch laut. »Ich muß wohl davon ausgehen, daß meine Kollegen ihn bewußt vor mir verborgen gehalten haben. Sie wissen ja, wie das ist, die üblichen Rivalitäten, jeder hütet seine Informationsquellen wie seinen Augapfel. Die Ermittlungsbüros leiden unter diesen Eifersüchteleien; so kommt es dann, daß die rechte Hand nicht weiß, was die linke tut.«

Er rief Chirlis Nummer an, die ihm die Zentrale durchgegeben hatte, und stellte sich als Beamter der Carabinieri vor. Die Stimme seines Gesprächspartners drang so schrill aus dem Hörer, daß er gezwungen war, das Handy weit vom Ohr zu halten. Abrupt wurde das Gespräch unterbrochen. Noch mehrmals versuchte Parrino, die Verbindung wiederherzustellen, dann schaltete er das Telefon aus und steckte es in seine Tasche. »Dieser Sammler macht einen ziemlich hysterischen Eindruck. Er hat mich gefragt, ob ich *der Dottore* sei, das habe ich verneint, um mich dann korrekt auszuweisen, daraufhin hat er nur geflucht und aufgelegt. Er muß den Hörer neben den Apparat gelegt haben, es ist ständig besetzt. Wir müssen so schnell wie möglich dahin. In diesem Crespinello scheinen merkwürdige Dinge vor sich zu gehen.«

Zwischen den Bäumen eines Wäldchens machten sie auf einer Lichtung halt; sie stiegen aus und blieben in der Nähe der Autos stehen. Man habe, so erklärte Parrino, sicherzugehen, daß sie nicht von diesem mysteriösen Wagen verfolgt würden. Mittlerweile benahm er sich wie der Anführer. Olimpia und Guerracci sahen ihn schon als Mitarbeiter nicht gern, um so weniger ertrugen sie das autoritäre Gehabe, das er jetzt an den Tag legte. Doch in der Trattoria hatte ihnen Scalzi klargemacht, daß sie, was auch immer sie entdecken würden, früher oder später sowieso den Ermittlern übergeben müßten. Hinzu kam, daß sie nun einmal nicht über das Instrumentarium zur legalen Ausübung von Gewalt verfügten, aber vielleicht waren sie in allernächster Zukunft genau darauf angewiesen. Seiner

Meinung nach war es darum angebracht, auf das angebotene Bündnis einzugehen.

Andererseits hatte Parrino auch Teamgeist bewiesen. Bereits zu Anfang, als er von James' aufgeschürften Händen berichtet hatte, und später, als er Carol zwang, den Beweis für die Echtheit der Skulpturen herauszurücken, die damals in Granellis und nun in Carrubbas Besitz waren.

Scalzi nutzte diesen Moment der Ruhe, um nach dem Grund zu fragen, aus dem der Carabiniere auf seiner Anwesenheit in Carols Haus bestanden hatte. Parrino wand sich mit einer sibyllinischen Antwort heraus. »Ich wollte Sie beide zusammen erleben, Anwalt und Mandantin, und mir ein Bild davon machen, ob es zwischen Ihnen eine andere als die rein berufliche Beziehung gab.«

Aber welches schlagende Argument hatte Carol schließlich veranlaßt, James' Dokumente herauszugeben? Doch Parrino wich der Frage aus, er blieb vage und sprach beiläufig von einigen sehr speziellen Informationen über Signora Ellroy und Mister Packard, den Eigentümer des Wachturms und des Hauses, in dem die Signora wohnte. Scalzi blieb beharrlich: Was für Informationen? Darauf sagte Parrino, daß er es leid sei, Geschenke zu machen und selbst nichts zu bekommen. Ob sich der Avvocato denn nicht daran erinnere, daß sie seinerzeit in Livorno, am Tag ihrer ersten Begegnung, eine Art Vertrag geschlossen hätten? Du gibst mir etwas, ich gebe dir dafür etwas anderes. Während Guerracci im Hintergrund bereits brodelte wie ein Topf kurz vor dem Überkochen, bot Scalzi an, die Ergebnisse seiner Nachforschungen in Paris preiszugeben, im Gegenzug für Auskünfte über Packard und Carol: »Zuerst allerdings Ihre Karten, dann werde ich meine aufdecken.«

»Unsere!« warf Guerracci ein. »Es sind unsere Karten, die du hier anbietest! Und denke immer daran, daß ich keineswegs damit einverstanden bin!«

Parrino gab nun eine Geschichte zum besten, die das Drehbuch für einen Kriminalfilm der vierziger Jahre hätte sein können und in der sich zu einer Liebesaffäre schmutzige Geschäfte gesellten. Die Personen: Packard, der geheimnisvolle, allmächtige Milliardär; James, der eifrige und verliebte, schon etwas angejahrte jugendliche Held; Carol, die Femme fatale. Erster Schauplatz: New York in Schwarz-Weiß; auf der einen Seite die feinsinnigen Experten von der Universität und den großen Galerien, auf der anderen die Geschäftemacher, die mit Kunstwerken und anderen Dingen handeln, erbarmungslose, finstere Gestalten des Big Business. Schnitt. Die Kamera schwenkt nach Livorno: Packard ist der Amerikaner, der mit der Bruschini und Rofo verhandelt; James, der ehrliche und naive Experte, der von Packard bezahlt wird und erst zehn Jahre später hinzukommt; er hat absolut keine Ahnung von den Hintergründen, weder von denen der Vergangenheit noch von denen neueren Datums. Die folgende Szene spielt im Chianti, wo sich eine Gruppe von ausländischen Intellektuellen und Künstlern tummelt, die, von Sonne und Wein verleitet, sich zu gewissen Ungesetzlichkeiten hinreißen lassen. Hier ist die Hauptdarstellerin Signora Ellroy. Und wie in Filmen dieses Genres üblich, ist ihr Part doppelbödig; sie ist nicht mehr nur die unangenehme *wasp*, sondern eine vielschichtige Frau, die zwischen Gegensätzen hin und her gerissen wird ... Wie auch immer, Parrino wußte mit Sicherheit, daß Carol ein heimliches Verhältnis mit Packard hatte.

Daraus konnte man verschiedene Kombinationen ableiten. Erste Theorie: Carol verdächtigte ihren heimlichen Liebhaber, daß er ihren Verlobten aus Eifersucht hatte ermorden lassen. Vielleicht dachte die Dame, daß ihre Liebesaffäre im Zentrum des Universums stand. Vielleicht hatte sie also mit Scalzi über James' Nachforschungen gesprochen, um ihn von ihrem eigentlichen Verdacht abzulenken und ihn auf eine falsche Spur zu bringen. Als Scalzi ihr das wahre Motiv für den Mord an James angedeutet hatte, war sie betroffen und entzog ihm das Mandat, wahrscheinlich, weil sie in ihrem Stolz gekränkt war, als sie erkennen mußte, daß ihre Reize wohl doch nicht das Leben eines Mannes wert waren; vielleicht hatte sie auch einfach Angst, als sie nun ahnte, daß sich unter dem Lack des kultivierten Milliardärs ein Gangster verbarg. Doch Parrino neigte zu einer anderen Hypothese: Carol hatte von Anfang an um das wahre Wesen des Mister Packard gewußt. James' Ermordung war der Tropfen gewesen, der das Faß zum Überlaufen brachte. Deswegen hatte sie sich an Scalzi gewandt. Doch dann mußte etwas geschehen sein – weiß der Himmel, was –, das sie bewogen hatte, alle ihre Nachforschungen fallenzulassen.

Ehe sie sich erneut auf den Weg machten, als die Sonne schon hinter dem Kamm einer Anhöhe versank, beglich Scalzi seine Schuld und erzählte Parrino von Jeanne Modiglianis Tod und von den Briefen.

Der Profi verzog sein Gesicht in staunender Anerkennung dessen, was die Amateure herausgefunden hatten. »Ich hatte mir schon so etwas in der Art gedacht ... Aber ... Jeanne Modigliani! Ermordet! Also nein! Nun verstehe ich die merkwürdige Stimmung in jenem Sommer 1984! Die Ausstellung lief bereits, ich erinnere mich. Und plötzlich kam da etwas wie ein Gewitter aus heiterem Himmel, das über ein Dorffest hereinbricht: Die Händler werfen verblichene Planen über ihre Verkaufsstände, die Leute flüchten rund um die Piazza unter ein sicheres Dach ...«

(Scalzi dachte, daß Parrino in seinen Qualitäten als Ermittler durchaus zu wünschen übrigließ, da ihm der Zusammenhang zwischen Jeannes Tod und den anderen Morden entgangen war; aber seine bildhaften Vergleiche waren sehr treffend, das hatte er schon bei früherer Gelegenheit bemerkt.)

»Und niemand, oder fast niemand, hat auch nur ein Wort darüber verloren! Wie kommt es nur, daß ich selbst damals nicht bemerkt habe, wie ungewöhnlich das alles war? In ähnlichen Fällen ergeht man sich doch nur so in Gedenkreden und Nachrufen; aus allen Ecken kommen Aasgeier hervor, um die herausragenden Tugenden des Verblichenen zu loben! Statt dessen hier: Schweigen! Die Nachricht streifte die Ausstellung wie der Anflug einer lästigen Grippe, die sofort mit Antibiotika unterdrückt wird. Und dabei handelte es sich um die Tochter! Die einzige Nachfahrin des großen Künstlers! Aber es wird schwer sein, nach über einem Jahrzehnt den Zusammenhang zwischen diesem Verbrechen, den gefälschten Köpfen und den späteren Morden nachzuweisen. Wir brauchen Rofos Brief und den Brief, den Jeanne an diesen Sammler geschrieben hat und in welchem sie ihr Eintreffen in Livorno ankündigte. Das Datum ist überaus wichtig. Wenn es mit Jeannes Tod zusammenfällt, ist das von fundamentaler Bedeutung.«

»Die Briefe müßten im Besitz des Signor Chirli sein, soweit es sich für uns ergeben hat.« Scalzi legte eine starke Betonung auf das uns. »Und in Crespinello müßte auch Rofo sein. Wir müssen ihn davon überzeugen, daß er aussagt.«

Der Himmel, bereits dunkelblau, war so klar, daß man in der Ferne die Türme von San Gimignano sehen konnte. Crespinello stellt die Grenze zwischen den Hügeln des Sieneser Chianti und den steileren, weniger fruchtbaren Hängen von Volterra dar; bei Einbruch der Nacht, kamen sie dort an. Das Dorf bestand nur aus einer Handvoll niedriger Häuser, die sich zwischen Zypressen um einen Platz gruppierten, einem Lebensmittelgeschäft, einer verlassenen Kapelle und einer Telefonzelle. Durch das silbrige Grün eines Olivenwäldchens war undeutlich Chirlis Haus zu erkennen, eine unbefestigte Straße führte darauf zu. Sie hatten eben begonnen, den Hügel hinaufzufahren, als sie die Sirene eines Ambulanzwagens hörten. Olimpia konnte das Auto gerade noch rechtzeitig an die Seite fahren, da raste der Krankenwagen schon vorbei und streifte sie fast, die blau-weißen Lichter blinkten auf dem Dach. Er hüllte sie in eine dicke Staubwolke.

Es war schnell dunkel geworden, eine mondlose Nacht voller Sterne. Von dem Haus, einer kleinen Festung am Ende einer Freitreppe, war im finsteren Schatten der Bäume nur eine Ecke auszumachen. Das Gebäude war von einer hohen Mauer umgeben, über die die ungestutzten Zweige einer riesigen Eibe ragten. Das Tor war verrostet und mit einer Kette versperrt, die mit einem großen Vorhängeschloß gesichert war. Als Parrino herantrat, schaukelte die Kette noch und klirrte leicht.

Parrino zog an einem Ring, der sich am Ende einer Stange befand. Die Glocke tönte lange mit klösterlichem Klang nach, oben wurde eine nackte Birne angeknipst, deren Lichtschein auf eine grünlackierte Tür fiel. Ganz in der Nähe begann ein Hund zu bellen. Andere Hunde antworteten in der Ferne.

Da zerriß der trockene Knall eines Schusses die ländliche Stille der Nacht. Man hört ein leises metallisches Klicken an den Gitterstäben des Tores. Die Hunde schwiegen einen Augenblick, dann nahmen sie ihr Gebell wieder auf, noch wütender, noch hysterischer. Einer von ihnen knurrte ganz in der Nähe. Die Tür schlug zu, jemand mußte sie geöffnet und dann wieder geschlossen haben.

»Verdammter Mist ...«, fluchte Parrino. Er kauerte sich hinter einen der Torpfeiler, gab den anderen ein Zeichen, sich zurückzuziehen, und beugte sich vor, um zum Haus hinüberzublicken. Das Licht erlosch. Scalzi, Olimpia und Guerracci wichen in den Schatten des Olivenwäldchens zurück, eilig, doch ohne Panik.

»Kann es sein, daß da einer auf uns geschossen hat?« flüsterte Scalzi.

»So scheint es.« Die ruhige Stimme Parrinos zeugte von Professionalität. »Eine Schrotflinte, könnte man meinen. Zeigen Sie sich nicht. Bleiben Sie, wo Sie sind. Und ducken Sie sich auf den Boden. Gut so: hinter den Bäumen ... Ich werde mal nachschauen.«

Er ging um den Pfeiler herum und begutachtete die Umgrenzungsmauer. Er klammerte sich an einem Vorsprung fest, begann sich hochzuziehen, fiel wieder herunter.

»Brauchen Sie Hilfe?« rief Guerracci.

»Nein, danke. Ich schaffe das schon alleine.«

»Oh, nein, Signore«, sagte Guerracci entschieden. »Da komme ich mit.«

Parrino drückte ihm eine Hand auf die Brust. »Hören Sie, Avvocato, das ist wirklich nicht nötig. Ich werde dafür bezahlt, daß ich meine Haut riskiere.«

»Ich möchte aber mitkommen.«

»In diesem Haus befindet sich jemand, der mit den Nerven am Ende ist. Er hat die Tür einen Spalt aufgemacht und aufs Geratewohl seine Flinte abgefeuert. Zum Glück in die Luft. Man weiß nie, wozu so einer fähig ist. Er ist bewaffnet. Und einen bissigen Hund hat er auch. Er lauert dort hinter der Ecke. Sieht aus wie eines von diesen Schoßhündchen, die aber um so heftiger beißen, das habe ich seiner Schnauze angesehen. Überlassen Sie das mir, ja? Gehen Sie bitte zu Ihren Freunden zurück.«

Parrino zog sich die Jacke aus und hielt sie zwischen den Zähnen, während er die Mauer erklomm. Bevor er oben ankam, warf er das Kleidungsstück auf die Krone, um sich vor den Flaschenscherben zu schützen, die man dort glitzern sah; er machte einen Satz und verschwand. Scalzi und die anderen hörten, wie er auf der anderen Seite mit einem dumpfen Geräusch aufkam. Der Hund knurrte, dann winselte er; hinter der Mauer hörten sie Fußtritte, die ihr Ziel trafen, Geraschel im Gebüsch, Knurren, weiteres Gewinsel und die Flüche des Carabiniere.

299

»Geschieht ihm recht«, bemerkte Guerracci. »Wenn er mich hätte mitkommen lassen ...«

»Na ja«, meinte Scalzi, der zu Füßen eines Olivenbaums saß und sich mit dem Rücken an den Stamm lehnte; versonnen putzte er seine Brille und hielt sie prüfend gegen das Licht der Sterne.

»Ich hätte ihm doch helfen können, oder etwa nicht? Wenigstens den Hund festhalten ...«

»Na ja.« Scalzi rieb seine Brille heftiger.

»Was heißt hier *na ja*? Ich weiß, wie man mit Hunden umgeht!«

»Mag sein. Vielleicht hast du mit denen mehr Glück als mit Zuhältern ...«

Olimpia lachte.

Guerracci kickte einen Kieselstein fort. »Da gibt es gar nichts zu lachen ... Versteht ihr nicht, daß er das alles nur macht, um uns auszubooten? Jetzt spricht er mit Chirli, während wir hier wie die Trottel herumstehen. Und was wird er ihm wohl sagen? Hm? Wißt ihr, was er Chirli sagen wird, unser getreuer Carabiniere? Wollen wir wetten, daß er die Briefe an sich nimmt? Daß er sie vielleicht völlig verschwinden läßt? Daß er zu uns zurückkommt und uns sagt, daß es gar keine Briefe gibt?«

Es vergingen zehn Minuten, dann hörten sie die Kette am Tor klirren. Parrino öffnete das Vorhängeschloß mit einem Schlüssel. Der Hund stand neben ihm und wedelte mit dem Schwanz.

Hinter der grünen Tür lag ein weiter Eingangsbereich, der völlig mit Möbeln zugestellt war, die eher in einen Trödelladen zu passen schienen; es sah aus wie eine Barrikade, die hinter der Tür errichtet worden war und in der man nun einen Durchgang freigeräumt hatte. Möbel aus dem neunzehnten Jahrhundert, in deren Holz Blumenmotive geschnitzt waren. Ein Jagdgewehr lag auf einem Stuhl. An

der Wand gegenüber der Eingangstür, auf einem Liegestuhl aus Plastik, wie sie am Strand verkauft werden, schlief
ein alter, in eine Wolldecke gewickelter Mann, den Hut tief
in die Stirn gezogen; der Mund des Greises stand offen,
und er saß so unbeweglich, daß er wie tot erschien: auf den
ersten Blick sah er aus wie ein Haufen Lumpen, auf denen
ein Hut thronte.

»Sein Vater«, sagte Parrino und zeigte auf den Mann.
»Chirlis Vater, fünfundneunzig Jahre alt.«

Er ging voraus, wobei er sich im Zwielicht so sicher bewegte, als ob er im eigenen Hause wäre. Die drei folgten
ihm in einen heller erleuchteten Salon. Ein Herr von kleiner Statur, mit einem klugen Gesicht, und die Bruschini,
immer noch rothaarig, aber viel magerer als einst, als Scalzi
sie zum letzten Mal gesehen hatte, saßen um einen runden
Tisch, einer Totenwache nicht unähnlich.

Der kleine Herr stand auf. Die Bruschini nickte stumm
und starrte Guerracci bedeutungsvoll an, als wollte sie sagen: ›Du hast ganz schön lange gebraucht, um hierher zu
kommen.‹

Parrino übernahm die Vorstellung: »Dottor Chirli ...
Avvocato Scalzi ... Avvocato Guerracci, Signorina Landolfi.
Diese andere Dame ...«

»Signora Bruschini ist uns bereits bekannt ...«, sagte
Scalzi.

Olimpia trat zu Renata und strich ihr zärtlich über das
Haar. »Na, wie geht's dir, Rotschopf?« Renata hob schwach
eine Hand und biß sich auf die Lippen; sie begann still vor
sich hin zu weinen.

Verlegenes Schweigen. Parrino verrückte hier einen Ge-
genstand, betrachtete dort ein Bild an der Wand. »Hübsch ...
Was ist es, ein Oscar Ghiglia?« Er wirkte wie die Dame des
Hauses, die ein wenig Ordnung in das Durcheinander des
Raumes bringt. Niedergeschlagen setzte Chirli sich wieder.
Er folgte Parrino mit dem Blick wie ein Schwerkranker, der

seine Augen auf die medizinische Koryphäe heftet, die an sein Bett getreten ist.

Er faltete die Hände, rang sie ein wenig, er sprach sehr gedämpft, als ob wirklich ein Toter im Haus wäre.

»Sie müssen entschuldigen, das von vorhin ... Der Schuß ... Aber es war nur in die Luft ... Ein Warnschuß, das habe ich dem Leutnant schon erklärt. Heute nacht hat man versucht, hier einzubrechen. Ich habe aus dem Fenster geschossen ... Ich mußte mich verbarrikadieren ... Papa habe ich als Wache an die Tür gesetzt ... Aber ... Er ist sehr alt ... Und jetzt, jetzt fehlt nur noch, daß dieser arme Junge ... Sie wissen schon ... Ach, es ist eine ... entsetzliche Situation! Wirklich entsetzlich. Ich lebe wie im Belagerungszustand ... Sie können sich ja vorstellen ...«

Unter dem gelben Licht des Kronleuchters, den drei Fliegen umkreisten, ließ er den Satz in der Luft hängen. Mit einer Handbewegung deutete er auf Renata, der immer noch die Tränen übers Gesicht liefen; sie schien gealtert.

Dann erzählte die Bruschini, sie sprach stockend, mit tonloser Stimme. Der Schmerz ließ sie ab und zu heftig aufschluchzen.

Man hatte Rofo im Koma ins Krankenhaus gebracht, er hatte einen Kreislaufzusammenbruch erlitten. Der Ambulanzwagen, der auf der staubigen Straße an ihnen vorbeigerast war, hatte ihn abgeholt. Es bestand wenig Hoffnung, hatte der Arzt gemeint, es sei ein irreversibles Koma.

Die hatten sie gezwungen, für sie zu arbeiten. Wer? Na die! Die verfluchten Zuhälterschweine, die sie immer noch wegen dieser alten Geschichte quälten und erpreßten. Sie hatte Schulden, die sie nie wieder loswerden würde ... Darum mußte sie ihnen dabei helfen, Rofo aus dem Landhaus der Dottoressa Trudu herauszuholen, genau an jenem Tag, als er sich Scalzi anvertrauen wollte. Sie sollte ihn in die Nähe des Mercedes locken ... Auf die übliche Weise ...

Wie der übliche Rattenfänger mit den üblichen Flötentö-
nen ... Na ja, mit der Aussicht auf einen Schuß. Und dann
waren sie über ihn hergefallen, hatten ihn gepackt, mit Gewalt ins Auto gezerrt, und ab ging's. Dann war es zu der
Verfolgungsjagd und der wilden Schießerei gekommen ...
Sie hatten sie alle beide an einen Ort gebracht, der gar
nicht so weit entfernt lag. Nachdem sie das Taxi abgehängt
hatten, waren sie nicht mehr allzuweit gefahren, sie waren
bald an ihrem Bestimmungsort angelangt ... Wo? Nun ...
also ... sie erinnerte sich nicht einmal mehr an die Ortschaft ... Auf dem Land, in einem Haus, dessen Wände mit
grauem Stoff bespannt waren, wie eine große hohe Schachtel ... weich, still, unheimlich ... Nur ein paar kleine Fen-
sterchen, die auf einen schwarzen Wald gingen ... Das
Hexenhaus ... Aber es war ein Hexenmeister: Wenn die
Zerberusse, die sie bewachten, eine ihrer seltenen Bemerkungen abließen, dann bezogen diese sich stets auf einen
Mann ... Also, eigentlich war der Hexenmeister sogar sehr
freundlich ... Er hatte die Geschwister, die sich verlaufen
hatten, mit Zuckerwerk, mit Sahne und kandierten Früch-
ten vollgestopft ... Rofo hatte sich das Zeug wie ein Irrer
reingezogen, er meinte, er müsse eine lange enthaltsame
Zeit nachholen, er hatte einfach keine Kontrolle mehr über
sich, nicht ein Mindestmaß an Beherrschung ... Ein einziger, ununterbrochener Trip, schlimmer als bei dem Gelage
in den Apuaner Bergen ... Furchtbare Tage, die sich einfach so dahinschleppten in diesen grau ausgeschlagenen
Räumen, die von außen abgeschlossen wurden ... Nächte
voller Alpträume ... Rofo sah die Zimmertür mit roten
Würmern bedeckt ... »Sie mästen uns, um uns später zu
fressen«, sagte er ... Wenn er überhaupt mal in der Lage
war, zu sprechen ... Einmal hatten sie versucht, durch eine
von diesen Schießscharten zu fliehen, doch die Zerberusse
hatten sie geschnappt und verprügelt, weil sie ihre Gast-
freundschaft nicht zu schätzen wüßten ... Den Herrn des

Hauses bekam man nie zu sehen, man wußte nur, daß er da war, in irgendeinem Teil dieses hohen Gemäuers voller Treppen ... Er kam und ging nachts, wie ein Menschenfresser, den man zu fürchten hatte, man hörte, wie sich das automatisch schließende Gartentor öffnete, dann fuhr ein Auto herein, das so lang war wie ein Leichenwagen ... Schließlich konnten sie doch noch entkommen. Renata hatte Rofo fortgeschleppt, nachdem sie begriffen hatte, daß man sie früher oder später umbringen würde, vielleicht sogar auf eine sanfte Art, doch in diesem Haus waren sie Gezeichnete, sie spürten den Hauch des Todes ... Sie hatten einen Autobus in der Umgebung genommen ... Und Rofo hatte dann die Idee gehabt, bei Dottor Chirli Zuflucht zu suchen ...

»Und in was für einem Zustand sie hier angekommen sind!« sagte Chirli. »Wie aus einem Konzentrationslager! Heute nacht sind dann die andern gekommen, um nach ihnen zu suchen ... Ich wollte ja die Polizei rufen, aber Renata hat mich daran gehindert. Ich kenne Rofo schon seit einer Weile. Er ist ein echter Künstler, dieser Roberto. In den letzten Jahren kam er von Zeit zu Zeit zu mir, blieb ein paar Tage, um wieder zu Kräften zu kommen, malte und ließ mir ein Bild für alles da, dann ging er wieder ...«

Die Bruschini hatte wieder still zu weinen angefangen, die Tränen liefen ihr nur so die Wangen hinunter, doch ihr Gesicht blieb regungslos, ohne Gefühle. »Hier ging es ihm besser. Er fing an, sich zu erholen, nachdem die ersten schlimmen Tage des Entzugs vorüber waren, in denen er sich den Schädel einrennen wollte. Allerdings hatte er ein paar Tütchen dabei, er hatte sie in der Hosentasche mitgebracht ... Er hat sie dann ganz offen auf eine Truhe gelegt, unter ein Foto von Modigliani ... So ist Rofo, voller Ticks, er hat sich seinen Opferaltar errichtet, mit dem Bild des Heiligen und dem des teuflischen Versuchers, er meinte, er müsse die Kraft haben, ihm zu widerstehen. Doch heute morgen hat er sich ein Tütchen genommen und sich einen Schuß gesetzt: Stoff von dort, aus dem grauen Haus. Unmittelbar darauf ging es ihm schlecht, er hatte Schaum vor dem Mund ...«

Renata telefonierte mit der toxikologischen Station des Krankenhauses in Siena. Rofo ging es nicht gut, einmal war er kurz zu sich gekommen und hatte noch den Namen seines Hausarztes nennen können, einer Ärztin, die aus Florenz angereist kam und nun bei ihm wachte.

Parrino fand das angebrochene Tütchen in dem Zimmer, in dem Rofo und Renata geschlafen hatten. Er probierte das weißliche Pulver, indem er eine Spur davon an seine Zunge führte. »Meiner Meinung nach ist es mit Strychnin verschnitten«, sagte er. »Ich habe früher einmal beim Rauschgiftdezernat gearbeitet. Auf jeden Fall werden wir es analysieren lassen. Der wievielte wäre das bis jetzt, Avvocato? Der vierte? ... Jeanne eingeschlossen.«

Später zeigte Chirli den Gästen seine Sammlung. Ein unglaubliche Zahl von Gemälden – drei Generationen von toskanischen Malern, von den Anfängen des neunzehnten Jahrhunderts bis zu den Gemälden von Rofo –, die über die zwei Stockwerke des Hauses verteilt waren, und nicht nur an den Wänden, sondern auch eins gegen das andere gelehnt in den Zimmern oder im Treppenhaus. Am Ende des Rundgangs – Scalzi wartete darauf, daß die Stimmung sich etwas aufhellen würde, damit er auf den eigentlichen Zweck des Besuches zu sprechen kommen konnte – nahm der Sammler ein Buch aus der Bibliothek, eine Erstausgabe von *Pittura e scultura futurista* von Umberto Boccioni.

»Und deswegen sind Sie zu mir gekommen, nicht wahr? Ich bin froh, daß Sie mich von dieser Last befreien.«

Chirli schlug das Buch auf, als ob er ein reife Frucht in zwei Hälften teilen würde, und ließ die beiden Briefe herausflattern, jenen von Jeanne Modigliani und den von dem

anonymen Schreiber – von Rofo, wie mittlerweile alle wußten –, in dem das baldige Auftauchen der gefälschten
Skulpturen angekündigt wurde. Sogar die Umschläge waren dabei. Der von Jeanne Modigliani trug das Datum des
24. Juli 1984. Jeanne schrieb, der beiliegende anonyme
Brief solle bis zu ihrer Ankunft in Livorno in den Händen
des Sammlers bleiben, dort sei er besser aufgehoben. Sie
wage nicht, ihn bei sich selbst aufzubewahren, sie fühle sich
so beunruhigt. Drei Tage später war sie tot.

31
Per inquisitionem iudicis ...

Briefe und Umschläge lagen in der Mitte des Tisches. Der Staatsanwalt hatte sie mit spitzen Fingern von sich geschoben, eine nicht wirklich verächtliche Geste – davon hielt ihn seine gute Erziehung ab –, die aber doch von einer Art ärgerlicher Herablassung zeugte. Seit einigen Minuten erschienen sie Scalzi wie totes Laub, mit dem man nur noch das Poesiealbum eines jungen Mädchens schmücken konnte. Als seien er und Guerracci ins Büro von Dottor Benivieni gestürmt, um ihn mit einem lächerlichen Problem von seinen weit wichtigeren Aufgaben abzuhalten.

Guerracci hatte sich nicht einmal gesetzt. Er stand abseits am Fenster, betrachtete finster das träge Dahinfließen des Wassers im Kanal gegenüber dem Gerichtsgebäude. Er hätte mit dem »miesen kleinen Wichser«, wie er den Staatsanwalt nannte, am liebsten gar nicht geredet.

»Und was sollen diese Briefe besagen, Avvocato?« Dottor Benivieni ließ sich nach hinten gegen die Lehne fallen. Seine Augen in dem etwas feisten Knabengesicht mit den geröteten Wangen blickten ausweichend zur Decke.

»Sie besagen«, meinte Scalzi, »daß die beiden Verbrechen, das an Dottor James und das an Sarcì begangene, in einem Zusammenhang stehen. Sie geschahen aus demselben Motiv und wurden von denselben Tätern verübt; zumindest waren die Auftraggeber dieselben.«

»Das Verbrechen an Dottor James? Wer soll dieser James sein? Ich habe den Namen noch nie gehört. Und Sie sagen, daß er in ein Verbrechen verwickelt war? Wo soll das gewesen sein? Und wann?«

»Hier in Livorno, Dottor Benivieni ...« begann Scalzi, doch vom Fenster her ließ sich Guerraccis mürrische Stimme vernehmen: »Wir vergeuden hier unsere Zeit, Corrado. Ich habe es dir ja gleich gesagt.«

»Avvocato Guerracci!« Die Verärgerung brachte noch mehr Farbe in die Wangen des Staatsanwalts. »Wenn einer der hier Anwesenden seine Zeit vergeudet, dann bin ich es wohl, will mir scheinen. Sie haben bei meiner Sekretärin darauf bestanden, mich unbedingt sprechen zu müssen, und das bei all den laufenden Verfahren, die ich zu barbeiten habe.« Er deutete auf den Stapel Akten auf dem Tisch. Dann zog er ein säuerliches Lächeln. »Ihr Kollege, Avvocato Scalzi, wirkt mir in dieser Angelegenheit ein wenig zu engagiert. Wie soll ich sagen ... Er scheint mir nicht nur von rein beruflichem Interesse getrieben ...«

Guerracci durchquerte rasch die wenigen Meter, die zwischen ihm und dem Schreibtisch des Staatsanwalts lagen, und stützte sich mit beiden Händen auf. »Was wollen Sie damit andeuten, Dottore?«

Benivieni öffnete den Mund und riß die großen blauen Augen auf. Er rutschte nach hinten und stieß mit der Lehne seines Bürosessels gegen einen Kalender der Carabinieri, der an der Wand hing. »Ja, was soll denn das ...? Eine Drohung?«

Scalzi erhob sich, fegte Guerraccis Hände vom Tisch, schob den Freund zurück und sagte ihm ins Ohr: »Nicht auf diese Art, Guerracci ... Du wolltest doch gar nicht mitkommen, oder? Also dann geh. Warte draußen auf mich.«

»Oh, nein!« sagte Guerracci mit erhobener Stimme. »Jetzt bin ich einmal hier, und nun bleibe ich auch! Wenn dieser Herr hier sagen will, daß ich an dem Mord an diesem Schweinepriester beteiligt war, dann soll er Klartext reden, wenigstens dieses eine Mal! Das ist mein gutes Recht! Ich habe ein Recht darauf, zu erfahren, ob gegen mich ermittelt wird! Mein Telefon wird überwacht! Ich kann nirgendwo mehr hingehen, ohne das Gefühl zu haben, beobachtet zu werden! Man stochert in meinen persönlichen Angelegenheiten herum! All das ohne auch nur den Hauch von einem Ermittlungsbescheid! Und ohne daß ich die Möglichkeit hätte, mich zu verteidigen!«

Dottor Benivieni, der immer noch mit dem Rücken an die Wand gedrückt stand, die schwammigen Finger vor dem mächtigen Bauch verschränkt, wirkte verängstigt. »Avvocato Scalzi ... Sie sind sich des Ortes und der Institution, die ich repräsentiere, doch wohl etwas mehr bewußt ... Sagen Sie Ihrem Klienten, daß er sich in seinem Ton mäßigen soll. Sonst muß ich jemanden rufen ...«

»Avvocato Guerracci ist nicht mein Klient«, sagte Scalzi barsch. »Er hat mit mir zusammen die Verteidigung von Gaetano Carrubba übernommen.«

»Nun gut«, lenkte Benivieni kleinlaut ein, »sagen Sie also Ihrem Kollegen, meine ich ...«

»Aber gesagt haben Sie ›Klient‹!« Guerracci deutete anklagend mit dem Zeigefinger auf ihn. »Das ist Ihnen herausgerutscht! Sie haben Klient gesagt! Da haben wir es! Ich lehne jedes weitere Wort ab! Teilen Sie mir jetzt mit, wegen welchen Deliktes gegen mich ermittelt wird! Hier an Ort und Stelle! Lassen Sie ein Protokoll aufsetzen! Verhören Sie mich! Ich fordere Sie auf, Ihre Arbeit zu tun! Avvocato Scalzi ist mein Verteidiger!«

Guerracci nahm sich einen Stuhl und rückte ihn vor die Schreibmaschine neben dem Arbeitstisch des Staatsanwalts. Er setzte sich, legte die Ellenbogen auf die Knie, nahm seinen Kopf in die Hände und beugte sich vor, aufgewühlt und resigniert wie ein schwer schuldbeladener Mensch am Ende seiner Kräfte; er grinste eigentümlich vor sich hin. Scalzi kam der Verdacht, Guerracci könnte mit einem Schlag übergeschnappt sein. Er begriff, daß sich in ihm die Spannung entlud, die sich einen ganzen Monat lang angestaut hatte.

Guerracci begann zu sprechen, als gäbe er zum Diktat: »Guerracci Amerigo. Keine Rufnamen, keine Spitznamen. Geboren in Livorno am 19. Januar 1949. Wohnhaft ebenda in der Gemeinde Tombolo. Universitätsabschluß. Beruf: Rechtsanwalt. Eigentumsverhältnisse: Das Haus, das ich bewohne, gehört mir. Gedient habe ich nicht ...« Als sei er plötzlich überrascht, daß er die Schreibmaschine nicht klappern hörte, wandte er sich an den Staatsanwalt. »Aber wo ist denn die Sekretärin? Rufen Sie sie! Ich möchte eine spontane Aussage machen ...«

Scalzi verspürte auf einmal einen Stich hinter dem Brustbein. Wie konnte ein so impulsiver Mensch nur jemals auf die Idee kommen, Rechtsanwalt zu werden? Ein Metier für Haifische in einer schnellen Strömung. Amerigo dagegen ließ sich von jeder Brandungswoge mitreißen, schüttelte seine Stummelflügelchen wie ein Pinguin und lief andauernd Gefahr, einem Killerwal ins Maul zu schwimmen. Scalzi legte ihm eine Hand auf die Schulter und drückte kräftig zu. »Jetzt ist es genug. Geh und trink einen Kaffee, wir sehen uns dann später, einverstanden?«

Guerracci stand auf, die Augen starr auf die stumme Schreibmaschine gerichtet. Er schien betroffen, wandte sich zur Tür und schloß sie sacht hinter sich.

Scalzi setzt sich wieder dem Staatsanwalt gegenüber. »Also«, meinte er, »damit wäre der Zwischenfall wohl erledigt.«

Benivieni seufzte auf. »Ihr Freund scheint ein ziemlicher Hitzkopf zu sein, was? Noch eine weitere Minute von diesem Schmierenstück, und ich hätte die Wachleute gerufen.« Er runzelte die Stirn. »Nun, vielleicht wäre es sogar wirklich angebracht gewesen, ihn eine Aussage machen zu lassen. Irre ich mich, oder fühlt Ihr Kollege sich schuldig? Was da eben zu hören war, wirkte auf mich wie ein Geständnis ... Vielleicht hätte ich ihn einfach frei reden lassen sollen, wie er es ja tun wollte. Ich meine, bevor Sie, Avvocato, eingeschritten sind ... Sie sind geschickt, wußten Sie das, Scalzi? Wirklich, Sie haben das Timing eines ausgezeichneten Strafverteidigers.«

»Dann hören Sie mal zu, was der Strafverteidiger Ihnen zu sagen hat.« Scalzi sprach leise, er spürte, wie ihm die Wut die Kehle hinaufkroch, doch er hielt sie hinter den Zähnen zurück und dämpfte seine Stimme. »Sie haben von dieser ganzen Geschichte nichts verstanden. Ich werde einer kompetenten Instanz schon noch den Beweis liefern, daß Sie auf einer völlig falschen Spur sind, *red herring*, wie die Engländer sagen! Ich werde Sie ganz schön alt aussehen lassen!« Er nahm die Briefe und die Umschläge vom Tisch. »Haben Sie verstanden? Wie einen Haufen Scheisse! Ich werden das Verfahren vor den Generalstaatsanwalt bringen.«

»Legen Sie diese Dokumente wieder dorthin, wo sie waren, sie sind hiermit beschlagnahmt!«

»Machen Sie Witze? Ich habe keine Beschlagnahmeverfügung gesehen, zumindest nicht in den letzten fünf Minuten. Glauben Sie, daß Sie es mit einem blöden Winkeladvokaten zu tun haben, der zu nichts mehr taugt, als dem Staatsanwalt in den Hintern zu kriechen?« Scalzi steckte die Briefe in seine Tasche und sprach dabei weiter mit mühsam unterdrückter Wut: »Diese Dokumente sind für den Richter. Es gibt ja wohl noch Richter in Berlin!«

»Berlin, was hat Berlin damit zu tun? Sagten Sie nicht, diese Briefe kommen aus Paris?« Benivieni schien etwas verwirrt.

»Ich bestätige meine erste Diagnose: Sie verstehen nichts, und ungebildet sind Sie auch noch. Das eben war ein Zitat, Dottor Benivieni, und zwar von Friedrich dem Zweiten von Preußen.«

Der Staatsanwalt erhob sich, bemüht um die feierliche Ausstrahlung eines Richters, der das Urteil verkündet:

»Ich könnte Sie beide wegen Beamtenbeleidigung anzeigen, Sie und diesen Hitzkopf. ›Ich könnte Euch strafen, doch so gemein will ich nicht sein.‹ Auch dies ist ein Zitat, Avvocato Scalzi, aus *Pinocchio*, Kapitel zweiundzwanzig. Andererseits wird in Kürze der Herr Amerigo Guerracci, ohne Spitznamen, geboren in Livorno, etcetera, an ganz anderen Nüssen zu knacken haben als an solch einem kleinen Prozeß wegen Beamtenbeleidigung. Ich habe gerade mit einem Kollegen der Staatsanwaltschaft von Pisa telefoniert, zwei Minuten, bevor Ihre Arroganz über mein Büro hereinbrach. Auch der Kollege dort hätte noch eine kleine Rechnung mit ihm offen, dem Herrn Guerracci. Aber er ist einverstanden, daß ich mich nun mit der Sache beschäftige, wegen der offensichtlichen Verbindung zu dem noch schwerwiegenderen Verbrechen, dem Mord, der in den Kompetenzbereich meines Büros fällt.«

Er erhob sich, nahm eine Akte vom Stapel, legte sie vor sich hin und schlug sie auf. Während Scalzi zur Tür schritt, erging sich Dottor Benivieni weiter in seiner Urteilsverkündung: »Wir werden schon sehr bald sehen, wer hier derjenige ist, der nichts versteht. Ihnen, Avvocato Scalzi, fehlt jegliche Grundlage. Ihnen und Ihren Briefchen, und was sonst noch zu erwarten sein mag, ist es vorherbestimmt, in der Luft zerrissen zu werden, ein Windhauch, und schon flattern sie davon wie eine Feder, Sie und Ihre Beweise, Ihre sogenannten. Ihnen, werter Avvocato, mangelt es einfach an der wahren Professionalität, jener nämlich, die mit dem öffentlichen Amt verbunden ist. Ihre Versuche, die Untersuchung in eine bestimmte Richtung zu lenken, sind anmaßend. Es versetzt mich in Staunen, daß Sie nach all den Jahren, in denen Sie als Anwalt tätig sind, immer noch nicht begriffen haben, welch himmelweiter Unterschied zwischen Ihrer und meiner Arbeit liegt. Sie leben in der Überzeugung, daß bei der Art von Materie, mit der wir uns beschäftigen, professionelles Vorgehen etwas zu tun habe mit ... ja, was weiß ich? Mit der Macht der Argumente?

Oder mit wissenschaftlicher Genauigkeit? Oder gar jener schwer faßbaren Logik, die ihr Anwälte von Zeit zu Zeit ins Feld führt? Mitnichten! Einzig die Macht, die Autorität ist es, und sonst gar nichts. Oder genauer gesagt: die Autorität des Ermittlers, der über die öffentliche Gewalt verfügt, jene Autorität, die sich aus dem Amt ergibt. Prozesse werden ›*per inquisitionem iudicis ex officio suo*‹* gemacht. Da hätten Sie noch ein weiteres Zitat, Avvocato: aus den Allgemeinen Rechtsvorschriften der italienischen Stadtstaaten.«

---

* (lat.) durch die Untersuchung des Richters kraft seines Amtes.

32

Die Stadt Dummenfang

Scalzi blätterte in *Pinocchio*. »Er ist immerhin nicht völlig ungebildet«, brummte er. »Zumindest dieses Buch hat er gelesen.«

Guerracci, mürrisch wie ein unzufriedener Mandant, saß auf dem ›Nachtstuhl‹. In Scalzis Kanzlei – es war der Morgen des 23. Juni, des Tages vor dem Fest von San Giovanni, dem Schutzpatron der Stadt – drang das Dröhnen von Trommeln. Auf der Piazza Santa Croce probten die Statisten für das morgige Spiel des *calcio storico*.

»Wer?« fragte Guerracci.

»Nicht zu fassen«, staunte Scalzi. »Es steht wirklich in Kapitel 22 ...«

Guerracci warf Olimpia, die die Prozeßakten neu ordnete, einen fragenden Blick zu. Olimpia verdrehte die Augen und zuckte die Achseln. Laurette, die Ellenbogen auf das Fensterbrett gestützt, versuchte vom Fenster aus einen Blick auf die Trommler, die Fahnenschwenker, die Arkebusenschützen und die Pferde zu erhaschen, die eben noch durch die Straße gezogen waren; doch die Steineiche und die Gartenmauer nahmen ihr die Sicht auf den Platz. Als sie sich weiter vorbeugte und ihren Hals immer länger machte, glitt ihr Minirock hoch und entblößte die olivfarbenen Schenkel, den kleinen strammen Po und das lila Unterhöschen.

Scalzi schloß das Buch.

»Jetzt red' schon ...«, knurrte Guerracci.

»Ein Kapitel aus *Pinocchio*. Benivieni hat bei unserer Unterhaltung vor drei Tagen daraus zitiert.«

»Welches Kapitel?«

»Das, in dem Pinocchio dazu verdonnert wird, den Wachhund zu spielen, und die Steinmarder beim Hühnerdiebstahl erwischt. Nachdem der Bauer dann die Steinmarder geschnappt hat, steckt er sie in einen Sack ...« – Scalzi schlug das Buch wieder auf, er lächelte. »Und hier heißt es dann: ›Ich könnte euch strafen, doch so gemein bin ich nicht! Es genügt mir, wenn ich euch morgen zum Wirt im nächsten Dorf bringe, der wird euch das Fell abziehen und als süßsauren Hasenbraten garen. Die Ehre verdient ihr zwar nicht, doch großmütige Menschen wie ich sind nicht kleinlich.‹ Oh, großer Collodi!«

Guerracci kratzte sich am Bart. »Und was hat das mit mir zu tun?«

»Nichts«, sagte Scalzi. »Du paßt besser in eines der vorhergehenden Kapitel, das von der Stadt Dummenfang.«

»In dem Pinocchio ins Gefängnis geworfen wird?«

»Zur Strafe, weil er sich seine Goldmünzen hat stehlen lassen.«

Guerracci seufzte; am Tag zuvor war ihm der Ermittlungsbescheid zugestellt worden: Die Staatsanwaltschaft von Livorno teilte ihm offiziell mit, daß gegen ihn wegen Mordes an Sarcì ermittelt werde.

»Man macht mir wegen Mordes den Prozeß; noch bin ich frei, aber mit einem Fuß stehe ich schon im Gefängnis. Carrubba können wir nicht länger bei der Stange halten, er hat die Absicht, Benivieni rufen zu lassen, um mich zu belasten. Und mein Verteidiger – derselbe Mensch, der mich überredet hat, aus Paris zurückzukehren, damit ich mir praktisch eigenhändig die Handschellen anlege –, worüber redet der mit mir? Über Pinocchio! Was wird er mir wohl raten? Darauf zu warten, daß der Herrscher der Stadt Dummenfang eine Amnestie erläßt?«

»Collodi stellt quasi einen historischen Leitfaden dar.« Scalzi schlug einen doktoralen Ton an. »Das Kapitel über

Dummenfang ist äußerst hellsichtig: eine ziemlich glaubwürdige Beschreibung des aktuellen Justizsystems ...«

»Ich hau ab, Corrado.« Guerracci stand auf. »Ich geh nach Frankreich zurück.«

»Sehr riskant. Sobald du auch nur in die Nähe eines Flugzeuges oder eines Zuges kommst, legt man dir Handschellen an. Und dann wird unweigerlich ein Haftprüfungstermin wegen Fluchtgefahr anberaumt werden.«

Guerracci streichelte mit seinem Blick das lila Höschen von Laurette. Er schloß die Augen und genoß das Bild, als ob es schon Teil einer Erinnerung wäre, die ihm in der Gefängniszelle Trost spenden würde. »Ich habe einen reichen Freund mit einem Segelkatamaran. Den werde ich bitten, seine Ferien etwas vorzuverlegen. Laurette und ich werden uns von ihm direkt in die Bretagne bringen lassen. Du und Olimpia, ihr seid herzlich eingeladen ... Eine herrliche Kreuzfahrt mit dem Segelboot ...«

»Vielen Dank«, unterbrach ihn Olimpia, »die haben wir schon hinter uns. Für dieses Jahr haben wir unser Abenteuer auf dem Meer schon gehabt.«

Scalzi versuchte, die angespannte Atmosphäre durch einige theoretisierende Überlegungen aufzulockern. »Benivieni hat schon was auf dem Kasten. Er zitiert nicht nur *Pinocchio*, auch in historischer Hinsicht ist er beschlagen. Er hat mir das Allgemeine Recht in Erinnerung gebracht, das seit dem vierzehnten Jahrhundert den Prozeß *per inquisitionem* an die Stelle der von den Bürgern ausgeübten Gerichtsbarkeit stellt. Die Justiz in den Stadtstaaten Italiens wurde von kirchlichen Richtern ausgeübt und erbrachte Schuldige um jeden Preis, die Folter eingeschlossen. Während der Gegenreformation riß das Heilige Offizium die Rechtsprechung an sich; Ziel war es, die lutherische Ketzerei und jede andere Häresie auszurotten. Betrachtet man allein die Gerichtsbarkeit, so gab es in Italien nur einen einzigen Staat: die Kirche. Unser historisches Gedächtnis ist konfessionell beeinflußt, es gründet auf der Beichte, und so werden auch heutzutage Ermittlungen fast ausschließlich aufgrund von Geständnissen und Aussagen von sogenannten ›Kollaborateuren‹ angestellt. Benivieni ist sich durchaus bewußt, daß seine grenzenlose Macht von sehr weit her kommt ...«

»Sehr interessant«, sagte Guerracci, »aber ich bin kein Ketzer. Agnostiker vielleicht, also am ehesten neutral ...«

»Du bist ein Ketzer«, sagte Scalzi. »Alle mutmaßlichen Schuldigen sind Ketzer.«

Von der Piazza drang auf einmal ein frenetisches Trommeln herauf. Ein Böllerschuß der *colubrina*, die am nächsten Tag die von den Mannschaften erzielten Punkte verkünden würde, ließ Laurette zusammenfahren und ziemlich eilig ihren Platz am Fenster verlassen.

Scalzi dachte über die nächsten Schritte nach. Er würde versuchen, den Prozeß vor die Generalstaatsanwaltschaft zu bringen, doch dazu brauchte er zunächst eine Aussage von Roberto Foti ... Da kam ein Anruf von Parrino.

Scalzi lauschte ein paar Minuten; dann legte er den Hörer sanft auf, als würde er fürchten, einen Schlafenden zu wecken. Er vermied es, Guerracci anzusehen. »Rofo ist gestern nacht im Krankenhaus von Siena gestorben, ohne noch einmal das Bewußtsein erlangt zu haben. Bis zum letzten Augenblick saßen die Bruschini und die Dottoressa Marcella Trudu an seiner Seite. Parrino glaubt, daß die beiden Frauen irgend etwas Verrücktes vorhaben, er kann allerdings nicht eingreifen, weil sie bislang noch nichts Gesetzwidriges getan haben. Er macht sich große Sorgen ... Einen Grund hat er mir allerdings nicht genannt, er konnte am Telefon nicht offen reden. Er meint, daß wir uns in Siena treffen sollten. Er hat sich mit uns auf der Piazza del Campo verabredet.«

33

Vorbereitungen zum Hexensabbat

Die Sonne stand im Zenit, die Torre del Mangia warf keinen Schatten. Die Tischchen der Bar vor dem Palazzo Comunale wurden von weißen Sonnenschirmen beschattet. Das Sprudeln der Fontana Gaia bildete die Begleitmusik zum Getrappel der über den Platz verteilten Touristen.

»Am Anfang haben sie sich zueinander mißtrauisch bis ablehnend verhalten«, sagte Parrino. »Genauer gesagt, die Dottoressa Trudu hat der anderen eine richtiggehende Szene gemacht. Dann müssen sie wohl eine Art Waffenstillstand geschlossen haben, denn sie lösten sich gegenseitig ab und hielten in dem freien Bett neben dem von Rofo abwechselnd einen kurzen Schlaf. Ich habe von Zeit zu Zeit vorbeigeschaut; für den Fall, daß er aufwachen würde, wollte ich bereit sein, seine Aussage aufzunehmen. Außerdem hatte ich diesen Mercedes um das Krankenhaus schleichen sehen. Die beiden Damen wollten von meiner Anwesenheit nichts wissen; vor allem die Trudu wollte mich nicht in der Nähe ihres Schützlings dulden. Sie ließ den diensthabenden Arzt rufen, sie protestierte beim Direktor, jedesmal, wenn ich mich in der Tür des Zimmers zeigte, gab es Krieg: ›Was wollen Sie hier? Sind Sie Arzt? Sie sind doch wohl immer noch Carabiniere, oder? Was wollen Sie also hier?‹ Diese Aggressivität, wie eine Hyäne ... In der Nacht seines Todes wollte ich wieder bei Rofo vorbeischauen, es war gegen Mitternacht. Die Trudu kam mir entgegen und prügelte mich im wahrsten Sinne des Wortes in den Flur hinaus. ›Jetzt werden Sie zufrieden sein! Er ist

vor einer Stunde gestorben!‹ hieb sie auf mich ein. Wie
hätte ich wohl über diesen Tod zufrieden sein sollen ...
Eine Stunde später wagte ich mich wieder zurück, da waren sie noch immer da, die Bruschini schlief, den Kopf auf
den Knien der Dottoressa. Ich kam dann am Morgen wieder, nur so, um noch einmal nach dem Rechten zu sehen.
Sie standen tuschelnd am Fenster, vor den Toten hatte man
einen Paravent gestellt, die Bruschini weinte, die Trudu redete mit leiser Stimme und voller Wärme auf sie ein ... Ich
kann es nicht genau beschreiben ... Mein Instinkt sagte mir,
daß ich die beiden besser im Auge behalten sollte. So kam
ich also noch einmal wieder. Da hatten sie auf dem freien
Bett eine Straßenkarte ausgebreitet, die sie stumm studier-
ten; die Bruschini fuhr mit dem Finger eine Strecke nach.
Dann verließen sie das Krankenhaus Seite an Seite. Sie haben ja eigentlich nicht viel gemein, die Bruschini ist doch
eher hübsch, während die andere ... na ja, lassen wir das.
Doch heute morgen sahen sie einander sehr ähnlich: so un-
gekämmt, mit tiefschwarzen Augenringen, und dazu dieser
Ausdruck ... wie soll ich sagen? Bösartig. Höhnisch und
wildentschlossen. Kleine Hexen, die zum Hexensabbat aufbrechen ... Wissen Sie, wo sie als nächstes hingegangen
sind, unmittelbar, nachdem sie die Klinik verlassen hatten?
Direkt in ein Waffengeschäft! Ich folgte ihnen mit Abstand,
sie waren zu sehr in ihre Gedanken vertieft, als daß sie
mich bemerkt hätten. Ich wartete, bis sie wieder heraus-
kamen, dann habe ich das Geschäft betreten und mich
dem Waffenhändler gegenüber ausgewiesen. Die Trudu
hat einen Trommelrevolver gekauft, wofür sie ihre Papiere
vorgelegt und mit Kreditkarte bezahlt hat: einen Browning
Kaliber 22, das einzige, was der Händler ohne Waffen-
schein verkaufen durfte, ein Spielzeug, aber sehr treff-
sicher. Und eine Schachtel mit fünfzig Patronen ...«
    »Und wo sind sie dann hingegangen?« fragte Scalzi.
    »Zunächst in ein Farbengeschäft. Dort haben sie zwei Ka-

nister Petroleum und ein paar Lappen gekauft; dann fuhren sie zu einem Hotel an der Chiantigiana, an der Stadtauffahrt Richtung Florenz. Sie haben ein Doppelzimmer genommen. Schlaf haben sie ja beide reichlich nachzuholen. Dem Portier zufolge haben sie sofort zu schnarchen begonnen. Er hat versprochen, mich über Handy zu benachrichtigen, sobald sie das Hotel verlassen.«

»Nun«, meinte Scalzi, »Sie gehören doch zur Kriminalpolizei, nicht wahr? Sie könnten vorbeugend eingreifen ... Und da wenden Sie sich an uns, Dottor Parrino? Wir sind doch gewöhnliche Sterbliche. Und ohne alle Professionalität. Wir bekleiden kein öffentliches Amt ... Was erwarten Sie von uns?«

Parrino musterte ihn, von dem polemischen Tonfall überrascht. »Zunächst einmal, die Behörde, für die ich arbeite, kümmert sich nicht um Verbrechen gegen Personen. Davon abgesehen, habe ich bereits versucht, die hiesigen Kollegen von meinen Schlußfolgerungen betreffs der Ermittlungen zu überzeugen, und bin dabei auf sehr viel Skepsis gestoßen. Was sollte ich also jetzt sagen? Daß eine gewisse Dame einen Revolver Kaliber 22 gekauft hat? Das ist bei diesem Waffentyp gesetzlich nicht verboten. Daß ich eine Gewalttat befürchte? Gegen wen? Daß ich glaube, daß Roberto Fotis Tod die beiden ziemlich aufgewühlt hat und daß sie etwas Gefährliches planen? Ehe ich jemanden davon überzeugen könnte, daß es nun wirklich angebracht ist, einzugreifen, hätten die beiden alle Zeit der Welt, um sich in Schwierigkeiten zu bringen. Sie haben vor, sich mit den absolut falschen Leuten anzulegen. Das sind Menschen, die keinen Spaß verstehen ...«

»Er hat recht«, sagte Guerracci. »Wir müssen ihm helfen.«

Scalzi wiegte den Kopf. »Und wobei?«

»Oder besser noch«, meinte Guerracci. »Dottor Parrino, die Adresse des Hotels, bitte! Ich selbst werde gehen, ich

spreche mit der Bruschini, was auch immer sie vorhat ...
Das ist meine Aufgabe.«

»Das ist genau das, worum ich Sie bitten wollte, Avvocato.« Parrino nickte. »Wenn jemand etwas erreichen kann,
dann sind Sie es. Sie waren eng befreundet, Sie und die Signorina Renata. Sie wird auf Sie hören, hoffe ich. Lassen
Sie sich die Waffe aushändigen.«

»Bei der Dottoressa kann ich für nichts garantieren«,
sagte Guerracci, »schließlich kenne ich sie nicht. Ich werde
es aber auf jeden Fall probieren.«

»Okay«, stimmte Scalzi zu. »Dann verschwinden wir hier
aus der Sonne.«

Da Scalzi und Olimpia in Guerraccis Wagen nach Siena gekommen waren, waren sie nun auf ihre Füße angewiesen.
Sie aßen in einem Restaurant an der Piazza del Campo;
dann bummelten sie durchs Zentrum. Mit Parrino, der sie
ebenfalls verlassen hatte, da er sich mit einem Kollegen
treffen wollte, hatten sie sich um 16 Uhr vor dem Bus-
bahnhof verabredet. Auch mit Guerracci wollten sie sich
am selben Ort zur selben Uhrzeit treffen.

Weil sie eine Stunde zu früh dran waren, gingen sie in
die Cappella di Piazza. Die Kirche, die knapp außerhalb
des Mauerrings und somit abseits der üblichen Touristen-
pfade lag, war angenehm kühl und halb leer, und so hatten
sie sich im Glanz der Fresken von Sodoma eine stille Pause
gegönnt. Sie kamen gerade wieder heraus und schritten
die Stufen hinunter, als sie Guerracci neben einem Taxi sahen, wie er den Fahrer bezahlte und sich suchend um-
schaute. Auch Guerracci hatte sie erblickt und lief auf sie
zu, wobei er beinahe unter einen herummanövrierenden
Autobus geriet.

»Parrino kommt auch gleich«, sagte Guerracci außer
Atem. »Ich habe ihn vor einem Moment erreicht! Er holt
uns mit seinem Wagen ab.«

»Und was ist mit deinem?« fragte Scalzi.

»Abgesoffen. Er will nicht mehr anspringen. Ich habe die Hexen verloren, sie haben mich abgehängt.«

Im Hotel angekommen, hatte er die Bruschini vom Portier anrufen lassen und sie in die Lobby gebeten. Mit schlafverklebten Augen saß sie dann vor ihm und schien aus allen Wolken zu fallen: Ach, woher denn, was habe sich der Bulle denn da in den Kopf gesetzt? Sie habe die Trudu zu einem Waffenhändler begleitet, wo sich die Dottoressa diesen lächerlichen Revolver gekauft habe, so ein kleines Ding für die Handtasche, na und? Wer könne es Marcella verübeln, wenn sie nach all dem, was passiert sei, das Bedürfnis verspüre, eine Waffe zu besitzen? Nur zur persönlichen Verteidigung, versteht sich, wozu denn wohl sonst?

»Sie sah so friedlich aus ... Sie war gerade eben aufgewacht und hatte sich den Frotteemantel des Hotels übergeworfen ... Sie murmelte noch etwas über die Paranoia der Carabinieri ... Dann sagte sie, daß sie wieder ins Bett gehen wolle und hoffe, noch etwas Schlaf zu finden; und zunächst habe ich ihr sogar geglaubt. Doch als ich sie nach dem Petroleum fragte, wurde sie verlegen. Sie meinte, daß es für die Trudu sei, für die Lampen in ihrem Haus, angeblich käme es dort immer mal zu Stromausfällen. Und dabei machte sie den Eindruck, als habe sie etwas zu verbergen.

Und so habe ich mich in meinem DS, den ich in der Sonne vor dem Hotel geparkt hatte, auf die Lauer gelegt. Und in der Tat kamen die beiden zwanzig Minuten später aus dem Hotel geflitzt, schnell wie der Blitz. Das Auto der Trudu war auf der Rückseite des Hotels geparkt; ich sehe sie um die Ecke biegen. Und da läßt mich mein DS im Stich, verflucht noch mal. Ich verliere Zeit mit meinen Versuchen, ihn wieder in Gang zu kriegen. Ich also raus aus dem Wagen, herum um das Gebäude – und nichts: das Auto war verschwunden, und nicht die geringste Spur mehr von den beiden.«

»Na, da stehst du ja toll da vor Parrino«, bemerkte Scalzi.
»Du mußtest das ja auch übernehmen ... Ich mach das
schon ... Das ist meine Aufgabe, ich kenne die Bruschini ...«

Guerracci schlug sich mit der flachen Hand vor die
Stirn. »Wie hätte ich denn darauf kommen sollen, daß
mein DS nach zwanzig Jahren, in denen er wie ein Schweizer Uhrwerk funktioniert ...«

»Wie ein Uhrwerk würde ich nicht gerade sagen«, unterbrach ihn Olimpia grinsend. »Denk nur mal an damals,
beim Prozeß Fami ...«

Ein zweifaches Hupsignal, Parrinos Discovery stand mit
geöffneten Türen neben dem Bürgersteig.

34

Schwarze Rosen

Der Torbogen war von einem alten, eisenbeschlagenen Tor verschlossen.

»Beim letztenmal sind wir, glaube ich, gleich durchgefahren«, sagte Scalzi.

»Ja«, bestätigte Parrino.

»Da war kein Tor.«

»Es war schon eins da, aber es stand offen.«

»Ihr seid schon einmal hier gewesen?« fragte Guerracci.

»Einmal«, antwortete Scalzi, »um gewisse Unterlagen zu untersuchen ...«

Parrino zog die Handbremse und stieg aus. Er ging zum Tor und kehrte zurück.

»Es gibt keine Klingel.«

Carol hatte ihre Verärgerung am Telefon nicht verborgen. Nein, sie sei den ganzen Nachmittag außer Haus. Und warum denn in ihrem Haus in Uzzano? Würde es in der Kanzlei nicht viel besser passen, vielleicht erst am nächsten Tag? Scalzi hatte regelrecht beharren müssen: es handele sich um eine dringende Angelegenheit, man müsse sich unbedingt sofort sehen.

Schließlich hatte Carol einem Treffen am frühen Abend zugestimmt. Scalzi hatte ihr allerdings verschwiegen, daß außer Olimpia auch Parrino und Guerracci mit ihm kommen würden.

»Wir sind etwas zu früh hier, vielleicht ist sie noch nicht zurück«, vermutete Parrino.

Im Westen nahm der Himmel allmählich die Farbe alten Goldes an.

»Geben Sie mir Ihr Handy«, sagte Scalzi. »Ich versuche sie anzurufen.«

»Einen Augenblick«, sagte Parrino, »zuerst sollten wir uns einen Überblick verschaffen.«

Er setzte den Wagen um und parkte ihn dicht an der Gartenmauer. Er stieg aus und kletterte auf das Dach seines Discovery; von dort schwang er sich mühelos auf die Mauer.

»Ganz schön agil, der junge Mann«, meinte Scalzi anerkennend.

Parrino kam wieder herunter. »Wenn es wirklich hier war, wo man Rofo und die Bruschini gefangengehalten hat, dann verstehe ich nicht, wie sie entkommen konnten. Außer von der Mauer, die um das gesamte Grundstück verläuft, ist auch der Turm noch von einem Gitter umgeben, das allerdings von einer doppelten Reihe von Zypressen verborgen wird. Keine Menschenseele läßt sich blicken; hinter dem Gitter steht eine ellenlange Limousine. Und dort ist die Videoüberwachungsanlage: Sehen Sie die Kamera da oben in den Ästen der Zypresse? Steigen Sie aus und zeigen Sie sich, Avvocato ...«

Scalzi kam sich lächerlich vor, als er wie bestellt und nicht abgeholt an der Stelle herumstand, die ihm Parrino gezeigt hatte. Doch schon schwang das Tor langsam auf. In dem sich auftuenden Spalt erschien ein Mann in T-Shirt und grauen Hosen. Sein Körper hatte die Form einer auf die Spitze gestellten Pyramide, der kahle Schädel saß wie eingeschraubt zwischen den mächtigen Schultern; der Mann kaute Kaugummi und blickte wie beiläufig zur Seite.

»Das Auto bleibt draußen«, nuschelte er. Er drehte sich um und ging ohne ein weiteres Wort den Weg zurück. Das Tor begann sich sogleich wieder zu schließen. Olimpia und Guerracci, die die Nachhut bildeten, konnten gerade noch durchschlüpfen, bevor die Flügel mit einem dumpfen Laut zuschlugen.

Dann erschien auch der Turm, hoch erhob er sich hinter den Zypressen, die das Gitter verbargen. Ihm gegenüber lag Carols Haus. Die weite Fläche davor, die sich bei ihrem vorausgegangenen Besuch leer vor ihnen erstreckt hatte, war nun, soweit das Auge reichte, mit erst vor kurzem gepflanzten Rosenbüschen bedeckt; die noch lockere Erde roch feucht; eine automatische Bewässerungsanlage zirpte leise, wie kleine Kristallkuppeln umhüllte ihr Nebel die roten Rosen, die sich im Licht der untergehenden Sonne dunkler zu färben schienen.

Der Mann im T-Shirt drehte vor der schmalen Allee, die zur Tür führte, im rechten Winkel ab und entfernte sich in Richtung Turm.

Carol lag ausgestreckt auf einem Liegestuhl, auf einem Tisch neben ihr standen ein Glas, eine Flasche und ein Behälter mit Eiswürfeln. Als sie sie erblickte, erhob sie sich, nickte einen frostigen Gruß, ging leicht schwankend ins Haus und kehrte mit weiteren Gläsern zurück. Sie füllte sie mit Eis und Whisky.

»Bedienen Sie sich, bitte. Signor Packard hat Sie zum Abendessen eingeladen; es ist bald soweit. Nicht hier, drüben beim Turm. Im übrigen bin ja auch nicht ich die Person, mit der Sie sprechen wollen, sondern Signor Packard, nicht wahr?«

Ihr Tonfall sollte eigentlich ironisch klingen, doch die Stimme war brüchig vor Anspannung.

Als sie das Gittertor durchschritten, das sich hinter ihnen automatisch wieder schloß, wechselten Scalzi und Guerracci einen Blick: das metallische Kreischen in ihrem Rücken erinnerte sie doch sehr an eine Gefängnispforte.

Die Tafel war auf einer von Zypressen und Rosensträuchern umgebenen, steingefliesten Tenne gedeckt; in der Luft lag der Duft der Rosen und der harzige Geruch der Zypressen.

Vor jedem Teller lag eine rote Rose, auf dem strahlend-weißen, spitzenbesetzten Tischtuch glitzerten die Kristall-gläser und das alte Silbergeschirr im Licht von zwei Kandelabern. Allmählich wurde es Nacht, und der dichte Schatten unter den Zypressen ließ die Rosen noch dunkler erscheinen, sie sahen nun fast schwarz aus.

Am Ende der Tafel, auf einem großen Korbsessel, dessen Lehne in einem weiten, geschwungenen Bogen verlief, markierte ein breitkrempiger Männerhut den Platz des Gastgebers.

Ein Bediensteter in weißer Jacke schenkte allen ein Glas gekühlten Mateus ein. Vom Turm drang Musik aus einer diskret gedämpften Stereoanlage, Scalzi erkannte den letzten Akt von Mozarts *Don Giovanni*.

Carol gab dem Kellner ein Zeichen, woraufhin dieser ihr ein weiteres Glas Wein nachgoß. Die Signora hatte all ihre Sicherheit verloren, sie hatte sich zum Abendessen nicht eigens umgezogen, sondern war geblieben, wie sie war, in einem ärmellosen Sackkleid, ungeschminkt, das Gesicht verschwitzt, die Haare leicht strubbelig. Bevor sie sich an die Spitze des kleinen Zuges gesetzt und diesen zum Turm geführt hatte, hatte sie noch ein zweites Glas Whisky geleert. Mit einer gereizten Handbewegung zeigte sie auf den ihr am nächsten stehenden Rosenstrauch; ihre Stimme klang belegt:

»Ich war so leichtsinnig, einmal zu erwähnen, daß ich rote Rosen mag. Ich hatte so an die zwanzig Pflanzen rund um das Haus. Eines Morgens wachte ich auf, und alles war aufgebuddelt, die Erde ausgehoben ... Bagger standen herum ... Zwei Lkws von einer Firma aus Pistoia, beladen mit Pflanzen ... Überall wuselten Gärtner herum. Am Abend war dann alles voll mit Rosen, alle rot. Sie sollen nacheinander blühen, in jeder Zeit des Jahres eine andere Sorte. Ich hoffe, es gibt im nächsten Winter einen kräftigen Frost.«

Die Nacht brach schnell herein und ließ den Schatten der umliegenden Hügel dichter wirken. Die Tür zum Turm öffnete sich und gab den Blick frei auf einen grauen Korridor, der im Gegensatz zum Dämmerlicht der Kerzen hell erleuchtet schien. Drinnen war alles grau in grau: die Wände, der dicke Teppichläufer.

Der Mann schritt ans Tafelende, der Kellner nahm den Hut vom Sessel.

Er war alt, doch alles andere als gebrechlich, ganz im Gegenteil, er wirkte athletisch. Seine langen weißen Haare waren im Nacken zu einem strengen Knoten zusammengefaßt. Er mußte an die Siebzig sein, das erkannte man am Gesicht, das man nicht längere Zeit betrachten konnte, ohne den Blick abzuwenden: Der Mund war schmal, in den Winkeln voller Runzeln, über die Wange zog sich eine harte Zynikerfalte; die wäßrigen, wimpernlosen Augen, von blaßgrauer Farbe und leer wie bei einem Blinden, schauten irgendwo ins Nichts, als wären sie damit beschäftigt, etwas zu suchen, das sich an einem anderen Ort befand, in einer öden Gegend, die nicht von dieser Welt war. Er setzte sich rasch, ohne jemanden zu grüßen, entfaltete seine Serviette und legte sie sich mit einer eiligen Bewegung über die Knie, wie um zu verstehen zu geben, daß es sich, trotz der Kerzen und allem anderen, lediglich um ein schnelles Abendessen handelte. Er gab dem Kellner ein Zeichen, und dieser begann nun aufzutragen.

»Ich bitte Sie, es mir nachzusehen ... Ich esse weder Fleisch noch Fisch. Ich kann keine Tiere essen und kann auch nicht zusehen, wie sie verspeist werden.« Er sprach ein gutes Italienisch, sein Akzent erinnerte, ohne gleichwohl ordinär zu klingen, an den Süditaliener in amerikanischen Mafiafilmen, nachdem sie in Italien synchronisiert waren.

Scalzi kostete von einem weißlichen Brei aus feingehacktem Fenchel mit Bechamelsauce: es schmeckte nach überhaupt nichts, aber er war ja schließlich nicht zum Essen hier.

»Man hat mir gesagt, daß sich die Herrschaften für Kunst interessieren«, sagte Packard. »Ich nicht, ich bin nur ein Sammler. Wissen Sie, was das ist, ein Sammler? Also, ich meine, ein großer, ein wahrer Sammler. Nicht so ein kleiner Sammler, über mittelmäßige Leute rede ich hier nicht. Also, das ist ein Mensch, der Ekel für die Kunst empfindet. So wie der Alkoholiker, der dann, wenn ihm übel wird, das Glas Schnaps haßt, verstehen Sie mich? Der Sammler ist kein gescheiterter Künstler, das ist ein abgedroschenes Klischee, sondern ein sehr einsamer Mensch, der sich allmählich selbst veredelt, so wie die Auster ein Sandkorn in ihrer Schale aufnimmt und es dann nur erträgt, indem sie es mit anderem wertlosem Zeug umhüllt, das es wiederum zu ertragen gilt, und so weiter ... Und dann kommt einmal der Punkt, wo der Sammler von Vandalen zu träumen beginnt; er hofft auf einen Brand oder einen Einbruch, wodurch er von all den Dingen befreit würde, die er angesammelt hat ... Savonarola befahl seinen Anhängern, Kunstwerke auf dem Scheiterhaufen zu verbrennen ... Ich bin ein glühender Verehrer von Gerolamo Savonarola ...«

Ein weiterer Gang wurde gereicht, ebenfalls weißlichgrau, doch mit rötlicher Einfärbung, es schien sich um einen Karottenauflauf zu handeln. Zum Glück schenkte der Kellner dazu einen sehr alten Brunello ein: flüssige Sonnenstrahlen. Packard trank keinen Wein, nur Evian-Mineralwasser. Nach einer Schweigepause legte er seinen Plauderton ab.

»Also dann, nennen Sie mir Ihren Preis ...«

»Den Preis wofür?« fragte Scalzi.

Packard wandte sich an Carol und flüsterte: *»Who is he?«*

»He is the lawyer«, antwortete Carol, »Corrado Scalzi.«

»Halten Sie sich nicht mit höflichen Äußerlichkeiten auf«, nahm Packard höhnisch grinsend seine Rede wieder auf, »ich kenne das Spiel. Ich kenne sehr viele Spielchen. Alle, die man in diesem entzückenden Land so treibt, und noch viele mehr. Mein ursprünglicher Name ist Picardi, typisch neapolitanisch ... Sie sind im Besitz einiger Dokumente, die mich interessieren. Seien Sie sich darüber im klaren, daß, wann immer mich etwas interessiert, ich es auch stets bekomme, auf die eine oder andere Weise. Darum ist es nur recht und billig, wenn Sie die Gelegenheit nutzen, einen guten Schnitt zu machen. Nennen Sie Ihren Preis, und wenn er angemessen ist, werde ich nicht groß feilschen. Geben Sie mir diese Briefe, und dann gehen wir als gute Freunde auseinander, okay?«

»Sie stehen nicht zum Verkauf ...«, begann Scalzi.

»Halt den Mund, Corrado«, zischte Guerracci. »Einverstanden, Signor Packard: eine Million Dollar ...« Er hustete verlegen. »Ich meine, für jeden! Zwei Briefe, zwei Millionen ...«

»Und wer, bitte, sind Sie?« fragte Packard. »Ich hatte zum Essen nur mit Avvocato Scalzi und seiner reizenden Begleitung gerechnet.«

»Amerigo Guerracci. Ich bin ebenfalls Anwalt.«

»Und pragmatischer als Ihr Kollege«, sagte Packard. »Nun, da wir schon einmal beim Vorstellen sind, wer ist dann wohl der andere Herr?«

»Dottor Parrino«, antwortete der Angesprochene und entblößte seine Zähne in einem Lächeln voll untergründiger Andeutungen.

»*All right!* Endlich habe ich das Vergnügen, Sie persönlich kennenzulernen. Das heißt, um ehrlich zu sein, das Vergnügen ist eher relativ ...« Packards Gesicht blieb ungerührt, doch seine Augen blitzten für einen kurzen Moment wild auf.

»Um ehrlich zu sein«, sagte Parrino, »auch für mich ist das Vergnügen relativ.«

»Ihre Anwesenheit, Dottor Parrino, verleiht dem Angebot von Mister Guerracci einiges Gewicht.« Packards Tonfall wurde heuchlerisch einschmeichelnd. »Vor einem Augenblick noch wollte ich es ablehnen; doch nun, auch wenn es mir übertrieben erscheint, bin ich geneigt, ernsthaft darüber nachzudenken.«

»Meine Anwesenheit hat nichts mit dem Vorschlag von Avvocato Guerracci zu tun«, protestierte Parrino, »das ist seine persönliche Angelegenheit. Im übrigen ist es wohl nicht angebracht, es einen Vorschlag nennen, ich würde eher von einer Provokation sprechen.«

»Aber woher denn!« ging Guerracci dazwischen. »Es ist keineswegs eine Provokation! Dottor Parrino hat mit den Briefen nichts zu tun. Seine Stimme zählt hier nicht. Nicht er besitzt sie ...«

»Du ebensowenig!« Scalzi, der Guerracci gegenübersaß, sprach gepreßt und runzelte warnend die Stirn.

Guerracci beugte sich über den Tisch und senkte seine Stimme zu einem Flüstern. »Was willst du damit sagen? Daß sie dir gehören? Mach doch keine Witze! Wessen Hals steckt denn bei dieser Geschichte in der Schlinge? Ich bin doch derjenige, der schleunigst von der Bildfläche verschwinden sollte! Mit meinem Anteil kann ich mich endlich aus dem Staub machen; für dich würde es reichen, einen Beruf aufzugeben, der dir mittlerweile keinen Spaß mehr macht ... Corrado, du wirst doch nicht plötzlich blöd geworden sein? Der da ist doch einverstanden, verflucht noch mal ...«

Er leerte sein Glas. Er starrte Packard bedeutungsvoll an, zog dann ein jammervoll honigsüßes Lächeln. »Vielleicht ist das weder der richtige Zeitpunkt noch der richtige Ort ... Wir reden später darüber, in aller Ruhe ... Unter vier Augen ...«

Doch Packard hörte ihm gar nicht zu. Er war auf den Kellner konzentriert, der an der Tür zum Turm auf den Mann einredete, der die Gäste empfangen hatte. Die beiden schienen erregt. Der Kellner zeigte auf das Ende des Korridors.

Scalzi nutzte die Unaufmerksamkeit des Hausherrn, um Guerracci zwischen den Zähnen zuzuflüstern: »Du bist und bleibst ein Schwachkopf ... Wir kommen hierher, um zu verhindern, daß diese beiden durchgedrehten Weiber was anstellen, und dann fängst du an, den Schacherer zu spielen! Begreifst du nicht, daß er uns eine Falle gestellt hat? Und du bist voll reingetappt! Zwei Millionen Dollar! Bist du völlig übergeschnappt?«

Er unterbrach sich und schnupperte in der Luft. Schon seit ein paar Minuten trug ein beißender Geruch dazu bei, daß das mittelmäßige Essen noch unappetitlicher wurde, Petroleum, wie es schien. Eine Böe ließ die Flämmchen der Kerzen flackern.

Auch Packard sog mit einer Grimasse die Luft ein. Der Leibwächter trat zu ihm heran und flüsterte ihm etwas ins Ohr. Gewandt wie eine Katze sprang Packard auf die Füße und folgte dem Mann ins Innere des Turms. Nach einer Minute, während der der Gestank immer penetranter wurde, stürzten zwei Männer im vollen Lauf aus dem Zypressenwäldchen, einer sprach dabei aufgeregt in ein Walkie-Talkie. Sie stürzten in die Türöffnung, wobei sie bei dem Versuch, gleichzeitig einzutreten, mit den Schultern gegeneinanderprallten. Sie verschwanden hinter der Treppe, die den Korridor abschloß.

»Was geht hier vor?« fragte Guerracci.

Carol hob ihr Glas Richtung Scalzi. »Also deswegen wollten Sie unbedingt hierherkommen? Um ein kleines Geschäft zu versuchen. Kompliment! Ich glaube, ich habe Sie unterschätzt ...«

Olimpia hustete. »Findet ihr nicht auch, daß es hier fürchterlich stinkt?«

Die Lichter im Turm gingen alle gleichzeitig aus. Aus seinem Innern drang ein stickiger Luftzug, vermischt mit schwärzlichem Qualm. Die Kerzen auf dem Kandelaber, der näher zur Tür stand, verlöschten. Auf dem anderen Kerzenhalter blieben nur drei brennen.

Parrino erhob sich, zeigte auf die Tür des Turms, in dessen dunklem Korridor man einen Lichtschein aufflackern sah. »Da hinten brennt es!«

Über den Weg, der zu Carols Haus führte, kam ein weiterer Mann gerannt, der sich mit einer Hand ein tragbares Funkgerät ans Ohr preßte und mit der anderen einen großen Feuerlöscher auf Rädern hinter sich her zog. »Jawohl! Zu Befehl!« schrie er in das Walkie-Talkie. »Ich bin gleich da! ...«

Die Räder gerieten in eine Ritze zwischen den Steinfliesen, das Gerät schwankte, der Mann geriet ins Stolpern und stieß gegen den Tisch. Die Kandelaber erbebten, eine der noch brennenden Kerzen fiel herunter und erlosch.

»Aus dem Weg!« schrie der Mann. Er riß sich ein Taschentuch vor den Mund, lief weiter und entschwand, vom Dunkel des Korridors verschluckt.

»Das war Pietro, der Gärtner«, erklärte Carol. »Der sich um die Rosen kümmern soll ...« Sie füllte ihr Glas, trank und begann zu lachen. Zunächst glich ihr glucksendes Lachen mehr einem Schluchzen, dann brach sie in ein Lachen aus vollem Hals aus, den Kopf weit in den Nacken geworfen. Danach kicherte sie hysterisch weiter. Scalzi nahm ihre Hände, Guerracci versuchte ihr ein Glas Wasser einzuflößen.

Carol schüttelte es immer noch, sie versuchte zu Atem zu kommen, als an der Turmtür Packard wieder erschien. »*All right!* Wir sind gerade noch rechtzeitig gekommen.« Er wandte sich nach hinten. »Pietro, bitte, sag ihnen, sie sollen sie herbringen ...«

Die beiden Leibwächter zogen mit Gewalt die Bruschini hinter sich her, die mit den Füßen um sich trat. Ihr roter

Haarschopf stand starr und angesengt von ihrem Kopf ab und umgab ihr geschwärztes Gesicht wie mit einer Aureole.

»Setzt sie hin«, befahl Packard. »Hier, an meine Seite. Ihr könnt jetzt gehen, ihr zwei. Überprüft auch den Keller. Durchsucht ihn von oben bis unten. Und laßt die Hauptsicherung draußen: ihr braucht absolute Dunkelheit! Das ist die einzige Möglichkeit, noch weitere Brandherde zu entdecken. Wir dürften wohl allein klarkommen mit der Signorina. Nicht wahr, Mister Guerracci? Da sind Sie ja nun wieder vereint ... Der Herr Anwalt und seine einstige Flamme ... Die Signora ist ein ganz schönes Risiko eingegangen. Sie hat sich mit ihrem Feuer in den Kellergewölben des Turms selbst den Weg abgeschnitten. Okay! Nun sind wir ja alle beisammen ... Einen Moment noch. Pietro!«

Der Gärtner kam heran. »Zu Befehl!«

»Gehen Sie den Keller kontrollieren. Und sagen Sie Arturo und Gino, sie möchten einmal im Steineichenwäldchen nachschauen, vor dem Eingang zum Gärkeller: dort könnte ein Auto stehen. Diese feurige Dame wird ja wohl kaum mit dem Fallschirm vom Himmel gekommen sein. Vielleicht ist da auch noch jemand. Wenn dem so ist, dann sollen sie diese Person ebenfalls herbringen.«

Er setzte sich in den Sessel und legte Renata eine Hand auf die Schulter.

»Nimm deine dreckigen Pfoten von mir, du Schwein!« knurrte die Bruschini.

Packard hob seine Hand höher als notwendig, ließ sie durch die Luft segeln, legte sie um den Hals einer Flasche Brunello und füllte ein Glas. »Trinken Sie, Kohlendioxid trocknet die Kehle aus.« Er schob ihr das Glas hin. Mit einer Handbewegung schmiß die Bruschini es um, der Wein ergoß sich über das Tischtuch.

»*Hoppla! La povera mia cena fu interrotta*«, stimmte Packard an. Er stellte das Glas wieder auf, füllte Wein nach:

»*Tosca*, zweiter Akt, die Figur des Scarpia. *E intanto un sorso. È vin di Spagna. Un sorso per rincorarvi.*«*

Die Bruschini schmiß auch das zweite Glas um. Packards Gesicht verfinsterte sich, er warf einen unheilvollen Blick in die Runde und wandte sich an Guerracci:

»Wieviel haben Sie doch gleich gesagt, Mister? Zwei Millionen Dollar? Habe ich recht verstanden? Jetzt allerdings fürchte ich, daß Sie mir die Briefe kostenlos überlassen müssen. Dottor Parrino, ich muß mich doch sehr wundern! Ein Beamter von Ihrer Seriosität beteiligt sich an einer Erpressung! Und was für eine Gesellschaft Sie sich ausgesucht haben! Es ist nicht das erste Mal, daß die Freundin von Mister Guerracci versucht, mich in schmutzige Geschäfte hineinzuziehen. Die Signorina ist so was wie eine Anarchistin, und zwar eine von der unterhaltsamen Sorte ... Einmal, vor ungefähr zehn Jahren, machte sie mir ein Angebot ... Nicht auf so direkte Art und Weise wie Sie eben, Mister Guerracci ... Seinerzeit schmückte die Signorina ihr Angebot mit soziopolitischen Überlegungen ... die von einer gewissen Intelligenz zeugten ... Das Angebot von Mister Guerracci dagegen ist mehr ... sagen wir, geschäftlich ausgerichtet ... Die Idee, die Feuerwehr ins Spiel zu bringen, war wirklich brillant. Was hofften Sie, in meinem Keller zu finden? Eine Leiche? Mammamia! Drogen? Waffen? Ha, ha, ha! Ihr seid so ... romantisch, genau! Romantisch und pathetisch!«

Das gespannte Schweigen, das darauf folgte, wurde von Olimpias klarer Stimme gebrochen: »Und Sie sind ein großes Arschloch.«

Erneut der Blick wie von einer Schlange, die zum Angriff ansetzt. Dann schüttelte Packard den Kopf. »Was für eine Enttäuschung, Mister Scalzi, auch Sie hat man mir als

---

* Scarpia zu Tosca: »Meine arme Mahlzeit wurde unterbrochen ... [So nehmt doch Platz und laßt uns plaudern.] Und inzwischen einen Schluck spanischen Wein. Ein Schlückchen zur Stärkung.«

eine Person von außerordentlicher Korrektheit geschildert ...«

»Hören Sie, da sind Sie auf dem Holzweg«, sagte Scalzi mit einer Sicherheit im Ton, die ihm tief in seinem Inneren völlig abging. »Wir haben nicht gewußt, weder ich noch Dottor Parrino und ... nicht einmal Guerracci, daß die Signora hier sein würde. Und noch viel weniger, was sie vorhatte ... Aber was hat sie eigentlich getan? Also gut, es hat ein kleines Feuerchen gegeben. Wer sagt denn, daß das ihr Werk war?«

Packard lachte und zog den Kandelaber zur Bruschini heran. Sie wollte ihre Hände unter dem Tisch verstecken, war jedoch nicht schnell genug, so daß alle, selbst bei dem schwachen Licht der Kerzen, mitbekamen, daß diese bis hinauf zu den Armen schwarz waren.

»Schauen Sie sich die Hände an, Mister Scalzi!«

Auch das Gesicht war geschwärzt, die roten Haare waren angesengt, als ob das Feuer an ihnen geleckt hätte, und die Jeans hatten Rußflecken: Die Bruschini war das lebende Abbild einer Brandstifterin.

»Weshalb seid ihr Bande denn sonst hergekommen?« fragte Packard. »Ihr schlagt mir vor, für zwei Millionen Dollar ... also wirklich, zwei Millionen! ... ein paar Briefe von sehr mäßigem historischem Wert zu erwerben ... Inzwischen schleicht eure Komplizin über einen geheimen Eingang in mein Haus und zündet ein paar Petroleumkanister an, die sie neben brennbare Materialien in den Keller gestellt hat ... Kann denn auch nur einer von euch begabten Detektiven so einfältig sein, hier an einen Zufall zu glauben? Es sollte eine Warnung in Mafiastil sein, ist aber wohl leider in die Hose gegangen.«

Er unterbrach sich, kniff die Augen zusammen und starrte in die Dunkelheit, dort, wo sich der Weg zwischen den Büschen verlor.

»Na, was habe ich gesagt? Da haben wir ja den Komplizen ...«

Hinten im Garten raschelten die Rosenbüsche. Erregte Stimmen waren zu hören, kräftig hob sich eine weibliche Stimme ab, die allerdings erstaunlich tief war: Protestrufe und Flüche. Im kleinen Lichtkreis der Kerzen tauchten die beiden Leibwächter auf, die versuchten, die Dottoressa Trudu an den Ellenbogen festzuhalten, doch sie wand sich immer wieder heraus.

»Ach, wen haben wir denn hier? Ha, ha!« Packard lachte höhnisch. »Jesus! Die schaut ja aus wie ein Gnom! Wo habt ihr die denn aufgetrieben?«

»Wo Sie gesagt haben, Signor Packard«, antwortete der Mann im T-Shirt. »Genau im Steineichenwäldchen, wenige Meter vom Eingang des Gärkellers entfernt, dort, wo sonst die Lieferwagen parken, wenn sie den Trester anliefern. Sie stand neben einem fürchterlich zerbeulten R4.«

»Ich werde mich wohl dazu entschließen müssen, diesen Eingang zumauern zu lassen ... Sehr gut, setzen Sie sie hier neben mich. Ihrer Freundin Bruschini gegenüber. Ja, genau dort ...«, sagte Packard.

Der pyramidenförmige Leibwächter zwang die Dottoressa, sich hinzusetzen, indem er ihre Schulter niederdrückte, während sie sich noch wehrte. Doch plötzlich gab sie auf, hob ihre Arme, um sich aus dem Griff zu befreien, setzte sich und kreischte Packard ins Gesicht:

»Ich bin kein Gnom! Ich bin Ärztin! Ich heiße Marcella Trudu! Sind Sie der amerikanische Boß? Lassen Sie mich gehen! Sie haben überhaupt kein Recht, mich hier festzuhalten!«

Packard lachte weiter, mit noch größerer Belustigung als zuvor. Im flackernden Kerzenschein wirkte Marcellas Gesicht wie ein Totenschädel.

»Aber schaut sie euch doch bloß an! Quasimodo, genau! Sieht sie nicht aus wie Quasimodo? Haha!«

»Das ist Kidnapping!« schrie die Trudu. »Sie sind ein Verbrecher! Und Rofo haben Sie auch umgebracht!«

Packard hörte auf zu lachen. Er musterte die Tischrunde. »Ist das wahr? Sagt sie die Wahrheit? Roberto Foti ist tot?« Scalzi und Parrino senkten den Blick. Guerracci zuckte mit den Schultern und schenkte sich ein Glas Wein ein. Olimpia ging zur Bruschini, die zu weinen begonnen hatte, schubste den Pyramidenmann zur Seite und legte Renata eine Hand auf den Kopf.

»Hören Sie«, sagte Olimpia mit ruhiger Stimme, »lassen Sie sie gehen. Lassen Sie uns alle gehen. Sie haben bekommen, was Sie wollten, nicht wahr? Sagen Sie diesen zwei Stiernacken, daß sie von hier verschwinden sollen. Wovor haben Sie Angst? Haben Sie wirklich Angst vor uns? Ich hoffe, daß Sie an Ihrem Scheißabendessen ersticken.«

Packards Totenaugen, schwarze Stecknadelköpfe, die im perlmuttfarbenem Weiß der Hornhaut saßen, schickten einen von den Jahren zermürbten Blick zu Olimpia. »Diese Signora hier hat Mumm«, sagte er leise. »Ich habe vor niemandem Angst. Ihr zwei, ihr könnt wegtreten, geht in den Keller und helft Pietro. Wenn ihr fertig seid, schaltet die Hauptsicherung wieder ein.« Er betrachtete weiterhin Olimpia; langsam entspannte er sich. »Also war alles nur ein Bluff ... Okay, ich habe Ihr Blatt gesehen, Sie haben das Spiel verloren. Sie können Ihre Briefe behalten. Ohne Rofo sind sie nichts mehr wert, reines Altpapier.«

Die beiden Leibwächter gingen zurück in den Turm. Packard seufzte auf wie jemand, dem ein Stein vom Herzen fällt. Er legte den Kopf nach hinten, um die Sterne zu betrachten. So verharrte er, sein Mund stand zum Atmen offen: ein müder alter Mann.

Alle außer ihm, der weiter die Sterne betrachtete, sahen, wie die Trudu ihre Handtasche öffnete, die sie im Schoß behalten hatte. Und sie sahen, wie die Bruschini eine Serviette aufhob. Und sie sahen, wie die Trudu aus ihrer Tasche den Revolver Kaliber 22 zog. Das sah Olimpia, die ihr genau gegenüberstand; das sahen Scalzi, Guerracci und Parrino; das sah Carol, die sogar lächelte, aber niemand bewegte sich. Olimpia, Carol und die Bruschini wechselten blitzschnelle Blicke, Fische, die sich urplötzlich auf dieselbe Beute stürzen: alle drei starrten auf den offenstehenden Mund des alten Mannes. Die Trudu hob die Waffe bis an Packards Lippen, gleichzeitig warf die Bruschini die Serviette über den Kandelaber. In der Dunkelheit gab es einen trockenen Knall, als würde jemand in die Hände klatschen.

35

Garnelen in Curaçao

In den folgenden Tagen war Scalzi sehr beschäftigt; in den
seltenen Momenten, in denen ihn die Begegnungen mit
Carrubba im Gefängnis, die Verteidigungseingaben, die
Gespräche mit Guerracci und mit den Richtern ein wenig
zu Atem kommen ließen, fühlte er einen unangenehmen
Druck in der Brust. Bis zu diesem Abendessen mit seinem
schlimmen Ausgang war es eine Sache gewesen, mit dem
Verbrechen in Kontakt zu stehen oder, besser, in gewisser
Weise sogar von ihm zu leben – aber stets wie ein Kritiker,
der sich ein Theaterstück ansieht, das von anderen aufge-
führt wird. Und eine andere Sache war es, direkt in das
Verbrechen verwickelt zu sein, wenn auch nicht als Haupt-
darsteller, so doch zumindest als Statist.

Nicht, daß er irgendwelche strafrechtlichen Konsequen-
zen fürchtete, die nur auf so abstrakte und unwahrschein-
liche Art möglich gewesen wären, daß es der Mühe nicht
lohnte, sich darüber den Kopf zu zerbrechen.

Mit Geschick und einem außergewöhnlichen Timing, ja
sogar fähig zur distanzierten Haltung der Ärztin, die durch
ihren hippokratischen Eid stets zur Hilfeleistung verpflich-
tet war, hatte die Dottoressa Marcella Trudu die Lösung
der Situation sofort in die Hand genommen, ohne zu zögern und ohne einen einzigen falschen Schritt zu tun.

Als der fast tonlose Knall des Kalibers 22 verhallte, waren die beiden Gorillas schon tief im Innern des Turms verschwunden, und der Kellner befand sich in der Küche;
nicht einmal die Tischgesellschaft hatte den Schuß so recht
gehört, da die Serviette, die die Bruschini in dem Moment

auf die Kerzen warf, auch jede Emotion ausgelöscht und sogar diesen Klang erstickt zu haben schien.

Man konnte fast den Eindruck haben, daß nicht einmal das Opfer selbst es gemerkt hatte, der Signor Packard, der doch immerhin den Pistolenschuß in den offenen Mund empfangen hatte. Er hatte den Mund schlagartig geschlossen und zu husten und zu keuchen begonnen, als sei ihm ein Bissen in die falsche Kehle geraten. Im Zwielicht – mittlerweile war eine Mondsichel aufgegangen – hatten sie gesehen, wie er erstarrte und dabei seine Hände in die Lehnen des Sessels krallte, außerdem hatten sie ihn unverständliche Wortfetzen murmeln hören, wobei die aufgerissenen, leeren Augen in das Dunkel auf der anderen Seite der Tafel starrten. Kein Blut: Packard schluckte noch immer, um diesen quergeratenen Bissen hinunterzubekommen.

Das war der Moment, in dem die Dottoressa Schützenhilfe von Carol bekam, die ebenfalls blitzschnell schaltete und zum Turm stürzte, um die Leibwächter und den Kellner herbeizurufen. Ein Augenblick heftigster Panik bei allen Anwesenden, die sich jedoch sogleich verflüchtigte, als sie hörten, wie Carol den Hinzugekommenen zurief: »Signor Packard fühlt sich nicht wohl!«

Und sofort hatte die Trudu wieder die Führung übernommen. Um Gotteswillen, man dürfe ihn auf keinen Fall bewegen, bis der Krankenwagen einträfe, nur die Füße hochlegen und den Sessel ein wenig nach hinten kippen; schnell ein wenig Eis! Jemand möge doch endlich die Kerzen wieder anzünden! Aus derselben Handtasche, in die sie gerade eben noch mit der Gewandtheit einer Taschenspielerin den Revolver hatte gleiten lassen, zog die Trudu ein Blutdruckmeßgerät hervor. Während der Patient krampfhaft weiter schluckte und immer schwächer murmelte, war sie unglaublich geschäftig geworden: Sie hatte den Blutdruck gemessen, ständig den Puls kontrolliert und über

341

Parrinos Handy die Ambulanz gerufen. Aufgeregt und doch ganz und gar professionell, hatte sie sich zusammen mit dem blutjungen Arzt, der mit dem Rettungswagen eintraf, beraten, und die Umstehenden vernahmen mehrmals das Wort Schlaganfall, in dem die düstersten Prognosen schwangen.

Die Rosenbüsche rund um die Terrasse und der Tisch mit den Leuchtern vermittelten den Eindruck einer gepflegten Tafelrunde; der große Weinfleck, der auf dem schweren Tischtuch prangte, und die zerbrochenen Teller gaben zu verstehen, daß das Abendessen von einem plötzlichen Vorfall unterbrochen worden war, unvorhersehbar wegen der Heimtücke der Krankheit. Hinzu kamen das fortgeschrittene Alter des Opfers und das Fehlen jedweder offensichtlichen Verletzung: da war nichts, was an der Diagnose zweifeln ließ. Dann war die Trudu zusammen mit dem mittlerweile bewußtlosen Packard im Ambulanzwagen in das nächste Krankenhaus gefahren, eine kleine Landklinik, die über keine Geräte für eine Computertomographie verfügte. Hier hatte sie einfaches Spiel mit dem diensthabenden Arzt gehabt, der ebenfalls sehr jung und allein schon von der – wenn auch zweifelhaften – Berühmtheit des Patienten eingeschüchtert war; um so leichter konnte sie ihn von ihrer Diagnose überzeugen: schwerer Schlaganfall mit unaufhaltsamer Hirnblutung. Und so war nach ein paar Stunden ungleichen Kampfes gegen sein Leiden der Signor Packard bei Tagesanbruch hinübergegangen, wenn auch nicht ins Paradies, wie man sich wohl vorstellen kann. Niemand hatte daran gedacht, eine Autopsie durchzuführen, ganz so, wie es bei Jeanne Modigliani abgelaufen war – wer wollte da nicht von Schicksal reden! Und so war Signor Packard nach einer eiligen Trauerfeier auf dem kleinen Friedhof von Uzzano beigesetzt worden, zusammen mit einem Stückchen Metall, das in seinem Schädel steckte und von dessen Existenz niemand etwas ahnte.

Unter Zuhilfenahme eines gerichtsmedizinischen Buches
– der Fall war gar nicht so einzigartig, es hatte bereits ein
paar Präzedenzfälle gegeben – hatte Scalzi sich danach zu-
sammengereimt, daß die Kugel in den Gaumen eingedrungen war, sich einen Weg gebahnt und dabei das Kleinhirn
unrettbar zerstört hatte; dort war sie dann steckengeblieben und deshalb nicht aus dem Schädel ausgetreten. Doch
das war und blieb eine Hypothese, da die Trudu schwieg
wie ein Grab. Andererseits hatte er nach dieser Nacht auch
nur eine einzige Gelegenheit gehabt, mit der Dottoressa in
aller Eile ein paar Worte zu wechseln, noch dazu über ein
anderes Thema – als sie nämlich darauf wartete, von einem
Beamten der Generalstaatsanwaltschaft zu Rofos Todes-
ursache befragt zu werden.

So mußte das Unbehagen, das er verspürte, anderswo
herrühren; aber es war kein Schuldgefühl. Schließlich, was
hatte er schon getan? Oder was hätte er tun können?
Stimmt, er hatte keinen Finger gerührt – aber nicht nur er,
auch ein Polizeibeamter war dabeigewesen, und der hatte
sich genauso verhalten. Dann hatte Scalzi durch sein Schweigen die Diagnose der Dottoressa Trudu bestätigt. Hätte er
sie denunzieren sollen? Und die Bruschini als ihre Komplizin? Aber in jenem Augenblick waren sie alle irgendwie
Komplizen. Und wer war schon ums Leben gekommen? Ein
privilegierter alter Verbrecher, durch seine Dollars mehr als
gut gepolstert, der das Pech gehabt hatte, auf eine unheil-
volle Schamanin zu treffen, die, wenn man es genau betrachtete, mit ihrem asymmetrischen und fast schon meta-
physischen Gesicht aussah, als ob ihr der Tod am Gewand
hinge wie ein natürliches Attribut.

Was also beunruhigte ihn? Vielleicht nur die Tatsache,
daß er dabeigewesen war. Bis zu jener Nacht waren Mord-
opfer für Scalzi nahezu virtuell gewesen, nicht so ästhetisch
wie im Kino oder im Fernsehen, aber doch abstrakt genug,
daß sie mitsamt ihren Fotos in den gerichtsmedizinischen

Gutachten abgelegt werden konnten, zwar häßlich anzusehen, aber immerhin stumm. Packard dagegen hatte sich beklagt, er hatte die Augen aufgerissen ...

Olimpia öffnete ein Fenster. Die Kanzlei stank nach dem Aftershave von Carrubba, der gerade erst mit Gegé gegangen war.

»Was wurmt dich?«

»Ich kann diesen Carrubba nicht mehr ertragen«, log Scalzi, um eine vom psychologischen Standpunkt komplizertere Erklärung zu umgehen. »Erst muß man sich anstrengen, um ihm die Geschichten aus der Nase zu ziehen, und hinterher muß man sich wieder anstrengen, um sein Honorar zu bekommen ...«

Der bewundernde Blick von Gegé und mehr noch der Scheck, den er am Ende den Klauen des »Commendatore« hatte entreißen können, waren die einzigen positiven Aspekte eines langweiligen Nachmittags gewesen, der angefüllt war mit jammernden Klienten. Der letzte unter ihnen war dann Carrubba, der, äußerst elegant gekleidet und frisch erholt, das gesunde Aussehen seiner besseren Tage zur Schau trug.

Vom offenen Fenster schwappte schwüle Luft herein, die einem zu dieser Uhrzeit, wenn die Sonne gerade untergegangen war und auch der letzte Windhauch sich gelegt hatte – die Blätter der Steineiche hingen still, wie in Stein gemeißelt –, den Atem nahm. Es war der erste heiße Tag des Jahres.

Bevor Carrubba schließlich das Scheckheft aus seiner Brieftasche zog, hatte er noch lange mit ihm diskutieren müssen. Er wolle doch nur ein paar Dinge begreifen: Warum war er denn jetzt entlassen worden? Was war passiert, daß die Anklage gegen ihn fallengelassen und zu den Akten gelegt wurde? Und Guerracci? Auch das Verfahren gegen ihn war eingestellt. Wieso? Was hatte Scalzi unternommen, um das Blatt zu wenden und diese Ergebnisse zu erreichen? Bestand wirklich keine Gefahr mehr, daß die Strafakte gegen ihn noch einmal geöffnet wurde?

Doch Scalzi hatte sich auf vage Antworten beschränkt, denn er wußte genau, daß die Zweifel seines Klienten nur ein Trick waren, um die Arbeit des Anwalts zu schmälern und die Rechnung zu drücken. In Wirklichkeit scherte sich Carrubba einen Dreck darum, wie die Dinge wirklich abgelaufen waren, er war mehr als erleichtert, dem Knast wieder einmal mit sauberer Weste entronnen zu sein, ein aus dem Käfig gelassener Raubvogel, der nun wieder frei war und sich auf neue Beute stürzen konnte. Und doch blieb er beharrlich: Wer hatte denn nun Sarcì ermordet? Und warum?

Scalzi war gezwungen, laut zu werden und Verärgerung vorzutäuschen, dabei stillschweigend von Gegé unterstützt, der seinem Chef wie immer kritisch gegenüberstand. Es waren Dinge vorgefallen, über die er nicht sprechen könne – berufliche Schweigepflicht – und die besser nicht an die Öffentlichkeit gelangen sollten. Er solle froh und glücklich sein, daß ihm das verfluchte Schicksal wieder einmal beigesprungen war und daß, wie bei anderer Gelegenheit, seine Schweinereien von anderen Schweinereien überdeckt worden waren, die wesentlich schwerwiegender als die seinen waren. Wozu noch einmal alles aufwirbeln? Es sei doch allgemein bekannt, daß ein gewisses natürliches Endprodukt, je mehr man es umrührt, desto heftiger zu stinken anfängt ... Er möge zahlen, was er schuldig sei, und dann solle er von hier verschwinden.

So hatte Carrubba den Scheck herausgerissen, während er etwas davon murmelte, daß Anwälte doch immer das letzte Wort haben müßten, und dann war er gegangen. An der Tür war er Guerracci in Begleitung von Laurette begegnet: sie hatten sich nicht gegrüßt, ein gegenseitiger mißtrauischer Blick, und das war's.

Guerracci und Laurette waren gekommen, um ihnen

Lebewohl zu sagen, sie wollten auf eine Insel der Kleinen Antillen fliegen, Curaçao, die Heimat des Mädchens. Laurettes Eltern waren dort Garnelenfischer.

Guerracci schwebte vor, ein Boot zu kaufen und sich als Fischer dem rauhen Leben auf den Meeren des Südens hinzugeben; das Handwerk wollte er sich von Laurettes Brüdern beibringen lassen. Garnelen waren einfach zu erkennen, die Fischerei war simpel, man mußte nur das Netz an der richtigen Stelle auswerfen; in den Vereinigten Staaten waren sie verrückt nach den Riesengarnelen aus dieser Gegend, weil sie so dick und saftig waren. Sie könnten auch ein kleines Spezialitätenrestaurant für Garnelen eröffnen, Laurette kannte unendlich viele Zubereitungsmöglichkeiten, und in Curaçao kam der Tourismus allmählich in Gang.

Guerracci beschrieb gerade ein Rezept, das er sich ausgedacht hatte: in Curaçao marinierte und damit flambierte Garnelen. Doch Olimpia warf ein, daß Garnelen, die an sich schon eine natürliche Süße besaßen, durch die Beigabe des zuckrigen Likörs wie Bonbons schmecken würden; auch Laurette schien nicht sonderlich begeistert von der Aussicht, vielleicht waren es ja gerade die Garnelen gewesen, die sie bewogen hatten, nach Paris auszuwandern und in der Rue Saint-Denis zu landen. Sie musterte ihre blaulackierten Fingernägel und hob ab und an den Blick zur Decke, als Carol hereinkam.

Nach Packards Tod war es Carol gewesen, die viele Ungereimtheiten auflösen konnte und sich dabei als wahre Figur aus einem Western erwies. Sie hatte seinerzeit unter den Unterlagen von James die Kopie des Briefes von Jeanne Modigliani gefunden. Und es war genau diese Entdeckung, weshalb sie sich dann an Scalzi gewandt hatte.

Am Tag nach dem Tod des Bosses hatte Carol bei Parrino eine Aussage gemacht. Rofos Schreiben, der Brief von Jeanne und Carols Aussage waren von Scalzi einer Vertei-

digungseingabe von einigem Gewicht an die Generalstaatsanwaltschaft beigefügt worden, mit der er die Übernahme
des Verfahrens durch die Procura Generale anstrebte. Und
so geschah es auch. Die Anklagen gegen Carrubba und
Guerracci wurden fallengelassen, statt dessen war ein
neues Verfahren gegen Unbekannt eröffnet worden. Die
neue Hypothese der Anklage lautete, daß der Auftraggeber
des Mordes an Sarcì Packard gewesen sei, welcher jedoch
strafrechtlich nicht mehr belangt werden konnte, da inzwischen verstorben. Allerdings suchte man nach seinen Komplizen.

Nachdem Carol von Scalzi über die Ergebnisse seiner Ermittlungen informiert worden war, war sie, überzeugt, daß
Packard James hatte umbringen lassen, und gequält von
Zorn und Gewissensbissen, immer dann, wenn Packard
und seine Leibwächter nicht in der Nähe waren, in den
Turm gegangen, um sich dort umzusehen; sie wollte Beweise finden, um den alten Gauner endgültig einsperren zu
lassen. So hatte sie ein Tagebuch ihres Verlobten gefunden,
das Packard an sich genommen und aufbewahrt hatte – dieser besessene Sammler konnte ja einfach nichts wegwerfen.
Darin beschuldigte Wayne Packard, Hauptinitiator des
Schwindels mit den falschen Köpfen gewesen zu sein und
zudem der Auftraggeber des Mordes an der Tochter von
Amedeo Modigliani. Und James war empört, daß man ihn
als Werkzeug mißbrauchte, um einen neuerlichen Betrug
anzuschieben.

Nun kam Carol, um Scalzi ebendieses Dokument aus-
zuhändigen, damit er es dem neuen Staatsanwalt – Benivieni war der Fall zwischenzeitlich entzogen worden – über-
gäbe, der sich jetzt mit der Untersuchung zu Sarcìs Tod beschäftigte.

Scalzi überflog James' Tagebuch so schnell, wie es ihm
seine mäßigen Englischkenntnisse erlaubten, und ein
Punkt erregte seine besondere Aufmerksamkeit. »Hier

steht, daß der Taucher, der James bei seinen Unterwasserausflügen vor Antignano begleitete, Sarcì gewesen ist! Habe ich das richtig verstanden? Stimmt das?«

»Jetzt begreifen Sie wohl, Avvocato, weshalb ich nicht wollte, daß Sie weiter ermittelten ...«, erwiderte Carol. »Packard hat James nicht umgebracht. An diesem Verbrechen war er unschuldig.«

Das Tagebuch, ein Schulheft mit schwarzem Umschlag, wanderte von Scalzi zu Olimpia, dann zu Guerracci.

»Verflucht noch mal«, sagte dieser, »Punkt, Schluß, und wieder da capo: das wirft ja erneut alles über den Haufen.«

Carol kramte in ihrer Tasche. »Soweit es James betrifft, schon ... Doch Packards Motiv für den Mord an Sarcì verdichtet sich immer mehr. Ich habe nämlich auch das hier gefunden.«

Sie übergab Scalzi den Durchschlag eines Schecks.

»Hundert Millionen Lire: der Scheck ist auf Sarcì ausgestellt«, sagte Carol. »Er hat den Scheck zwei Wochen vor seinem Tod eingelöst, das habe ich bei der Bank nachgeprüft. Ich schätze mal, daß es eine Anzahlung war. Sarcì hat Packard erpreßt. Ich vermute, daß er James' Tagebuch einmal gesehen hat, irgendwann im Laufe ihrer Zusammenarbeit. Das ist die einzig mögliche Erklärung.«

»Aber ja doch!« rief Olimpia. »Erinnerst du dich, Corrado, daß Sarcì an dem Abend vor James' Tod im ›D'Annunzio‹ übernachtet hat?«

»Genau!« Scalzi legte das Tagebuch und den Durchschlag zu den übrigen Akten. »James ist von Sarcì umgebracht worden, wie ich es mir schon immer gedacht habe. Gestatten Sie mir, diese Unterlagen dem Staatsanwalt zu übergeben?«

»Aber selbstverständlich«, nickte Carol. »Deswegen habe ich sie ja vorbeigebracht.«

»Corrado, erklär uns das doch bitte noch mal ...«, sagte Olimpia.

348

Meine Meinung zum Leseexemplar: _____

(Autor, Titel)

Ihre Meinung ist uns wichtig und interessiert sicher auch die Kollegen und Kolleginnen in anderen Buchhandlungen. Dürfen wir Ihre Stimme deshalb zu Werbezwecken veröffentlichen? (ggf. streichen)

Aufbau-Verlag

Rütten & Loening

Kiepenheuer Verlag

Aufbau
Taschenbuch Verlag

Aufbau-Verlag
Werbung
Postfach 193

10105 Berlin

Absender:

»James«, antwortete Scalzi, »zieht Sarcì über seinen Verdacht gegen Packard ins Vertrauen und zeigt ihm sein Tagebuch. Sarcì versucht, ihn in das Erpressungsmanöver mit hineinzuziehen ...«

»James war ein ehrlicher Mensch«, betonte Carol, »er hätte niemals bei so etwas mitgemacht. Das wäre gegen seine Natur gewesen.«

»Deshalb tötete Sarcì ihn auf die Art und Weise, die wir wissen, um diese Papiere in die Hand zu bekommen und freies Spiel zu haben«, schloß Scalzi.

»Packard war kein Mensch, der sich erpressen ließ«, fuhr Carol fort. »Er hat Sarcì töten lassen und das Tagebuch in seinen Besitz gebracht ...«

In der Steineiche stieß ein Vogel einen kurzen Triller aus, um zu verkünden, daß er nach Hause gekommen sei; seine Schlafenszeit war gekommen, wie immer dieselbe, auf die Stunde und die Minute genau, man konnte seine Uhr danach stellen.

Sie schwiegen, Olimpia räusperte sich. »Dieser verrückte Sarcì: seine außerirdischen Botschaften, die Morddrohungen, alles nur Gefasel. Ein geldgeiler Wahnsinniger ...«

Scalzi wollte Carrubbas Scheck feiern und lud die ganze Gesellschaft zum Abendessen ein. Als sie aus der Kanzlei traten, hielt Guerracci ihn auf der Schwelle fest. »Wie jammerschade, wegen dieser zwei verrückten Schnepfen ... Mußt du nicht auch manchmal daran denken, Corrado? Zwei Millionen Dollar!«

Die drei Damen waren schon fast an der Piazza Santa Croce. Guerracci zündete sich im Schutz des Hauseingangs eine toskanische Zigarre an. Die Flamme des Feuerzeugs beleuchtete seinen graumelierten Bart.

»Trauere nicht dem hinterher, was dir entgangen ist, Amerigo«, sagte Scalzi. »Dein Glück liegt in den Garnelen.«

Inhalt

Erster Teil

Zweiter Teil

Dritter Teil